Adriana Popescu
Lieblingsmomente

Zu diesem Buch

Als Partyfotografin Layla Desio auf einem ihrer nächtlichen Streifzüge den unglaublich attraktiven Tristan Wolf kennenlernt, verstehen sie sich auf Anhieb gut – als Freunde. Immerhin sind beide in festen Händen, und daran soll sich auch nichts ändern. Tristan liebt seine Helen, und Layla liebt ihren Oliver. Oder? Während Oli nämlich lieber mit seinen Kumpels zum Fußballschauen geht, als mit Layla Zeit zu verbringen, erlebt sie mit Tristan einen neuen Lieblingsmoment nach dem anderen: Er bringt ihr nachts ein Drei-Gänge-Menü ins Büro, entführt sie an einem lauen Sommerabend in seinem alten VW Bus auf einen Weinberg und wirft funkelnde Wunderkerzen in den Nachthimmel (weil er weiß, dass Layla noch nie eine Sternschnuppe gesehen hat und zu viele ihrer Träume unerfüllt sind). Und langsam rühren sich in Layla längst vergessene Träume und neue Wünsche – deren Erfüllung ihr Leben komplett auf den Kopf stellen könnte ...

Adriana Popescu, 1980 in München geboren, war als Drehbuchautorin für das Deutsche Fernsehen tätig, bevor sie als freie Autorin für verschiedene Zeitungen, Zeitschriften, Onlineportale und Cityblogs arbeitete. Wenn Adriana Popescu nicht schreibt, bestellt sie Schuhe im Internet, widmet sich der Fotografie oder singt (viel zu laut und falsch) Lieder im Radio mit. Im Dezember 2012 gelang ihr mit dem als E-Book selbstverlegten Roman »Versehentlich verliebt« ein großer Überraschungserfolg. »Lieblingsmomente« ist ihr erster konventionell verlegter Roman.

Adriana Popescu

Roman

Piper München Zürich

Mehr über unsere Autoren und Bücher:
www.piper.de

MIX
Papier aus verantwor-
tungsvollen Quellen
FSC® C083411

Originalausgabe
1. Auflage September 2013
3. Auflage Dezember 2013
© 2013 Piper Verlag GmbH, München
Umschlaggestaltung: Mediabureau Di Stefano, Berlin, unter Verwendung
mehrerer Motive von iStockphoto
Satz: Kösel, Krugzell
Gesetzt aus der Joanna
Papier: Munken Print von Arctic Paper Munkedals AB, Schweden
Druck und Bindung: CPI books GmbH, Leck
Printed in Germany   ISBN 978-3-492-30446-7

Für Mams und Paps – das ist eure Royal Albert Hall

Prolog

Liebe Layla,

erinnerst du dich noch an die Frage, die du mir gestellt hast? Ob ich wüsste, wie unsere Geschichte ausgeht? Wie mir scheint, wissen wir es noch immer nicht. Aber ich würde alles jederzeit wieder genau so tun. Es gibt noch so viel zu sagen, aber jetzt läuft mir dafür die Zeit davon. Ich habe dir einmal ganz zu Beginn gesagt: Wenn du nicht mehr kannst oder möchtest, werde ich gehen und dich in Ruhe lassen. Ich werde alles mitnehmen, was du möchtest, und dir lassen, was du brauchst.
Ich will dir in diesem Brief nur sagen, dass du mir viele Lieblingsmomente geschenkt hast. Ich werde dich jetzt also loslassen. Auch wenn du mir schrecklich fehlen wirst, weiß ich, dass ich es tun muss ...
Die Zeit mit dir hat mir vieles klarer gemacht. Ich habe für eine kleine, unendlich schöne Weile die Welt durch dich und deine Augen sehen dürfen. Wenn du wüsstest, wie viel mir das bedeutet, würdest du dich wundern. Aber so wie die Sternschnuppen werde auch ich verschwinden und nur dann wieder wie wild den Himmel stürmen, wenn du es dir wünschst.
Vielleicht wirst auch du dich immer daran erinnern:
»Heute Nacht gehört der Himmel uns.«

Tristan

PS: Ich bin nicht besonders gut im Verabschieden. Hoffentlich verzeihst du mir.

Erste Hilfe

Das Gedränge ist wie immer groß, aber meine Kamera gibt mir Schutz und das pinkfarbene Bändchen um mein Handgelenk ohnehin. Die meisten kennen mich, grüßen kurz und posieren für ein Foto – ob es jemals veröffentlicht wird, entscheide ich. Die verschiedenen Gesichter der Party ziehen an mir vorbei, und jedes einzelne erzählt eine eigene Geschichte. Das Schönste an meinem Job ist, jede dieser Geschichten mit einem einzigen Bild nachzuerzählen.

Es ist laut, und es riecht nach einer Mischung aus Bier, Schweiß und Sommerluft. Der laue Abend wird zur vielversprechenden Nacht. Mit anderen Worten: Es ist perfekt. Ein Open-Air-Event mit einem guten DJ und tanzenden Menschen, die laut zu jubeln beginnen, als sie das gerade einsetzende Stück erkennen. Es ist die Hymne dieser Partygeneration. Paul Kalkbrenner hat mit *Sky and Sand* ein Lied für genau diesen Moment geschrieben, das Gefühl von Sommer und ein bisschen Freiheit. Es ist der perfekte Soundtrack für das Leben auf der Tanzfläche. Jeder hier liebt das Lied, und so werde ich Zeugin eines kollektiven Tanzrausches. Jetzt und hier fühle ich mich mit meiner Mission am wohlsten. Mitten in dieser tanzenden, selbstvergessenen Menge. Hier entstehen die schönsten Fotos, weil niemand posiert, weil alle in der Trance der Musik sind, sich ihr hingeben, nicht nachdenken und in den nächsten Minuten auch keine Zeit zum Nachdenken haben werden. Fast möchte man meinen, die

Menschen um mich herum wollten alle zusammen die im Refrain besungenen Schlösser im Himmel und im Sand bauen.

Ich bewege mich langsam durch die Menge, wie durch ein Meer aus sich bewegenden Körpern, lasse mich von ihm tragen und erhasche dabei Momente, die ich mit meiner Kamera für immer festhalte.

Da in der Mitte, irgendwo, als einer von vielen, steht dieser junge Mann, die Augen geschlossen. Während sich alle um ihn herum mehr oder weniger gleich bewegen, steht er wie ein Fels in der Brandung da, als wäre er in einer anderen Welt. Nur das Lächeln auf seinen Lippen verrät, dass auch er den Beat des Liedes hört und dass es ihn zu berühren scheint. Ich kann nicht anders, ich muss dieses Foto machen, auch wenn es sich anfühlt, als würde ich bei etwas stören. Er sieht so friedlich aus, passt so gar nicht in das laute und bunte Treiben hier auf der Tanzfläche. Ich betrachte ihn einen kurzen Moment durch den Sucher meiner Kamera – noch immer steht er da, bewegt sich nur ganz leicht hin und her. Er wirkt größer als die anderen, trägt ein schlichtes weißes T-Shirt, keinen Schmuck, keine besonderen Kennzeichen. Meine Kamera verfügt über einen 400-fachen Zoom, und so betrachte ich sein Gesicht für einen kurzen Moment. So ruhig. So markant. Vermutlich irre ich mich, aber da ist plötzlich ein Gefühl, das ich kenne, an das ich mich aber nicht mehr genau erinnere. Dann springe ich schnell wieder zurück in die Ausgangsperspektive: die tanzende Menge im Anschnitt, ihn mittig vor den bunten zuckenden Lichtern. Ich drücke ab. Einmal. Zweimal. Gleich viermal und mehr. Ich möchte eine Auswahl zu Hause vor dem Bildschirm treffen können. Das wird zumindest die offizielle Erklärung, falls mich jemand fragt. Die Wahrheit ist eine andere.

Und dann passiert es. Ganz ohne Vorwarnung oder Anzeichen. Es kommt aus dem Nichts, und es geschieht so schnell. Selbst wenn ich es hätte kommen sehen, hätte ich es nicht aufhalten können. Ein Ellenbogen schießt von der Seite ins Bild, trifft sein Gesicht, und bevor ich den Auslöser drücken kann, ist alles aus dem Bildausschnitt verschwunden. Ich sehe nur noch tanzende Menschen. Sofort nehme ich die Kamera runter und sehe mich suchend um, aber außer mir scheint es niemand bemerkt zu haben. Wieso auch? Die Musik übertönt alles, und wer sich einmal dem Beat verschrieben hat, der nimmt die Umgebung ohnehin nicht mehr wahr. Wo ist er? Ich schiebe mich durch die Menge, halte die Hand schützend vor das Objektiv meiner Kamera und schaffe es schließlich an den Rand. Hier ist die Luft etwas frischer, aber die Musik nicht weniger laut. Ich sehe mich suchend um. Da vorne ist er. An der Bar. Er lehnt mit dem Rücken an der Theke, hält sich mit einer Hand fest und presst die andere an sein linkes Auge. Ich sehe Blutflecken auf dem Kragen seines T-Shirts und komme langsam auf ihn zu, von etwas angezogen, das ich nicht erklären kann.

Er ist wirklich ziemlich groß, trägt dunkle Jeans und Turnschuhe. Ein Gürtel versucht die Hose in einer anständigen Haltung zu bewahren, was ihm nicht wirklich gelingt, und ich erspähe ein Stück weiße Boxershorts, auf die ich aber nicht achte … auf die ich nicht zu achten versuche.

»Ist alles okay?«

Ich bleibe neben ihm stehen. Er sieht mich überrascht aus einem Auge an, hat mich aber wohl nicht verstanden, denn ich erkenne nur einen fragenden Gesichtsausdruck.

Langsam greife ich nach seiner Hand, an seinen Fingern klebt etwas Blut. Er sieht mich verwundert an, lässt es aber geschehen.

Dort, an der Theke, zwischen dem Lärm, dem Schweiß und der Musik, berühre ich ihn zum ersten Mal in meinem Leben. Seine Haut fühlt sich warm und rau an, aber nicht unangenehm rau, ganz im Gegenteil. Für gewöhnlich ist das kein besonders einschneidender Moment, aber diesmal ist es anders. Vollkommen anders. Diesmal ist es, als würden plötzlich viele kleine Käfer mit schnell schlagenden Flügeln in meinem Kopf losflattern.

Ich versuche, das Flattern zu überhören und sehe mir das Ausmaß des Zusammenpralls an: eine kleine Platzwunde über dem linken Auge, Blut läuft an seiner Schläfe herunter.

»Das solltest du behandeln lassen!«

Ich schreie es ihm über die Musik hinweg ins Gesicht. Er wirkt nicht betrunken, dafür sind seine Augen zu klar. Ein kräftiges Grün strahlt mich etwas verwirrt an. Er nickt, aber ich glaube nicht, dass er mich verstanden hat. Also versuche ich es erneut, stelle mich ein wenig auf die Zehenspitzen und lehne mich näher zu ihm. Dabei streift meine Wange sein Gesicht, nur für den Bruchteil einer Sekunde. Er riecht gut, nach Sommer und etwas anderem ... Aufregendem.

»Das sieht übel aus. Das solltest du behandeln lassen.«

Er nickt noch einmal. Diesmal hat er mich verstanden.

»Mache ich. Danke.«

Seine Stimme ist tief und warm. Und sie klingt überraschend gefasst, wenn man bedenkt, was ihm gerade passiert ist. Ich gehe wieder leicht auf Abstand und sehe, dass ein amüsiertes Lächeln auf seinen Lippen liegt. Auf seinen schönen Lippen. In meinem Kopf versucht eine Frage gegen das Flügelschlagen der Käfer anzukommen: *Was mache ich hier?*

Wahrscheinlich fragt er sich gerade dasselbe.

Ich lasse seine Hand wieder los, drehe mich schnell zur Theke und bestelle mir ein Wasser, damit es so aussieht, als wäre ich ganz zufällig hier, um mir etwas gegen den Durst zu beschaffen. Wenn ich arbeite, so wie heute, trinke ich keinen Alkohol. Meine Fotos sind dann einfach besser.

Er versucht unterdessen eher ungeschickt, sich mit dem Kragen seines leicht verschwitzten Shirts das Blut aus dem Gesicht zu wischen. So wird das nichts. Ich kenne solche Platzwunden – als Partyfotografin habe ich sie schon oft gesehen. Man muss sie behandeln, sonst bleibt eine hässliche Narbe. Zumindest desinfizieren sollte man sie, damit sie sich nicht sofort entzünden. Also bestelle ich noch zwei klare Schnäpse und ein frisches Taschentuch. Etwas verwundert über meine Bestellung betrachtet mich der Barkeeper einen Moment, bevor er mir den Wunsch erfüllt und ich einen zweiten Versuch starte.

»Hier! Einer für den Kopf und einer gegen den Schmerz.«
»Was?«

Ich halte ihm eines der Schnapsgläser vors Gesicht, und wieder ernte ich nur ratlose Blicke. Ich würde mich ja gerne besser artikulieren, aber der dröhnende Bass eines Nico-Pusch-Tracks macht es mir etwas schwer.

»Trink das! Gegen den Schmerz!«
»Gegen welchen Schmerz?«

Ich drücke ihm das eine Schnapsglas einfach in die Hand, und er sieht mir dabei zu, wie ich das Taschentuch in das andere Glas tauche. Dann schüttelt er leicht den Kopf, hebt abwehrend die freie Hand und will mir ausweichen.

»Ich weiß, was ich tue! Vertraue mir!«

Es ist gelogen. Ich hatte meinen letzten Erste-Hilfe-Kurs vor knapp sechs Jahren und müsste meine Kenntnisse über die stabile Seitenlage dringend mal wieder auffrischen, aber das spielt jetzt keine Rolle. Hochprozentiger Schnaps desinfiziert. Das habe ich im Nachtleben gelernt – und in einer Episode von *Grey's Anatomy*, was ich ihm aber nicht sagen werde.

Ich gebe ihm keine Zeit nachzudenken, tupfe mit dem Taschentuch einfach frech direkt über die Wunde und bekomme als Quittung ein verzerrtes Gesicht meines Patienten.

»Autsch!«

»Gegen den Schmerz!«

Ich blicke auf den Schnaps in seiner Hand. Er versteht endlich, und schon ist das Glas leer.

Ich tupfe etwas vorsichtiger weiter und weiß genau, dass es höllisch brennen muss. Er schließt die Augen und hält sich tapfer an der Theke fest. Ich muss mich wieder fast auf die Zehenspitzen stellen, um an sein Auge zu kommen. Er ist wirklich groß. Während ich tupfe, betrachte ich ihn etwas genauer. Die dunkelbraunen Haare trägt er kurz, aber nicht zu kurz. Einige schweißverklebte Strähnen reichen bis in die Stirn, wo sie ein lustiges Muster formen. Er hat kräftige Schultern, und den Rest kann ich unter dem T-Shirt nur erahnen. Plötzlich gesellen sich zu den flirrenden Käfern im Kopf flatternde Schmetterlinge in der Magengegend, und schnell versuche ich, mich wieder auf das Tupfen zu konzentrieren.

»So, fertig!«

Ich betrachte mein Werk und bin damit zufrieden. Er nickt, und ich sehe, wie angespannt er ist. Die Kieferknochen treten gefährlich hervor. Sambuca auf offener Platzwunde ist bestimmt nicht die beste Idee, die ich in meinem Leben hatte, aber für den Moment das Beste, was mir eingefallen ist. Er kneift das linke Auge fest zusammen und sieht mich aus dem rechten an. Unsere Gesichter sind keine zwanzig Zentimeter voneinander entfernt.

»Ich weiß nicht, ob ich mich bedanken oder dich verfluchen soll.«

Sein Atem riecht wegen dem Sambuca leicht nach Anis.

»Gern geschehen, aber das solltest du wirklich nähen lassen.«

Es klingt sehr fachmännisch, wenn man bedenkt, dass ich meine Anleitung aus einer Fernsehserie habe. Ich stelle Glas und Tuch auf die Theke neben uns.

»Bist du Krankenschwester?«

»So was in der Art.«

Bin ich nicht. Ist glatt gelogen. Ich bin vom ärztlichen Fachbereich so weit entfernt wie London von Tokio, aber wenn ich das jetzt zugebe, dann sieht es wie die billige Anmache einer verrückten Sadistin aus. Das will ich wirklich verhindern.

»Ich weiß gar nicht, wie das passieren konnte.«

Er kneift noch immer das linke Auge zusammen, was ihm einen spitzbübischen Ausdruck verleiht.

»Zwei Jungs neben dir meinten, sie müssten Pogo zu Techno tanzen. Der Ellenbogen des Größeren hat dich mit voller Wucht erwischt.«

»Aha.«

Er lehnt sich ein wenig zurück und sieht mich überrascht an. Woher ich das weiß? Oh. Ich tippe auf die Kamera.

»Ich arbeite hier, mache Fotos für den Veranstalter und … habe es zufällig gesehen.«

Er nickt nur. Das ist ja auch Unfug. Ich habe es gesehen, weil ich meine Blicke nicht von ihm nehmen konnte und es zufällig genau zu dem Zeitpunkt passiert ist, als ich ausgiebig sein Gesicht studiert habe. Aber das kann ich ihm ja schlecht sagen.

»Kommt wohl vor.«

Er zuckt mit den Schultern, als würde es ihm nichts ausmachen. Was mich überrascht. Ich würde versuchen, diese Typen zu finden, und sie dann zur Rede stellen. Sie sind sicherlich auf einem der Fotos, die ich von ihm geschossen habe. Zumindest das Taxi ins Krankenhaus sollten sie zahlen.

»Layla! Da bist du ja!«

Meine beste Freundin Beccie hat manchmal ein unfassbar schlechtes Timing, und diese Erfahrung mache ich immer und immer wieder. Heute ist keine Ausnahme, und so setze ich ein möglichst freundliches Lächeln auf, als die blonde Schönheit mit den erschlagenden weiblichen Argumenten neben mir auftaucht.

»Beccie. Hi!«

»Ich habe dich in der Menge verloren. Wir sollten weiter!«

Sie sieht zu meinem Patienten, und ihre Augen weiten sich kurz.

»Du blutest.«

Sie berührt mit ihrer Hand ganz beiläufig seinen Arm, und in mir flackert plötzlich etwas auf. Wut? Ich will nicht, dass sie ihn anfasst.

»Habe ich schon gemerkt.«

»Das sieht übel aus.«

Er nickt und wirft mir einen kurzen Blick zu.

»Halb so wild.«

»Ich bin übrigens Beccie.«

Ganz ungeniert lässt sie seinen Arm los und schiebt ihre Hand in seine. Ich würde sie gerne erwürgen. So ist das schon seit der Schulzeit. Immer wenn Beccie auftaucht, habe ich mich für das männliche Geschöpf neben mir auf magische Weise in Luft aufgelöst. Wieso? Das ist schnell erklärt: Ich bin klein, habe durchschnittlich braune Haare, durchschnittlich braune Augen und eine durchschnittlich gute Figur, also keine Modelmaße oder blondes wallendes Haar zu strahlenden blauen Augen. Wie Beccie. Ich bin einfach eher durchschnittlich, und wenn sie neben mir steht, werde ich zu einer Art Hilfssheriff, der auf dem Esel neben dem strahlenden Helden der Geschichte als klassischer Side-Kick mitreiten darf.

»Hallo, Beccie.«

Dann sieht er plötzlich wieder zu mir, streckt mir seine Hand entgegen, und sofort ist da wieder dieses Schlagen der Flügelchen in meinem Kopf. Nur lauter als zuvor.

»Und du bist Layla? Wie in dem Clapton-Song?«

Ich nicke und bin überrascht. Nicht nur über den richtig erratenen Grund, warum meine Eltern mich genannt haben, wie sie mich genannt haben, sondern vor allem darüber, dass Beccies unverschämter Flirtversuch und die geballte Ladung weibliche Argumente, die ihr sehr tief geschnittenes T-Shirt gibt, an ihm abzuprallen scheinen. Ich sollte seine Rippen zählen, um sicherzugehen, dass es sich um ein menschliches und männliches Wesen handelt.

»Ja, ich bin Layla, wie in dem Clapton-Song.«

Ich nehme seine Hand an.

»Tristan.«

Ich höre ihn durch das Flattern in meinen Ohren und lächle. Der Name ist mir noch nie außerhalb von Filmen oder Büchern begegnet. Jetzt bekommt er zum ersten Mal ein reales Gesicht für mich. Ein markantes und interessantes Gesicht. Sicherlich nicht perfekt, vor allem nicht mit dem zusammengekniffenen Auge und dem ganzen Blut, aber ich finde, es passt. Sehr gut sogar.

Beccie hakt sich bei mir ein und zieht mich ein kleines Stückchen von ihm weg, was ich geschehen lasse und was mir zugleich missfällt.

»Wir müssen weiter. Gibt noch mehr Events, bei denen wir erwartet werden. Mach es gut, Tristan.«

Sie spricht für uns beide, was mir noch mehr missfällt. Tristan und ich schauen uns einen Moment lang unschlüssig an, dann werde ich aber auch schon weggezerrt. Beccie winkt ihm zum Abschied neckisch zu, und damit verschwinden wir in der Menge. Ich sage nichts, versuche keinen Blick zurückzuwerfen, weil es zu auffällig wäre und ich mir diese Blöße in Beccies Gegenwart nicht geben möchte.

Am Ausgang gebe ich auf und wage es doch. Nur einen Blick.

Aber er ist verschwunden.

Mein MacBook ist die einzige Lichtquelle im Wohnzimmer. Es ist kurz nach vier Uhr in der Früh, und neben mir steht eine Tasse Kaffee. Nur so überstehe ich den Rest der Nacht. Ich komme meistens um diese Uhrzeit nach Hause und kann dann nicht schlafen. Ich bin zu aufgekratzt und will die frisch geschossenen Bilder am liebsten sofort bearbeiten. Hier und jetzt, nicht erst morgen im Büro. Da es sich aber wie heute oft um geschätzte vierhundert Fotos handelt, ist das unmöglich. Deshalb schaue ich sie mir zunächst nur an, treffe eine mentale Vorauswahl und gehe dann irgendwann im Morgengrauen ins Bett. Auf diese Weise läuft so ziemlich jeder Sonntagmorgen ab, und heute ist es nicht anders.

Ich habe die Kopfhörer auf den Ohren und leise läuft etwas Musik im Hintergrund, während ich die Speicherkarte meiner Kamera auslesen lasse und einen Schluck trinke.

Irgendwie muss ich langsam wieder zurück auf den Planeten Erde finden. So ein Abend voller Musik, Tanzen, Getränke, Locationwechsel und Beccie ist eine ziemlich extreme Mischung. Vor allem wenn meine beste Freundin nichts anderes zu tun hat, als mir von den vier Kerlen vorzuschwärmen, die sie heute hätte abschleppen können. Was in der Regel nicht einmal übertrieben ist. Beccie ist wunderbar, aber was Männer angeht, ist sie manchmal wie einer dieser kleinen Hunde. Sie hüpft und bellt, aber sie schnappt nicht zu. Dafür fehlt ihr der Mut. Sie sagt, dass sie mit einem Kerl erst nach Hause geht, wenn sie zwei Dates mit ihm verbracht hat und ihn dann noch immer nicht abstoßend findet. Jemandem, den sie in einem Club mal eben so kennengelernt hat, würde sie niemals in seine Wohnung folgen.

»Wobei ich bei diesem Tristan eine Ausnahme gemacht hätte.«

Ich wollte und will es noch immer nicht hören, aber in meinem Kopf spielt sich eine Endlosschleife ihrer Beschreibungen Tristans ab. Dabei hat sie gerade mal zwei Minuten mit ihm verbracht. Nicht mehr und nicht weniger. In ihrer Version könnte man meinen, sie wären den halben Abend und die gesamte Nacht zusammen gewesen. Wieso mich das so ärgert, weiß ich selber nicht. Gut, natürlich, ich habe eine Ahnung, versuche sie aber zu ignorieren. Mit mäßigem Erfolg. Irgendwann, als wir schon auf dem Weg nach Hause waren, habe ich mir einen patzigen Kommentar nicht mehr verkneifen können und dann einen irritierten Blick von Beccie dafür geerntet. Sie hat gemerkt, dass ich aufgewühlt war, und fand es nicht gut. Sie hatte wohl auch eine Ahnung, wie das so ist mit besten Freundinnen: Sie kennen einen zu gut. Schlimmer noch, sie haben meistens recht!

»Erstens: Dieser Kerl ist doch nicht mal dein Typ. Nicht mal ein bisschen ...«

Ich muss ihr leider zustimmen. Tristan ist wirklich nicht mein Typ, und ich bin nicht stolz darauf, sagen zu müssen, dass ich sehr wohl einen Typ habe. Schon immer. Das alles hat schon sehr früh angefangen. Damals, als ich die Kinderserie *Flipper* zum ersten Mal im TV gesehen habe, war ich sofort bis über beide Ohren in Sandy verliebt. Mir war klar, so muss mein zukünftiger Mann eines Tages aussehen. Danach folgten Poster des Surfweltmeisters Kelly Slater, der ebenfalls genau in dieses Beuteschema passt. Und dem bin ich bis heute treu geblieben. Blond, blaue Augen, sportlich, glatt rasiert. Dunkelhaarige, mysteriöse Typen mit leuchtenden grünen Augen haben mich niemals angesprochen, und sie werden mich niemals ansprechen. Auch ein Dreitagebart und Tätowierungen lassen mich kalt. Ich stehe nicht auf dieses Bad-Boy-Image von wegen Lederjacke, Ohrringe und Motorrad. Das ist so, und damit kann ich sehr gut leben. Außerdem sind Beccie und ich uns deshalb nur selten in die Quere gekommen, wenn es um Männer ging. Sie suchte sich die Bad Boys, und ich landete bei Prince Charming.

»... und zweitens, liebe Layla, hast du ja Oli.«

Ja. Seit fünf Jahren habe ich Oliver, meinen Freund.

Das Pling! meines MacBooks sagt mir, dass alle Bilder nun auf der Festplatte sind, und ich öffne den Ordner. Wie immer will ich mir meine Ausbeute sofort ansehen. Bei manchen Fotos weiß man schon im Moment der Aufnahme, dass es ein neues Lieblingsbild wird. Auch heute Abend hatte ich wieder dieses Gefühl, und bisher hat es mich nie getäuscht.

Ich klicke mich diesmal allerdings etwas hektischer als sonst durch die Vorschau auf der Suche nach einem ganz besonderen Bild. Eigentlich suche ich diesmal eine ganz besondere kleine Bilderserie, von der ich mir viel verspreche. Dabei lasse ich alle anderen Bilder links liegen. Mögen sie auch noch so gelungen und schön sein, nehme ich sie doch nicht wahr. Da sehe ich die Bilder, nach denen ich gesucht habe. Ich weiß nicht, was ich darauf zu finden hoffe, aber als ich das erste Bild öffne, zittern meine Hände leicht.

Der Mauszeiger fliegt zum ersten der vier Bilder. Doppelklick, und mit einem Mal nimmt es den ganzen Bildschirm ein und ... mein Herzschlag will kurz aussetzen. Die tanzende Menge ist unscharf, man erkennt die Menschen zwar, aber der Fokus liegt auf einer einzigen Person. Die Abendsonne steht so, dass sie ihn in weiches, warmes Licht hüllt. Wieder höre ich die Musik, schmecke die Atmosphäre, und ich bin froh, dass es mir gelungen ist, genau diesen Moment einzufangen. Tristan ist dabei das ruhige Zentrum. Sein T-Shirt ist schlicht, kein wilder Aufdruck, kein Anzeichen für eine bestimmte oder bekannte Marke. Es ist einfach nur weiß. Keine Kette, keinen Schmuck. Ich klicke auf das nächste Foto, das etwas näher an seinem Gesicht ist. Ich betrachte die Form seines Kinns, den Hals, die Schultern, die Form seiner Lippen. Er ist kein klassischer Schönling, er hat keine perfekten Augenbrauen, die jede Frau auf dieser Welt vor Eifersucht erblassen lässt, und der leichte Dreitagebart lässt ihn etwas älter wirken, als er vermutlich ist. Aber er ist wunderschön, und ich spüre wieder dieses leise Flattern in mir. Ich klicke auf das dritte Bild, und plötzlich höre ich seine Stimme. Sie klingt noch immer in meinem Ohr. Auch sein Geruch ist wieder da, die raue Wärme seiner Haut. Dann klicke ich das vierte Bild an und weiß sofort: Es ist das Eine. Die anderen Bilder kann ich löschen. Ich kann es nicht in Worte fassen, aber beim Anblick dieses Fotos zieht sich mein Herz zusammen und stößt einen Schwarm Schmetterlinge in meinem Bauch aus. Das hier ist das schönste Foto, das mir seit Langem geglückt ist. Und das Motiv ist einfach atemberaubend. Ich betrachte das Bild noch eine kleine Weile, präge mir seine Gesichtszüge ein, erinnere mich an alles, was dann kam: das Gespräch, mein heldenhafter Einsatz als Florence Nightingale, sein ...

»Du bist ja schon zu Hause.«

Ich fahre erschrocken zusammen, als mir jemand von hinten einen Kuss auf die Wange drückt. Panisch klappe ich das MacBook zu und verschütte dabei fast meinen Kaffee.

»So schreckhaft? Ich habe gar nicht mitbekommen, dass du schon da bist.«

Es ist Oliver, der in einem T-Shirt und Boxershorts hinter mir steht und dessen blonde Haare vom Schlaf in eine wilde, für ihn untypische Unordnung gebracht worden sind. Mein Oliver, der jetzt mit schlurfenden Schritten um die Couch herum in die Küche geht. Der Mann, mit dem ich diese Wohnung, den Tisch und vor allem das Bett teile. Der Mann, den ich liebe und mit dem ich mir eine Zukunft aufgebaut habe. Mein Freund. Die Worte fühlen sich auf einmal ungewohnt fremd an.

Er streckt seinen Kopf aus der Küche.

»Haben wir noch Milch?«

Oli und seine Milch. Er braucht sie jeden Morgen in seinem Kaffee und nachts, wenn er das Gefühl hat, sein Magen hätte das scharfe indische Essen doch nicht so gut verarbeitet, wie er immer behauptet. Jeder Versuch ist zum Scheitern verurteilt, denn seine Vorliebe für viel zu scharfes Essen ist seine große Schwäche. Am liebsten würde er alles in Tabasco, Chili-Öl und Sambal Oelek ertränken. Auch wenn sein Magen darunter leidet. Da ihm nur noch Milch hilft, wenn er es mal wieder übertrieben hat, sorge ich für gewöhnlich dafür, dass ein ordentlicher Vorrat im Haus ist.

»Neben der Spüle.«

Wir sind seit fünf Jahren zusammen und wohnen seit knapp zwei Jahren zusammen. Wir leben zusammen. Wieso bin ich jetzt so überrascht, ihn hier zu sehen? Ich fahre meinen Mac herunter, wiederstehe der Versuchung, später doch noch einmal einen Blick auf den Bildschirm zu werfen.

Oliver kommt mit einem Glas Milch aus der Küche und sieht mich aus schlaftrunkenen Augen an.
»Wie lief es so?«
»Gut.«
»Gute Fotos?«
»Einige.«
Er nickt, nimmt einen überraschend großen Schluck, stellt das leere Glas auf den Tisch vor mir und drückt mir einen Kuss auf die Wange, wobei ich seinen Milchbart spüre. Oli eben.
»Komm auch bald schlafen, ja?«
Damit lässt er mich wieder alleine, und ich sehe ihm nach. Ich denke wieder an Beccie und ihre Standpauke. Ich hatte wirklich keinen Grund, auf sie wütend – gut, eifersüchtig – zu sein. Tristan ist nicht mein Typ, und vor allem habe ich Oliver. Sie hat recht, und es erschreckt mich, dass ich ausgerechnet ihre Worte brauche, um mich daran erinnern zu lassen. Als hätte ich die Beweise dafür nicht überall um mich herum. Mein Blick fällt auf das leere Milchglas. Das ist so typisch für ihn. Er lässt Dinge stehen, wo er sie zuletzt benutzt hat. Das gilt im Übrigen auch für Socken aller Art, Schuhe, Jacken, Jeans. Es ist eine kleine Macke, an die ich mich zuerst gewöhnen musste, in die ich mich dann aber verliebt habe. Sie ist irgendwann zu etwas Vertrautem geworden, und heute erinnert sie mich daran, dass in dem Anzug tragenden, verantwortungsvollen und hart arbeitenden Oliver noch immer mein Oli steckt. Der Oli, der noch keinen Fünfjahresplan hatte, mir dafür aber jeden Sonntagmorgen völlig verkatert ein sagenhaftes Frühstück gemacht hat – und danach jedes Mal alles in der Küche stehen und liegen ließ. Vielleicht ist diese Erinnerung der Grund dafür, warum ich jetzt aufstehe und das Glas mit einem Lächeln zurück in die Küche stelle. Ja, ich habe einen Typ. Oliver.

Und das heute war ein schöner, aber kurzer, aufregender Moment der Schwärmerei. Mehr nicht. Und wie heißt es so richtig? Was schön ist, gefällt auch dem lieben Gott.

Begegnungen

Betreff: Erste-Hilfe & Dankeschön
Hallo Layla,
ich habe mich gestern gar nicht für deine schnelle Erste Hilfe bedankt. Zum Glück stand auf deinem T-Shirt der Hinweis auf deine Website. Ich dachte, ich bedanke mich mal, so wie es sich gehört und ohne von den Schmerzen der in Schnaps getränkten Wunde abgelenkt zu sein, und frage bei der Gelegenheit auch gleich, ob ich mich irgendwie revanchieren kann. Vielleicht mit einem Getränk deiner Wahl, das wir uns nicht ins Gesicht reiben? Melde dich einfach. Und: danke!
Grüße,
Tristan

Es ist Montagmorgen, ich sitze in meinem Büro, habe auf meinem Bildschirm zu viele Fenster geöffnet und starre mit einem dümmlich anmutenden Grinsen auf die E-Mail, die mich heute Morgen erreicht hat. Ich lese sie jetzt zum achten Mal, und immer wieder muss ich grinsen. Tristan ist witzig. Und aufmerksam. Ich hatte am Samstag wie immer, wenn ich beruflich auf Partys unterwegs bin, ein T-Shirt mit dem am Rücken aufgedruckten Logo und der Internetadresse meiner eigenen kleinen Firma an: Pix-n-Party.com. Auf der Homepage ist es dann einfach, meine E-Mail-Adresse zu finden, da es außer meiner nur noch eine allgemeine Infoadresse gibt. Er muss mir also nachgeschaut haben, als wir gegangen sind. Mein dämliches Grinsen wird noch breiter. Auf der anderen Seite bedeutet diese E-Mail aber auch, dass er eine Rückmeldung erwartet, eine Antwort – und sei sie auch noch so kurz. Und schon klappen meine Mundwinkel wieder nach unten. Soll ich ihm antworten? Was soll ich ihm antworten? Ein Treffen steht außer Frage. Oder? Wenn ich ehrlich bin, würde ich ihn aber gerne wiedersehen – was nicht geht. Schon allein wegen der Käfer und der Schmetterlinge. Ach ja, und wegen Oliver. Tristan weiß nicht, dass ich in einer Beziehung bin. Vielleicht sollte ich ihm das zuallererst schreiben, aber wie kommt das dann rüber? »*Lieber Tristan, ich habe einen Freund.*« Vermutlich will er einfach nur nett sein. Oder? Ich schaue ratlos auf die vielen geöffneten Fenster auf meinem Monitor. Eigentlich habe ich mit dieser ganzen Geschichte doch schon abgeschlossen, sie als schöne Schwärmerei abgetan. Zwar habe ich noch einige Male an ihn gedacht, aber dann war das auch schnell wieder verschwunden. Nur die Fotos von ihm auf meinem Rechner erinnern noch an diesen kurzen, schönen Moment, als er mich mit einem zugekniffenen Auge angelächelt hat – nachdem ich ihm mit einem Schnaps die Platzwunde abgetupft habe. Ich muss wieder grinsen. Schade, dass ich davon kein Foto habe. Andererseits ist das vielleicht auch besser so.

Ich habe Oliver gestern meine Bilder von Samstag gezeigt, und er hat sie wie immer sehr kritisch bewertet. Von den knapp vierhundert Bildern hatte ich ungefähr dreißig zur Auswahl, die mir richtig gut gefallen haben, aber von ihm kamen dazu nur wenige positive Kommentare. Er ist einfach so. Er ist sehr schnell sehr streng und sagt lieber die ungeschminkte Wahrheit, als mir etwas in Zuckerwasser eingelegt verkaufen zu wollen. Auch wenn es sich manchmal so anfühlt, als nehme er meine Bilder und meine kleine Firma – auf die ich übrigens sehr stolz bin – nicht wirklich ernst, weiß ich doch, dass er es nicht böse oder verletzend meint. Er will, dass ich mich immer weiterentwickle, mich nicht auf meinen Lorbeeren ausruhe. Er will nur das Beste für mich. Wissentlich würde er nie etwas tun, was mich verletzten kann. Im Gegenzug würde ich nie etwas tun, was ihn verletzt.

Deswegen sollte ich diese E-Mail einfach in den Spam-Ordner schieben und dort verenden lassen. Das sollte ich. Wirklich. Nicht. Stattdessen schließe ich das Fenster und kümmere mich um die Fotos – beziehungsweise die paar Bilder, die nach Olivers Kritik noch übrig geblieben sind. Wenn alles gut ist und ich mit der Bearbeitung heute schnell durchkomme, dann kann ich vielleicht schon CDs mit der vorläufigen Auswahl per Fahrradkurier an den Veranstalter schicken und mich dann um den nächsten Auftrag kümmern. Arbeit ist eine gute Alternative zum Nachdenken, stelle ich fest, und so klicke ich mich durch die Fotos, setze gezielt ein paar Fotofilter oder Farbkorrekturen an und schaffe in Rekordgeschwindigkeit einen ganzen Stapel an Arbeiten.

Als ich vor lauter Pixel kaum noch scharf sehe, entscheide ich mich für eine kleine Pause, die ich mir als meine eigene Chefin genehmigen kann, wann ich will, und für ein Mittagessen außer Haus. Ich esse ungern alleine und entscheide mich deshalb spontan dazu, Beccie mal anzurufen. Sie sollte eigentlich zu einem kleinen Happen in der Sonne zu überreden sein und nimmt für gewöhnlich jede Ablenkung von ihrem Studium dankend an. Vor allem in den Semesterferien. Sie sitzt seit Wochen an ihrer Hausarbeit über Massenmedien und einen gewissen Herrn Luhmann, der ziemlich kompliziert zu sein scheint und den sie lieber heute als morgen abservieren würde. Und so werde ich auch heute nicht enttäuscht. Wir verabreden uns in einer Viertelstunde in unserem Lieblingsrestaurant am Wilhelmsplatz. Das Meals & More ist ab zwölf Uhr mittags genau das, was mein hungriger Magen verlangt.

Der große Vorteil, wenn man im Stadtzentrum arbeitet? Man verlässt schnell das Büro, stolpert, fällt einmal hin, steht auf – und ist schon da. Heute schlendere ich aber etwas langsamer und bin nicht ganz so in Eile, wie die meisten anderen Menschen, die ich auf dem Weg zu ihrem Mittagessen antreffe. Im Sommer verwandelt sich Stuttgart in eine Stadt ohne Gehwege. Überall werden Tische und Stühle vor die Restaurants gestellt, und lässig dasitzende Gäste mit Sonnenbrille genießen schwäbische Küche, ein kühles Bier oder einen Wein aus der Region. Die Landeshauptstadt Baden-Württembergs – oft unterschätzt und doch geliebt. Für mich ist Stuttgart im Sommer mindestens so schön wie die Toskana. Es gibt keine Stadt, in der ich mich so wohlfühle wie hier, auch wenn im Sommer die Luft im Stuttgarter Westen zu stehen scheint und ich mir eine kühle Meeresbrise wünsche. Ich habe hier alles, was ich brauche, um mich wohlzufühlen.

Deswegen kann ich die Leute nicht ganz verstehen, die jetzt mit gehetzten Gesichtern in schicken Anzügen stecken, in denen sie bestimmt schwitzen, und gestresst an mir vorbeieilen. Können sie einen Sommertag in der Kesselstadt nicht einfach genießen? Nur ein bisschen? Stattdessen rempeln sie mich an oder schieben mich in ihrer Eile sogar aus dem Weg. Kurz will ich protestieren, unterlasse es dann aber. Ich wäre in so einem Anzugträger-Leben wahrscheinlich auch unglücklich. Ich liebe die Fotografie, und wenn ich die Chance habe, diese Leidenschaft zum Beruf zu machen und dafür auch noch bezahlt zu werden, dann würde ich das für nichts in der Welt aufgeben wollen. Schon gar nicht für einen stressigen Büroalltag, in dem ich kaum Zeit habe, meine beste Freundin zum entspannten Lunch am Wilhelmsplatz zu treffen.

Beccie ist schon da und hat einen Tisch draußen erobert – und wie immer sieht sie umwerfend gut aus. Ich habe es lange Zeit nicht glauben wollen, aber dafür muss sie gar nichts tun. Gott hat es einfach unheimlich gut mit ihr gemeint. Sie winkt mir lächelnd zu, und ich bin mir sicher, stünde gerade ein Mann hinter mir, würde er sehr hoffen, dass dieses Lächeln ihm gilt. Sie trägt ein rotes Sommerkleid, perfekt geschnitten für ihre Figur, und ihre schlanken langen Beine kommen in diesem Kleid viel zu gut zur Geltung. Plötzlich habe ich wieder die Gewissheit, neben ihr zu verblassen. Ich trage meine kurzen Jeansshorts, weinrote Chucks und ein helles Trägershirt. Eigentlich sollte das für ein Mittagessen mit der besten Freundin reichen, aber jetzt bin ich mir nicht mehr sicher.

»Hi, Beccie.«

»Hallo. Du warst wirklich meine Rettung. Ich dachte schon, der Anruf kommt nie. Wusstest du, dass ...«

Ich habe noch nicht ganz Platz genommen, da sprudelt es schon aus ihr heraus. Beccie hat, wie soll ich sagen, immer etwas zu erzählen. Vor allem über Männer. Man tut gut daran, sie nicht zu unterbrechen, denn das kränkt sie. Sie braucht die Aufmerksamkeit. Schon immer. Ich denke, deswegen haben wir uns in der Grundschule angefreundet. Ich war froh, nicht viel sprechen zu müssen, und sie war froh, einen Zuhörer zu bekommen. Aus dieser anfänglichen Nutzgemeinschaft wurde aber schnell echte Freundschaft, spätestens als ich gemerkt habe, dass Beccie nicht nur unheimlich gerne redet, sondern auch unheimlich nett und überraschend gutmütig ist. Sie ist immer für mich da, zugegeben, manchmal vielleicht sogar zu sehr. Dann erdrückt sie mich fast mit ihrer Fürsorge, und ich muss sie davon abhalten, mir wegen einer kleinen Erkältung Bettruhe zu verordnen, die halbe Apotheke leer zu kaufen und meine Hand zu halten. Jetzt strahlt sie mich aber an. Offenbar sind die Männergeschichten zu Ende.

»Und? Wie geht es mit deiner Hausarbeit voran?«

»Ach, ich kann dieses ganze Medientheoriegerede nicht mehr sehen, hören und lesen. Und was ist da besser als ein Mittagessen im Freien mit meiner besten Freundin? Vor allem bei diesem Wetter?«

Sie reicht mir die Speisekarte, die ich bereits in- und auswendig kenne, und verfällt in einen Monolog über ihren Sonntag. Sie war Joggen, Radfahren, danach eine Runde Schwimmen und dann hat sie diesen süßen Rettungsschwimmer getroffen, mit dem sie abends noch aus war. Nachdem ich einen Blick auf Beccies lange Beine und den flachen Bauch geworfen habe, entscheide ich mich gegen Sahnesoße und für die Penne mit Limonensoße und Pistazien-Pesto. Außerdem wähle ich ein Glas Rotwein zum Essen. Beccie bestellt dasselbe. Soll noch mal einer sagen, wir Schwaben hätten keinen guten Geschmack.

»Übrigens, kriegst du mich wirklich nicht auf die Gästeliste für Freitag? Ich würde so gerne mitkommen.«

Freitag ist ein weiterer Event, bei dem ich als Fotografin dabei bin. Diesmal ist es der seit Wochen ausverkaufte Auftritt eines angesagten Berliner DJs, und wir wissen beide jetzt schon: Bekomme ich Beccie nicht auf die Gästeliste, stehen ihre Chancen sehr schlecht, den DJ aus der Nähe zu sehen. Leider ist der Veranstalter bisher hart geblieben.

»Ich habe mein Bestes gegeben, aber es sind wohl ohnehin schon zu viele Karten verkauft. Tut mir leid.«

»Schade. Aber mach dir keine Sorgen. Ich komme schon irgendwie rein.«

Sie nippt an ihrem Wein und sieht mich aus verträumten Augen an.

»Ich wette, der heiße Typ ist auch da. Ich meine, wer wird nicht da sein?«

Bei Beccies Lebenswandel und Flirtgewohnheiten muss man Buch führen oder notfalls erst mal so tun, als wüsste man genau, von welchem heißen Typen sie gerade spricht. Gestern noch war es ein Rettungsschwimmer, und morgen schon ist es ein Rechtsanwalt. Ich habe den Überblick verloren, erinnere mich nur an Steffen, ihren letzten und einzigen echten Freund. Er wollte sie aber so sehr an die kurze Leine nehmen, dass Beccie es nicht mehr ausgehalten und Schluss gemacht hat. Seitdem lebt sie, wie es ihr passt. Sie tut niemandem weh und lässt sich im Gegenzug von niemandem wehtun. Ich wünsche mir trotzdem manchmal etwas mehr Ordnung in der Liste ihrer Männerbekanntschaften. Eine alphabetische Ordnung wäre schon mal ein Anfang. Und Namen.

»Der heiße Typ?«

Sie nickt.

»Welcher?«

»Na, Tristan, der so heftig mit mir geflirtet hat.«

Ich verschlucke mich fast an meinem Essen bei dieser Version der Ereignisse. Das wäre so, als wenn jemand behauptet, die Zwillingstürme des World Trade Center in New York hätten sich in die Flugbahn geworfen.

»Wie bipffe?«

Für gewöhnlich spreche ich nicht mit vollem Mund, aber diesmal bin ich zu schockiert, um erst zu schlucken. Vielleicht auch sauer. Aber das würde ich niemals zugeben.

»Erinnerst du dich nicht? Tristan? Dunkle Haare, nicht dein Typ?«

Wenn sie wüsste, wie gut ich mich an ihn erinnere, hätten wir ein größeres Problem. Moment. Will sie mich testen? Ist sie wegen der pampigen Bemerkung am Samstag noch immer sauer? Kurz überlege ich, ihr zu sagen, von wem ich heute Morgen eine E-Mail in meinem Postfach hatte. Aber auch das würde zu nichts führen.

»Doch, da klingelt etwas. Samstag, Open-Air, Blut.«

»Genau der! Tristan.«

»Du fandst den Kerl, den wir danach getroffen haben, doch noch viel niedlicher.«

»Stimmt. Der könnte von mir aus am Freitag auch gerne da sein.«

»Hat er sich noch mal gemeldet?«

»Nein. Ich glaube aber, ich habe ihm aus Versehen eine falsche Nummer gegeben. Ich sollte mir wirklich Visitenkarten zulegen, meinst du nicht?«

Fast möchte ich lachen, aber ich verkneife es mir und zucke nur ratlos mit den Schultern.

»So wie du. Du machst das so clever. Wie oft steckst du den Männern nachts denn Visitenkarten zu? Und sie rufen immer zurück.«

»Beccie, bei mir sind es berufliche Kontakte. Das sind Veranstalter. Ich fotografiere für die und will kein Date mit denen.«

»Wieso auch? Du hast Oli. Er ist perfekt. Ihr seid perfekt.«

Das klingt fast trotzig und ist im Moment etwas, das ich weder hören will noch brauchen kann. Was hat Beccie nur? Ich weiß, dass sie Oliver sehr mag, ihn auch schätzt, aber selten hat sie so viel von ihm geschwärmt wie in den letzten Wochen – seit sie Steffen mit seiner neuen Freundin gesehen hat. Sie hat sich zwar betont cool gegeben, aber ich kenne sie besser, als sie denkt: Es hat sie getroffen, ihn mit einer anderen Frau zu sehen. Beccie will gar keine Männerbekanntschaften mehr, sie will einen süßen Freund, der immer für sie da ist. Sie will quasi ihren eigenen Oliver.

»Ja, ich habe Oli.«

Und das ist gut so. Auch wenn es weit davon entfernt ist, so perfekt zu sein, wie Beccie sich das vielleicht vorstellt, mag ich unser Leben genau so, wie es ist. Er gibt mir Stabilität und Sicherheit. Er ist immer da, wenn ich ihn brauche, und er hilft mir bei der Steuererklärung. Ich liebe ihn wegen den unendlich vielen Kleinigkeiten, die ihn zu dem Mann machen, den ich damals kennengelernt habe und der noch immer das Milchglas auf dem Tisch stehen lässt. Bei der Erinnerung muss ich schmunzeln. Ja, ich habe Oliver, und das ist wirklich gut so. Irgend so ein blutüberströmter Tristan hat da keinen Platz.

»Willst du seine E-Mail-Adresse?«

Beccie sieht mich an, und ihre Augen werden so groß wie Untertassen. Ich weiß nicht so recht, wieso ich das gesagt habe. Vielleicht einfach nur, um es loszuwerden und aus dem Kopf zu bekommen. Oder weil ich ihn bereitwillig an Beccie abgebe.

»Wie war das?«

»Er hat mir eine E-Mail geschickt. Wollte sich nur kurz bedanken.«

Ich sage es einfach. Es ist keine große Sache, und es soll auch keine werden.

»Für was wollte er sich bedanken?«

»Ich habe seine Platzwunde desinfiziert und ihm einen Schnaps ausgegeben.«

Beccie nickt und zeigt mit der Gabel auf mich, als würde sie mich aufspießen wollen.

»Wieso erfahre ich das jetzt erst? Und wo bleibt die wortgetreue Wiedergabe des Mail-Inhaltes, junge Frau?«

»Es war eine nette E-Mail. Er hat sich nur bedankt, das war alles.«

»Gut. Und ja, ich will seine E-Mail-Adresse. Ich könnte ihn ja anschreiben und mal so nach seinen Plänen fürs Wochenende fragen.«

»Ja. Mach das.«

Ich nehme einen Schluck Wein. Einen großen Schluck. Überraschenderweise bin ich erleichtert, dass ich es jemandem erzählt habe, dass ich es ausgesprochen habe und es somit kein Geheimnis mehr ist. Ich bin froh, dass es jetzt wirklich vorbei ist.

Ich verabschiede mich von Beccie am Wilhelmsplatz und gönne mir danach noch einen Spaziergang durch die schöne Stuttgarter Innenstadt bis hinunter zum Marktplatz. Hier, wo sich im Winter der Weihnachtsmarkt breitmacht und unzählige Menschen an den verschiedenen Ständen Weihnachtsschmuck bestaunen, ist es jetzt im Sommer angenehm ruhig. Einige Pärchen schlendern Hand in Hand an mir vorbei, genießen wie ich den sonnigen Tag. Ich komme an der Stiftskirche vorbei und verweile kurz auf dem Schillerplatz vor dem Denkmal des weltberühmten schwäbischen Dichters. Dann ist es nur noch ein kleines Stück Fußweg zum Schlossplatz, und spätestens jetzt weiß ich, dass ich wegen der Sache mit Tristan überreagiert habe. Es war nichts, aber es hat sich trotzdem irgendwie schwer angefühlt, fast so als würde ich Oliver hintergehen. Dabei habe ich gar nichts gemacht. Es war nichts anderes als eine E-Mail von einem netten Menschen, der sich bedanken wollte, mehr oder weniger. Ich werde ihm eine kurze Mail zurückschreiben, vielleicht das vierte Foto anhängen und erwähnen, dass sich meine Freundin gerne bei ihm melden würde. Damit hat sich die Geschichte dann erledigt, und ich kann mich wieder auf das konzentrieren, was ich gerne mache: leben.

Betreff: Re: Erste Hilfe & Dankeschön
Hi Tristan,
du musst dich nicht bedanken. Ich hoffe, deinem Auge geht es besser. Im Anhang sende ich dir übrigens ein schönes Foto, auf dem du noch unversehrt bist. Vielleicht findet es Verwendung. Das mit dem Getränk musst du echt nicht machen. Es war eine Selbstverständlichkeit.
Übrigens, meine Freundin Beccie lässt fragen, was du am Freitag machst und ob ich deine E-Mail-Adresse an sie weitergeben kann. Du hast mächtig Eindruck gemacht.
LG
Layla

Das Foto muss ich allerdings erst suchen, denn bei Olivers kritischer Prüfung ist es durchgefallen. Er fand es öde und nicht aussagekräftig genug. Ein tanzender Kerl, nicht gerade etwas Besonderes. Dabei war ich mir gerade bei dem Foto so sicher, es wäre ein echter Volltreffer. Alle Fotos von Tristan sind gut – aber das vierte, das ist fast perfekt. Mir hat an dem Foto alles gefallen. Vielleicht war ich einfach nicht mehr objektiv genug? Vielleicht musste man dort gewesen sein, um den Moment darin wiederzuerkennen? Ich finde es und muss es noch mal betrachten. Während ich bei allen anderen einige Korrekturen vornehmen musste, ist es unberührt schon perfekt genug. Ich verschicke die E-Mail mit dem Bildanhang. Damit ist das Kapitel nun wirklich abgeschlossen.

Danach sende ich Oliver eine SMS und frage, ob ich

heute Abend mit ihm rechnen könne. Ich würde gerne etwas kochen. Es ist schon länger her, dass wir einen schönen Abend zusammen verbracht haben. Er arbeitet als Vermögensberater und ist viel unterwegs. Entweder er betreut Kunden oder ist auf Fortbildungen in ganz Deutschland. Jeden Monat bekommt er eine weitere Auszeichnung. Da an den Wänden seines Büros schon kein Platz mehr ist, hängen wir die Dinger inzwischen sogar bei uns zu Hause auf. Ich bin stolz auf ihn, weil er so hart arbeitet und so gut darin ist, was er tut. Er hat auch etwas von unserem Geld sehr geschickt angelegt – ein typischer Schwabe halt. In letzter Zeit spricht er immer häufiger von einem Haus und unseren Zukunftsperspektiven. Einige Male haben wir auch über das Heiraten gesprochen, haben es damit aber nicht eilig. Gut, ich habe es damit nicht eilig. Was Kinder angeht, hat er es nicht eilig. So haben wir uns zunächst einmal für die gemeinsame Wohnung entschieden. Zur Miete. Alles andere wird von ganz alleine kommen. Heute ist er in Frankfurt und musste deswegen schon früh los, aber ich hoffe, er kommt nicht erst wieder mitten in der Nacht nach Hause.

Bis er mir antworten kann, bestelle ich einen Fahrradkurier für meine Foto-CD, die ich brenne, beklebe und mit einem Begleitbrief versehe. Die Bilder sind noch im Low-Quality-Format, reichen aber für den Veranstalter als Vorschau aus. Er pickt sich dann diejenigen heraus, die er in hoher Qualität haben will – für einen vorher ausgehandelten, fairen Preis. So läuft das bei uns immer. Ich könnte die Bilder auch per E-Mail schicken, aber bei der Größe wären das unendlich viele Mails. Mit den Fahrradkurieren Stuttgarts habe ich ausschließlich positive Erfahrungen gemacht. Schnell, freundlich und zuverlässig.

Schon nach wenigen Minuten klingelt es. Ich drücke auf den Summer und packe alles in ein kleines Päckchen, bevor ich mich zur Tür drehe und fast alles wieder fallen lasse.

Auch das Pflaster über dem linken Auge kann ihn nicht so sehr verändern, dass ich ihn nicht sofort wiedererkennen würde. Es ist ganz ohne Zweifel Tristan! Er trägt kurze braune Baggypants, dazu ein schwarzes T-Shirt und einen Rucksack. Hier in meinem kleinen Büro wirkt er auf einmal noch größer als am Samstag. Er muss knapp zwei Meter groß sein. Er grinst mich breit an, und in mir beginnt es sofort zu flattern. Verdammt.

»Layla! So schnell sieht man sich wieder.«

»Ja. Das ist ja ... lustig.«

Dann herrscht Schweigen. Er lächelt gut gelaunt vor sich hin, und die kleinen Käfer in meinem Kopf drehen Loopings. Ich weiß nicht, was ich sagen soll, und starre ihn deshalb einfach weiterhin mit großen Augen an. Seine Haare sitzen heute etwas anders, sind durch den Fahrradhelm platt gedrückt, aber sonst sieht er unverändert aus. Wieso mich das überrascht, weiß ich nicht, immerhin sind gerade mal zwei Tage vergangen.

Ich klammere mich an das kleine Päckchen in meiner Hand und weiß, dass einer von uns schon langsam etwas sagen sollte.

»Wie ... geht es dem Auge?«

Er fasst sich automatisch an die Schläfe.

»Ganz gut. Drei Stiche. Der Arzt meinte, es sei klug gewesen, dass ich es sofort desinfiziert habe.«

»Na, sag ich doch.«

»Ich weiß.«

Das ist doch schon mal etwas. Als Krankenschwester mache ich also eine bessere Figur als jetzt hier beim Small

Talk in meinem plötzlich viel zu engen Büro. Während ich weiterhin wie versteinert dastehe, beginnt Tristan, sich in meinem kleinen Reich umzusehen. Sein Blick bleibt bei den Fotografien an der Wand hinter meinem Schreibtisch hängen, und plötzlich ist es nicht nur zu eng, sondern auch viel zu heiß hier drinnen. Er macht einen Schritt auf die Bilder zu und betrachtet sie konzentriert.

»Alle von dir?«

»Ja, das sind meine Angeberfotos.«

Es stimmt. Ich habe nur die schönsten und besten Fotos ausgewählt, um sie hier zur Schau zu stellen. Sie sind nicht nur dazu da, mögliche Kunden zu beeindrucken, sondern vor allem eine Art Motivation. Sie erinnern mich daran, dass ich noch etwas anderes kann, als betrunkene Teenager auf Partys zu knipsen. Er bleibt vor meinem Lieblingsbild stehen und betrachtet es eine kleine Weile. Ich stehe weiterhin einfach da – und bin nervös, denn ich bin verwundbar, wenn es um dieses Bild geht. Auf dem gerahmten großformatigen Schwarz-Weiß-Foto sieht man eine alte Frau. Sie sitzt auf einer Bank am Ufer des Gardasees, einen Gehstock in beiden Händen vor sich, das Kinn aufgestützt, der Blick geht in die Ferne. Es ist meine Großmutter. Ich habe das Foto vor ein paar Jahren aufgenommen, als wir sie besucht haben, kurz nach dem Tod meines Großvaters. Meine Großmutter und ich haben den Nachmittag zusammen verbracht, und sie hat mir erzählt, wie sie vor langer Zeit meinen Großvater kennengelernt und sich in ihn verliebt hat. Er aus Verona, sie aus Malcesine. Aus Liebe ist er dann zu ihr an den Lago gezogen. Als sie ihre Geschichte zu Ende erzählt hatte, war sie kurz still, hat auf den See geblickt und an die große Liebe ihres Lebens gedacht. Selten habe ich so viel Wärme und Liebe in ihrem Blick gesehen, und nie habe ich meine Großmutter mehr geliebt als in diesem Augenblick.

Mit klopfendem Herz und zittrigen Fingern habe ich den Moment für immer festgehalten. Ob für sie oder für mich, kann ich nicht sagen.

Da ich das Bild schon stundenlang angestarrt habe, betrachte ich jetzt lieber Tristan, der ganz nah an das Foto herantritt und sich vorbeugt, um es genauer zu studieren. Er muss noch mehr für seinen Körper tun als nur das Radfahren an der frischen Luft. Seine gesunde Bräune hat er aber wohl von seiner Tätigkeit als Kurier. Das sieht nicht wie das Ergebnis von Aufenthalten in Solariumskäfigen aus. Ich sehe, wie die Haut in seinem Nacken kleine Falten wirft, und kann mich plötzlich wieder genau daran erinnern, wie er riecht. Allein bei dem Gedanken daran beginnt ein Schwarm Schmetterlinge damit, in meinem Bauch langsam seine Runden zu drehen. Miese Verräter.

»Das hier finde ich wunderschön.«

»Danke. Es ist schon alt.«

Schnell blicke ich wieder auf das Portrait meiner Großmutter. Ich kann nicht wirklich gut mit Komplimenten für meine Fotos umgehen, weil ich ziemlich schlecht darin bin, sie anzunehmen, und alles lieber ganz schnell wieder herunterspiele. Dabei ist es vielleicht sogar das beste Foto, das ich jemals geschossen habe. Es steckt sehr viel Liebe darin und ist voller schöner Erinnerungen. Außerdem habe ich deswegen vor Jahren sogar ein Jobangebot als Assistentin eines bekannten Fotografen bekommen, zusammen mit einem Scheck für den Gewinn eines Fotowettbewerbs. Ich habe das Geld damals angenommen, den Job aber ausgeschlagen. Heute bereue ich es nur noch stumm in meinem Inneren. Nach außen hin behaupte ich lieber, dass es die richtige Entscheidung gewesen sei.

Tristan dreht sich wieder zu mir um, sieht mich aufmerksam an, und ich strecke ihm schnell das Päckchen entgegen. Er kommt auf mich zu, nimmt es, und schon huscht wieder ein kleines Grinsen über seine Lippen.

»So arbeitest du also, wenn du nicht auf Partys unterwegs bist.«

Ich nicke und lasse den Blick durch mein kleines Reich gleiten. Es ist nicht viel, aber es ist alles, was ich habe und brauche.

Tristan lässt das Päckchen in seinen Rucksack gleiten, reicht mir die Quittung, und ich unterschreibe. Als ich zu ihm aufsehe, hat er seinen Blick auf meinen Schreibtisch gerichtet. Dort steht ein Foto von mir und Oliver – und plötzlich weiß ich nicht, wie ich damit umgehen soll. Ich tue so, als hätte ich es nicht bemerkt oder so, als wäre es eine Selbstverständlichkeit.

Moment.

Es ist eine Selbstverständlichkeit.

Oliver und ich sind ein Paar, und das seit vielen Jahren. Da ist es nur natürlich, dass ich dieses Foto hier aufstelle. Ich mache einen kleinen Schritt von ihm weg, drehe mich zu meinem Schreibtisch und lächle dabei, vielleicht etwas zu verträumt.

»Mein Freund.«

Ich höre, wie Tristan den Rucksack über die Schultern zieht.

»Hübsches Paar.«

»Danke.«

Als ich mich wieder zu ihm drehe, lächelt er mich an. Bei ihm sieht das gar nicht gezwungen aus. Aha.

»So, ich muss dann auch weiter. Wir sehen uns bestimmt wieder.«

Er will gerade wieder gehen, als mir etwas einfällt.

»Ach, Tristan, nur dass du dich nicht wunderst: Ich habe dir vorhin eine Mail geschickt, und meine Freundin wollte wissen, ob du … Sie denkt, du hast … also … mit ihr geflirtet, und ich wollte nur … Sie fragt, ob du am Wochenende vielleicht …«

»Deine Freundin?«

»Beccie.«

Ich klinge wie ein verzweifeltes Teenie-Mädchen, das von seiner besten Freundin vorgeschickt wurde, um zu fragen, ob ein ganz bestimmter Junge sie gut findet. Noch bescheuerter hätte ich mich dabei wohl nicht ausdrücken können. Ich hätte ihn einfach fragen sollen, ob er sich an Beccie erinnert und ob er Lust hat, sich mit ihr am …

»Die Blonde, richtig?«

»Ja, sie findet dich sehr nett, und sie wollte wissen, ob du am Wochenende schon was vorhast.«

»Kommst du mit?«

»Ähm, nein, ich muss am Freitag arbeiten … auf diesem Event mit dem berühmten DJ aus Berlin.«

»Ich weiß, ich auch. Ich stehe da an der Tür.«

»Du bist Türsteher?«

»Nicht hauptberuflich. Ich helfe nur immer mal wieder aus.«

»Aha. Dann sehen wir uns da wohl.«

»Schön. Vielleicht kann ich dir dann ja einen Drink ausgeben.«

»Sicher. Wieso nicht?«

Er wirft einen Blick auf die Uhr.

»Ich muss jetzt leider los, dein Kunde wartet. Bis Freitag.«

Und bevor ich etwas sagen kann, ist er auch schon aus der Tür. Aber da ich ohnehin nur dann wirklich schlagfertig bin, wenn man mir zwei Stunden Bedenkzeit lässt, wäre mir wahrscheinlich sowieso kein guter Abschiedsspruch eingefallen. Ich stehe da, schaue auf die geschlossene Tür und stelle fest, dass meine E-Mail an ihn eigentlich das genaue Gegenteil von dem aussagt, was ich gerade von mir gegeben habe, und dass die Käfer wahrscheinlich genau deshalb gerade in meinem Bauch eine wilde Schlacht gegen die Schmetterlinge führen.

Ich werde ihn also wiedersehen. Am Freitag. Ohne Beccie. Ich bin eine schreckliche Freundin.

Plötzlich spielt mein Handy eine fröhliche Musik ab. Es ist das Signal für den Eingang einer SMS, und schnell lande ich wieder in der Realität. Olivers Bild und Name erscheinen auf dem Display.

Oli Handy:
Sorry Süße, das mit heute Abend wird wohl nichts. Mein Zug kommt um kurz nach zehn an. Muss jetzt los, Oli

Ich setze mich wieder an meinen Arbeitsplatz und betrachte unser gemeinsames Foto. Es ist bei einem der großen Geschäftsessen entstanden, auf denen Oliver von Zeit zu Zeit in weiblicher Begleitung erscheinen muss. Dann zwänge ich mich in ein Abendkleid oder in ein schönes Kostümchen und begleite ihn als die Frau an seiner Seite. Auf dem Bild hat er seinen Arm stolz um mich gelegt, und ich lehne lächelnd an seiner Schulter. Wir sehen wirklich perfekt aus, da hat Beccie schon recht. Sein Anzug sitzt wie angegossen, die Krawatte hat einen ordentlichen Knoten, seine Frisur sitzt auch eins a – gerade so, als würde sie sogar einen Frankfurt-Rom-London-Haarstresstest ohne Probleme überstehen. Wir lächeln beide glücklich in die Kamera.

Dann blicke ich wieder zu dem Bild meiner Großmutter an der Wand.

Digitale Freundschaften

Ich spüre, wie er seinen Arm von hinten um mich legt und meinen Nacken küsst. Er riecht nach Bier und Zigaretten, dabei raucht Oliver nicht einmal. Die rote LCD-Anzeige des Weckers neben mir zeigt an, dass es kurz nach zwei Uhr ist. Ich habe ihn schon im Flur gehört, dann im Bad, jetzt liegt er neben mir im Bett, und ich bin sauer.

Wie so oft habe ich nämlich auf ihn gewartet. Nicht mit dem Essen, das hätte ich nicht durchgehalten, aber ich wollte ihn heute wenigstens noch kurz sehen. Also habe ich es mir auf dem Balkon bequem gemacht, habe gelesen und Musik gehört, mit Beccie telefoniert, aber irgendwann habe ich es sattgehabt, auf mein Handy zu starren. Das war um halb zwölf. Er hat geschrieben, dass er gegen zehn Uhr in Stuttgart ankommt. Gut, manchmal folgt noch ein Absacker mit den Kollegen, daran habe ich mich längst gewöhnt, aber ich hatte einfach gehofft, dass er sich irgendwann vielleicht doch losreißen würde, um zu mir nach Hause zu kommen. Ich hatte gehofft, er würde noch etwas Zeit mit mir verbringen wollen. Wollte er offenbar nicht. Warum auch immer. Dabei sehen wir uns ohnehin recht selten, wenn man bedenkt, dass wir zusammenwohnen. Unter der Woche kommt er oft erst spät nach Hause und ist müde vom Tag, und am Wochenende arbeite ich oft bis spät in die Nacht und bin dann am nächsten Morgen müde. Das reduziert unsere gemeinsame Zeit viel zu oft auf die, in der wir uns das Bett teilen und nebeneinander einschlafen.

Ich möchte gerne wissen, wie sein Tag gelaufen ist und ob es ihm gut geht, aber ich bin noch sauer. Er hätte wenigstens kurz anrufen können. Da ich keinen Streit will, halte ich die Augen weiterhin geschlossen und warte, bis seine Atmung ruhig und gleichmäßig geworden ist. Dann erst stehe ich leise auf und schleiche auf Zehenspitzen ins Wohnzimmer. Unterwegs sammele ich seine Socken und seine Hose ein. Ich bringe alle Klamotten, die ich finden kann, ins Bad und hänge sie dort auf. Sie stinken nach Rauch, und ich will diesen Geruch nun wirklich nicht in der ganzen Wohnung verteilt. Wir haben uns darauf geeinigt, dass in der Wohnung nicht geraucht wird, auch Freunde gehen auf den Balkon. Und genau dahin begebe ich mich jetzt. Es ist mein liebster Platz hier. Unser Balkon über den Dächern der Stadt, mit einem schönen Blick – fast bis zum Fernsehturm, wenn ich mich etwas auf die Zehenspitzen stelle.

Die Nacht ist warm, der Himmel klar, und ich atme tief ein. Es ist so schön, im Sommer hier draußen zu stehen und einfach nur die Ruhe zu genießen. Früher saßen Oliver und ich hier oft zusammen auf dem großen Sessel. Das war vor seiner Beförderung. Er saß dann immer hinter mir, hat seine Arme um mich gelegt, und wir haben zusammen Wein getrunken, die Sterne angesehen, geflüstert und gelacht. Irgendwann kam dann der Stress in der Arbeit. Er machte Karriere, und ich baute meine kleine Firma auf. Ich habe jeden Job angenommen, der ins Haus kam, um mir einen Namen zu machen und gegen die starke Konkurrenz hier eine Chance zu haben. Wir waren froh, wenn wir gemeinsam erschöpft ins Bett fallen konnten, und obwohl der Wecker uns viel zu früh wieder aus dem Land der Träume riss. Vielleicht sollte ich das wieder etwas öfter mit ihm machen. Hier zusammen draußen sitzen, Sterne zählen. Einfach so, unter der Woche, nur wir zwei. Es heißt doch, man solle den Trott in einer Beziehung durch verrückte kleine Momente aufbrechen. Ich kann mich auch nicht mehr daran erinnern, wann er das letzte Mal mit mir ausgegangen ist oder wenigstens auf einer meiner Arbeitstouren dabei war. Früher hat er das sehr gerne gemacht, mich begleitet und dann mit mir getanzt. Wir haben einige verrückte Fotos von uns: wie wir tanzen, uns küssen, uns umarmen. Immer sind sie etwas verschwommen, unscharf oder aus einem ungewöhnlichen Winkel fotografiert, aber genau deswegen habe ich sie so geliebt. Es waren wunderschöne Momentaufnahmen.

Ich seufze. Heute möchte er am Wochenende abends lieber ausspannen. Er arbeitet einfach viel zu viel. Wenn ich ihn darauf aber direkt anspreche, fasst er es immer gleich als Angriff oder Beleidigung auf, und wir schweigen uns den Rest des kostbaren gemeinsamen Abends während *CSI Miami* nur noch an. Das möchte ich schließlich auch nicht. Oliver ist nun einmal sehr ehrgeizig, und das gefällt mir an ihm. Er weiß, was er will, und er hat immer ein klares Ziel vor Augen, für das er alles gibt.

Ich finde es gut, dass der Mann an meiner Seite einen guten Job hat, mit dem er im Notfall die Familie ernähren könnte. Das könnte Oliver ohne Zweifel. Trotzdem bin ich auch sehr stolz darauf, selbst einen ordentlichen Beitrag zu unserem Einkommen leisten zu können. Es geht uns finanziell nicht schlecht, und wir haben keinen Grund, uns zu beschweren. Allerdings verlieren wir dadurch auch viel Freizeit und Zeit für uns, nur für uns. Wir machen nur noch wenig zusammen, und es fehlt mir. Er fehlt mir. Die Art und Weise, wie er mich angesehen hat, wenn wir zusammen getanzt haben, und wie er von mir gesprochen hat, wenn seine Freunde im Club gefragt haben, was ich beruflich mache. All das hat sich verändert, und das passiert nun mal in Beziehungen, dessen bin ich mir bewusst. Vielen Freunden geht es ganz ähnlich wie uns. Sie bekämpfen das mit Kurzurlauben und Wochenenden am Bodensee.

Ich schaue wieder hoch zu den Sternen, und anstatt zurück ins Bett zu gehen, setze ich mich alleine auf den großen Sessel, ziehe die Füße an den Körper und stütze mein Kinn auf meine Knie.

So sitze ich eine ganze Weile, bevor ich mich doch wieder neben ihm ins Bett lege und ihn betrachte. Selbst jetzt sitzt seine Frisur perfekt, und sein Brustkorb hebt und senkt sich bei jedem Atemzug. Langsam lege ich meine Hand auf seine Brust, direkt auf sein Herz, und schließe die Augen. Ich spüre seinen Herzschlag in meiner Handfläche und möchte mit diesem Gefühl einschlafen. Doch es dauert keine zehn Sekunden, da schiebt Oliver meine Hand sanft weg und rollt sich auf die andere Seite, ohne wirklich wach zu werden. Ich bleibe auf meiner Seite und starre auf seinen Rücken. Wieso ich ausgerechnet jetzt an Tristan denken muss, weiß ich nicht.

»Hast du meine Hose gesehen?«

Die Sonne fällt durch die Vorhänge, und ich weiß genau, ich habe verschlafen. Was nicht besonders schlimm ist, da ich meine eigene Chefin bin und mich wohl kaum selber feuern würde.

Oliver steht mit einem frischen Hemd und Krawatte, sonst aber nur in Boxershorts bekleidet neben dem Bett und sieht mich fragend an. Er sieht heute wirklich unverschämt fit aus, obwohl er gestern so spät nach Hause gekommen ist und schon vor mir wieder auf den Beinen ist.

»Ich habe sie gestern ins Bad gehängt.«

Er will schon wieder verschwinden, als ich seine Hand ergreife und ihn anlächle.

»Nicht so schnell, junger Mann.«

Er küsst meine Hand und nickt dann zum Wecker neben meinem Bett.

»Ich muss mich beeilen, wenn ich es noch rechtzeitig ins Büro schaffen will.«

Ich lasse ihn also los, denn wäre ich jetzt der Grund für Ärger mit seinem Chef, der mich sowieso nicht besonders gut leiden kann, dann hätte ich heute Abend den Salat – und das möchte ich ganz sicher nicht.

»Heute Abend ist Stammtisch, willst du auch kommen?«

Er spricht mit mir durch eine Tür und einen Flur getrennt, aber ich verstehe ihn auch so. Jeden Dienstag ist Stammtisch mit seinen Jungs im *Fischlabor*, einer Kneipe in der Nähe unserer Wohnung. Er lässt diesen Termin nur äußerst selten und sehr ungern sausen. Weil ich manchmal gerne der Prototyp einer perfekten Freundin sein möchte, sage ich nicht viel dazu. Ich gönne ihm diesen wöchentlichen Ausgang und treffe mich dann meistens einfach mit Beccie. Trotzdem freut es mich, dass er wenigstens fragt.

»Nein, geh du nur alleine.«

Er kommt völlig bekleidet wieder ins Schlafzimmer und wirft einen prüfenden Blick in den Spiegel. Er sieht sehr gut aus im Anzug. Er kann ihn tragen, ohne dabei verkleidet zu wirken.

»Okay, grüß Beccie von mir. Und wir haben keinen Kaffee mehr, kannst du vielleicht welchen besorgen?«

»Klar.«

»Einen schönen Tag wünsch ich dir.«

»Ich dir auch, und ich lieb dich.«

Er kommt noch einmal zu mir, küsst mich sanft auf die Lippen und zwinkert mir zu.

»Lass dich nicht ärgern.«

Ich lausche, wie er zur Haustür geht. Manchmal, wenn ich Glück habe, wirft er mir noch ein »*Ich freu mich schon auf heute Abend, Süße*« vom Flur aus zu. Heute nicht. Wenn man so lange zusammen ist wie wir, dann sagt man sich nicht mehr bei jeder Gelegenheit, wie sehr man sich liebt und vermisst und wie viel einem der andere bedeutet. Man weiß es einfach. Man fühlt es und muss nicht mehr unsicher sein. Wenn man jemanden so gut kennt, wenn man jemanden so nah an sich herangelassen hat, dass man sein Leben um besagte Person herumgebaut hat, dann muss man nicht mehr um jedes »*Ich liebe dich*« betteln. Es setzt das alles voraus. Oder? Na, eben.

Ich strecke mich noch einmal im Bett aus, bevor ich mich auf dem Weg ins Badezimmer mache, dabei Olivers Handtuch vom Boden aufhebe und an die Stange zum Trocknen hänge. Er lernt es nie.

Das warme Wasser läuft über meinen Körper, und ich spüre, dass ich wach werde. Morgens brauche ich erst eine Dusche, die den Schlaf und die Reste der Träume von mir spült, bevor ich für einen neuen Tag bereit bin, und während ich mit geschlossenen Augen den Wasserstrahl auf mein Gesicht halte, denke ich plötzlich an die gestrige unerwartete Begegnung mit Tristan. Wie klein mir mein Büro plötzlich vorgekommen ist, mit ihm darin, und ich frage mich, wieso er ausgerechnet das Foto meiner Großmutter angeschaut hat. Er konnte nicht wissen, dass es etwas Besonderes ist. Für mich.

Ich stelle das Wasser ab. Ich kann hier nicht stehen bleiben und nachdenken. Das bringt alles nichts. Außerdem werde ich heute Abend einfach doch zu dem Stammtisch gehen. Als Überraschungsgast. Vielleicht merkt Oliver dann, dass ich gerne mehr Zeit mit ihm verbringen möchte.

Als Erstes öffne ich die Fenster und versuche etwas gegen die Hitze in meinem Büro zu unternehmen. Der Ventilator auf dem Tisch neben dem Drucker tut, was er kann. Nur ist das leider nicht viel. Ich hole mir eine kühle Cola aus dem Kühlschrank in der Miniküchenzeile, schalte meinen Computer an und werfe einen kurzen Blick auf die Fotos an den Wänden. An manchen Tagen fühle ich mich fehl am Platz. Heute ist so ein Tag. Dann denke ich über all die anderen Partyfotografen in Stuttgart nach und ärgere mich über die, die wahrscheinlich gerade mal den Führerschein bestanden haben, sich aber feiern lassen, als hätten sie einen eigenen Galeristen und wären mit einer Fotokamera in der Hand geboren. Vielleicht ärgere ich mich aber auch nur so über sie, weil ich fast schon zum alten Eisen gehöre und hinter meinem Rücken wahrscheinlich sogar belächelt werde. Nicht nur vom Party-Knipser-Nachwuchs, auch von den Gästen. Man muss kein Genie sein, um das zu wissen. Während die meisten Frauen auf diesen Partys in engen und gewagten Outfits ihre Schokoladenseite zum Vorschein bringen und sich von mir fotografieren lassen, um dann voller Stolz die Klicks ihrer Fotos im Internet zu zählen, trage ich das T-Shirt meiner Firma, weil ich mir keine Plakatwände in der Stadt oder flippige Anzeigen in angesagten Magazinen leisten kann. Ich kann mich nur auf mein Talent und das T-Shirt verlassen. Ich trage entweder das schwarze, das pinkfarbene oder das weiße T-Shirt. Sicher, sie sind in einer weiblichen Form geschnitten, aber nichts im Vergleich zu den entzückenden Oberteilen der Damen auf der Tanzfläche. Damit schinde ich rein optisch gesehen natürlich wenig Eindruck. Damit gehe ich unter. Es ist nicht so, dass ich irgendjemanden beeindrucken wollte, wirklich nicht, immerhin will ich ja gar nicht auffallen, um ungestört fotografieren zu können, aber es hilft auch nicht gerade dabei, sich besser zu fühlen. Vielleicht sollte ich wirklich mal wieder andere Fotos schießen, und vielleicht kennt jemand jemanden, der jemanden kennt, der ... Blödsinn. Oliver und ich haben viel Geld in diese Firma hier investiert, und jetzt will ich das alles aufs Spiel setzen für einen alten, verwegenen Traum? Wohl kaum. Freischaffender Künstler. In der heutigen Zeit ist das doch Unsinn, beruflicher Suizid.

Mit der Cola in der Hand nehme ich im Wirkungsbereich des Ventilators vor meinem Rechner Platz und checke als Erstes die E-Mails. Wie immer sind es viel zu viele, und die meisten davon könnte ich sofort löschen oder mit einer kurzen Floskel beantworten. Bis auf eine.

Betreff: Re: Re: Erste Hilfe & Dankeschön
Hi Layla,
danke für das Foto. Abgesehen vom Model, das mal wieder
eine Rasur gebrauchen könnte, ist das Bild wirklich
klasse. Ich bin beeindruckt, weil es so viel mehr
zeigt, als es auf den ersten Blick erahnen lässt.
Kannst du Gedanken lesen? Ich bin kein Profi, aber ich
denke, du hast ein phantastisches Auge für Emotionen.
Habe dein Päckchen gestern noch heil abgegeben. Wir
sehen uns dann Freitag. Mit dem geschwollenen Auge
werde ich als Türsteher bestimmt total beeindruckend
aussehen.
Grüßle,
Tristan

Eine einfache Mail. Doch lese ich sie jetzt bereits das zweite Mal. Und noch einmal. Ihm hat das Foto gefallen, er hat mehr gesehen als nur eine tanzende Menge – oder er wollte einfach höflich sein. Wieso aber sollte er höflich sein wollen?

Betreff: Re: Re: Re: Erste Hilfe & Dankeschön
Tristan,
es freut mich, dass dir das Bild gefällt. Ich habe einfach drauflosgeklickt, als ich dich da stehen gesehen habe. Dein Auge wird bestimmt einige Leute abschrecken, aber so soll das ja auch sein. Schön grimmig gucken, dann hast du an dem Abend keinen Ärger.
L.

Wieso ich lächeln muss, weiß ich selber nicht. Ich schüttle kurz den Kopf und erinnere mich daran, wo ich gerade bin. In meinem Büro, in dem ich eigentlich arbeiten sollte. Ich starte meinen Tag immer mit der gleichen Routine. Ich checke meine E-Mails, dann checke ich Facebook. Dort tummeln sich unendlich viele Jobangebote für jemanden wie mich. Man wird zu einer Party eingeladen, man erfährt von einer Party. Je nachdem wer als DJ gebucht wird oder wie viele bestätigte Gäste der Event hat, fragt man an, ob ein Fotograf bereits gebucht ist, und falls nicht, bietet man seine Facebook-Freundschaft und seine Dienste an. So habe ich inzwischen über vierhundert digitale Freunde in meiner Liste, von denen ich nur wenige tatsächlich zu meinem echten Freundeskreis zähle. Ich sehe auch Oliver auf meiner Startseite, der vor knapp zehn Minuten seinen Status aktualisiert hat.

Oliver Stettner vor 8 Minuten:
Stammtisch mit den Jungs heute Abend, so soll es sein.

So soll es sein. So viel zu meinem Plan, ihn vielleicht mit meiner Anwesenheit angenehm zu überraschen. Auch die Kommentare seiner Freunde lassen darauf schließen, dass weibliche Begleitung heute Abend weder erwünscht noch erwartet wird. Und so klicke ich auf Beccies Profil. Gerade will ich ihr eine kurze Nachricht mit der Frage nach ihrem Abendprogramm hinterlassen, als mir der Name ihres neuesten kürzlich hinzugefügten Freundes ins Auge springt.

Tristan Wolf.

Auf dem kleinen Foto hätte ich ihn nicht sofort erkannt. Irgendwas ist anders. Aber jetzt, da ich mich gefährlich weit vorbeuge und meine Kinnlade fast auf der Tischplatte landet, erkenne ich sein Gesicht nun doch klar und deutlich. Ja, das ist Tristan. Und schon beginnt es leise zu surren und zu flattern. Leider ist sein Profil gänzlich auf *Privat* gestellt, und somit kann ich weder seine Pinnwand noch seine Fotos durchstöbern. Meine Maus bewegt sich langsam auf dieses verführerische Feld »*Freund hinzufügen*«. Nichts wäre verkehrt. Ich habe so viele Freunde, mit denen ich nicht viel zu tun habe. Ich könnte ihn adden und dann nie wieder auf sein Profil zurückkehren. Das habe ich vorher auch gemacht. Es ist nichts dabei. Beccie hat es ja auch gewagt. So klicke ich todesmutig drauf und schließe das Fenster dann ganz schnell wieder. Mein Puls rast. Was mache ich da? Ich bin hier, um zu arbeiten, nicht um einen Kerl im World Wide Web zu verfolgen.

Ich öffne mein Photoshop und nehme einen großen Schluck Cola. Ich komme mir vor wie damals mit fünfzehn, denn jetzt beginnt das ganze Drama ja erst. Wird er meine Anfrage annehmen? Wird er mich ablehnen? Wenn ja, wieso? Wenn er mich annimmt, wann wird er mich annehmen? Und wieso zum Henker ist es mir so wichtig?

Wie ein Mantra hole ich mir Beccies Worte ins Gedächtnis. Er ist nicht mein Typ. Kein Stück. Und ich habe einen Typen. Oliver. Wir sind glücklich, wir wohnen und leben zusammen. Ihm habe ich, mehr oder weniger, meine Zukunft geschenkt. Nun, wenn ich jetzt einen kurzen Moment länger darüber nachdenke, eher weniger. Aber trotzdem, ich habe ihm bereits fünf Jahre meines Lebens und einen großen Teil meines Herzens geschenkt.

Das Klingeln des Telefons reißt mich so unvorbereitet aus allen Gedanken, dass ich einen kurzen Moment brauche, um mich wieder in die Realität zu begeben.

»Pix-n-Party.com, Layla Desio, hallo.«

»Spar dir die ganze Nummer, ich muss dir was erzählen!«

Auf Beccie und ihr Timing ist Verlass, manche Dinge ändern sich nie – und das ist so erschreckend wie beruhigend.

»Dann schieß los, ich bin ganz Ohr.«

»Ich bin auf der Gästeliste!«

Es überrascht mich nicht so sehr, wie sie es sich wohl gewünscht hatte, weil Beccie meistens irgendwie auf die Gästeliste kommt und das meistens ohne meine Hilfe. Zum Glück, denn diesmal bin ich wirklich keine große Hilfe gewesen.

»Schön. Wie hast du das geschafft?«

»Reiner Zufall. Tristan hat das klargemacht.«

Den Nachsatz schiebt sie fast unbedeutend hinterher – und zwar so, dass er mich etwas kälter erwischt, als ich es mir eingestehen will. Sie hat ihm geschrieben, er hat ihr geantwortet, jetzt sind sie Facebook-Freunde, und Tristan hat sogar seine Beziehungen für sie spielen lassen. Wieso um alles in der Welt reagiere ich so ... eifersüchtig?

»Ach. Das ist nett von ihm.«

Es entsteht eine kurze Pause am anderen Ende. Was ist los? Ich traue dem Ganzen nicht, denn mit Beccie entsteht nie eine Pause, nicht mal eine kurze. Sie holt höchstens mal Luft, aber auch da bin ich mir nicht sicher. Manchmal hege ich den leisen Verdacht, dass sie nicht durch Mund und Nase, sondern durch die Haut atmet. Und natürlich dauert die Pause auch nicht lange.

»Ja klasse, oder? Er ist nämlich Türsteher.«

»Nicht hauptberuflich.«

Die beiden Worte verlassen meinen Mund, noch bevor mir klar wird, dass ich das eigentlich gar nicht wissen sollte. Ich lasse meine Stirn auf die Tischplatte vor mir sinken. Noch unauffälliger hätte ich es wohl kaum machen können. Jetzt wird sie nachfragen, und ich werde alles abstreiten.

»Echt? Und woher weißt du das?«

»Ach, er ist Fahrradkurier und hat gestern ein Päckchen bei mir abgeholt. Wir haben nur kurz geredet.«

Ich richte mich schnell wieder auf. Angriff ist die beste Verteidigung, heißt es doch immer. Jetzt habe ich mich schon selber in diese Situation manövriert, jetzt kann ich genauso gut auch so tun, als würde mir das alles nicht das Geringste ausmachen. Ich stehe auf und laufe durch mein Büro, weil es dann einfacher ist, unbeteiligt zu klingen.

»Nicht schlecht. Auf jeden Fall kann ich dich jetzt am Freitag begleiten. Das wird ein Spaß, oder?«

Ich bleibe vor meinem Lieblingsbild stehen und erinnere mich daran, wie er gestern hier, an genau dieser Stelle, gestanden hat.

»Absolut.«

Sie erwähnt Facebook mit keiner Silbe, und ich werde sie weder danach fragen noch zugeben, es schon bemerkt zu haben.

»Arbeite nicht zu viel.«
»Mache ich. Hast du heute Mittag schon was vor?«
»Ja. Ich treffe mich mit ein paar Kommilitonen. Tut mir leid. Morgen?«
»Klar. Melde mich bei dir.«

Erleichtert lege ich auf und nehme wieder an meinem PC Platz. Ich bin viel zu lange hier, ohne auch nur ein bisschen Arbeit erledigt zu haben. Ich logge mich trotzdem, aus reiner Vorsicht, noch mal bei Facebook ein und habe eine neue Nachricht.

Tristan Wolf hat deine Freundschaftsanfrage bestätigt.

Mein Herz legt viele kleine Sprünge zu einem sambaartigen Rhythmus hin, und sofort klicke ich auf sein Profil, das ich nun in seiner vollen Pracht bestaunen kann. Er hat 127 Freunde und drei Fotoalben, die ich mir gleich einzeln vornehmen werde.

Auf der Infoleiste steht es dann:

Tristan Wolf ist in einer Beziehung.

Es ist ein Schlag in die Magengrube und ein Sicherheitsnetz zugleich. Er ist vergeben, und ich bin erleichtert. Ich habe nichts Falsches gemacht. Und vor allem werde ich auch nichts Falsches machen. Ich bin vergeben, er ist vergeben. Aus. Ich will lächeln und ausatmen, wenn da nicht dieses andere Gefühl wäre. Ein Gefühl, das ich schnell in den Schrank sperren will und das in meinem Leben keinen Platz haben darf.

Obwohl es Zeit wird, Fotos zu bearbeiten, meinem Beruf nachzugehen, entscheide ich mich stattdessen dafür, mir die Fotoalben auf Tristans Seite anzusehen.

Das älteste Album zuerst. Die letzten Bilder hat er vor zwei Jahren hochgeladen, und ich bemerke, wie jung er auf manchen Fotos aussieht. Eines gefällt mir besonders: Es ist irgendwo am Meer entstanden. Er lacht direkt in die Kamera, versucht die Hand vor sein Gesicht zu halten, ist aber vom Fotografen ganz offensichtlich zuvor erwischt worden. Es sieht so unbekümmert und entspannt aus. Sofort schließe ich dieses Lachen in mein Herz. Auf den meisten anderen Fotos ist er mit einer Frau zu sehen, die offensichtlich seine Freundin ist. Sie sieht hübsch aus. Kürzere freche Haare, eine kleine zierliche Person mit strahlenden hellbraunen Augen und einem süßen Lächeln. Auf den Fotos sieht man sie tanzen, im Urlaub, er trägt sie huckepack durch eine enge Gasse in Amsterdam, sie in einem Zelt, er beim Versuch aus dem Pool zu klettern, sie trägt ein wunderschönes schlichtes Kleid, er einen Anzug, sie halten sich an den Händen, beide strahlen und zeigen voller Stolz: Sie gehören zusammen. Ich sehe es mir etwas genauer an. Vermutlich ist es eine Taufe oder Hochzeit. Ich erkenne im Hintergrund eine Kirche oder etwas Ähnliches. Unwillkürlich vergleiche ich es mit dem Bild von Oliver und mir, das neben mir auf dem Tisch steht. Ich erkenne Stolz in Olivers Blick, aber sein Blick geht in Richtung der Urkunde, die in seiner Hand ist. Während Tristan auf dem Foto den Blick nicht von der Frau an seiner Seite nehmen kann. Sein Stolz gilt keiner Auszeichnung. Nur ihr.

Ich klicke zum nächsten Album, das vor neun Monaten zum letzten Mal aktualisiert wurde, hier sind nur wenige Bilder. Ein blauer VW-Bus aus jeder erdenklichen Perspektive. Umgebaut zu einer Art Wohnwagen, nur auf dem letzten ist Tristan zu sehen. Er lehnt an dem Bus und hebt den Daumen in die Luft. Es muss sich um sein damals vermutlich neu erworbenes Fahrzeug handeln.

Das letzte Album ist etwas aktueller, zumindest dem Datum nach zu urteilen. Tristan auf einer roten Vespa, Tristan mit einem Freund, Panoramafotos von Stuttgart, Bilder aus der Mercedes-Benz-Arena bei einem Spiel des VfB. Tristan jubelnd im Trikot und mit Schal. Von der Frau ist kein Foto mehr dabei, aber das wundert mich nicht. Ich habe auch nur ein Album mit Fotos von Oliver und mir. Mit der Zeit haben wir immer weniger Fotos von uns machen lassen oder selber gemacht. Das ist ein natürlicher Vorgang.

Natürlich hat Beccie Tristan auf die Pinnwand geschrieben, einen lieben Gruß will sie ihm hinterlassen. Ich frage mich, ob sie seine Bilder auch schon alle durchgeschaut hat, und muss alleine bei der Frage lachen. Ich sehe schon einen Ordner mit seinen Bildern auf ihrem Desktop. Auch ich bin versucht, das eine oder andere Bild abzuspeichern, aber wenn ich sie mir ansehen will, kann ich jederzeit seine Seite aufrufen.

Eine neue E-Mail in meinem Postfach.

Betreff: Mittagspause?
Ich schaue doch meistens grimmig. Schön, dich jetzt auch bei Facebook zu kennen, hübsche Fotos hast du da. Was machst du in deiner Mittagspause? Tristan

Er findet meine Fotos hübsch? Er hat sich meine Alben angeschaut? In meinem Kopf gehe ich schnell alle unvorteilhaften Fotos durch und entscheide mich dann, dass es keine Rolle spielt. Wichtiger ist jetzt, was ich ihm antworte. Gehe ich mit ihm essen? Einfach so? Warum nicht? Wir sind erwachsene Menschen, die beide in einer festen Beziehung sind und davon auch wissen.

Und ich gehe ungern alleine essen.

Betreff: Re: Mittagspause?
Habe noch nichts vor. Würde gerne irgendwo was essen gehen. Du auch?

Ich schicke die E-Mail ab und bin nicht in der Lage, mich zu bewegen, bis ich eine Antwort habe. Warum schlägt mein Herz so schnell? Es wird ein Essen mit einem Bekannten. Nichts Besonderes. Zumindest versuche ich, mir das einzureden.

Betreff: Burger?
Wie wäre es mit einem ordinären Burger? So gegen zwölf am Schlossplatz?

Ich nehme an, er will einen Burger von der besten Burgerbude in ganz Stuttgart, *Udo Snack*. Da wird noch schön alles selber gemacht, und die Burger werden nach Wahl des Kunden belegt. Das ist doch etwas anderes als die Massenware der bekannten Fast-Food-Restaurants mit dem gelben M.

Betreff: Deal!
Klingt gut. Werde da sein.

Ich denke gar nicht viel nach, schreibe einfach und sage zu. Es ist eigentlich nichts anderes, als mit Beccie essen zu gehen. Menschen machen das. Man trifft sich auf einen Happen in der Stadt. Noch lange kein Grund für ein schlechtes Gewissen. Egal, was der Tag heute bringen wird, ich kann ihn genauso gut genießen.

*Schubladen-
geheimnisse*

Der Kleine Schlossplatz ist, wie oft um diese Tageszeit, gut gefüllt, und das schöne Sommerwetter lockt noch mehr Menschen als üblich nach draußen. Da sitzen sie auf den Treppen, schlürfen ihren Starbucks-Kaffee oder genießen den Ausblick auf den Schlossplatz und den Kessel, der unsere Stadt beherbergt. Junge Pärchen liegen im Gras auf dem Schlossplatz oder hängen ihre Füße in die Springbrunnen, halten Händchen, tauschen trotz verspiegelter Pilotensonnenbrille verliebte Blicke aus und küssen sich ungeniert. Ältere Paare haben es sich auf den Bänken vor dem Schloss bequem gemacht, halten sich ebenfalls an den Händen und denken vielleicht an die Zeit zurück, als auch sie jung und verliebt waren. Mütter jagen Kindern hinterher und versuchen, die kleine Sauerei, die durch das schmelzende Eis entstanden ist, zu verhindern oder zumindest einzudämmen, während Väter die Kinderwägen im Schatten der Bäume bewachen. Jungs in locker sitzenden Hosen und schrägen Basecaps springen mit ihren Skateboards über die Treppen und versuchen, mit ihren Flips oder Grabs die Mädchen zu beeindrucken, die sich trotz ihrer noch nicht ganz abgeschlossenen Pubertät und ihren Starbucks-Bechern wie Carrie Bradshaw fühlen. Dazwischen tummeln sich, wie immer um die Mittagszeit, die Anzugträger – viele Manager, die aus den klimatisierten Büros ins Freie eilen, um ein flüchtiges Mittagessen zu verschlingen, und kaum die Zeit haben,

Stuttgart so zu erleben, wie ich es jetzt erleben darf. Fast ärgere ich mich, dass ich meine Kamera im Büro zurückgelassen habe, denn es drängen sich so viele Motive auf. Und obwohl ich meine Pubertät schon lange in Rente geschickt habe, fühle auch ich mich ein kleines bisschen wie ein Teenager. Ich hoffe, ihn zwischen all den Leuten hier überhaupt zu finden, aber ich mache mir da keine Sorgen. Immerhin habe ich sein Gesicht in der Menge auch beim ersten Mal gefunden.

Er sitzt auf einer der großen Stufen, die nach unten führen, und scheint in seiner eigenen Welt versunken zu sein. Ab und an schaut er sich suchend um. Ich streiche schnell mein T-Shirt glatt und gehe dann mit mutigen Schritten auf ihn zu.

Dank dem dm-Markt in der Nähe meines Büros habe ich schnell noch etwas Make-up besorgen können, um mich zumindest ein kleines bisschen chic zu machen, denn als ich heute Morgen meine Wohnung mit nassen Haaren und einem rasch gegriffenen T-Shirt verlassen habe, hatte ich nicht gerade diesen Verlauf meines Tages im Sinn. Er erkennt mich auf halber Strecke und steht auf. Wieder will mir seine Größe zuerst auffallen, aber heute nehme ich mir vor, andere Dinge an ihm zu bemerken. Dinge, die beim ersten Betrachten vielleicht nicht auffallen. Ich bin eine Liebhaberin von Details, und Tristan wird heute mein neues Studienobjekt. Das werde ich ihm natürlich nicht sagen.

Er trägt dunkelgraue Jeans, die bis zu den Waden hochgekrempelt sind, ein blaues ärmelloses Shirt, das er bei so durchtrainierten Armen gerne öfter tragen kann, und zu meiner Überraschung ist das Pflaster über seiner Braue verschwunden. Als er auch mich entdeckt, stiehlt sich ein Grinsen auf seine Lippen, und während er auf mich zukommt, nimmt er seine Sonnenbrille ab. Das gehört sich so. Er sieht also nicht nur gut aus, er hat auch noch Manieren. Vor allem aber hat er ein ziemlich blaues Auge, aus dem es hellgrün heraus leuchtet, nein, strahlt. Sein Blick bringt die vielen kleinen Käfer in meinem Kopf erneut zum Surren.

»Hey, Layla.«

»Hi, Tristan.«

Wir reichen uns etwas ungelenk die Hände, weil wir wohl beide irgendwie von einer Umarmung ausgegangen sind, uns im letzten Moment aber doch dagegen entschieden haben.

»Hast du Hunger?«

Ich nicke, da ich seit seiner E-Mail keinen Bissen mehr herunterbekommen habe und inzwischen nach diesem Burger hungere, wie ein Teenagermädchen auf den Kinostart von Twilight.

»Schön, dass du an mich gedacht hast ... also wegen des Mittagessens. Ich esse nämlich nicht gerne alleine. Zu Mittag.«

Ich sollte es vielleicht doch lieber erst mal beim Nicken belassen.

»Und ich finde es schön, dass du so spontan zugesagt hast.«

Er grinst mich an, und ich muss nach oben sehen, um ihn anzuschauen. Irgendwann werde ich ihn fragen, wie groß er ist. Sicher, ich könnte manchmal als Hobbit durchgehen, aber er muss wirklich an die zwei Meter groß sein, anders kann ich mir das nicht erklären. Ich reiche ihm ja gerade mal bis zur Schulter. Also fast. Er grinst mich immer noch gut gelaunt an.

»Dein Auge sieht heute schlimmer aus als gestern.«

Was? Er lacht kurz auf, und ich bin überrascht. Nicht von meiner dämlichen Feststellung, sondern von seinem Lachen.

Ich habe es mir anders vorgestellt, tiefer, irgendwie bebend, aber es klingt fast wie das eines frechen Jungen. Sofort habe ich wieder das Bild von Facebook vor meinem geistigen Auge, das Lachen und die Unbeschwertheit.

»Danke. Wie charmant.«

»Gerne.«

Wir setzen beide unsere Sonnenbrillen wieder auf, gehen nebeneinanderher, und zwischen all den anderen Menschen fallen wir nicht weiter auf.

Kurz darauf biegen wir in die Calwer Straße ein, wo sich der Burgerladen befindet, und prallen mit einem Mann zusammen.

»Tschuldigung.«

»Verzeihung.«

»Layla?«

Stuttgart ist manchmal wirklich ein Dorf. Wieso treffe ich immer dann Leute, wenn ich es nicht gebrauchen kann. Ich stehe vor Holger, einem Arbeitskollegen von Oliver, der mit der Zeit erst zu seinem Bekannten und dann zu seinem Freund und so irgendwann auch zu einem meiner Freunde geworden ist. Das passiert doch immer. Freundeskreise vermischen sich, und bevor man sichs versieht, hat man nur noch gemeinsame Freunde und Bekannte.

»Holger! Hi! Schön, dich zu sehen.«

»Hi, Layla. Tut mir leid, ich habe euch gar nicht um die Ecke biegen sehen.«

Er spricht mit mir, sieht aber zu Tristan, der unbeteiligt danebensteht und freundlich lächelt. Ich sehe keinen Sinn oder Zwang, die beiden einander vorzustellen, und so lasse ich Holger im Dunkeln, was die Identität dieses fremden jungen Mannes angeht, und ich muss gestehen: Dabei komme ich mir ein bisschen verrucht vor.

»Ja, dann wünsche ich dir noch einen schönen Tag, und Grüße zu Hause.«

»Sicher, wünsche ich dir auch, und richte ich aus.«

Eine kurze Umarmung, das obligatorische Küsschen und schon ist er verschwunden, jedoch nicht, ohne mir noch einen Blick über die Schulter zuzuwerfen. Ich winke höflich. Tristan grinst.

»Ein Freund?«

»Na ja. Ein Freund meines Freundes. Das trifft es wohl eher.«

Wir gehen weiter und erreichen die Burgerbude. Die Schlange ist wie immer beachtlich, und so stellen wir uns an. Das wird eine kleine Weile dauern, aber die Warterei ist es ohne Zweifel wert.

»Wie lange seid ihr schon zusammen, wenn ich fragen darf?«

Seine Hände stecken in den Hosentaschen, dabei rutscht die Jeans etwas weiter nach unten, und wieder erhasche ich einen Blick auf den Bund seiner Boxershorts, diesmal sind sie schwarz. Ein unwichtiges Detail, aber mir wird wärmer.

»Darfst du. Fünf Jahre und ein paar Monate.«

»Ihr wohnt zusammen?«

»Ja, wir haben vor zwei Jahren eine schöne Wohnung gefunden. Es war eigentlich nicht geplant, aber die Miete ist geteilt einfach besser. Außerdem hat er sowieso nur noch bei mir gewohnt. Es war die logische Konsequenz.«

Er nickt, und wir warten an der Hauswand gelehnt. In meinem Kopf hallen meine Worte wider. Logische Konsequenz. Das klingt nicht ganz so romantisch und verliebt, wie es sollte. Ich muss plötzlich an die Fotos von Tristan und seiner Freundin denken. Sie sahen glücklich und verliebt aus. Ganz und gar nicht logisch konsequent. Vermutlich sind sie das noch immer, verliebt wie am ersten Tag.

»Wohnst du mit deiner Freundin zusammen?«
»Nein.«
»Aber sie wohnt in Stuttgart, oder?«
»Nicht mehr.«
»Fernbeziehung?«
»So was in der Art.«

Das erklärt, wieso sie auf den neuesten Fotos nicht zu sehen war. Ich erinnere mich noch an die Zeit, als Oliver für sechs Monate in Hamburg war, beruflich natürlich. Da haben wir uns fast nie gesehen, das Telefon wurde unser bester Freund.

»Kenne ich. Fernbeziehungen sind echt scheiße.«
»Das sind sie.«

Er sieht zu mir runter, und ich lächle aufmunternd.

»Aber wenn man sich wirklich liebt, dann klappt das. Wirst schon sehen.«

Ich klinge so, als würde ich den Leitspruch einer Glückwunschkarte ablesen, dabei meine ich es auch so. Einige meiner Freunde führen Fernbeziehungen, was in der heutigen Zeit auch keine Seltenheit mehr ist. Manche sind wirklich kreativ geworden, was Skype und Webcams angeht, aber die Details erspare ich ihm wohl besser. Wo ein Wille ist, ist auch ein Weg. Das hat meine Mutter immer gesagt, und es stimmt sogar. Wenn man sich genug anstrengt, dann kann auch die Entfernung nichts an den Gefühlen ändern.

»Was macht dein Freund beruflich?«
»Oh, er ist Vermögensberater. Geld und all das.«
»Klingt trocken.«

Ich muss lächeln und besinne mich dann aber darauf, seinen Beruf zu verteidigen.

»Nein, es ist interessant. Er hat mit vielen verschiedenen Menschen zu tun, manchmal ist er der rettende Engel. Einmal konnte eine Familie ihr Haus nur dank ihm behalten.«

Ich sage das nicht ohne Stolz und denke an die Auszeichnungen, die sein Büro und unseren Flur schmücken. Oliver liebt seinen Job, und ich sollte das auch tun. Bedingungslose Unterstützung.

»Verstehe.«

Er nickt, und endlich machen wir wieder Schritte nach vorne. Der Duft von gegrilltem Fleisch umgibt uns, und im Inneren ist es fast noch wärmer als draußen. Aber zumindest können wir das Fleisch zwischen den Brotscheiben schon sehen.

»Und deine Freundin?«

»Ähm. Journalistin.«

»Oh wow, das klingt spannend.«

Und das meine ich ernst! Journalisten sind in meiner Vorstellung ungemein interessante Personen, haben immer etwas zu erzählen und sind viel unterwegs, immer auf der Suche nach der nächsten Story. Keine Sorge, ich weiß: Natürlich ist das eine sehr romantische Vorstellung des Jobs, aber er klingt für mich einfach spannend.

Endlich können wir unsere Bestellung abgeben. Tristan wählt den Dopple-Cheeseburger mit zweimal Hacksteak, Salat, Gurken, Zwiebeln, Käse und der unverwechselbaren Udo-Soße. Ich nehme den einfachen Cheeseburger, mit viel Soße, und verzichte auf die Zwiebeln. Wir lassen uns die Burger zum Mitnehmen einpacken, liegen kurz darauf im Halbschatten der Bäume auf dem Rasen im Schlossplatz und genießen unser Mittagessen. Er hat ein Sprite dazu bestellt, ich meine Cola. Gestern noch edle Pasta zu einem guten Rotwein mit Beccie – und heute ganz ordinär Burger und Cola im Grünen mit Tristan. Ich liebe diese Stadt.

Während wir unsere Burger genießen, lernen wir uns besser kennen. Er hat Literatur studiert und verdient sein Geld mit zahlreichen Jobs. Ich bin beeindruckt, und bei seinen lustigen Anekdoten aus dem Alltag als Fahrradkurier, Kellner und Türsteher muss ich immer wieder lachen. Er will niemandem etwas beweisen, sondern einfach nur durch die Tage und Wochen kommen. Ich höre ihm während des Kauens gebannt zu, vergesse dabei die Uhrzeit und meinen Job und lasse mich einfach auf diesen Mittag mit Tristan ein. Irgendwann fragt er nach meinen großen Träumen und Plänen für die Zukunft – als hätte ich welche!

»Da gibt es nichts zu erzählen. Ich habe diese kleine Firma, und das macht Spaß.«

Ob ich ihn oder mich zu überzeugen versuche, weiß ich nicht.

»Nichts für ungut, aber das kann doch nicht das Ende deiner Pläne sein. Hast du keine Träume? Ich meine, ich habe deine Fotos gesehen. Du solltest sie verkaufen und dir ein schönes Haus am Killesberg zulegen.«

»Ich glaube nicht, dass sich Galerien für Knipserei aus dem Nachtleben interessieren.«

»Nein, ich meine ja auch die Bilder in deinem Büro und das, was ich online so gesehen habe ... Du verschenkst dein Talent.«

Er beißt in seinen restlichen Burger und zuckt mit den Schultern, während mein Herz so schnell schlägt, dass es jeden Moment den Geist aufgeben dürfte. Ich habe fast das ganze letzte Jahr gebraucht, um mich selber davon zu überzeugen, dass dieser Job genau das ist, was ich machen möchte, dass ich glücklich und zufrieden bin. Ich brauche keine höheren Ziele. Ich brauche eine sichere Einnahmequelle, die mich glücklich macht. Und jetzt kommt er daher und zerlegt das alles wie den Burger in seiner Hand? Gut, er zerlegt ihn nicht, er hält ihn sogar ziemlich geschickt, aber seine Hände sind auch groß und er hat lange Finger.

Bei genauerer Betrachtung hat er überraschend schöne lange Finger. Nicht zu dünn, nicht zu dick, und erst jetzt fällt mir eine Tätowierung an seiner Handkante auf. In geschwungenen Buchstaben steht dort: *Hope*. Hoffnung. Wieso ist mir das vorher nicht aufgefallen?

Vorsichtig berühre ich seine Hand und drehe sie so herum, dass ich es besser betrachten kann. Er hält inne und folgt meiner Bewegung. Dabei zerfällt der Burger hoffnungslos in seine Einzelteile, die angebissene Gurkenscheibe rutscht zwischen den Brötchenhälften hervor und alles landet wie mit einem Bauchklatscher im Gras.

Er sagt nichts, wischt sich nur mit der Serviette über den Mund, während ich mit meinem Zeigefinger über die Buchstaben streiche.

»Das ist ein schönes Tattoo.«

Er lässt mich seine Hand etwas genauer untersuchen. Es scheint ihm nichts auszumachen, vielleicht ist er es aber auch einfach gewöhnt. Vermutlich machen Leute das die ganze Zeit. Ihn ungefragt berühren. Erst jetzt bemerke ich, was ich da eigentlich tue – und dass ich darauf kein Recht habe –, und ziehe meine Hand hastig zurück.

»Oh, tut mir leid.«

»Das ist okay.«

Er hält die Hand so in die Luft, dass ich das Tattoo in Ruhe ansehen kann. Es ist schlicht, nicht sonderlich groß und berührt mich tief in meinem Inneren. Gerne würde ich die Geschichte erfahren, die dahinter verborgen ist, weil Tristan keiner dieser Kerle ist, die sich einfach ein hübsches, aber sinnloses chinesisches Schriftzeichen auf ihren Oberarm oder den Unterschenkel tätowieren lassen.

Da erst bemerke ich, dass er mich beobachtet, und als sich unsere Blicke treffen, stiehlt sich wieder dieses freche Lächeln auf seine Lippen.

»Und? Hast du irgendwo ein Tattoo?«

Ich muss fast lachen. Nein, habe ich nicht. Ich sterbe ja schon bei der Blutabnahme. Wie um alles in der Welt sollte ich da eine Tattoo-Session voller Nadelstiche überstehen?

»Nein. Ich stehe nicht auf Schmerzen.«

»Wegen den Schmerzen habe ich es auch nicht gemacht.«

»Weswegen dann?«

Er sieht kurz auf sein Tattoo, gedankenverloren streicht er mit dem Finger über die Buchstaben, dann erst sieht er wieder zu mir.

»Weil ich sie von Zeit zu Zeit verliere.«

»Als Erinnerung daran, dass es sie doch gibt?«

Er nickt und sieht mir direkt in die Augen. Etwas ist anders. Seine grünen Augen strahlen nicht mehr so wie sonst. Sie wirken dunkel, er wirkt traurig, aber ich traue mich nicht zu fragen, wieso er die Hoffnung von Zeit zu Zeit verliert. Vielleicht will er es mir irgendwann einmal erzählen. Wenn nicht jetzt, dann vielleicht eines Tages.

Er schüttelt leicht den Kopf, als wolle er unangenehme Gedanken vertreiben, und es scheint ihm zu gelingen, da das Leuchten in den Augen langsam zurückkehrt, das Lächeln ebenfalls. Ich hole kurz tief Luft, lege mich ins Gras und schaue in den blauen Sommerhimmel.

»Ich kenne das Gefühl ...«

Das spreche ich sonst nie aus, aber jetzt scheint mir ein guter Moment dafür. Tristan lässt mich nicht aus den Augen. Ich spüre seinen Blick auf mir.

»... klar, das ist Meckern auf hohem Niveau, aber manchmal ...«

Ich sollte das vielleicht doch nicht sagen, ich sollte das nicht mal denken. Es geht mir gut, ich habe alles, was ich will, und ich sollte wirklich aufhören, dauernd mehr zu wollen.

»Manchmal?«

Er sammelt die Reste seines Burgers ein, faltet sie in der Alufolie zusammen und streckt sich aus. Er liegt bäuchlings neben mir im Gras und sieht mich fragend an.

»Manchmal frage ich mich, ob es das wirklich ist. Ich meine, ist das *alles*?«

Er stützt sein Kinn in die Hände, sagt nichts, hört nur zu. Beccie hätte mir jetzt schon gesagt, dass ich ein phantastisches Leben habe und obendrein noch gesund bin, dass ich einen Freund habe, der mich liebt und den ich liebe, und dass ich einen tollen Job habe, der mir Spaß macht. Ich lasse mich nur zu gerne von ihr überzeugen, aber Tristan bleibt stumm. So etwas kenne ich nicht.

»Was ist aus den ganzen Plänen geworden ... und den Träumen?«

Ich schließe die Augen, die plötzlich leicht brennen, und spüre dieses Gefühl in mir. Dieses kalte, stumpfe Gefühl im Bauch. Ich belüge mich erfolgreich selber. Ich rede mir ein, diese Träume wären alle in Erfüllung gegangen oder nicht so wichtig. Aber es ist so schwer, sich selbst zu belügen – auf Dauer und vor allem, wenn diese Träume noch dauernd in einem flattern. Ich bekämpfe sie, schiebe sie weit, weit von mir weg, aber sie kommen tapfer immer wieder zurück. Ja, ich habe noch Träume, große Träume, und ich habe langsam, aber sicher Angst davor, dass sie immer schwächer werden und irgendwann nicht mehr wiederkommen und mich aufgeben.

»Wir sind doch noch jung. Was hält dich davon ab?«

So ziemlich alles.

»Ich mich selbst, nehme ich an.«

Es sich endlich einmal offen selbst einzugestehen tut

gut. Die Sonne wärmt mein Gesicht, und ich genieße diesen kurzen Moment der Ehrlichkeit mit einem fast Fremden. Vielleicht trifft es Fremder nicht ganz, aber ich kenne ihn auf keinen Fall gut genug, um ihm all das zu erklären.

»Und wenn das noch nicht alles wäre, was würdest du tun?«

Sofort huscht ein Grinsen über mein Gesicht.

»Reisen und fotografieren!«

Es muss für jemanden wie Tristan vollkommen albern klingen. Seine Freundin hat bestimmt schon die ganze Welt gesehen. Und seine Fotos bei Facebook haben ihn auch an unterschiedlichen Orten gezeigt.

»Wohin reisen?«

In meinem Kopf gibt es irgendwo verstaubt in der hintersten Ecke eine Liste mit Orten, die ich gerne sehen würde, aber ich weiß nicht, ob ich ihm das einfach so erzählen möchte. So lange habe ich nicht mehr daran gedacht, wieso sollte ich sie jetzt wieder ausgraben?

»Australien. China. Südamerika. Oder so.«

Das ist keine Lüge, aber ich verschweige lieber die ganzen anderen exotischen Orte.

»Und was sagt dein Freund dazu?«

Oliver. Was würde Oliver sagen? Ich weiß, was er sagen würde. Er würde sagen, ich sei eine Tagträumerin und ich solle mir gefälligst nicht dauernd selber im Weg stehen. Nein, er wäre nicht so direkt, er würde sagen, ich wollte immer mit Fotografie mein Geld verdienen und das würde ich ja wohl tun. Das wäre doch das Wichtigste. Dann würde er das Thema irgendwie auf Geld bringen und mich daran erinnern, wie gut mein Konto aussieht, seitdem er mein Geld gewissenhaft angelegt hat und es betreut. Ich würde ihm recht geben und versuchen, seine Stimme gegen das Flattern der Träume in meinem Inneren zu hören. Aber das will ich nicht sagen, denn es würde Oliver in ein schlechtes Licht rücken, und das will ich auf keinen Fall.

Tristans Blick ruht noch immer auf mir. Ich kann es spüren, dafür muss ich ihn nicht ansehen. Aber ich habe keine Antwort parat. Sage ich ihm die Wahrheit, wird er denken, dass Oliver ein arroganter Vogel ist. Es ist mir wichtig, was Leute von Oliver halten, immerhin ist er mein Partner, und auch wenn ich manchmal wütend auf ihn bin, hat sonst niemand das Recht dazu. Ich würde ihn immer und immer wieder verteidigen.

»Sprichst du nicht mit ihm darüber?«

Langsam blinzele ich wieder gegen die Sonne und setze mich auf. Das ist kein besonders gutes Thema, und ich möchte nicht mehr darüber reden.

»Doch. Wir sind da nur anderer Meinung. Und jetzt lass uns bitte das Thema wechseln.«

Zum ersten Mal muss er zu mir aufsehen, weil er noch immer liegt.

»Okay, wie du möchtest.«

Er lächelt mich entwaffnend an. Obwohl ich weiß, dass ich bereits zu viel Zeit mit ihm verbracht habe, möchte ich gerne für den Rest des Tages hier sitzen und nichts tun. Aber es geht nicht. Ich muss Geld verdienen.

»Ich sollte zurück ins Büro.«

Sieh einer an, meine Vernunft siegt über meine Gefühle. Ein bisschen bin ich stolz auf mich. Oliver würde das gefallen.

»Wir sehen uns ja spätestens am Freitag.«

Er bewegt sich nicht, macht keine Anstalten, ebenfalls aufzustehen. Ich warte noch einen kurzen Moment, aber er liegt noch immer regungslos da und sieht zu mir.

»Musst du nicht auch irgendwann los?«

»Noch nicht.«

Ich werfe doch einen Blick auf die Uhr. Mein Handy ist in meiner Tasche, bei einem wichtigen Notfall kann man mich also auch hier erreichen, und ich brauche maximal zwölf Minuten, um zurück ins Büro zurückzuhetzen. Notfalls. Ich habe nicht unendlich viel Arbeit vor mir, und da Oliver heute Abend aus ist, habe ich noch Zeit, um länger an den Bildern zu arbeiten, wenn ich möchte. Wieso also nicht?

»Na, dann leiste ich dir noch ein bisschen Gesellschaft.«

Ich lehne mich wieder zurück ins Gras und schließe die Augen. Es ist herrlich, die Geräuschkulisse wahrzunehmen, die Sonne auf der Haut zu spüren, die Sommerluft zu atmen und für einen kurzen Moment an nichts anderes mehr denken zu müssen. Ich lächle vor mich hin.

Liefer-service

Mit der Dunkelheit zieht auch endlich etwas Kühle in mein Büro ein. Ich habe vier Anrufe in Abwesenheit: drei von Beccie, einen von Oliver, außerdem zwei E-Mails im Postfach und eine »Vermisstenanzeige« auf meiner Facebook-Pinnwand. Beccie scheint mich mehr zu vermissen als Oliver, der mir nur eine kurze Nachricht auf dem AB hinterlassen hat: Er gehe jetzt los und wisse nicht, wie spät es würde. Ich habe ihm eine SMS geschickt und ihn wissen lassen, dass ich noch im Büro bin und arbeite.

Zwischen den Bildern, die ich bearbeite, beobachte ich die Aktivitäten meiner Freunde auf Facebook. Beccie kündigt an, jetzt die dritte kalte Dusche des Tages zu nehmen, weil dieses Wetter sie fertigmache. Natürlich kommentieren die zahlreichen männlichen Freunde dies mit zweideutigen Sprüchen, auf die sie nur zu gerne eingeht. Ich amüsiere mich und ertappe mich dabei, auch mal wieder meine Fotoalben durchzusehen. Es sind nicht viele Fotos von mir, aber die, auf denen ich besonders unvorteilhaft erscheine, werden schnell gelöscht. Bisher war mir das reichlich egal, und es ist mir immer noch nicht wirklich wichtig, aber vielleicht sollte ich da mal ein wenig umdenken. Immerhin präsentieren wir uns doch alle auf solchen Social-Network-Profilen und versuchen, ein möglichst positives Bild von uns aufzubauen, das dem Original nicht zwingend ähneln muss. Wir erscheinen in der virtuellen Welt immer etwas lockerer, etwas attraktiver, etwas interessanter als im echten Leben. Wieso sollte ich also eine der wenigen sein, die sich originalgetreu ablichten?

Ich lösche schnell ein paar alte Fotos von mir und widme mich dann wieder meiner Arbeit, allerdings nicht ohne auch meine Statusnachricht noch der Aktualität der Dinge anzupassen.

Layla Desio vor einigen Sekunden
hatte einen wunderschönen Tag im Freien und arbeite jetzt bei kühlem Kopf bis in die Nacht.

Das entspricht sogar der Wahrheit und gibt gleichzeitig eine gute Entschuldigung ab, wieso ich nicht versuche, beim Stammtischtreffen meines Freundes aufzukreuzen. Und die Ruhe der Nacht gibt mir auch genug Zeit, um alles in mir zu sortieren – wäre da nicht dieses Hungergefühl in meinem Magen, immerhin liegt der Burger schon wieder zu viele Stunden zurück. Dabei habe ich noch immer das Gefühl, die Momente mit Tristan greifen zu können. Wie wir uns an der Treppe getroffen haben, wie wir auf den Burger gewartet haben, den wir dann gemütlich im Schatten gegessen haben. Tristan und die Art und Weise, wie er nichts beweisen muss. Mein leiser Neid wegen seiner Freundin und ihrem aufregenden Leben. Journalistin klingt einfach imposanter als Party-Knipserin. Ich messe mich mit ihr und kenne noch nicht mal ihren Namen, so viel Mut hatte ich nicht. Im Gegenzug hat auch Tristan nicht nach Olivers Namen gefragt, obwohl er sonst eine Menge über ihn weiß und sich auch schon seine Meinung über ihn gebildet hat, da bin ich mir sicher. Ich fühle mich etwas unwohl bei der Vorstellung. Nächstes Mal muss ich etwas besser von Oliver sprechen und ihn nicht in dieser Grauzone aus »trockener Arbeit« und »anderer Meinung, was meine Träume angeht« platzieren. Ich habe nicht wirklich Farbe bekannt, was ihn angeht – und das tut mir leid. Das hat Oliver nicht verdient.

Wieder sehe ich zu dem Bild, das auf meinem Schreibtisch steht. Ohne Zweifel würde man ihn als attraktiv beschreiben. Ich würde ihn sogar als sehr attraktiv beschreiben. Er könnte aus einem Hollywoodstreifen entsprungen sein. Schon damals ist mir sein perfekt geschnittenes Gesicht aufgefallen, die kleinen Grübchen wenn er lächelt und seine klaren Augen. Vielleicht sollte ich mal wieder einfach so von ihm schwärmen.

Jemand hat meinen Status kommentiert, und ich rechne schon damit, dass Beccie mich ermahnen wird, nicht zu viel zu arbeiten. Aber ich werde überrascht. Es ist nicht Beccie. Es ist Tristan.

Layla Desio vor drei Minuten
hatte einen wunderschönen Tag im Freien und arbeite jetzt bei kühlem Kopf bis in die Nacht.

Tristan Wolf Soll ich dir was zu essen vorbeibringen, wenn ich Feierabend habe?

Mit einem Lächeln tippe ich meine bejahende »Klar!«-Antwort und setzte einen zwinkernden Smiley dahinter, damit die ganze Welt sieht, ich meine es nicht ernst. Es gibt Tricks, sich auch in geschriebener Form im Internet politisch korrekt auszudrücken. Kaum sehe ich meine Antwort unwiderruflich im Netz verankert, überdenke ich meinen Positivismus sofort wieder. Klingt das wie flirten? Ich will niemandem auf die Füße treten, schon gar nicht seiner Freundin oder meinem Freund. Oder mir selber.

Aber da Tristan nicht mehr antwortet, gehe ich davon aus, er und alle anderen haben meine Ironie verstanden. Also konzentriere ich mich doch wieder auf das, was ich machen wollte: arbeiten. Es sind mehr Fotos, als ich angenommen habe, und einige davon gefallen mir auf den zweiten Blick sogar noch besser. Ganz verschenkt scheint mein Talent also doch nicht zu sein. Mein letzter Auftraggeber bestellt genug Fotos, um mich glücklich zu machen. Ich werde nicht reich, aber ich kann zumindest wieder entspannt am Tisch sitzen, wenn Oliver wieder mal über Geld spricht. Das tut er gerne, weil es eben sein Beruf ist, aber ich fühle mich manchmal klein neben ihm, auch wenn ich das nicht müsste. Ich verdiene gut und bin stolz auf mein Konto, das ich jeden Monat schön füttere. Natürlich ist es kein Vergleich zu Olivers Habenseite auf dem Konto.

Ich lasse die Bilder in der besten Qualität auf CD brennen und lehne mich zurück. Ich mag es, nachts zu arbeiten, weil ich dann weniger von den Ereignissen des Tages abgelenkt werde. Ich habe heute die Seele baumeln lassen und mit der Energie, die ich dabei getankt habe, dann gute Arbeit geleistet. Nur mein Magen hat in den letzten Stunden gelitten. Jetzt ist es zu spät, etwas zu bestellen, und ich werfe einen Blick in meinen kleinen Büro-Kühlschrank. Bier habe ich, aber außer einem Marsriegel finde ich nichts Essbares.

Es klingelt.

Um diese Uhrzeit? Hier? Ob Oliver mich vielleicht abholen will? Ich tapse zur Tür, und plötzlich spüre ich es. In mir drinnen höre ich das Flügelschlagen wieder. Wenn es nun gar nicht Oliver wäre, sondern Tristan, der sein Angebot auf Facebook tatsächlich ernst gemeint hat?

Ich halte mir den Hörer der Gegensprechanlage ans Ohr.
»Hallo?«

Dann halte ich die Luft an. Das Geräusch von hundert

kleinen Käfern in meinem Inneren übertönt fast meinen Herzschlag.

»Essen auf Rädern. Sie haben was bestellt?«

Ich erkenne seine Stimme, und sofort spüre ich das Lächeln auf meinen Lippen, während ich ein bisschen auf der Stelle springe. Natürlich nur wegen des Essens, nicht wegen des Lieferanten.

»Komm rauf.«

Ich drücke den Summer und warte auf das Geräusch der sich öffnenden Tür im Erdgeschoss. Dann höre ich Schritte auf der Treppe, und ein Schatten taucht aus der Dunkelheit auf. Da steht er. Er trägt eine schwarze schicke Leinenhose und ein weißes Hemd, dessen Ärmel er bis über die Ellenbogen hochgerollt hat. Er lächelt mich an, eine weiße Papiertüte in der rechten, einen Motorradhelm in der linken Hand.

»Ich kann es nicht fassen. Du bringst mir wirklich was zu essen.«

Er zuckt mit den Schultern.

»Ich kann dich doch nicht verhungern lassen.«

Ich lasse ihn herein und schließe die Tür hinter uns ab. Der Schlüssel bleibt zur Sicherheit stecken, man weiß ja nie. Stuttgart ist kein gefährliches Pflaster, aber Oliver hat auch einen Schlüssel zu meinem Büro, und ich möchte keine Erklärungsnot für den Fall haben, dass er uns hier überraschen sollte. Aber. Wobei? Dabei, wie wir gemeinsam zu Abend essen? Egal.

Tristan legt seinen Helm und die Tüte auf meinem Schreibtisch ab.

»Hast du Besteck da? Falls nicht ...«

Er greift in seine Hosentasche und zieht zwei Plastikgabeln hervor.

»Ta-dah.«

Ich kann mich gegen das Grinsen auf meinem Gesicht nicht mehr wehren und kapituliere. Es ist albern, er hat gewonnen und mich mit seinem Charme überrascht.

»Ich habe Bier.«

»Perfekt.«

Während er eine ganze Fülle an kleinen Plastikboxen aus der Tüte zaubert, komme ich mit zwei Flaschen Bier zurück zum Tisch.

»Das ist alles für uns?«

Er nickt und nimmt der Reihe nach die Deckel ab. Eine Box enthält Pasta mit Meeresfrüchten, die nächste Fisch in einer duftenden Soße, die nächste einen frischen italienischen Salat, lauter exklusive Leckereien.

»Wo hast du das alles her?«

Er lächelt und nimmt gegenüber von mir auf dem Stuhl Platz. Sonst kenne ich diese Situation nur aus Gesprächen mit potenziellen Kunden, aber jetzt ist kein Druck, keine Anspannung zu spüren.

»Ich arbeite im *Primafila*. Das sind Reste, und wir dürfen sie manchmal mitnehmen.«

Er deutet auf sein Outfit, und ich verstehe. Er hat heute also wieder als Kellner gearbeitet, was den gewissen Chic erklärt. Ich kenne das Restaurant. Lange Jahre war es am Fernsehturm gelegen, hat sich dann eine Pause und jetzt die Neueröffnung im Westen der Stadt gegönnt. Von der Qualität hat es rein gar nichts eingebüßt.

»Danke, dass du all das mit mir teilen willst.«

Er lächelt mich an und nickt nur kurz, bevor wir mit den Bierflaschen anstoßen. Am Samstag habe ich ihn erst getroffen, und jetzt will ich mir nicht mal mehr vorstellen, wie es davor war.

»Was haben sie zu deinem blauen Auge gesagt?«

Ich mache mich über die Pasta mit Meeresfrüchten her,

er widmet sich ganz dem Fisch. Er kaut und zuckt grinsend mit den Schultern.

»Nichts. Zu viel los. Ich durfte in der Raucherlounge bedienen.«

Beccie würde mich erwürgen, wenn sie wüsste, dass ich heute schon zum zweiten Mal in den Genuss komme, mit ihm Zeit verbringen zu dürfen. Es ist entspannter als heute Mittag im Park, als ich noch nicht so ganz wusste, wie ich mit ihm und allem umgehen soll, aber es scheint jetzt so einfach. Wir sind Freunde. Man kann auch nur befreundet sein. Nicht jeder ist wie Harry und Sally. Ich atme tief durch, sehe Tristan an und bin glücklich: Ich habe einen fürsorglichen, spannenden und – man muss es einfach sagen – äußerst attraktiven neuen guten Freund gewonnen.

Wir reden eine kleine Weile über seinen Job in dem Lokal, und er gibt zu, sich dort sehr wohlzufühlen. Zwar wolle er nicht sein Leben lang als Kellner arbeiten – aber wenn doch, dann nur im *Primafila*. Dort sei die Stimmung im Team so gut wie das Essen auf den Tellern. Ich gratuliere ihm kauend zu seinen traumhaften Kollegen, denn die Meeresfrüchte auf meiner Pasta sind vorzüglich. Es scheint ihn zu freuen, dass ihm die Überraschung gelungen ist und mir das Essen so gut schmeckt.

Obwohl die Essensboxen inzwischen leer sind, stoßen wir mit einem zweiten Bier an, und endlich wird es kühler. Wir sitzen nur da, sprechen über Essen, Restaurants und Kneipen, in die wir gerne gehen, um dort unsere Zeit zu verbringen. Mir fällt auf, dass er sich in Stuttgarts Nachtleben erschreckend gut auskennt. Wie kann es sein, dass ich ihn dann noch nie getroffen habe, wo wir doch durchaus das ein oder andere gemeinsame Stammlokal haben? Warum sind wir uns nicht schon früher begegnet?

Er lächelt mich an und nimmt einen weiteren Schluck Bier.

»Was?«

Ich schüttele nur den Kopf, weil ich die Frage nicht laut stellen möchte. Es würde etwas zu verzweifelt klingen.

»Nichts. Ich habe nur nachgedacht.«

»Und worüber?«

Er lehnt sich in seinem Stuhl zurück und klemmt sich die Bierflasche unter den Oberarm, was irgendwie so wirkt, als würde er die Flasche umarmen, und er sieht dabei so aus, wie ich mich fühle: zufrieden. Zu gerne würde ich jetzt frech nach meiner Kamera greifen und ihn fotografieren. Schon lange habe ich diesen Drang in mir nicht mehr gespürt, und jetzt ist er auf einmal wieder sehr präsent. Tristan weckt in mir das Bedürfnis, diesen wunderschönen Moment für immer einzufangen. Aber ich lasse es und entscheide mich stattdessen lieber für eine andere, harmlose Frage.

»Woher weißt du eigentlich so viel über die Gastrobranche?«

Er nickt lächelnd, als hätte er die Frage vorausgesehen.

»Ich gehe einfach gerne aus.«

»Das tue ich auch. Ich mache das sogar beruflich, trotzdem weiß ich nicht so viel.«

»Okay, ich habe einen Gastroführer geschrieben. Über Stuttgart. Schon eine kleine Weile her.«

Das überrascht mich. Wobei ich nicht sagen kann, wieso.

»Wirklich? Das ist toll. Vielleicht habe ich ihn ja schon gelesen.«

Tatsächlich haben Oliver und ich daheim im Schrank, neben den Kochbüchern von Tim Mälzer und Jamie Oliver, ein paar Gastroführer über die besten Locations in Stuttgart stehen, aber ich kann mich nicht mehr an die Titel oder

Cover erinnern. Der neueste war ein Geschenk zur Einweihung der Wohnung. Ich weiß nicht einmal mehr von wem. Die meisten Gastroführer finde ich ohnehin öde. Sie beschreiben nur Läden, die von Touristen aufgesucht werden. Tristan ist Stuttgarter, er liebt und lebt diese Stadt, das könnte eine angenehme Abwechslung werden.

»Das denke ich kaum. Ich habe mit einem Kumpel rumgesponnen. Er hatte die Idee *Stuttgart für Stuttgarter*. Jetzt macht er die Website *kesselfieber.de*, kennst du bestimmt.«

»Klar kenne ich *kesselfieber.de*. Manchmal schicke ich denen Bilder für ihre Artikel. Eine Freundin schreibt für die Jungs.«

Wir nicken und grinsen. In Stuttgart kann man sich leicht an dieser Kesselfieber-Krankheit anstecken. Wir alle leben hier, wir alle kennen irgendwie alles über andere, haben Leute unendlich oft in Clubs wie dem *Rocker 33* oder der *Röhre* gesehen, bevor sie umziehen mussten und dichtgemacht wurden, und wir alle haben am *Palast der Republik* ein trauriges Abschiedsbier auf unvergessliche Abende und alte Freunde getrunken.

»Hast du noch mehr geschrieben?«

»Hm, wie jeder ordentliche Literaturstudent habe ich früher Gedichte und Kurzgeschichten geschrieben. Für … die Schublade.«

»Kann ich sie lesen?«

Statt einer Antwort zuckt er nur mit den Schultern und deutet mit dem Finger auf ein Bild hinter mir an der Wand. Ich muss mich nicht umdrehen, um zu wissen, auf welches er zeigt.

»Hast du noch mehr solcher Fotos?«

»Was meinst du?«

»Bilder, die Gefühle zeigen …«

Mit einer ruckartigen Bewegung erhebt er sich aus dem

Stuhl, stellt das Bier an der Tischkante ab und geht zu dem Bild hinter mir. Ich drehe mich immer noch nicht um. Das Bild soll als Motivation dienen, nicht als Spießrutenlauf.

»... und Geschichten erzählen.«

»Nein.«

Das stimmt zwar nicht, aber ich kann mich gerade nicht richtig konzentrieren. Ich spüre ihn hinter mir, spüre seine Präsenz. Aber ich weigere mich, ihn anzusehen, weil ich dann vermutlich die Wahrheit sagen würde – was ich nicht will. Nicht schon wieder. Das heute im Park war ein Versehen. Ich lebe in meiner gemütlichen Seifenblase aus kleinen, aber funktionierenden Halbwahrheiten und vertriebenen Träumen. Wieso sollte ich diese Blase verlassen?

»Ich habe ein Buch geschrieben und das Manuskript über einen Freund einem Verlag geschickt. Als die Leute vom Lektorat dann begeistert sagten, sie würden es gerne veröffentlichen, habe ich gekniffen und es zurück in die Schublade meines Schreibtisches verbannt.«

Seine Stimme klingt näher, als ich angenommen habe. Er muss wirklich direkt hinter mir stehen. Ich spüre die sanfte Gänsehaut in meinem Nacken, die sich über meinen Körper ausbreitet, und starre konzentriert auf den Bildschirm meines Computers vor mir, betrachte intensiv den Desktop mit all den kleinen Icons, die mir das Leben durch einen einfachen Klick erleichtern. Tristan beugt sich zu mir herunter, und obwohl sich seine Hand eigentlich nur auf die Maus auf dem Schreibtisch legt, fühlt es sich trotzdem fast so an, als würde er den Arm um mich legen. Ich versuche meine Atmung zu kontrollieren. Er ist so nah.

»Irgendwo hier haben sich bestimmt ganz wunderbare Bilder versteckt, oder?«

Ich beobachte den Cursor und spüre Tristan, den nur wenige Zentimeter von mir trennen. Er bewegt die Maus langsam mit seiner Hand, und ich weiß, er wird sie finden, immerhin habe ich mir nicht besonders viel Mühe beim Verstecken gegeben. Der Titel des Ordners »Alte Bilder« klingt jetzt noch viel verräterischer, als ich es mir eingestehen möchte.

»Was wohl hier drinnen ist?«

Der Cursor kommt genau auf diesem Ordner zum Stillstand. Ich weiß, Tristan lächelt. Ich spüre es, sage aber trotzdem nichts. Er sieht mich von der Seite an, aus einer fast unerträglichen Nähe. Ich halte den Atem an.

»Darf ich?«

Darf er? Eine wirklich gute Frage. Ich habe diesen Ordner auf meinem Desktop genau neben dem Papierkorb platziert, weil er meiner Meinung nach genau dorthin gehört. Nur einen Klick von der Entsorgung entfernt. Ich nicke langsam, atme aus und höre den folgenschweren Doppelklick.

Auf dem Bildschirm springt ein Fenster erfreut auf und zeigt eine Sammlung von mehr als hundert Bildern, die ich mir in den letzten zwei Jahren genau drei Mal angesehen habe. Ich habe sie verdrängt, um nicht dauernd an sie denken zu müssen.

Tristan bewegt sich jetzt nicht mehr, aber ich meine, seinen Herzschlag zu hören oder zu spüren, ich bin mir noch unsicher. Von seinem Körper geht jedenfalls eine Wärme aus, die mich einhüllt, und obwohl wir uns gerade mitten in einer extremen Hitzeperiode im Sommer befinden, ist mir seine Wärme kein bisschen unangenehm.

Er klickt auf ein Foto, und ich will die Augen schließen. Ich komme mir aber vor wie bei einem Unfall auf der Autobahn, also schaue ich auch hin.

Ein kleines Kind am Kiesstrand am Lago di Garda. Es ist in Malcesine aufgenommen, denn dort lebt meine Großmutter, dort habe ich mich in die Stadt und die Menschen verliebt. Tristan betrachtet das Bild. Es ist schwarz-weiß, konzentriert sich auf das Gesicht des Kindes, der Hintergrund verschwimmt, aber die Umrisse des sich fortführenden Strandes und all seine Besucher kann man trotzdem deutlich erkennen.

»Das ist … schön. Wunderschön.«

Ich sage nichts, traue mich kaum zu atmen, mein Mund wird trocken. Ich greife nach meiner Flasche und spüle meinen Mund mit etwas Bier aus. Schon viel besser.

Das nächste Foto zeigt ein altes Ehepaar auf einer Bank in einer der kleinen Kopfsteinpflastergassen der Innenstadt. Meine Großeltern. Sie sitzen da, fast wie in Stein gemeißelt, halten sich an der Hand und haben dieses besondere Lächeln auf den Lippen. Es zeigt Ruhe und Zufriedenheit, wie man sie nur im Alter genießen kann. Das Licht war mir an diesem Tag besonders freundlich gestimmt und erlaubte mir kräftige Kontraste, die meinen Großvater fast rau, meine Großmutter hingegen zart und verletzlich zeichnen. Ein bisschen will ich zugeben, dass es mir gefällt.

Tristan sieht wieder zu mir.

»Die sind …«

»Alltäglich.«

»Nein, wunderschön. Das ist die Frau auf dem Foto, nicht wahr? Kennst du sie?«

Der Gedanke an sie verpasst mir einen emotionalen Tiefschlag.

»Ja. Das ist meine Großmutter.«

Meine Großmutter, die wollte, dass ich meine Träume verwirkliche und mir meine Wünsche erfülle. Meine Großmutter, die mir unendlich fehlt. Ich greife nach seiner Hand, schiebe sie etwas ruppig von der Maus weg. Dann schließe ich das Fenster und auch den Ordner. Ich bin darauf nicht vorbereitet und will es auch nicht. Es ist mir im Moment zu viel.

»Das sind kleine Meisterwerke! Die sind toll, du solltest sie veröffentlichen!«

Ich drehe mich zu ihm um. Er hat kein Recht, so über die Bilder zu sprechen und damit endlich schlummernde Hoffnung in meinem Inneren zu wecken. Ich habe lange genug gebraucht, um sie zu begraben, auch wenn ich mich noch immer nicht völlig von ihnen trennen kann. Ich will nicht mehr darüber sprechen. Ich will seine Komplimente nicht.

»Das geht dich aber nichts an. Es sind meine Fotos, und ich mache mit ihnen genau das, was ich will.«

Er nickt und hebt abwehrend die Hände, aber ich sehe ihm an, dass er anders denkt.

»Ich finde ja nur, du solltest mal darüber nachdenken, weil sie ...«

»Lass es!«

Meine Stimme ist lauter und hallt in der Stille der Nacht durch mein Büro. Ich will ihn nicht anschreien, aber er versteht nicht, und ich will und kann es ihm nicht erklären.

»Das ... hat nichts mit dir zu tun. Ich möchte nur nicht über diese Bilder sprechen.«

»Du sollst nicht über sie sprechen, du sollst sie veröffentlichen.«

Er versteht es nicht, also verschränke ich meine Arme vor der Brust – ein sicheres Zeichen für Ablehnung.

»Sagt der Typ, der sein Manuskript in der Schublade versteckt.«

Das hat gesessen, ich merke, wie er leicht zusammenzuckt, und sofort tut es mir leid.

»Das eine hat mit dem anderen nichts zu tun. Du hast sie doch auf deinem Rechner, es wäre nur ...«

»Ich will sie nicht veröffentlichen. Es sind Schnappschüsse aus dem Urlaub. Nicht mehr.«

Er schüttelt den Kopf und dreht meinen Schreibtischstuhl so, dass ich ihn ansehen muss.

»Wer hat dir denn den Müll erzählt? Das ist Blödsinn.«

Seine Augen glühen. Ist er wütend? Er hält die Lehne meines Stuhls fest umklammert, und sein Gesicht ist nur wenige Zentimeter von meinem entfernt. Einen Augenblick sehen wir uns stumm an. Er ist mir zu nah.

Das ist zu viel.

»Es ist schon spät. Wir müssen beide morgen früh raus.«

Er lässt los und richtet sich wieder auf. Ich beuge mich zu meinem Computer und schalte ihn einfach aus. Ich habe heute lange genug gearbeitet und auch schon viel zu viel Zeit mit ihm verbracht. Es wird jetzt Zeit, zumindest für heute einen Schlussstrich zu ziehen.

»Layla.«

Ich sehe ihn nicht an, stehe auf, packe die leeren Boxen und Servietten vom Tisch und stopfe sie fast schon rabiat in die weiße Tüte, die neben dem Tisch steht. Er kommt auf mich zu.

»Du hast recht, Layla. Du musst rein gar nichts mit den Fotos machen. Aber wer auch immer gesagt hat, sie wären nur Urlaubsfotos, der hat gelogen. Oder keine Ahnung.«

Er nimmt mir die leeren Bierflaschen ab und stellt sie neben den Kühlschrank auf den Boden. Ich beobachte ihn und frage mich, wo er all die Jahre war, als ich genau das hören wollte. Er war in meiner Stadt, aber er hat nie meinen Weg gekreuzt, und jetzt ist er plötzlich hier, und ich möchte ihn für das eben Gesagte am liebsten ohrfeigen. Nein, lieber fest umarmen. Dafür, was er gesagt hat. Aber so weit sind wir nicht. So weit werden wir vermutlich niemals sein.

Deshalb schenke ich ihm wenigstens ein kurzes Lächeln, vielleicht kann er die Dankbarkeit darin lesen. Er lächelt zurück. Zum Glück.

»Wie kommst du nach Hause?«

»Ich laufe. Ich habe es nicht weit.«

Er wirft einen Blick auf die Uhr. Es ist spät, die Straßen vermutlich schon leer gefegt.

»Ich fahre dich.«

Auf dem Sozius seiner Vespa, mit einem albernen Helm und dem Fahrtwind im Gesicht, umarme ich ihn an diesem Abend dann doch noch. Obwohl es kühler geworden ist, würde man es im Volksmund eine laue Sommernacht nennen. Wir brausen über leere Straßen, vorbei an geschlossenen Cafés und festgebundenen Biergartengarnituren. Meine Arme sind um seinen Körper gelegt, was in einer solchen Situation einfach erforderlich ist, wenn man nicht in der nächsten Kurve vom Sitz geschleudert werden will. Trotzdem fühlt es sich auch einfach gut an. Ein bisschen nach Abenteuer. Ein bisschen verboten, ohne aber wirklich verboten zu sein. Ich betrüge niemanden, er betrügt niemanden. Aber ein ganz kleines bisschen fühlt es sich so an, vor allem wenn sich meine Arme beim Beschleunigen fester um ihn schlingen, mein Körper beim Abbremsen an seinen gepresst wird und wir uns in den Kurven gemeinsam bewegen müssen. Es fühlt sich gut an.

Er macht den Motor ein paar Meter vor meiner Haustür aus und lässt die Vespa im Leerlauf ausrollen. So verhindert er es, die ganze Straße zu wecken.

Gerne würde ich etwas sagen, was dem Augenblick angemessen erscheint – aber das Wissen darum, wie meine Frisur nach dem Abnehmen des Helmes jetzt aussieht, hindert mich daran.

Er sieht mich an und lächelt. Wir flüstern, obwohl unsere Stimmen wohl kaum jemanden wecken würden.

»Danke für das Essen.«

»Danke für das Bier.«

Wir lächeln wie Teenager nach dem ersten Date, dabei wissen wir beide, dass es keines war.

»Wir sehen uns am Freitag.«

»Ja. Gute Nacht.«

Ich beuge mich schnell vor und drücke ihm einen Kuss auf die Wange, und bevor er reagieren kann, drehe ich mich weg und laufe zu meiner Haustür.

»Layla.«

Ich bleibe stehen. Er flüstert noch immer, aber in der Stille der Nacht höre ich ihn nur zu gut, langsam drehe ich mich wieder zu ihm.

»Ich habe bisher immer nur für Helen geschrieben.«

Etwas in seinem Gesicht verändert sich bei dieser Erinnerung. Und mir versetzt es einen kleinen Stich, auch wenn ich nicht weiß warum. Helen? Heißt so seine Freundin? Will er es deswegen nicht veröffentlichen lassen? Ist es zu privat? Ich nicke, auch wenn ich nicht verstanden habe.

»Oliver hat gesagt, es sind nur Urlaubsfotos.«

Während ich das sage, zieht sich mein Hals zusammen, aber Tristan nickt und schenkt mir ein kurzes Lächeln. Dann rollt er die Straße entlang. Als er weit genug weg ist, lässt er den Motor an. Ich sehe an dem Haus hoch zu unserem Schlafzimmerfenster, hinter dem Oliver schon im Bett liegen und schlafen wird. Er wird nicht fragen, wo ich war oder wieso ich so spät nach Hause komme. Er wird davon ausgehen, dass ich arbeiten war, nicht mehr und nicht weniger. Aber die Vorstellung, mich gleich neben ihn zu legen, fühlt sich nicht gut an.

Der Pool

Ich gehe über den Feldweg durch die Dunkelheit. Dann sehe ich das Wasser. Der Pool leuchtet so verführerisch im Sternenglanz, und ein Blick reicht, um zu wissen: jetzt oder nie!

»Wir müssen leise sein!«

Aber obwohl er es sagt, meint er es nicht so. Ich beobachte ihn dabei, wie er sich das schwarze T-Shirt über den Kopf zieht und mir damit freie Sicht auf seinen durchtrainierten Oberkörper gewährt. Sofort reagiert mein Körper auf so viel Haut und sehnt sich nach Berührung. Als er langsam erst die Jeans und dann seine schwarze Boxershorts auszieht, mache ich einen ersten Schritt auf ihn zu, ohne meinen Blick auch nur eine Sekunde von ihm abzuwenden. Er ist wunderschön.

»Komm schon.«

Er flüstert es nur, denn wir müssen leise sein, aber es hallt wie ein schrilles Echo in meinem Kopf. Kann ich das wirklich tun? Egal, ob ich kann oder nicht – ich will, und so macht sich mein Körper selbstständig. Zuerst ziehe ich das T-Shirt aus, dann die Jeans und schließlich meine Unterwäsche. Die Nachtluft kühlt meine plötzlich viel zu heiße Haut. Sein Blick gleitet langsam über meinen Körper und lässt ein Gefühl in mir aufflackern, das ich nicht mehr gewöhnt bin. Zu selten werde ich noch so angesehen. Er macht einen Schritt auf mich zu, greift nach meiner Hand und führt mich zum Pool. Ist das wirklich eine so gute Idee? Wir bleiben am Rand des Beckens stehen, und ich spüre seine Nähe. Als er seine Hände auf meine Hüfte legt, überzieht sofort eine feine Gänsehaut meinen gesamten Körper und meine Gedanken rutschen tiefer. Ja, das ist sogar eine verdammt gute Idee!

»Lass los.«

Er flüstert es in mein Ohr und zieht meinen Körper dabei näher an seinen. Ich schließe die Augen und hole tief Luft.

Der Fall ist kurz, das kühle Nass fängt uns auf, verschluckt uns, und für einen kurzen Moment verliere ich jegliche Orientierung. Wo ist oben? Wo unten? Wo bin ich? Wo ist er? Wir kommen zurück an die Oberfläche ... und er hält mich noch immer. Dann, als wäre es das Selbstverständlichste auf der Welt, finden sich unsere Lippen. Vorsichtig tastend lernen wir uns neu kennen, reagieren auf jede noch so kleine Bewegung. Sein Kuss schmeckt süß, verlockend, so als wäre das alles erst der Anfang, dabei bin ich schon jetzt süchtig nach ihm. Ich öffne leicht die Lippen, und als sich unsere Zungenspitzen endlich berühren, kann ich einen leichten Seufzer nicht unterdrücken. Je mehr ich ihn spüre, desto mehr will ich ihn. Es ist das wärmende Gefühl von Vertrautheit und das heiße Prickeln des Neuen. Während wir uns küssen, lasse ich meine Hände über seinen Körper wandern, spüre seine weiche Haut über den harten Muskeln, genieße jeden Zentimeter mit meinen Fingern, und längst bin ich mir nicht mehr sicher, wer ich eigentlich bin. Ich spüre seine Hände auf mir, spüre, wie er sie langsam über meine Hüfte und meinen Bauch gleiten lässt, bis er sie endlich höher schiebt. Wenn ich das hier nicht will, sollte ich jetzt etwas sagen – denn gleich werde ich dazu nicht mehr in der Lage sein. Das weiß ich. Er drückt mich sanft gegen den Rand des Beckens, und unser Kuss wird tiefer, leidenschaftlicher, hungriger. Seine Hand wandert hinab, streift meinen Oberschenkel, und als er eines meiner Knie umfasst und leicht zu sich hochzieht, will ich den Atem sofort anhalten. Aber ich bin bereits außer Atem. Jegliche Gegenwehr meiner Vernunft wird von dem heißen Kribbeln tief in mir vertrieben, und statt zu sprechen, entscheide ich mich dazu, ihn einfach weiter zu spüren. Ich will ihn berühren, ihn schmecken, ihn haben. Jetzt! Hier! Überall! Ich küsse ihn, als würde er sich jede Sekunde in Luft auflösen. Mit meinen Fingern fahre ich durch sein nasses Haar, und ich spüre die tiefe Sehnsucht in seinen Küssen. Ich lasse ihn gewähren. Er darf tun, was immer er möchte, solange es sich so gut anfühlt wie das hier. Als er auch mein anderes Knie zu sich zieht und sich zwischen meine Beine schiebt, bin ich mir nicht mehr sicher, ob man das noch Atmen nennen kann. Das lustvolle Pochen in mir bringt mich um den Verstand, und er hält mich mit seinem Gewicht in der richtigen Position. Ich ziehe ihn dichter zu mir und lasse meine Lippen über seine Wange zu seinem Ohr gleiten.

»Tristan.«

Tristan!

Ich reiße die Augen auf, taumele noch kurz zwischen Schlaf und dem nächsten Morgen und merke, dass ich klatschnass bin. Mein Herz schlägt wild gegen meinen Brustkorb, und ich brauche einige Sekunden, um zu verstehen, dass das alles nur ein Traum war. Nur ein Traum … Alles ist gut, kein Grund durchzudrehen. Oder?

Sofort schnellt mein Blick auf Olivers Seite, aber die ist leer und weit weg. Etwas ist anders als sonst. Ich atme tief durch und bemerke, wie sehr ich auf meiner Seite liege. So sehr, dass ich fast aus dem Bett gefallen wäre. Nur eine kleine Bewegung, dann wäre ich über die Kante gerutscht.

Das ist neu. Noch nie habe ich so weit auf meiner Seite geschlafen. Sonst ähnelt mein territoriales Schlafverhalten eher dem der Engländer in der zweiten Hälfte des 19. Jahrhunderts – die meinten ja bekanntlich auch, ganz Indien einnehmen zu können. Obwohl in unserem Bett genug Platz ist für zwei ausgewachsene Silberrückengorillas, beanspruche ich grundsätzlich mehr Platz, als mir zusteht und nötig ist. Nur heute nicht.

Noch immer starre ich auf Olivers verwaiste Seite, dann wandert mein Blick zu seinem Wecker. Kurz vor sieben Uhr. Obwohl er erst in wenigen Minuten anfangen wird, meinen Kopf zu malträtieren, krieche ich von meinem Randplatz über das Bett und schalte ihn vorsichtshalber aus. Dann horche ich in die Wohnung. Keine Dusche zu hören. Aber das ist kein Wunder, Oliver duscht meistens abends oder nachts, selten morgens. Ich stehe auf und tapse durch die Wohnung, finde aber keine Spur von ihm. Im leeren Flur bemerke ich aus dem Augenwinkel nur drei Nachrichten auf dem AB, die wild vor sich hin blinken. Oliver muss schon auf dem Weg zur Arbeit sein, was bei seinem Tagesablauf aber kein Wunder ist. Vermutlich hat er mal wieder eine Besprechung irgendwo in Mannheim, Frankfurt oder Hannover. Das kommt leider viel zu oft vor. Heute fehlt er mir allerdings etwas weniger als sonst, und ich denke, das ist falsch. Ich müsste ihn vermissen, wie sonst auch, aber ich tue es nicht. Heute ist anders, und ich habe eine leise Ahnung warum. Doch ich lasse die Erinnerungen an Gestern noch nicht zu und scheuche sie zurück ins Vergessen, ebenso wie den Traum. Der Tag hat für mich offiziell noch nicht begonnen, und sie dürfen noch nicht zurückkehren. Ich bin noch nicht bereit. Erst einmal brauche ich eine Dusche und einen Kaffee, vielleicht ein kurzes Gespräch mit Beccie, dann kann ich mich ihnen stellen.

Auf dem Weg ins Bad sammele ich Olivers Kleidungsstücke vom Boden auf und stopfe sie in die Wäschetruhe. Dort landen auch meine Schlafshorts und das Top, bevor ich das Wasser anstelle und warte, bis mir die Temperatur zusagt. Schließlich stelle ich mich unter den entspannenden Wasserstrahl. Ich schließe die Augen – und da sind sie wieder, die Bilder von gestern. Ich sehe, wie Tristan mit der Tüte voll Essen vor meiner Tür steht, wie er mir gegenüber im Stuhl sitzt und zufrieden lächelt, ich spüre wieder, wie er hinter mir steht und wie wir uns auf der Heimfahrt gemeinsam in die Kurve legen, und ich erinnere mich daran, wie ich ihn zum Abschied auf die Wange geküsst habe. Und schon stehe ich wieder am Rand des im Sternenglanz leuchtenden Pools.

Ich drehe das Wasser schnell kälter, in der Hoffnung, dass sich auch meine Gedanken dadurch abkühlen oder in Luft auflösen würden, aber die Diashow der Erinnerungen geht weiter. Ist es eine gute Idee, ihn am Freitag wiederzusehen?

Tristan Wolf. Eigentlich dürfte er mir kein bisschen gefährlich sein, weil alles gegen ihn spricht. Ich bin vergeben, er ist vergeben. Außerdem habe ich genaue Vorstellungen von meinem Leben und meiner Zukunft. Wann immer ich die Vorspultaste gedrückt halte und fünf Jahre in die Zukunft blicke, sehe ich Oliver, in dieser Wohnung. Mein jetziges Leben ist die Zukunft, weil ich bereits alles habe, was ich mir wünschen könnte: Oliver, meine eigene kleine Firma, eine schöne Wohnung mitten in Stuttgart. Doch plötzlich spüre ich wieder Tristans Lippen auf meinen und … Verdammte Träume!

Ich stelle das Wasser noch etwas kälter, fast schon zu kalt, aber es muss helfen. Wieso lässt mich Tristan nicht kalt? Wieso schlägt mein Herz schneller, wenn ich an ihn denke? Wieso habe ich so einen Traum? Solche Gedanken sind ungesund, da bin ich mir sicher, aber sie lassen sich leider auch nicht so leicht abschütteln.

Genervt von dem Misserfolg stelle ich die Dusche ab und wickele mich in ein großes weißes Handtuch, während ich mich auf den Rand der Badewanne setze. Zwei Zahnbürsten: blau und rot. Zwei Handtuchhalter: für »Sie« und »Ihn«. Die Schubladen unserer Badezimmerkommode: fair verteilt. Ich erinnere mich genau an den Tag, als Oli und ich hier zum ersten Mal nach unserem Umzug standen und voller Freude bemerkten, dass wir jetzt ernsthaft zusammen waren. Wir hatten den nächsten Schritt gemeinsam gewagt und waren angekommen. Jeden Sonntagnachmittag lagen wir zusammen in der Wanne, lasen uns aus der Zeitung oder aus Büchern vor, genossen die gemeinsame Zeit, die wir uns von niemandem nehmen ließen. Das klappte ein halbes Jahr echt gut, dann kamen andere Verpflichtungen. Mein Job nahm sonntags viel Zeit ein, und er verbrachte die Nachmittage mit Freunden beim Fußball. Es passierte einfach, und wir waren einander nicht böse. Wir wollten es ja beide. Wieso ich jetzt daran denke? Es fehlt mir ein kleines bisschen. Aber es ist nicht Olivers Schuld. Ich kann nicht sagen, er hätte mich abserviert oder sich gegen mich entschieden, denn auch ich habe die Zeit gerne allein verplant.

Die vertraute Melodie einer typischen Fernsehsendung für Frauen, in der es um Carries Vorliebe für Schuhe und Männer geht, reißt mich zurück ins Hier und Jetzt. Mein Handy klingelt. Ich springe, nur mit einem Handtuch bekleidet, durch die Wohnung und versuche panisch, das Klingeln zu lokalisieren. Wo habe ich meine Handtasche gestern liegen gelassen? Im Schlafzimmer werde ich schließlich fündig, auf dem Boden neben meinem Bett.

»Hallo?«

Für gewöhnlich melde ich mich mit meinem vollständigen Namen und hänge noch den Namen meiner Firma an, aber jetzt bin ich etwas zu sehr außer Atem. Ich sollte dringend mal wieder in das Fitnessstudio, bei dem ich vor Monaten einen Vertrag abgeschlossen habe, aber nach dem Einführungstraining nie wieder hingegangen bin.

»Ach, du lebst also und hast bestimmt eine klasse Ausrede, wieso du keinen meiner Anrufe angenommen oder beantwortet hast. Keine SMS, keine E-Mail. Hörst du deinen AB auch mal ab?«

Ich lasse mich aufs Bett fallen. Beccie.

»Tut mir leid, ich war unter der Dusche.«

»Seit gestern Abend bis gerade eben?«

Sie ist sauer, aber ich kann mich an keinen Anruf erinnern.

»Ich war bis spätnachts im Büro, und mein Handy war auf Lautlos.«

Die Tatsache, dass Tristan mir Essen gebracht und mich danach auf seiner Vespa nach Hause gefahren hat, würde ich ihr irgendwann anders erzählen. Vielleicht. Auch nie.

»Ach so, okay. Das Handy war auf Lautlos. Na dann ... Mann, Layla! Ich könnte tot sein oder ohne Erinnerung im Krankenhaus aufwachen und nicht mehr wissen, wer ich bin, eine klassische Jane Doe. Was dann? Dann versuche ich verzweifelt, dich zu erreichen, und du ... hast dein Handy auf Lautlos?«

»Beccie, wenn du keine Erinnerung mehr hast, wie kannst du mich dann anrufen? Und wenn du tot wärst ...«

»Vollkommen egal. Es hätte ein Notfall sein können.«

»War es einer?«

»Nein, aber ich habe mir Sorgen gemacht. Es sieht dir nicht ähnlich. Oli hatte seinen Stammtisch, und du rufst sonst für gewöhnlich an. Ich dachte, wir hätten eine unausgesprochene ... Vereinbarung. Was den Dienstag angeht.«

Natürlich muss ich lächeln, weil ich sie am liebsten umarmen würde. Sie hat mich vermisst.

»Das tut mir leid. Kann ich das irgendwie wiedergutmachen?«

Es entsteht eine kleine Pause, und ich bin mir sicher, sie überlegt sich etwas. Jetzt habe ich ihr einen Steilpass gegeben und warte auf die Antwort, vor der ich mich fürchten sollte.

»Du bekochst mich. Nächste Woche. Dienstag.«

Na das ginge ja noch mal gut.

»Versprochen.«

»Gut. Das will ich auch schwer hoffen. Und jetzt sag endlich, ob es dir gut geht. Ich habe mir Sorgen gemacht, du Nudel.«

»Mir geht es gut, keine Sorge. Ich habe gestern Nacht nur sehr lange gearbeitet und dann im Büro gegessen.«

Bisher lüge ich nicht, ich verheimliche nur kleine Details, das ist alles. Falls sie gleich nachfragt, ob ich alleine gewesen bin, werde ich mit der Wahrheit herausrücken, weil ich nicht lügen will. Aber solange niemand gezielt nachfragt, sehe ich auch keinen zwingenden Grund, alles direkt erzählen zu müssen.

»Okay, du Arbeitstier, das nächste Mal schickst du eine E-Mail.«

»Wird gemacht, Mama.«

Danach erzählt sie mir von ihrem langweiligen Abend und wie sehr sie sich gewünscht hat, dass ich angerufen und sie aus den Fängen des schrecklichen Fernsehprogramms gerettet hätte. Ein kleines bisschen tut sie mir leid, aber ich werde es wiedergutmachen.

Im Büro erinnert nichts mehr an das Abendessen mit Tristan. Zum Glück. Ich will keinen Verdacht erregen, und vor allem will ich nicht ständig daran denken. Ich brauche keine sichtbaren Spuren, um mich an jedes kleine Detail zu erinnern.

Bei Facebook ist alles wie immer, die üblichen Verdächtigen kündigen neue Veranstaltungen an oder ändern ihre Statusmeldung und die Profilfotos. Die Mädels zeigen im Sommer mehr Bein und die Herren mehr Brusthaar, zumindest diejenigen, die es sich leisten können, und selbst die anderen, die es besser nicht tun sollten, fühlen sich wohl durch Facebook dazu aufgefordert, ihre Oberbekleidung abzulegen, was ich mit einem Kopfschütteln quittiere.

Dann lande ich aber doch auf Tristans Profil, wo sich seit gestern nichts getan hat. Deswegen bin ich aber auch nicht hier. Ich kann den Namen »Helen« seit vergangener Nacht nicht mehr aus meinem Kopf bekommen, und ich bin einfach neugierig, wer diese Traumfrau an Tristans Seite ist. Erneut klicke ich mich durch sein Album und betrachte einige der Fotos, auf denen sie zu sehen ist. Ich nehme an, dass Tristan die Fotos von ihr gemacht hat, weil sie so viel Liebe ausstrahlen. Helen, irgendwo bei einem Musikfestival, umgeben von zahllosen Seifenblasen, ein entspanntes Lächeln auf den Lippen, als wäre alles in diesem Moment perfekt. Ein anderes Foto zeigt sie mit nassen Haaren an einem Sandstrand, wie sie mit Taucherbrille und Schnorchel in der Hand sexy für ihn posiert. Alles wirkt ungezwungen, vollkommen natürlich, so als wäre sie mit sich und ihrem Leben im Einklang. Kein Wunder, dass sich ein Mann wie Tristan in sie verliebt hat. Sogar ich stelle fest, dass ich sie mag. Helen sieht wie einer dieser Menschen aus, die einfach nett, liebenswert und unkompliziert sind. Selbst wenn ich wollte – und das will ich nicht –, wie sollte ich je gegen diese Frau ankommen? Tristan wäre verrückt, wenn er sie aufgeben würde. Irgendwie entspannt mich dieser

Gedanke. Tristan ist und bleibt einfach ein Freund. Und das ist gut so. Mit Helen im Kopf fällt es mir leichter, meine Gefühle zu definieren.

Okay, ich weiß jetzt, wie sie aussieht, aber: Wer ist sie? Was mag sie? Hat sie viele Freunde? Tristan müsste doch eigentlich mit ihr auf Facebook befreundet sein. Vielleicht lässt mich ihr Facebook-Profil ja noch mehr über sie herausfinden. Ich gehe seine Freundesliste durch, bloß hat Tristan leider keine Helen in seiner Liste, was mich überrascht. Besitzt die Gute etwa kein Facebook-Konto? In der heutigen Zeit?

Ich schließe Facebook, und plötzlich fällt mir die Arbeit um einiges leichter. Zum ersten Mal seit Stunden konzentriere ich mich wieder voll auf meine kleine Firma anstatt auf Tristan Wolf.

Kurz nach zwölf schicke ich Oliver eine SMS und bekomme sofort eine Antwort. Zwar schnell, dafür aber auch etwas lieblos: Er sei in München bei einer Besprechung, wie ich geahnt habe, er wollte mich heute Morgen nicht wecken und würde sich wieder melden, wenn er etwas mehr Zeit hätte. Meine SMS hat mit den Worten »Kuss, lieb dich« geendet, seine mal wieder mit »muss los«.

Chaos

»Oli, ich geh dann mal. Die Arbeit ruft.«

Es ist Freitagabend, und Oliver sitzt in seiner Wohlfühlhose auf der Couch. Er sieht mich aus müden Augen an, obwohl es noch nicht einmal acht Uhr ist. Diese Woche war er oft lange unterwegs und morgens schon früh wieder auf den Beinen.

»Mach dir einen schönen Abend, Süße.«

Er lächelt mich ehrlich an, aber ich bin doch getroffen, denn ich gehe nicht, um mir einen schönen Abend zu machen. Ich gehe, um zu arbeiten.

Wir haben uns die letzten Tage kaum gesehen, geschweige denn gesprochen, und während für mich jetzt eine anstrengende Nacht beginnt, in der ich hoffe, möglichst viele gute Fotos zu schießen, die ich danach dem Veranstalter verkaufen kann, gibt er mir das Gefühl, ich würde nur einen netten Abend mit Freunden verbringen. Das macht er oft so, und ich fühle mich wieder klein, weil meine Arbeit es niemals mit seiner aufnehmen kann. Auch nicht, wenn ein bekannter Berliner DJ zu Gast in der Kesselstadt ist und ich mich heute mit ziemlicher Sicherheit die ganze Nacht durch eine dicht an dicht gedrängte Menschenmenge drängen muss, um brauchbare Bilder zu bekommen. Er hat ja keine Ahnung, und ich beschließe, zur Abwechslung doch einmal etwas zu sagen.

»Das ist Arbeit, kein netter Abend.«

Ich müsste nur noch lernen, es etwas lauter zu sagen. Aber er hat mich auch so gehört und sieht mich überrascht an.

»Das weiß ich doch, aber du sollst ja auch Spaß haben bei deinem Job.«

Wieso es mich kränkt, wie er mit mir spricht, kann ich nicht genau erklären. Es ist vielleicht auch nur die Art und Weise, wie er es sagt. Als wäre ich ein kleines Kind, das man an die Hand nehmen muss. Der Begriff »Party-Knipserin« stammt übrigens von ihm.

»Spaß wäre es höchstens, wenn du mich mal wieder begleiten würdest. Wann kommst du mal wieder mit?«

Er hebt nur die Arme und lässt sie dann wieder auf seine Oberschenkel fallen.

»Keine Ahnung. Ich bin müde, und ich fühle mich inzwischen, ehrlich gesagt, auch ein bisschen fehl am Platze, zwischen all den feierwütigen Teenies.«

Ich glaube ihm, allerdings kommt mir gerade nicht zum ersten Mal der Gedanke, dass es ihm irgendwie auch peinlich ist, mit mir durch die Clubs zu ziehen, vielleicht vor seinen Freunden oder sich selbst. Das würde schmerzen, wenn es wahr wäre. Deshalb frage ich lieber erst gar nicht, sondern gehe einfach alleine.

»Okay. Es kann spät werden.«

»Aber nicht zu spät. Morgen kommen meine Eltern. Vergiss das bitte nicht.«

Ich nicke nur bitter, packe meine Tasche und gebe mir Mühe, dabei besonders genervt zu wirken. Er beobachtet mich, aber ich denke, dass es ihm nicht wirklich auffällt. Ja, ich bin wütend auf ihn, aber natürlich sage ich es ihm nicht, weil er dann eine unendlich lange Diskussion eröffnet und ich zu spät zu dem Event komme. Das kann ich mir nicht leisten.

»Trägst du nicht dein Werbeshirt?«

Oha! Er hat es bemerkt! Das muss ich ihm hoch anrechnen.

»Richtig. Ich habe mich zur Abwechslung mal ein bisschen chic gemacht. Gefällt es dir?«

Ich stelle mich etwas aufrechter hin und drehe mich einmal um die eigene Achse. Ich trage meine perfekt sitzende schwarze Lieblingsjeans, die mich immer dazu zwingt, zwei Tage vor dem Anziehen nichts mehr zu essen, um den Knopf auch ohne Verrenkungen schließen zu können. Dazu trage ich eine stylische weiße Bluse aus zartem Chiffon mit einem schönen – etwas gewagten – Ausschnitt und feinen goldenen Ziernähten. Meine silbernen Standard-Knopfohrringe habe ich durch dezente goldene Kreolen ersetzt.

»Doch, das ist nett, aber dein Arbeits-T-Shirt ist eine gute Extrawerbung, und deine Finanzen könnten eine kleine Aufbesserung gut vertragen.«

Ich nicke. Das kam aus dem Nichts – und saß.

»Das ist nicht böse gemeint, Schatz, aber deswegen haben wir sie ja machen lassen.«

Ich nicke wieder. Ich habe keine Ahnung, wie ich darauf reagieren soll. Er lächelt mich an, und ich bin mir ganz sicher, er meint es nur gut. Oliver würde mir nie wissentlich wehtun. Manchmal drückt er es vielleicht etwas ungeschickt aus, aber ihm ist es wichtig, dass es mir gut geht. Er sorgt sich um mich, immer schon. Er hat immer alle meine Rechnungen daraufhin gecheckt, ob ich auch ja nicht über den Tisch gezogen werde, und er hat auch meine Versicherungen überprüft, damit ich keinen Unsinn abschließe. Dank ihm habe ich jetzt einen tollen Handyvertrag mit einem Spitzentarif und Flatrate ins Festnetz. Oliver ist wie einer dieser gelben Engel auf der Autobahn. Er ist da, wenn man ihn braucht, und die Sicherheit, die er mir gibt, ist einer der Gründe, wieso ich mich bei ihm so wohlfühle.

»Na? Willst du dich nicht doch lieber umziehen?«

Und zugleich der Grund, wieso ich mich unendlich klein und nutzlos fühle.

»Nein.«

Damit verlasse ich unsere Wohnung.

Die Schlange zieht sich um den halben Block, und ich habe ein schlechtes Gewissen, weil ich den wartenden Fans am liebsten jetzt schon sagen würde, dass sie es ohne Eintrittskarte nicht mehr in das enge Kellergewölbe schaffen werden. Aber wozu Herzen brechen? Ich schlendere an ihnen allen vorbei und ernte einige missgünstige Blicke, die ich vielleicht sogar verdient habe. Nein, habe ich nicht. Ich arbeite hier. Die wenigen echten Vorteile meines Jobs lasse ich mir nicht von Leuten vermiesen, die sich nicht rechtzeitig um Karten gekümmert haben – oder keine Ahnung davon haben, was ich hier eigentlich leiste.

An der Tür stehen zwei Männer, beide in Schwarz gekleidet. Ist das ein geheimer Türsteher-Dress-Code oder so was in der Art? Da dreht sich einer der beiden um, und sofort beginnt es leise in mir zu flattern. Es ist Tristan. Er lächelt mich an und winkt mir zu.

Seit Dienstagnacht haben wir nur über Facebook Kontakt gehabt, ganz öffentlich und harmlos, nur Beccie hat sich natürlich beschwert, wieso er sie nicht mit der gleichen Aufmerksamkeit bedacht hat wie mich. Eine Antwort darauf habe ich bis heute nicht, und meine Ahnung verdränge ich ganz schnell und tief irgendwohin, wo ich sie nicht finden und mich mit ihr beschäftigen muss. Gleich neben den Pool-Traum.

Ich winke zurück und gehe direkt zu ihm an die Eingangstür, was zu einem kurzen Aufruhr in der Schlange führt, der vom anderen Türsteher aber mit einem strengen Blick sofort beendet wird. Dann stehen Tristan und ich uns gegenüber, und ich weiß nicht, wie ich ihn begrüßen soll. Ich unterdrücke den Impuls, ihm einfach schnell meine Hand entgegenzustrecken, und mache einen mutigen Schritt auf ihn zu. Er lächelt, beugt sich zu mir herunter, und kurz flackern in mir Bilder von einem nur von Sternenlicht erleuchteten Pool auf. Ich halte den Atem an und versuche, an etwas anderes zu denken.

Oliver. Helen. Nur Freunde.

Das funktioniert. Wir umarmen uns kurz, dann schiebe ich mich auch schon ins Innere, steige die erste Treppenstufe nach unten und frage mich, wieso ich nichts gesagt habe.

»Layla?«

Ich drehe mich wieder um. Er hält die Tür oben offen und lächelt zu mir runter.

»Gut siehst du aus.«

Damit lässt er die Tür wieder zufallen, und ich spüre, wie sich meine Lippen zu einem besonders dümmlichen Grinsen verziehen. Solche Komplimente sind in meinem realen Leben eher selten angesiedelt, vielleicht freut es mich deswegen besonders. Oder es liegt daran, dass es von Tristan kommt, was ich mir vorstellen kann, es aber nicht möchte. Andererseits können sich Freunde doch gegenseitig Komplimente machen, oder? Eben.

Im Inneren werde ich vom Veranstalter in Empfang genommen, bekomme backstage noch ein paar Instruktionen und bereite dann meine Kamera vor. Langsam füllt sich der Laden, die Luft wird schlechter, die Laune dafür besser, und so steigen auch die Temperaturen. Hände werden in die Luft gehalten, zappelnde Körper, jubelnde Menschen. Der Hauptakt ist noch nicht mal da, und doch kocht die Stimmung. Ich mache ein paar Fotos von der Menge, schieße mich quasi warm. So wie die Fußballer im Training, die üben ja schließlich auch immer ihre Freistöße für den Ernstfall.

Da entdecke ich Beccie in der Menge und winke ihr zu. Sie winkt zurück und deutet zur Bar. Ich kämpfe mich durch die immer dichter gedrängt stehenden und tanzenden Leute und werde mit einer herzlichen Umarmung von Beccie begrüßt.

»Hey, Layla, ich dachte schon, du kommst nicht mehr!«
»Natürlich komme ich. Ich arbeite hier.«
»Wenn noch mehr Leute reinkommen, kann sich bald keiner mehr bewegen!«

Beccie fächert sich Luft zu und bestellt ein Bier, untypisch für sie, aber jetzt muss das Getränk nur kalt und flüssig sein. Ich nehme ein Bitter Lemon, weil es zu früh ist, um mit dem Alkohol anzufangen. Ich muss noch viele Fotos machen, auch von dem DJ, den ich bereits hinter dem Mischpult werkeln gesehen habe. Er hat über die Anlage gemeckert und über den schlechten Sound. Typisch arroganter Berliner, will die Schwäbin in mir denken, aber auch er macht nur seinen Job und möchte vermutlich die beste Performance abgeben, die ihm dieser Club hier ermöglicht. Bisher war sein Gesichtsausdruck jedenfalls so, dass ich kein Foto von ihm schießen wollte.

»Tristan sieht heute toll aus!«

Sie schreit mir so laut ins Ohr, dass ich annehme, die meisten Clubbesucher haben das nun auch vernommen, und so nicke ich nur.

»Wirklich gut!«

Dabei grinst sie mich vielsagend an. Ich kenne Beccie und weiß, was sie denkt und was sie damit sagen will. Aber ich finde, auch sie sollte etwas mehr Respekt vor der Tatsache haben, dass Tristan vergeben ist.

»Er hat eine Freundin, Beccie. Sie heißt Helen!«

»Und? Ich habe sie noch nie bei ihm gesehen. Vielleicht haben die gerade eine Krise?«

Sie zwinkert mir zu und nimmt einen beherzten Schluck Bier.

»Beccie ...«

»Entspann dich! Er wird sich schon wehren, wenn er nicht will! Und mach ein paar schöne Fotos von mir!«

Damit drückt sie mir einen festen Kuss auf die Wange und tanzt wieder in die Menge, darauf bedacht, keinen Schluck Bier zu verschütten, während ich noch immer mit den Mordgelüsten in meinem Inneren kämpfe. Sie hat wirklich keine Skrupel. Beccie kann doch nicht einfach so die Grenze überschreiten, fast tänzelnd, während ich mich verzweifelt an genau diese Grenze klammere. Manchmal wünsche ich mir wirklich, ich hätte einen miesen Charakter. Dann wäre mir das alles egal, und ich würde einfach schauen, wie weit ich gehen kann – oder will. Um mich abzulenken und nicht daran zu denken, dass Beccie in spätestens zehn Minuten die Treppe nach oben wackelt, um sich mit Tristan zu unterhalten, stelle ich mich wieder an den Rand der Tanzfläche und mache weitere Probeschüsse.

Immer wieder bin ich irritiert, wie jung manche Besucher hier sind oder zumindest wirken. Während die Jungs noch so aussehen, als würde Mama sie morgens mit einer passenden Klamottenauswahl überraschen, scheinen die weiblichen Pendants etwas älter, tragen aber mehr Make-up als Daniela Katzenberger an ihren guten Tagen und bewegen sich so, als wäre eine Go-go-Tanzausbildung schon in der Unterstufe Pflichtfach. Ich schüttele innerlich den Kopf und schenke ihnen die fünf Sekunden Aufmerksamkeit, die sie sich bei dem Besuch heute erhofft und erwünscht haben. Ich bin immer wieder überrascht, wie willig sich die Leute vor meine Kameralinse werfen. Sie werden vielleicht auf der Homepage des Veranstalters und des Clubbesitzers auftauchen, und das ist dann eine Rundmail an alle Facebook-Freunde wert. Sie werfen sich in Pose, sie lächeln, sie versuchen so verführerisch zu schauen wie Adriana Lima bei ihrem Bikini-Shooting in Rio für die *Sports Illustrated*, und sie machen sich dadurch manchmal leider eher lächerlich. Aber ich bin Profi, lächle, mache ein paar Schüsse, die ich sofort wieder lösche, und widme mich dem nächsten Objekt, das auf der Suche nach Aufmerksamkeit ist. Ein typischer Freitagabend im schönen Stuttgart.

Nur leider flaut die Stimmung langsam, aber sicher ab, denn der DJ lässt sich erstaunlich viel Zeit, und auch in mir flammt, während ich darauf warte, dass es endlich losgeht, wieder eine leichte Wut auf, die noch immer in mir brodelt. Wieso nimmt Oliver mich und meine Arbeit nicht ernst? Das, was ich hier tue, ist ziemlich anstrengend. Obwohl man die Luft im Club inzwischen schneiden könnte und ich dauernd von angetrunkenen Gästen angerempelt werde, habe ich bereits eine beachtliche Menge brauchbarer Fotos schießen können. Ich würde Oliver auch gerne zeigen, dass dieser Event wirklich etwas bedeutet und ich angefragt worden bin. Niemand sonst! Ich bin die erste Wahl. Manchmal werden zwei Fotografen beauftragt und dann die besten Fotos in einer Art Mischung ausgewählt. In diesem Fall haben die Veranstalter nur mich angefragt – weil sie mir vertrauen. Das bedeutet mir viel. Aber ich weiß, selbst wenn ich Oliver das erklären würde, er würde es nicht verstehen. Andererseits kann ich ihm nicht die ganze Schuld in die Schuhe schieben. Es liegt auch an mir. Sobald ich jemandem meinen Job erklären möchte, mache ich mich automatisch kleiner, als ich bin. Auf die Frage, was ich beruflich denn so mache, antworte ich für gewöhnlich: »Ach, ich bin Party-Knipserin.« Dabei liebe ich die Fotografie von ganzem Herzen und wünsche mir insgeheim so viel mehr. Am liebsten würde ich einfach meine Koffer packen und für ein halbes Jahr verschwinden, um die ganze Welt zu sehen. Ich würde gerne einzigartige Fotos von den unterschiedlichsten Menschen rund um den Globus machen, aber sobald ich das Wort »Reise« auch nur in den Mund nehme, schlägt Oliver vor, mit dem Wohnmobil an den Bodensee zu fahren, um ein bisschen auszuspannen. Ich liebe den Bodensee, aber er ist nicht gerade das, was ich mir unter einer Reise vorstelle. Sobald ich aber mal Australien oder gar Asien anspreche, zählt mir Oliver alle möglichen Impfungen auf, die wir vorher über uns ergehen lassen müssten – und spätestens da vergeht auch mir der Spaß. Er hat mit alldem vermutlich sogar recht, aber ich würde manchmal gerne etwas mehr sehen als nur das hier.

Es wird immer voller, und der DJ hat sich noch immer nicht blicken lassen. Auch Beccie habe ich schon länger nicht mehr auf der Tanzfläche gesehen, was mich nervös werden lässt. Ist sie oben bei Tristan? Zwar macht er nicht den Eindruck, von Beccie besonders angetan zu sein, aber ich kenne meine beste Freundin nur zu gut. Wenn sie etwas will, dann kriegt sie es meistens auch. Vergeben oder nicht, auch Tristan ist nur ein Mann, und Beccie weiß genau, wie sie die Waffen einer Frau einsetzen muss, um auch ihn ins Wanken zu bringen. Da bin ich mir sicher.

Während ich weiterhin einige Betrunkene knipse, kippt die Stimmung um mich herum ganz. Die ersten Gäste tuscheln, dass der DJ nicht auftreten wolle, weil das Soundsystem nicht so gut sei, wie er angenommen hat. Noch ist es nur ein Gerücht, aber die verbreiten sich ja gewöhnlich schneller und besser als jede Tatsache zu einem Thema. Zuerst wird nur ein bisschen genervt geschubst, dann gegrölt, dann wird die Mischung plötzlich explosiver. Die Menge gerät in Bewegung. Die erste Bierflasche fliegt in Richtung DJ-Pult, und obwohl über Lautsprecher darum gebeten wird, ruhig zu bleiben und sich zu beruhigen, weil alles in bester Ordnung sei, haben das manche noch nicht verstanden. Mädchen versuchen, sich mit angsterfüllten Gesichtern an den Rand der Tanzfläche zu retten, während leicht alkoholisierte Früh-Twens sich wütend weiter in Richtung DJ-Pult schieben. Direkt auf mich zu. Ich werde an die Wand daneben gedrückt, wo ich mich direkt in der Schusslinie potenzieller fliegender Geschosse befinde. Einer der Security-Gorillas schiebt sich zwischen Menge und DJ. Seine Größe wirkt auf einige zwar sicherlich imposant, aber ich befürchte, hier wird es gleich einen Knall geben. Wir kennen solche Situationen doch alle. Es läuft nicht so, wie es soll, irgendwas geht schief, sei es nun der Soundcheck oder etwas anderes, dazu das Gemisch aus Wut und Alkohol – und bevor man sichs versieht, ist man mitten in einer unüberschaubaren, von den Umständen angeheizten Meute, die nicht mehr zu halten ist. Ich spüre, wie mir das Adrenalin durch den Körper schießt. Obwohl ich mich wirklich nicht als Paparazzi oder gar Kriegsfotografin fühle, schieße ich hastig ein paar Fotos, die den Moment ziemlich gut einfangen. Wütende Gesichter junger Leute, die sich einiges mehr vom heutigen Abend versprochen haben, sammeln sich auf der einen Seite, während der Mann von der Security zwar noch immer größer ist als die meisten anderen, aber momentan eben auch alleine. Vom Hauptakt des Abends ist jedenfalls nichts mehr zu sehen. Ich bin mir ziemlich sicher, dass der DJ den Laden bereits durch den Hinterausgang verlassen hat und in einem Van mit verdunkelten Scheiben durch die Stuttgarter Nacht düst. Somit trifft das, was auch immer hier gleich passieren mag, auf jeden Fall die falschen Leute.

Plötzlich fliegt eine Bierflasche aus den hinteren Reihen nach vorne und schlägt nur knapp neben mir und dem Security-Mann ein. Das Licht im Laden wird eingeschaltet, und ich sehe mehr Menschen, als mir lieb ist. Manche Mädels sehen genauso unglücklich aus wie ich und wollen eigentlich lieber sofort gehen, während die meisten Jungs ihr Testosteron auf volle Pulle stellen und sich beweisen wollen. Durch die Tür an der Treppe treten zwei weitere Männer in Schwarz. Ich erkenne Tristan, der die Lage im Raum kurz sondiert und mit gezielten Handgriffen die ersten Jungs zur Tür bugsiert und ins Freie schiebt.

Ich fühle mich auf einmal wie in der Mitte eines Punk-Konzertes, bei dem sich alle Zuschauer zu einer wilden Runde Pogo aufgefordert fühlen. Egal ob man will oder nicht, der Name landet auf der Tanzkarte, und man kann nur hoffen, nicht zu stolpern. Ich halte mich an meiner Kamera fest, in der stillen Hoffnung, sie würde mir den Halt geben, den ich jetzt brauche – denn auch ich bin durch das Geschubse und Gedränge irgendwie in diesem Chaos gelandet. Die Luft ist ohnehin schon schlecht genug, und ich neige dazu, mich in einer extremen Menschenmenge, die ganz offensichtlich nicht in einem Zustand besonderer Begeisterung steht, unwohl zu fühlen. Ich spüre Hände an Körperstellen, die eher privater Natur sind, Ellenbogen auf Gesichtshöhe, werde von links nach rechts geschubst und hoffe sehr, nicht zu fallen. Wobei fallen in dieser Menge kein treffendes Wort wäre, ich würde den Boden vermutlich ohnehin nicht berühren. Ich atme tief durch und versuche, die Ruhe zu bewahren. Panik würde jetzt ohnehin nichts bringen. Doch dann zerrt mich plötzlich irgendwer zu Boden. Ich lande auf den Knien, meine Kamera baumelt verdächtig nah an den Schuhen tretender Jugendlicher. Ich versuche, sie irgendwie zu schützen, muss dafür aber in eine embryonale Schutzhaltung. Ich muss hier raus. Und zwar schnell.

Kriechend bekomme ich vom Chaos über mir nicht besonders viel mit. Ich bin auf Bodenhöhe irgendwie 20000 Meilen unter dem Meer. Aber hier unten ist es leider nicht viel ruhiger als oben. Das Getümmel über mir wird etwas ruppiger, und ein Mädchen tritt mir bei meinem Versuch, gleichzeitig meine Kamera zu schützen und nicht umzukippen, auf die Hand. Falls es mir nicht aufgefallen sein sollte, heute ist der Tag wirklich für die Katz! Da packt eine Hand meine Schulter und zerrt mich zurück an die Oberfläche, bis ich wieder auf meinen Füßen stehe. Jemand zieht mich entgegen meinem geplanten Fluchtweg nach hinten, bis ich hart gegen die Wand pralle, und eine dunkle Gestalt stellt sich sehr dicht vor mich. Ich sehe nach oben in Tristans angespanntes Gesicht, und sofort macht sich Erleichterung in meinem Körper breit. Sicherheit. Er lehnt sich nach vorne, und seine Wange streift meine.

»Bist du okay?«

Ich nicke schnell und kann mich auf nichts anderes als seinen Körper konzentrieren, der zwischen mir und der Menge steht – und mir sehr nah ist.

»Bleib genau hier, verstanden?«

Wieder nicke ich, weil es wie ein Befehl klingt und weil mein Herz gerade ganz wild schlägt und ich froh bin, mich an diese Wand lehnen zu können. Meine Knie sind zittrig, und die Stimmung um uns herum ist noch bedrohlicher geworden.

Tristan löst sich von mir, erkämpft sich einen Weg zurück in die Menge, wo noch andere Mädchen panisch nach einer rettenden Hand suchen. Tristan und ein paar Kollegen versuchen etwas Ruhe in das Gedränge zu bekommen, und es gelingt ihnen soweit ganz gut. Einige Jungs sind scheinbar eingeschüchtert von Tristans Größe, was ich von meiner Position an der Wand zu beobachten meine. Es wird ein wenig ruhiger, und Tristan schaut mit bösen, durchdringenden Blicken um sich, die ihre Wirkung nicht zu verfehlen scheinen. Langsam bringt er andere Mädchen an die Seite, die erleichtert und kurzatmig versuchen, nicht die Nerven zu verlieren. Dann kommt Tristan zurück zu mir. Er stellt sich wieder dicht vor mich hin und sieht mich direkt an. Er muss die Frage nicht aussprechen, ich lese sie in seinem Blick. Er will wissen, ob es mir gut geht, und ich nicke zwar, weil ich ihn nicht beunruhigen möchte, aber in Wahrheit kippe ich gleich um und meine Hand tut höllisch weh. Manche Frauen sollten wissen, dass die Pumps an ihren Füßen verkappte Waffen sind.

Jemand prallt von hinten gegen Tristan, sein Becken wird gegen meines geschoben, und wir berühren einander plötzlich an Körperstellen, von denen ich vorgestern Nacht geträumt habe. Unsere Gesichter sind nur wenige Zentimeter voneinander entfernt, und es fühlt sich plötzlich ein kleines bisschen so an, als würde die Welt stillstehen. Ich unterdrücke den Impuls, meine Hände an seine Hüften zu legen, um ihn an mich zu ziehen … und wenn ich nicht sofort wieder anfange zu atmen, werde ich tatsächlich gleich noch ohnmächtig. Seine Hände liegen an der Wand neben meinen Schultern, und er schirmt mich mit seinem Körper von der noch immer aufgebrachten Menge ab. Von Zeit zu Zeit muss Tristan sich anstrengen, um nicht umgestoßen zu werden. Ich weiß, er sollte jetzt eigentlich irgendwelche Mädchen aus der Menge ziehen, aber ich will nicht, dass er geht. Egal was hinter Tristans Rücken passiert, ich bin hier sicher. Sein

Blick liegt ruhig auf meinem Gesicht, aber ich sehe, wie konzentriert er ist, seine Kiefermuskeln sind angespannt, und sein Atem geht schnell. Ich halte seinen Blick, und ein kurzes Lächeln huscht über meine Lippen. Er bemerkt es, und sein Blick wird etwas weicher. Er hat unverschämt schöne Augen.

Im hinteren Bereich wird endlich eine Doppeltür nach oben geöffnet, und so wird Platz auf der Tanzfläche geschaffen. Ich spüre die Nachtluft ins Innere strömen und höre erleichterte Schreie der Mädels. Der Laden leert sich. Tristan entspannt sich langsam. Noch immer berühren sich unsere Körper. Ich will nicht, dass er sich von mir löst. Ich will genau so stehen bleiben. Für immer. Er sieht mich fragend an, und mit einem Mal jagen Millionen Schmetterlinge und kleine surrende Käfer wie wild durch meinen Körper. Ich müsste mich jetzt nur ein wenig vorbeugen und ... Ich schließe die Augen und spüre seine Nähe. Ich will ihn anfassen, berühren, ich will ihn küssen und festhalten. Dieses Gefühl, dem ich unter keinen Umständen nachgeben darf, zerreißt mich. Nein, es darf nicht sein. Zuerst einmal atme ich aber tief durch. Es ist nur das Adrenalin, mehr nicht. Mehr gestehe ich mir offiziell nicht ein und öffne langsam wieder die Augen. Verdammt. Ich könnte ihn stundenlang einfach nur anstarren.

Die anderen Security-Männer schieben nicht mehr ganz so vorlaute Jungs und Mädels durch die Tür, lassen sich auf keine Diskussion ein, und so leert sich alles binnen weniger Minuten. Die Situation ist, für meinen Geschmack, im letzten Moment entschärft worden. Tristan bleibt trotzdem nah bei mir stehen, unsere Körper berühren sich seit mehreren Minuten nonstop. Auch ich bewege mich keinen Zentimeter und spüre eine Gänsehaut am ganzen Körper. Wie wir für Außenstehende wohl gerade aussehen?

»Ist alles okay? Hast du dir wehgetan?«

Ich schüttele den Kopf. Er macht einen kleinen Schritt zurück, und sein Blick fällt auf meine Hand, die ein bisschen blutet und schon fast nicht mehr wehtut. Es ist sicherlich nichts Ernstes. Ich werde keine Gliedmaßen verlieren, so viel steht fest. Allerdings stört mich die plötzliche Distanz zwischen uns mehr, als ich jemals zugeben würde. Als er dann aber nach meiner Hand greift und sie berührt, ist das wie ein kleiner Stromschlag, und ich atme schnell ein.

»Tut sie weh?«

»Nicht wirklich.«

Tristan hält meine Hand behutsam in seiner. So als könnte sie jeden Moment zerbrechen.

»Das sieht übel aus.«

»Das ist ... doch nur ein Kratzer.«

Tristan lässt meine Hand nicht los. Er führt mich langsam zur Bar, wo er sich über die Theke beugt, nach einem Geschirrtuch greift und Eiswürfel aus einem Eimer hineinpackt. Ich setze mich auf einen der Barstühle und beobachte ihn. Natürlich erhasche ich wieder einen Blick auf seine Boxershorts, und natürlich machen sich meine Gedanken sofort wieder selbstständig. Mein Traum. Am Pool. Im Pool. Ich atme tief durch und lächle ihn an, als er sich mit dem Geschirrtuch voller Eiswürfel zu mir dreht. Das Ganze wickelt er vorsichtig um meine Hand.

»Das dürfte erst einmal reichen.«

Ich betrachte sein Erste-Hilfe-Geflecht um meine Hand und bin beeindruckt.

»Danke.«

»Eigentlich müsste ich deine Wunde jetzt noch mit hochprozentigem Alkohol zwingend desinfizieren ... Aber ... ich glaube, das geht auch so.«

Ich lächle und behalte meine Hand aus reiner Vorsicht

trotzdem in meiner Nähe. Tristan macht einen Schritt auf mich zu, und sofort flattert und schwirrt es wieder in mir. Er legt seine Hand an meine Wange und sieht mich genauer an. Meine Knie werden weich, er muss aufhören, mich zu berühren, sonst kann ich für nichts garantieren.

»Sonst bist du okay? Willst du was zu trinken?«

Diesmal nicke ich, mein Mund ist trocken. Ich schiebe es darauf, dass, wenn der Adrenalinspiegel erst mal wieder gesunken ist, man zittrig wird. Das klingt jedenfalls besser als die Alternative.

Er greift nach einer frischen Bierflasche hinter dem Tresen und reicht sie mir.

»Ich bin sofort wieder da.«

Und während ich mein Bier in kleinen Schlucken trinke, geht Tristan seinem eigentlichen Job nach. Ich weiß nicht, worüber gesprochen wird, ich weiß nicht, was als Nächstes passieren wird. Ich sitze nur da, trinke mein Bier und ertappe mich dabei, wie ich zwei Fotos schieße. Natürlich von Tristan.

Dann betrachte ich das Chaos um mich herum und eines wird mir schnell klar: Zum Glück war Oliver heute nicht dabei. Er ist nicht besonders gut in solchen Situation, denn sie sind nicht klar und durchstrukturiert. Das ist alles nichts für ihn. Und ob er mich in der Menge hätte beschützen können? Ich bezweifele es. Das soll nicht abwertend klingen, ohne Zweifel hätte er sich Sorgen um mich gemacht, gar keine Frage, aber er ist nicht der Typ, der sich durch eine aufgebrachte Menge kämpft, um mich mit einer beherzten Handbewegung an den Rand zu ziehen. Er hätte wahrscheinlich nach mir gerufen und versucht, meine Hand zu halten, aber er hätte nicht wie Tristan reagiert. Er ist nicht wie Tristan. Und vor allem ist er kein Held in strahlender Rüstung, der wütend und besorgt alles aus dem Weg schlägt, was sich ihm entgegenstellt. Hand aufs Herz: Er hätte das alles schon früh kommen sehen, hätte mich rechtzeitig aus der Schusslinie geholt und draußen von seinem Handy aus die Polizei angerufen, dann hätte er den Veranstaltern morgen einen bösen Brief geschrieben, bei Facebook eine Gruppe gegen solche Ereignisse gegründet und all seine Freunde dazu eingeladen. Er ist ganz einfach so, daran wird sich auch nichts mehr ändern. Das alles ist nicht zu verurteilen, aber er ist nicht Tristan. Ich habe auch keine solche Situation gebraucht, um das zu verstehen. Ich wusste es schon vorher.

»Soll ich dich nach Hause fahren?«

Ich weiß nicht, wie lange ich schon alleine an der Bar sitze oder was wirklich in der Zwischenzeit passiert ist. Ich bin nicht besonders gut im Abschätzen von Zeit, Entfernungen oder gar Gewicht. Ganz und gar nicht. Meine Bierflasche ist jedenfalls leer, wie auch der komplette Club. Nur noch Tristan steht da.

»Klar.«

Irgendwie ist alles noch nicht so ganz in mein Bewusstsein gesickert, was hier gerade geschehen ist. Es fühlt sich eher an, als hätte mir jemand eben ganz aufgeregt davon erzählt. Als hätte Beccie es mir erzählt. Beccie! O nein! Ich habe sie nicht mehr gesehen, seit wir uns an der Bar verabschiedet haben, und wer weiß, wo sie sich befunden hat, als das Chaos losging.

»Hast du Beccie gesehen?«

Tristan nickt.

»Sie war bei mir oben an der Tür. Ich bin rein, als das Chaos ausgebrochen ist.«

»Also war sie draußen?«

»Keine Sorge. Ihr ist nichts passiert. Komm, ich fahre dich nach Hause.«

Ich atme erleichtert aus. Dann fällt mir etwas anderes ein.

»Mit dem Roller?«

In dem Fall wäre mir ein Taxi tatsächlich lieber. Ich glaube nicht, dass ich in der Lage bin, mich heute Abend in den Kurven an ihm festzuhalten. Das wäre zu viel. Ich bin auch nur ein Mensch.

»Ich bin mit meinem VW-Bus hier.«

»Bus? Das klingt gut.«

Mir fallen die Fotos auf Facebook wieder ein.

Der blaue VW-Bus ist eine sympathische Kreuzung aus Wohnzimmer und Auto. Er steht auf dem Parkplatz, in der zweiten Reihe, und der Innenraum ist mit viel Liebe eingerichtet. Als ich einsteige, fühlt es sich so an, als dürfe ich ein bisschen weiter in Tristans Welt eintauchen. Ich sehe Kleinigkeiten, die für mich jetzt schon typisch Tristan sind. Polaroidfotos von lachenden Freunden und schönen Momenten, die an der Seitenwand kleben, Erinnerungen, die er offensichtlich bei jeder Fahrt um den Block bei sich haben möchte. Am Rückspiegel hängt eine Kette mit einer kleinen Muschel als Anhänger, auf dem Armaturenbrett entdecke ich eine kleine Packung Surfbrett-Wachs, und im hinteren Teil sehe ich eine Gitarre, die schon deutlich bessere Zeiten erlebt hat. Es ist kein Kitsch, es ist kein Trash – es ist Tristan. Hier drinnen könnte er sicherlich auch leben, wenn er müsste oder dürfte, das sehe ich sofort. Mir wird bewusst, diese Fahrt im Bus könnte um einiges intimer werden als die Rollerfahrt vor einigen Tagen. Ich nehme auf dem Beifahrersitz Platz und spüre, wie die Realität langsam wieder in meinen Körper zurückkehrt. Ich greife nach meinem Handy und bemerke vier Anrufe in Abwesenheit und drei SMS-Nachrichten. Vermutlich hat Oliver mitbekommen, dass etwas passiert ist, und will jetzt wissen, ob es mir gut geht. Ich checke meine Mailbox, während Tristan seine schwarze Jacke auszieht und in einem weißen T-Shirt neben mir Platz nimmt.

Aber es ist nur Beccie. Und zwar jedes Mal. Voller Panik fragt sie nach, wo ich bin und ob ich es lebend aus der Hölle geschafft habe. Ihre Stimme klingt eine Oktave höher als sonst, und ich würde sie dafür am liebsten knutschen. Auch zwei der Kurznachrichten sind von ihr, nur eine ist von Oliver, und sofort überfällt mich ein Schuldgefühl. Er hat sich bestimmt große Sorgen gemacht – und ich? Ich genieße Tristans Nähe. Ich öffne die Nachricht.

Oli Handy:
Keine Milch mehr im Haus, auf dem Heimweg bitte besorgen!

Sonst nichts. Wieso macht sich diese Kühle in meinem Inneren breit und vertreibt die Rührseligkeit, die Beccies Reaktion in mir ausgelöst hat? Und wieso lasse ich das zu? Schnell schreibe ich Beccie, dass es mir gut geht und dass sie sich keine Sorgen zu machen braucht. Ich überlege kurz, aber mir fällt nichts ein, was ich Oliver antworten sollte. Seine Nachricht ist ja auch eher ein Befehl als eine Frage.

Tristan wirft mir einen kurzen Blick zu.

»Alles okay da drüben?«

Ich nicke, aber das überzeugt weder ihn noch mich.

»Macht es dir was aus, wenn ich schnell an der Tanke halte?«

Ich sehe das blaue Schild, das eine baldige Antwort auf seine Frage erfordert. Ich habe Angst zu sprechen, weil er sonst hören könnte, wie traurig ich bin. Ein weiteres Nicken reicht. Ich spüre seinen Blick auf mir, und es ist kein unangenehmes Gefühl. Es ist keine Last. Es ist nicht wie Blei, sondern fühlt sich an, als ob er mich mit seinen Blicken trösten möchte, als ob er mir sanft über die Wange streichelt. Aber er soll damit aufhören, weil es sich zu gut anfühlt und weil wir das nicht dürfen. Ich hätte mir doch ein Taxi nehmen sollen.

Er parkt den Bus in der Nähe des Tankstellen-Shops und wartet einen kurzen Moment, aber ich sage nichts. Als auch er nichts sagt, schaue ich ihn an und sehe, wie er mich verschmitzt anlächelt. Was ist hier los?

»Layla ... Ich denke, ich habe eine ganz gute Idee. Komm mit.«

Eigentlich will ich gar nicht mit, aber ich bin müde und habe keine Lust zu streiten, vor allem nicht mit ihm. Außerdem bin ich neugierig, was für eine Idee das sein könnte. Also folge ich ihm aus dem Bus und in den Tankstellen-Shop.

Als sich die Schiebetür hinter mir schließt, weiß ich, dass Tristans Idee mehr als ganz gut ist. Sie ist perfekt. Für mich sind überteuerte Shops wie diese nämlich ein kleines Paradies. Ich könnte alles, was es hier käuflich zu erwerben gibt, für viel weniger Geld auch in meinem Edeka gegenüber kaufen, aber da will ich solche Dinge nie. Ich weiß nicht genau warum, aber in einer Tankstelle verliebe ich mich grundsätzlich augenblicklich in die kleinen Plüschhunde, die einen traurig aus großen Kulleraugen anschauen, und ich will auf einmal jede Schokolade, die ich sonst links liegen lasse, oder ein Magnum-Eis, das ich nur bis zur Hälfte schaffe, und ein Sixpack Bier, das in meinem Kühlschrank fast eine ganze Hinrunde der Bundesliga überlebt. Mit anderen Worten: Es ist gefährlich, mich in eine Tankstelle zu lassen, und jetzt ist meine schlechte Laune mit einem Schlag verflogen. Ein Lächeln stiehlt sich auf meine Lippen, das noch breiter wird, als Tristan meine Hand nimmt und mich direkt zu der Eisbox in der Mitte zieht.

»Schlag zu.«

»Was?«

»Eis. Schokolade. Süßkram. Alkohol. Egal. Nimm mit, was du willst.«

»Das ist nicht dein Ernst.«

»Der Abend war ein Reinfall.«

Er sieht mich an, dreht sich dann zur Kühlschrankfront und zieht eine Flasche Cola heraus.

»Aber jetzt machen wir unsere eigene Party und lassen uns nicht einfach so den Abend ruinieren. Schlag zu. Ich zahle.«

Die Liste seiner Jobs, mit denen er sich über Wasser hält, lässt mich kurz zögern – aber wie würde er sich fühlen, wenn ich jetzt anbiete, selbst zu zahlen? Ungefähr so, wie ich mich fühle, wann immer Oliver in einem vollen Restaurant in einer gut hörbaren Stimmlage meint, mir und allen anderen Gästen mitteilen zu müssen, dass mein Monat finanziell nicht so gut gelaufen sei und er zahle. Das kann ich Tristan nicht antun. Auch wenn es nur gut gemeint ist. Also nicke ich und lasse seine Hand los. Ich packe mir alles auf den Arm, worauf ich Lust habe: drei verschiedene Tüten Chips, Salzstangen und Schokolade. In Tristans Nähe fällt es mir leicht, einfach das zu tun, worauf ich Lust habe, das habe ich schon bemerkt. Ob es nun in der Sonne im Park ist oder beim Essen in meinem Büro, es fällt mir einfach leicht. Ich habe, und das ist noch viel besser, kein schlechtes Gewissen. An der Kasse packen wir dann unsere Einkäufe in eine große Tüte. Neben dem Standardknabberzeug und der Schokolade verirren sich neben der Flasche Cola auch eine Flasche Rum und zwei Sixpacks Bier dazu. Dann laufe ich noch kurz zur Kühltheke zurück und kaufe zwei Packungen

Milch dazu. Tristan zahlt alles bar und dreht sich dann mit einem großen Lächeln zu mir um. Er sieht fast wie ein kleiner Junge aus, dem gerade etwas Großartiges eingefallen ist. Seine Augen leuchten – und mein Herz will Anlauf für einen Sprung ins Chaos nehmen.

»Bereit für ein kleines Abenteuer?«

Es klingt ein bisschen verrucht und gleichzeitig wie ein Angebot, das niemand (vor allem niemand mit doppelten X-Chromosomen) ausschlagen kann.

»Ich bin dabei.«

Er greift nach meiner Hand und zieht mich zurück zum VW-Bus, und ich habe keine Ahnung, wohin mich diese Fahrt in die Nacht führen wird. Aber ich kann es kaum erwarten, dort anzukommen.

Wahrheit oder Pflicht

Ich liege auf dem Dach von Tristans VW-Bus, den er vor mehr als zwei Stunden hier oben in den Weinbergen bei Rotenberg geparkt hat, und schaue auf die Landschaft unter mir. Mein Blick reicht bis über die Mercedes-Benz-Arena nach Bad Cannstatt. Die Arena schläft im Dunkeln, auch das Mercedes-Museum. Ich erfreue mich an den unzähligen Lichtern der Stadt, die noch immer in der Nacht funkeln, wie ein Teppich aus Sternen. Ich nehme einen Schluck Bier, und mein Blick wandert vom nächtlichen Stuttgart unter mir in den sternenklaren Nachthimmel über mir.

»Ich frage mich immer, wieso andere Menschen Sternschnuppen sehen und ich nie.«

»Du hast noch nie eine Sternschnuppe gesehen? Ernsthaft?«

Tristan liegt neben mir und kann sich ein kurzes Lachen nicht verkneifen. Er stellt sein Bier neben sich ab und richtet sich leicht auf.

»Ernsthaft.«

Das ist wirklich wahr. Alle meine Freunde erzählen mir ständig, wie sie Sternschnuppen zählen und dann Wünsche ins Universum hinaussenden, während ich hier sitze und Sterne zähle, aber einfach keine fallenden leuchtenden imposanten Sternschnuppen sehe.

»Noch nie?«

»Noch nie. Gut, ich habe mal ein Flugzeug explodieren

sehen und gedacht, es wäre eine Sternschnuppe. Also habe ich mir schnell was gewünscht und mich dann verdammt mies gefühlt, weil da Menschen gestorben sind.«

»Das ist ja ... total ... morbide.«

Er sieht mich mit großen Augen an.

»Und total wahr.«

Ich würde sagen, wir haben beide einen im Kahn. Wir sind nicht betrunken, noch nicht, aber wir sind angetrunken. Zum Glück sind wir alleine, falls wir uns also bis auf die Knochen blamieren, wird es niemand bemerken. Das entspannt ungemein, wenn man trinkt.

Ich drehe mich vom Rücken auf den Bauch und greife in die Tüte Chips hinter mir.

Hier oben ist es wirklich wunderschön. Es ist Tristans Lieblingsplatz, das hat er mir anvertraut, als wir beide noch nüchtern waren. Hier ist er gerne, hier kommt er her, wann immer er eine kleine Pause braucht. Wann immer ihm nach Ruhe ist – eine Ruhe, die ihm nicht die Luft zum Atmen raubt. Nur ein kleiner Zwischenstopp, das braucht doch jeder Mensch, oder?

»Und das hier ist also dein Lieblingsplatz? In der Nähe von der Grabkapelle der Könige? *Das* ist total morbide!«

Tristan schließt die Augen und scheint plötzlich in einer anderen Welt versunken zu sein.

»*Die Liebe höret nimmer auf.*«

»Was?«

»*Die Liebe höret nimmer auf.*«

»Das ... klingt schön.«

»Ja, ist ein schöner Spruch, aber nicht von mir. Der steht über dem Haupteingang auf der Vorderseite der Kapelle.«

Tristan atmet in aller Ruhe ein und aus. Ich weiß nicht, was ich dazu sagen soll, und bleibe erst einmal still.

»Hörst du das?«

Eigentlich höre ich gar nichts, aber das stört mich nicht. Ich kann nicht aufhören, Tristan anzusehen, wie er so ruhig daliegt.

»Nein.«

»Es ist ruhig. Zwar siehst du das Leben der Stadt, es umgibt dich, es ist überall, aber du hörst rein gar nichts.«

Sein Atem wird noch ruhiger und gleichmäßiger. Hoffentlich schläft er nicht gleich ein. So schön ruhig es hier oben ist, so ungern möchte ich jetzt alleine sein.

Er hat jetzt seit ein paar Minuten nichts mehr gesagt, und ich finde, es ist höchste Zeit, diese Ruhe zu durchbrechen. Und ich weiß auch schon, wie. Langsam kämpfe ich mich auf die Knie, dann auf meine Füße, und endlich sehe ich über das nächtlich leuchtende Stuttgart zu meinen Füßen. Noch nie habe ich so hoch über meiner Stadt gethront: hier oben, in Sichtweite der Kapelle, die an der Stelle einer alten Burg auf dem Gipfel des Württembergs gebaut wurde. Hier, am Stammsitz der Adligen von Württemberg – nach denen unser schönes Ländle benannt wurde –, fühle auch ich mich ein bisschen erhaben. So weit oben. Ich blicke auf meine Heimatstadt und fühle mich großartig.

»Stuttgart! Ich liebe dich!«

Das wollte ich der Stadt schon lange sagen, und heute Nacht schreie ich es ihr einfach zu. Ohne Zweifel bin ich mit dieser Idee nicht die Erste, aber es musste gesagt werden.

Tristan lacht leise vor sich hin und klettert ebenfalls, leicht wankend, neben mich.

»Das klingt schön, und ich glaube, Stuttgart liebt dich auch.«

Ich kann mir ein breites Grinsen nicht verkneifen.

»Danke. Versuche es doch auch mal.«

»Lieber nicht.«

Er schüttelt leicht den Kopf und folgt meinem Blick über die Stadt. Er wirkt plötzlich etwas traurig.

»Alles in Ordnung bei dir?«

»Ja.«

Dann lächelt er mich an, und ich bin mir nicht sicher, ob ich mir seinen leichten Anflug von Traurigkeit eben nur eingebildet habe. Schnell schaue ich wieder auf das bunte Lichtermeer unter uns, dann wandert mein Blick zum Horizont, den ich in der Dunkelheit noch leicht auszumachen scheine.

»Ob ich mich auch in den Rest verlieben würde?«

»Den Rest?«

Tristan sieht mich etwas irritiert an und bringt mich dadurch in Erklärungsnot.

»Den Rest ... der Welt, hinter Stuttgart. Irgendwo da draußen?«

Tristan zuckt mit den Schultern und lässt seinen Blick über den Kessel schweifen.

»Keine Ahnung. Steig in den Flieger – und finde es raus.«

»Das geht nicht.«

»Klar geht das.«

»Und meine Firma?«

Meine Firma. Ist das der Grund, wieso ich nicht meine Kamera packe und mich auf eine Abenteuertour begebe? Oder ist sie der Grund, warum es mich wegzieht? Ich sehe Tristan an, und er lächelt.

»Komm schon, eine kleine Pause. Das muss doch gehen.«

»Und Oliver?«

Vielleicht ist das kein so gutes Argument. Oliver. Er hat hier oben auf diesem Dach nichts zu suchen. Tristan betrachtet mein Gesicht, und ich bin versucht, seinem Blick auszuweichen.

»Nur eine Pause, kein Ende. Außerdem könnte er ja mitkommen, wenn er will.«

Aber eine solche Reise wäre ein zu großes Risiko und könnte jede Menge Ernüchterung mit sich bringen.

»Würde er nicht.«

»Dann halt ohne ihn. Es ist ja auch dein Wunsch, nicht seiner, oder?«

Ginge das? Man drückt einfach im Leben mal die Pausetaste, macht Fotos wie verrückt, kommt zurück und dann?

»Er fände das, glaube ich, nicht so gut.«

Ich versuche ihn anzulächeln, aber Tristan schüttelt nur kurz den Kopf.

»Er kann dir doch nicht sagen, was du tun und lassen sollst. Komm schon. Wenn du etwas wirklich willst, solltest du es durchziehen und dich von nichts und niemandem aufhalten lassen. Am Ende wirst du es vielleicht bereuen, es nicht getan zu haben, und dann gibst du ihm die Schuld. Ich glaube nicht, dass ihm das lieber ist. Lass dich nicht aufhalten, nicht wenn es dir wirklich wichtig ist.«

Wow, ich habe wirklich nicht damit gerechnet, dass der Abend heute noch so ernst wird. Aber wenn es nun schon mal so ist, dann hat Tristan jetzt auch die ganze Wahrheit verdient. Ich atme tief durch und sage es einfach.

»Es liegt nicht nur an meiner Firma und an Oli ... Ich habe auch einfach Angst, okay?«

Er lehnt sich ein bisschen zu mir rüber, stupst mich mit seiner Schulter sanft an, und sofort will ich wieder lächeln.

»Angst? Wovor?«

Davor, dass ich am Ende zurückkomme und der unangenehmen Wahrheit ein für alle Mal ins Auge blicken muss.

»Was, wenn ich zurückkomme und meine Fotos sind doch nur ... Urlaubsfotos? Was, wenn ich merke, dass ich es gar nicht kann?«

Während ich versuche, das Brennen in meinen Augen durch heftiges Blinzeln zu vertreiben, legt er seinen Arm um mich, und ich lehne meinen Kopf an seine Schulter.

»Niemals. Es steckt mehr in dir, als du denkst. Ich habe deine Bilder gesehen. Du solltest wirklich diese Reise machen, einmal um die Welt, und ich verspreche dir, du wirst danach hier oben stehen und der Welt zurufen, dass du sie liebst, weil sie dir gezeigt hat, dass du es kannst.«

Es mögen nur Worte sein, aber auf merkwürdige Art und Weise treffen sie mich tief, irgendwo in der Herzgegend. So etwas hat noch nie jemand zu mir gesagt.

»Danke.«

Tristan grinst mich frech an und trinkt sein Bier aus, als wäre das, was er gerade gesagt hat, eine Selbstverständlichkeit. Wenn er doch nur wüsste, wie viel mir das alles bedeutet.

»Was darf es denn noch sein?«

Er klettert vom Dach des Busses und verschwindet im Inneren. Ich höre ihn dort in dem unglaublich winzigen Kühlschranks wühlen.

»Willst du noch ein Bier?«

»Klar.«

Ich setze mich wieder hin und denke darüber nach, wie schön Stuttgart ist und dass eines der Lichter da unten zu meiner Wohnung gehört, dass Oliver dort sitzt und sich wahrscheinlich nicht mal Gedanken macht, wo ich jetzt bin. Ich habe auf das Handy geschaut, zuerst heimlich, dann ganz ungeniert, aber es kam weder ein Anruf noch eine SMS. Nur Beccies erleichterte Antwort, das war alles. Ich rede mir ein, dass Oliver mir eben vertraut und es nicht bedeutet, dass es ihm egal ist, wo ich bin, was mir passiert ist und mit wem ich zusammen bin.

Es ist mir plötzlich zu ruhig. Ich bin ein Mensch, der

Ruhe genießt, aber auch einen Schalter braucht, um die Hintergrundgeräusche bei Bedarf einschalten zu können. Und jetzt brauche ich Hintergrundgeräusche gegen die Stille, die einen nur grübeln lässt.

»Ich will Musik, Tristan.«

»Wird gemacht.«

Und sofort dringt leise Musik aus dem Inneren des Busses zu mir nach oben. Ich schließe kurz die Augen und wiege mich im Takt.

Ich denke nicht nach, wo ich bin, mit wem und was ich tue, denn sofort würde sich diese leise Stimme in meinem Inneren melden, die mir sagen will: Es ist falsch, du gehörst nicht hierher, du müsstest schön langsam nach Hause. Aber ich möchte bleiben. Ich fühle mich hier und jetzt einfach so wohl, wie schon lange nicht mehr. Hier oben. Mit Tristan. Und als er zurück zu mir aufs Dach klettert und mich dabei fröhlich angrinst, übertönt das Flattern der Käfer und Schmetterlinge in meinem Inneren die Stimme heute Nacht so laut wie noch nie in der Geschichte der Flügelinsekten. Tristan bewegt sich mit einer lächerlichen Leichtigkeit, die mich sofort erahnen lässt, dass er das schon hundertmal gemacht hat.

Er setzt sich und reicht mir eine Flasche Bier.

»Für dich.«

»Danke. Als Kellner bist du wirklich Weltklasse, lieber Tristan.«

»Mach die Augen zu.«

»Was?«

Ich bin gerade damit beschäftigt, die Flasche von dem lästigen Kronkorken zu befreien, und stelle mich bei dem Versuch leider reichlich ungeschickt an.

»Mach schon.«

Ich sehe ihn alarmiert an.

»Wieso?«

Er verdreht die Augen, und ein kurzes Lächeln huscht über seine Lippen.

»Bitte, Layla. Tu mir den Gefallen.«

»Ist das eine Überraschung? Ich bin wirklich nicht gut im Überraschtwerden!«

Ich hasse Überraschungen, weil ich mich darauf nicht vorbereiten kann. Ich muss im Falle einer Überraschung (und sind wir ehrlich: Nur selten sind sie gelungen) doch ein passendes freudiges Gesicht einüben. Andererseits ist es Tristan. Vielleicht kommt bei ihm das angenehm überraschte Gesicht von alleine. Einen Versuch ist es wert. Ansonsten ist er selbst schuld. Ich habe ihn gewarnt.

»Layla. Mach einfach deine Augen zu.«

Ich atme tief durch und folge seiner Anweisung. Während ich also mit geschlossenen Augen im Schneidersitz auf einem VW-Bus mitten in den Weinbergen sitze, denke ich darüber nach, wann ich das letzte Mal eine angenehme Überraschung erhalten habe, und finde kein gutes Beispiel. Beccie weiß, was ich von Überraschungen halte, und Oliver ist zu praktisch, um wirklich überraschend zu sein. Gut, er hat einige Versicherungen für mich abgeschlossen und mein Festgeld so verteilt, dass ich eines schönen Tages ganz verdutzt auf mein Konto geschaut habe. Das hat mich natürlich angenehm überrascht. Aber sonst? Tristans Essen in meinem Büro kommt einer Überraschung tatsächlich am nächsten, und es überrascht mich erneut, wie genau ich mich an die Details der Nacht erinnern kann. Der ganzen Nacht. Meine Güte, bin ich aufgeregt. Was hat er nur vor?

Ich höre Tristan mit einem Feuerzeug hantieren und dann ein zischendes Geräusch. Ich will sofort die Augen öffnen, aber dann bin ich der Spielverderber, und das will ich nicht. Vielleicht bekomme ich wieder so ein herrliches Lächeln von Tristan geschenkt. Wenn er wie ein kleiner Junge lächelt und stolz ist, dabei aber so unendlich sexy aussieht. Ich lasse die leise Stimme in meinem Inneren gar nicht erst zu Wort kommen und konzentriere mich stattdessen lieber auf das wilde Flügelschlagen und mein pochendes Herz.

»Okay, aufmachen.«

Kaum habe ich die Augen geöffnet, schaue ich in die grellen Funken einer Wunderkerze und bin etwas verwirrt. Tristan kommt grinsend auf mich zu und drückt mir das glitzernde und blitzende Ding in die Hand. Das ist zweifelsohne eine süße Geste, aber was genau das soll, weiß ich auch nicht.

»Oh. Ähm. Danke.«

Er schüttelt den Kopf, als hätte ich nicht verstanden.

»Du musst sie werfen.«

»Und einen Flächenbrand in den Stuttgarter Weinbergen initiieren?«

»Da passiert nichts. Komm schon, heute Nacht gehört der Himmel uns.«

Ich schaue irritiert auf die Wunderkerze in meiner Hand, dann in Tristans leuchtende Augen. Ich werfe wie ein Mädchen, ich renne und springe auch wie ein Mädchen, aber was man nicht alles tut. Also hole ich weit aus und werfe das brennende Geschoss weit über unsere Köpfe in den Nachthimmel, weiter als ich erwartet hatte. Angesichts der Flugbahn erinnert es weniger an eine Wunderkerze als an eine ...

»Wünsch dir was.«

Mein Herz bleibt stehen. Tristans Stimme ist leise und ganz nah an meinem Ohr. Er steht direkt hinter mir, und seine Lippen sind so gefährlich nah, dass ich Probleme habe, mich auf meinen Wunsch zu konzentrieren. Aber ich formuliere ihn schnell und schicke ihn damit ans Universum.

»Danke.«

Ich stehe da und blicke auf die vielen Lichter vor mir, die plötzlich leicht verschwimmen.

»Zugegeben, es ist keine echte Sternschnuppe, aber ich dachte, besser als nichts.«

Ich nicke und weiß, ich will ihn umarmen. Sofort. Ich drehe mich um, schlinge meine Arme um seinen Brustkorb und halte ihn fest. Er ist von dieser Aktion genauso überrascht wie ich, aber dennoch erwidert er meine Umarmung.

»So etwas hat noch nie jemand für mich getan.«

Ich zwinge die Tränen dorthin zurück, wo auch immer sie herkommen, und atme tief durch. Er riecht so gut. Er fühlt sich so gut an. Er ist ... Halte ich ihn zu fest? Es scheint ihn nicht zu stören, denn er lässt mich nicht los, sondern streicht mir sanft über den Rücken. Ich würde gerne für einen kurzen Moment die Welt anhalten. Bevor ich mich in diesen Moment verlieben kann, löse ich mich von ihm.

»Danke, Tristan, wirklich.«

Er zuckt mit den Schultern, und dann ist es da, dieses kurze jungenhafte Lächeln, das ich wirklich mehr als charmant finde. Es ist nicht das übertriebene Lächeln eines Angebers, dafür ist es zu nah an der Grenze zur Schüchternheit, aber doch selbstbewusst. Er ist stolz, mich angenehm überrascht zu haben. Und das hat er.

»Das habe ich wirklich gerne gemacht.«

Wir setzen uns wieder hin, schauen zuerst uns, dann den Himmel und schließlich Stuttgart an, ohne ein Wort sagen zu müssen. Die Musik im Hintergrund bietet den perfekten Soundtrack für diesen Moment, und so lehne ich mich entspannt zurück, nehme einen Schluck Bier und muss plötzlich grinsen.

»Wahrheit oder Pflicht?«

Ich sehe Tristan von der Seite an. Dank ihm fühle ich mich wieder wie ein Teenager, frei und ungezwungen. Und das ist genau der richtige Rahmen für ein paar verrückte Spiele. Niemals könnte ich im nüchternen Zustand oder gar mit Oliver ein solches Spiel spielen. Er findet das kindisch und unpassend. Man ist nicht mehr zwölf Jahre alt und im Ferienlager.

Tristan lehnt sich zurück, hält dabei aber meinem auffordernden Blick stand.

»Okay. Wahrheit.«

»Schisser.«

Er nickt und lacht. Ich mag sein Lachen, es klingt so ehrlich und tief, als käme es direkt aus seinem Herzen.

»Als gut: Die peinlichste CD in deinem Regal ist …?«

Er verzieht das Gesicht, nimmt einen wirklich großen Schluck Bier und beugt sich dann zu mir, als wolle er mir ein Geheimnis verraten.

»David Hasselhoff, *Looking for freedom*.«

Es gelingt mir nicht, ernst zu bleiben, weil solche CDs in einem Mädchenregal kein großer Schock wären, aber wenn ich mir Tristan anschaue, diese scheinbar angeborene Lässigkeit – und dann Hasselhoff –, nein, das lässt sich nicht in einem Bild vereinen. Er weiß, ich lache nicht mit ihm, sondern über ihn, aber er nimmt es mit Humor.

»Wahrheit oder Pflicht, Fräulein Desio …«

Sein Blick lässt mich nicht los, und ich bemerke, man sollte im Glashaus wirklich nie mit Steinen werfen. Ich habe genug dunkle Ecken in meinem CD-Schrank, und wenn ich mich entscheide, die Wahrheit zu sagen, wird das für Tristan ein gefundenes Fressen. Also werde ich schnell wieder ernst, räuspere mich und sehe ihn aufmerksam an.

»Wahrheit.«

»Peinlichste heimliche Sexphantasie.«

Was? Nein! Ich habe ja mit einigem gerechnet, aber nicht mit dieser Frage. Natürlich muss ich sofort daran denken, wie ich vor knapp einer Woche schweißgebadet aufgewacht bin, weil ich einen extrem erotischen Traum mit einem Mann in einem Pool hatte, der zufällig auch Tristan hieß. Sicher, erotische Träume sind nichts Ungewöhnliches, die hatte ich schon früher mit Jake Gyllenhaal, aber nie mit jemandem, den ich wirklich kenne und – viel schlimmer – auch noch wirklich attraktiv finde. Und machen wir uns nichts vor: Es war Tristan.

»Da musst du aber lange nachdenken ...«

»Ha-ha. Das ist peinlich.«

»Es steht dir frei, Pflicht zu wählen, wenn du dich damit wohler fühlst.«

Aha, daher weht der Wind. Er hat eine gemeine Frage gewählt, nur um mich dann zu einer Pflichtaufgabe zu überreden. Aber so leicht werde ich es ihm ganz sicher nicht machen, ich habe ihn durchschaut. Also nehme auch ich einen großen Schluck Bier und trinke mir im wahrsten Sinne des Wortes Mut an.

»Sex im Pool bei Nacht mit einem heißen ... Unbekannten.«

So unbekannt war der Typ zwar nicht, aber wirklich gut gekannt haben wir uns damals auch noch nicht, und ich muss ihm ja nicht alles direkt auf die Nase binden. Tristan scheint überrascht, weil ich doch geantwortet habe.

»Wie, keine Fesselspiele? Kein flotter Dreier? Keine schmutzigen Gedanken? Kein Hollywood-Star? Nur ein Pool?«

»Bei Nacht. Jawohl.«

»Details?«

»Das war nicht Teil der ... Wahrheit.«

Er nickt und nimmt wieder einen Schluck Bier. Bin ich ihm jetzt zu langweilig, weil ich keine SM-Spielchen auf dem Eiffelturm mit Jake will? Lieber nicht darüber nachdenken. Angriff.

»Wahrheit oder Pflicht, lieber Tristan?«

»Wahrheit.«

»Okay. Peinlichster sexueller Ausrutscher im Alter über 20.«

»Über 20?«

»Ich will nicht hören, wie du als 15-Jähriger mal beim Kekswichsen oder so verloren hast. Ich will die bittere Wahrheit.«

»Ich nehme Pflicht.«

Ich muss lachen. Er ist fast etwas rot geworden, und es ist ihm auf eine sympathische Art und Weise unangenehm geworden. Ich könnte und würde ihn jetzt am liebsten küssen. Dieses Gefühl verspüre ich inzwischen schon zum wiederholten Mal. Es sollte mir Sorgen machen, aber dieses Gefühl stellt sich überraschenderweise nicht ein. Nicht jetzt, nicht heute. Was morgen ist, das werden wir dann sehen.

»Also gut. Bring mir ein Ständchen.«

»Oh, ein Lied? Was bin ich, eine lebende Jukebox?«

»Nein, aber du drückst dich vor der Antwort ... also will ich ein Lied. Keinen Auszug, ich will ein ganzes Lied. Und schön laut.«

Dabei zwinkere ich ihm zu und nehme einen weiteren Schluck Bier. Es macht Spaß, wir sind albern, und das ist lustig. Wir tun uns nicht weh, wir haben nur Spaß und, soweit ich das beurteilen kann, überschreiten wir auch keine Grenzen.

»Also gut. Ein bestimmter Musikwunsch?«

»Das sei dir überlassen.«

Er steht unvermittelt auf und springt vom Bus. Für einen kurzen Moment denke ich, er will zur Flucht ansetzen, aber er scheint nur etwas zu suchen, was ich von hier oben aus nicht so gut erkennen kann.

»Kann man dir helfen?«

»Nein, ich suche nur etwas, das als Mikrofon herhalten kann. Ich singe ungern so ganz ohne. Das ist unprofessionell.«

Er hält einen kleinen Ast triumphierend in die Luft und steht stolz neben dem Wagen. Ich betrachte ihn von hier oben und stelle erneut fest, dass er einer dieser Kerle ist, die ohne große Show oder wild bedruckte T-Shirts einfach so die Aufmerksamkeit auf sich ziehen. Meine hat er jedenfalls. Ganz.

»Guten Abend, mein Name ist Tristan Wolf, und dieses Lied ist für Layla – und alles, was noch kommt ...«

Er zeigt zu mir hoch, und ich jubele wie ein Vorzeige-Groupie in den besten Jahren. Ich bin auf alles gefasst, von Katzengejammer über ein David-Hasselhoff-Medley, aber mit dem, was jetzt kommt, hätte ich niemals gerechnet.

Großstadt, große Träume,
Alltag, zu wenig Zeit für
Leidenschaft, für dein Talent,
für das, wofür deine Flamme brennt ...

Tristans Stimme ist weicher und rauer, wenn er singt. Sie ist sanft, und vor allem ist sie eines: wunderschön. Sie lässt einen den Atem anhalten. Er singt ganz ohne Zweifel nicht zum ersten Mal, und ganz sicher blamiert er sich kein Stück.

Zieh die Notbremse und steig aus,
tu's für dich, nur für dich ...

Meine Unterarme sind seit der ersten Silbe, die er gesungen hat, von einer kribbelnden Gänsehaut überzogen. Mit offenem Mund sitze ich auf seinem Bus und starre ihn an, während er in einen Ast singt, dabei ganz sanft hin und her wippt und mir das Gefühl gibt, auf einem Konzert zu sein, das nur mir zu Ehren gegeben wird.

Es steckt mehr in dir, als du denkst,
mach jeden Moment zu einem Lieblingsmoment!

Ich lausche dem Lied, lasse die Worte, die Tristan für mich singt, auf mich wirken und bin sofort verliebt in das Lied, weil mich der Text so tief berührt. Mit sanfter Stimme besingt Tristan die Flucht vor dem erdrückenden Alltag, als wäre dieses Lied nur für mich geschrieben. Er singt mir aus der Seele, und jedes der gesungenen Worte gräbt sich tiefer in mein Herz ein.

Dein Leben, so fremdbestimmt,
du lebst nicht, was du leben willst,
du schaust dich im Spiegel an
und fragst dich, wie man sich so leugnen kann.

Wie oft habe ich mich schon genau so gefühlt? Und wie oft habe ich etwas dagegen getan? Noch nie. Jetzt steht Tristan vor dieser traumhaften Kulisse, die meine Stadt einmal mehr für mich zaubert, und das ist einfach nur schön. Er hätte jedes Lied auf der Welt singen können, wirklich jedes, aber mit diesem trifft er den Nagel auf den Kopf. Als er den Refrain in den Nachthimmel singt, habe ich fast Tränen in den Augen, was mir peinlich ist.

Es steckt mehr in dir, als du denkst,
mach jeden Moment zu einem Lieblingsmoment!

Er schenkt mir eine Sternschnuppe und ein Lied, das ist schöner als Weihnachten. Ich will ihn schon wieder umarmen und danach nie wieder loslassen, aber ich versuche, entspannt zu wirken. Natürlich lächelnd, ehrlich berührt. Letzteres gelingt mir gut.

Mit einer kleinen Verbeugung wirft er den Ast wieder von sich und klettert zurück zu mir aufs Dach. Schon während er sich noch im Aufschwung befindet, stellt er mir die nächste Frage.

Frust-abbau

»Ein peinliches Geheimnis, das wirklich niemand kennt?«

Ich schüttele sofort den Kopf und hebe abwehrend die Hände. Bei dieser Frage fällt mir leider nur ein wirkliches Beispiel ein – und das zu nennen, würde gegen ein mir selbst gegebenes Versprechen verstoßen. Nein, niemals würde ich mir die Blöße geben und das sagen. Niemandem. Nicht einmal Beccie weiß davon.

»Ich nehme Pflicht.«

»Nein, tust du nicht.«

»Doch sicher, du hast dich auch umentschieden. Außerdem hast du nicht gefragt, was ich will.«

»Pflicht wäre eine grausame und nur schwer zu überstehende Aufgabe, die ich dir gerne ersparen möchte.«

»Wie grausam?«

»Sehr grausam.«

»Gut. Wenn du das jemals jemandem erzählst, bringe ich dich um und esse deine Überreste, um sicherzugehen, dass du auch ja nie wieder auferstehst.«

Er hebt die Hand zum Schwur und nickt würdevoll, aber ich sehe das Lächeln, das sich in seinem Mundwinkel versteckt, und es macht in mir irgendwie *click!*. Ich kann ihm vertrauen und werde es auch. Vielleicht werde ich das später bitter bereuen und schwer büßen, aber ich werde es darauf ankommen lassen.

»Ich habe einen vierwöchigen Striptease-Kurs besucht.«

Ich sage es schnell und hastig, damit es gesagt ist und ich es nie wiederholen muss. Auf der anderen Seite fühlt es sich gar nicht so schlimm an, es gesagt zu haben. Es war so lange in mir drinnen, und jetzt ist es raus. Tristans Gesicht zeigt pure Überraschung, und ich weiß, er wird fragen, aber ich will ihm zuvorkommen.

»Wahrheit oder ...«
»Du hast was?«
»Du hast mich schon verstanden.«
»Und davon weiß niemand?«
»Niemand.«
»Wolltest du umschulen, oder was?«
Ich muss lachen.

»Nein. Ich wollte Oliver damit überraschen. Ich dachte, so was wünschen sich doch irgendwie alle Kerle. Deshalb wollte ich es ihm sozusagen schenken, verstehst du?«

»Ja, aber sicher! Bloß dann ist es ja gar kein Geheimnis, das – ich betone – wirklich niemand kennt.«

»Doch. Ich habe es ihm nie geschenkt.«
»Wieso nicht?«

Und ab jetzt ist es irgendwie keine lustige Anekdote mehr. Jetzt weiß ich wieder, wieso ich es hätte lieber vergessen wollen. Seit Monaten habe ich nicht mehr daran gedacht, weil es wehtut.

»Ich hatte alles vorbereitet. Ich hatte mir sogar sexy Unterwäsche gekauft, alles.«

Tristan nickt kurz, er grinst nicht mehr. Vielleicht merkt er, wie sehr ich mich zum Affen gemacht habe.

»Ich wollte ihm etwas Besonderes bieten. Als ich dann endlich so weit war, also an dem Abend ... Wir kamen irgendwie auf das Thema, und er sagte mir, er hätte für Stripperinnen ja nur Mitleid übrig und wie blöde man sich als Frau doch dabei vorkommen müsse. Es sei eine billige

Fleischbeschau, mehr nicht. Das sagt er so beim Essen, während ich die heiße Unterwäsche schon anhabe und die CD im Player liegt. Peinlich, oder?«

Tristan sagt nichts, nimmt nur einen Schluck Bier.

»Und weißt du, was wirklich ärgerlich ist?«

Er schüttelt leicht den Kopf.

»Zwei Wochen später war er mit Kumpels in einem Striplokal und fand es dann doch ganz beeindruckend, was die Frauen da so machen.«

Tristan spielt mit den Fingern an dem Flaschenhals seines Bieres herum. Diesmal sieht er mich nicht an.

»Aber du hast nie für ihn gestrippt?«

»Nein. Ich hatte danach keine Lust mehr.«

»Weißt du, Layla, vielleicht ist das auch besser so.«

»Ja?«

Erst jetzt hebt er langsam seinen Blick und sieht mich wieder an.

»Ja. Er hätte es nicht verdient.«

Ich lächle ein kleines bisschen und versuche, mir nicht allzu sehr anmerken zu lassen, wie sehr mich dieser Kommentar freut.

»Das ist lieb von dir.«

»Ich weiß.«

Er grinst mich an, und ich grinse zurück, während er noch einen Schluck Bier nimmt und mich dann interessiert mustert.

»Du kannst also strippen.«

»Na ja.«

»Das ist doch auch irgendwie cool. Wie so eine geheime Superkraft oder so.«

»Was?«

Er redet Unsinn. Ich will schwer hoffen, er ist sich dessen bewusst. Es ist nämlich nicht so, als würde ich dabei wie

Jessica Alba in »Sin City« oder Salma Hayek in »From Dusk Till Dawn« aussehen. Wirklich nicht.

»Klar. Du hast uns Männer in der Hand.«

Ich muss lachen, und er sieht mich gespielt todernst an, als könnte er nicht verstehen, dass ich ihn nicht verstehe. Was ich allerdings auch nicht tue. So habe ich die ganze Sache nämlich tatsächlich noch nie gesehen.

»Ist das so?«

Er nickt.

»Wir Männer sind manchmal sehr ... einfach gestrickt, wenn Frauen mit den Hüften kreisen und dabei Kleidungsstücke ablegen. Es ist wie ein Fluch.«

»Ein Fluch?«

»Ja.«

»Interessant.«

Es muss der Alkohol, das gerade einsetzende Lied und die entspannte Stimmung sein, denn sonst kann ich mir unter keinen Umständen erklären, was ich als Nächstes tue. Fast fühlt es sich so an, als würde ich meinen Körper verlassen und als Beobachterin die folgenden Momente verfolgen. Hoffentlich werde ich nie wieder nüchtern.

Denn ich nicke im Takt der Musik, die uns aus dem Inneren des VW-Busses erreicht, und stehe leicht wankend auf. Tristan will mir helfend die Hand reichen, aber ich stehe relativ sicher auf diesem Dach, wenn ich mich etwas konzentriere. Und schon scheint sich meine Hüfte selbstständig zu machen, und ich versuche, mich so gut es geht an die Tipps aus dem Kurs zu erinnern: nicht übertreiben, sich wohlfühlen, atmen, der Musik folgen. Es klang damals alles so einfach, und mit Bier im Blut ist es das jetzt auch. Na gut, dann mal los. Ich wiege mich im Takt der Musik, greife nach dem ersten Knopf meiner Bluse und knöpfe sie langsam und verführerisch auf, dann drehe ich ihm den Rücken zu, werfe ihm einen lasziven Blick zurück zu und zeige ihm kurz meine nackte Schulter, sodass er für einen Moment den Träger meines schwarzen BHs sieht. Tristan lehnt sich grinsend zurück und pfeift durch die Zähne. Ich drehe mich wieder zu ihm um, sehe ihm tief in die Augen, mache einen Schritt auf ihn zu, gehe spielerisch in die Knie und beuge mich zu ihm vor, als würde ich ihn küssen wollen – und das zu spielen ist leichter, als es nicht zu tun. Er grinst breiter, als ich mich im letzten Moment doch abwende und neckisch mit dem Po wackele. Auch ich muss grinsen. Woher ich die Courage habe, mich hier so zum Affen zu machen, kann ich mir nur mit Übermut erklären. Als sich unsere Blicke wieder finden, gibt es in meinem Brustkorb eine kleine Explosion. Auch wenn wir später vielleicht behaupten, einfach betrunken gewesen zu sein – das Leuchten in seinen Augen rührt nicht vom Alkohol und ist auch nicht gespielt. Macht es ihn an? Mache ich ihn an? Durch meine kleine Tanzeinlage? Mein Körper folgt der Musik, und ich öffne noch einen Knopf, diesmal den untersten, schiebe die Bluse leicht nach oben und entblöße etwas von meinem Bauch, den Beccie freundlicherweise als »perfekt!« bezeichnet, der mir aber nur ein ernst gemeintes »Na ja, geht so« entlockt. Tristan nimmt einen Schluck Bier und lässt mich keinen einzigen Moment aus den Augen. Inzwischen ist sein amüsiertes Grinsen einem interessierten Lächeln gewichen. Es ist komisch, aber ich fühle mich wirklich sexy und attraktiv. So, als hätte ich ein komplettes Make-over bekommen. Eine Art Selbstbewusstseins-Make-over. Ich will mich vor Freude um die eigene Achse drehen, tue es auch und komme dabei sofort bedrohlich ins Schleudern. Prompt verliere ich zuerst den Halt und dann auch noch das Gleichgewicht. Das wird gleich wehtun. Aber ich falle nicht, denn Tristan ist schneller, steht neben mir und greift nach meinem Arm, bevor ich einen spektakulären Stunt vom Autodach hinlegen kann.

Unsere Körper und Gesichter sind sich zum wiederholten Male an diesem Abend verdächtig nah. Tausende Schmetterlinge und Käfer flattern gleichzeitig auf, in dieser wunderschönen Sommernacht in den Weinbergen. Und er hält mich noch immer, nah bei sich. Verdammt. Ich will wissen, wie seine Lippen schmecken und wie es sich anfühlen würde, wenn er mich in genau diesem Augenblick küssen würde. So wie in meinem Traum? Ich sehe ihm tief in die Augen und sehe dort das gleiche Verlangen danach, mich zu küssen. Eigentlich ist jetzt hier oben alles so sternenklar. Ich liege in seinen Armen und könnte ihn für mich haben.

Es ist die letzte Chance, nicht das Falsche zu tun.

»Wahrheit oder Pflicht, Tristan.«

Er nickt, lässt mich aber noch immer nicht los.

»Wahrheit.«

Mein Puls rast, mein Herz flattert, und mein Mund ist trocken. Ich muss schlucken und all meine Konzentration aus meiner Magengegend wieder in mein Gehirn pumpen. Meine Stimme ist nur noch ein Flüstern, als ich die Worte endlich über meine Lippen bringe.

»Liebst du Helen?«

Etwas in seinem Blick ändert sich schlagartig.

»Ja.«

Das saß. Es ist die kalte Dusche, die wir beide gerade so dringend nötig haben. Ich löse mich schnell aus seinen Armen. Tristan räuspert sich, während ich meine Bluse schnell wieder zuknöpfe und die peinliche Einlage von eben vergessen machen will. Er kann mich nur kurz ansehen, bevor er seinen Blick wieder auf etwas hinter mir wirft.

»Willst du noch ein Bier?«

Ich schüttele den Kopf.

»Das wird nicht reichen, um das eben zu vergessen.«
»Was?«

Jetzt sieht er mich doch wieder direkt an, und für den Bruchteil einer Sekunde meine ich, etwas Trauriges oder Ängstliches in seinen Augen aufflackern zu sehen.

»Da braucht es schon was Anderes.«

Jetzt sieht er mich eindeutig verwirrt an, was irgendwie liebenswert aussieht.

»Mir wäre jetzt eher nach einem Cuba Libre. Mit viel Rum.«

Ich spüre ein leichtes Lächeln auf meinen Lippen, und Tristans Miene hellt sich auch endlich auch wieder auf: Da ist es, dieses Jungenhafte, dieses Besondere an ihm.

»Kommt sofort. Das mische ich schnell für dich. War ja mal Barkeeper.«

»Wieso überrascht mich das kein bisschen?«

»Weil ich das Klischee perfekt erfülle?«

Er klettert vom Dach, und ich kann kurz durchatmen.

Was war das gerade? Ich bin angetrunken, keine Frage, aber bin ich nicht wirklich betrunken, oder? Ich schließe kurz die Augen, noch dreht sich nichts. Na gut, vielleicht ein bisschen. Okay, nach dem Rum ist Schluss, mehr geht heute wirklich nicht. Schnell wühle ich mein Handy aus der Tasche und bemerke, dass Beccie erneut versucht hat, mich zu erreichen. Von Oliver nach wie vor kein Lebenszeichen.

»Sag mal, wieso haben wir noch mal Milch gekauft?«

Tristans Stimme erreicht mich aus dem Inneren des Busses, und ich spüre wieder diese kleine Wut in mir aufflackern.

»Diese verfluchte Milch.«
»Was?«
»Die ist für Oliver.«

»Ach so. Verstehe.«

Ich verstehe nicht mehr. Ich weiß nicht, wieso ich nicht einfach vergessen habe, sie zu kaufen. Ich verstehe nicht, wieso ich sogar hier und jetzt noch daran denke, Milch zu kaufen.

»Einmal Cuba Libre, und einmal Wurfgeschoss aus Kuhmilch.«

Er stellt ein Glas und eine Packung Milch vor mich hin. Ich bin, wie so oft bei Tristan, etwas verwirrt. Ich nehme einen großen Schluck Cuba Libre. Mit viel Rum.

»Danke. Aber was soll das?«
»Die Milch ist verflucht.«
»Wieso sollte …«
»Hast du eben selbst gesagt.«
»Aber …«
»Du sollst deinen Frust und deine Wut und alles andere in Form dieser Milchpackung in den Himmel schleudern.«
»Soll ich?«
»Ja.«
»Warum?«
»Weil er es verdient hat.«
»Oliver?«
»Ja, Oliver.«
»Du kennst ihn doch gar nicht.«
»Ich habe aber schon viel über ihn gehört.«
»So schlimm ist er nun auch wieder nicht. Ich habe da vielleicht ein bisschen einseitig … argumentiert.«

Wieso versuche ich schon wieder, ihn zu verteidigen? Alles, was ich Tristan über Oliver erzählt habe, stimmt. Ich trinke noch einen großen Schluck Cuba Libre, denn ich brauche jetzt Mut.

Da steht sie, die Milchpackung. Sie wehrt sich nicht und sieht mich auffordernd an. O wie verlockend. Es wäre nur ein kleiner Wurf für die Menschheit! Ich packe das blöde Ding, hole weit aus und feuere dann das Milchgeschoss wütend in den Himmel. Es fühlt sich gut an. Tristan grölt laut neben mir und klatscht dabei in die Hände. Angesteckt von seinem Geschrei schreie auch ich unsinniges Zeug in die Nacht. Der dämlichen Milch hinterher. Irgendwann landet meine Hand in seiner, und während ich alles, was in mir wütet, endlich rauslassen kann, fühlt es sich an, als verliere ich gefühlte vier Kilo Ballast. Wenn ich gewusst hätte, dass Schreien wirklich besser wirkt als die Weight Watchers, ich wäre sofort First-Row-Fan von Tokio Hotel geworden. Und das schon vor Jahren. Aber ich verliere nicht nur aufgestauten Ballast, ich gewinne auch Mut.

Unser Echo verhallt in der Nacht, wir halten uns noch immer an den Händen, als die ersten Regentropfen auf unsere Köpfe prasseln. Ich bin für gewöhnlich eine dieser Frauen, die bei Regen schneller gehen, weil sie sonst Locken bekommen, und ich sehe mit Locken aus wie eine schreckliche Kopie von Tina Turner an einem Bad-Hair-Day. Aber diesmal ist es mir reichlich egal. Ich genieße es sogar. Wir stehen einfach da, auf dem Dach des VW-Busses, und genießen das Sommergewitter. Und tatsächlich fühle ich mich schon bald ruhig – und sehr nass.

»Ich sollte dich nach Hause fahren ...«

Tristan sieht mich von der Seite an, und wir wissen beide, dass keiner von uns diesen Bus heute von hier wegfahren könnte und sollte. Wir haben getrunken und getrunken, und dann noch etwas mehr getrunken. Niemals sind wir jetzt noch in der Lage zu fahren.

»... aber ich kann nicht.«

Er lacht kurz.

»Soll ich dir ein Taxi rufen?«

Ich stehe im Regen, der immer stärker wird, und spüre

die Nässe auf meiner Haut. Ich brauche weder ein Taxi noch ein Auto, so wie ich mich gerade fühle, könnte ich auch nach Hause laufen.

»Layla? Wir sollten mal raus aus dem Regen. Es sei denn, du stehst auf Lungenentzündungen.«

Tristan kippt den Inhalt meines Glases auf den Rasen unter uns und klettert vom Dach, das schon leicht rutschig geworden ist. Aber ich bleibe oben stehen und spüre, wie sich etwas in mir verändert. Ich kann nicht sagen, was es ist und was es mit mir machen wird, aber etwas verändert sich. Vielleicht ist es aber auch nur der Alkohol, der mir mehr Mut schenkt, als ich im nüchternen Zustand vertrage.

»Layla, im Ernst, komm runter bitte.«

Und obwohl ich mich so fühle, als könnte ich fliegen, als könnte ich direkt über die Dächer Stuttgarts hinweg in den Nachthimmel stürmen, überzeugt mich ein lauter Donner davon, besser vom Dach zu klettern – was ich dann auch tue. Ich falle nicht, obwohl mir die Schritte schwerer fallen, als ich dachte. Tristans Arme nehmen mich unten in Empfang, inzwischen sind wir beide mehr oder weniger vom Regen durchnässt, und mir fällt ein, dass meine weiße Bluse inzwischen ziemlich durchsichtig geworden sein dürfte und mehr von mir preisgibt, als ich es geplant hatte. Auch Tristans T-Shirt klebt an seiner Haut. Ich spüre seinen Blick auf mir, wie er mich ansieht, wie sein Blick über meinen Oberkörper gleitet. Das ist eine ganz schlechte Idee! Tristan greift nach meiner Hand, und wir klettern ins Innere des Busses.

»Wir sollten aus den nassen Klamotten raus.«

Ich weiß, dass er recht hat, aber noch klammere ich mich an seine Antwort auf meine letzte Wahrheit-Frage. Er liebt Helen.

»Ach, das geht schon.«

Er zieht eine Kiste unter der Sitzbank hervor und wühlt zwei große T-Shirts hervor. Beide sehen so aus, als gehörten sie in die Altkleidersammlung. Der Druck ist zum größten Teil verwaschen, und man kann die Buchstaben nur erahnen, allerdings nicht mehr das Wort, das sie bilden.

»Grau oder grün?«

»Ich ziehe das nicht an.«

»Doch. Oder hättest du lieber eine schöne Lungenentzündung. Oder Schnupfen mit Halsweh? Layla, grau oder grün?«

Ich greife nach dem grauen T-Shirt, weil es mir nicht ganz so schrecklich vorkommt. Außerdem zwinge ich ihn damit in das grüne, und das wird für mich bestimmt ein Grund zum Lachen sein.

»Also entweder ich rufe dir ein Taxi hierher oder du schläfst auf der Klappcouch da hinten.«

Er dreht sich, ganz Gentleman, von mir weg, zieht sein nasses T-Shirt aus und gibt mir so einen Blick auf seinen Rücken frei. Seinen nackten, muskulösen Rücken. Ich sollte mich ebenfalls umziehen, solange er mir den Rücken zudreht, aber ich ertappe mich dabei, wie ich seine Wirbelsäule betrachte, seine Rippen, an denen ich meine, ein Tattoo an der Seite erkennen zu können. Ich kann mit hundertprozentiger Sicherheit sagen, ich habe noch nie in meinem Leben einen erotischeren Rücken gesehen als diesen. Aber er liebt Helen. Und ich habe Oliver. Wir sind Freunde. Warum vergesse ich das nur immer so schnell? Bevor er sich wieder zu mir dreht, ziehe ich schnell meine nasse Bluse aus und schlüpfe in das T-Shirt, das mir viel zu groß und nicht gerade vorteilhaft für meine Figur ist. Aber es ist trocken und riecht frisch.

»Also?«

»Ich nehme die Couch.«

Er dreht sich vorsichtig zu mir um und nickt dann. Ich weiß nicht, wieso ich nicht auf das Taxiangebot eingehe, und ich weiß auch nicht, wieso ich diesen kleinen Bus und den Regen meinem warmen Bett neben Oliver vorziehe. Aber ich will einfach noch nicht gehen. Mit wenigen Handgriffen baut Tristan die Sitzbank zu einer gemütlich wirkenden Schlafcouch um, legt mir Kissen und Decke bereit. Er scheint öfter hier zu übernachten, und sofort fallen mir alle warnenden Sprüche meiner Mutter wieder ein. Ich kenne diesen Mann nicht und bin doch bereit, mit ihm hier zu übernachten. Allerdings legt er sein Kissen nach vorne auf den Fahrersitz.

»Was soll das denn?«

»Ich gehe schlafen.«

»Auf dem Fahrersitz?«

»Ja.«

Ich krieche unter die Decke. Die Couch bietet genug Platz für zwei Personen, und auch wenn wir kein Paar sind, kann man sich durchaus zusammen eine Couch teilen. Außerdem hatten wir heute schon unseren kritischen Moment – und haben ihn verstreichen lassen. Gut, ich habe uns eine kalte Dusche verpasst, aber ich glaube, ich kann es wieder, wenn es sein muss. Jetzt wo ich die Wahrheit kenne.

»Tristan Wolf, wir sind keine fünfzehn. Also los.«

Er rührt sich nicht, sieht mich nur an. Zögert er? Denkt er an Helen, während mir Oliver in diesem Moment ziemlich egal ist? Das tut ein bisschen weh.

»Keine Angst, ich will nicht mit dir schlafen, ich will nur neben dir schlafen. Es wäre unfair, wenn du die Nacht auf dem Fahrersitz verbringen müsstest. Also, komm jetzt.«

Woher ich diesen plötzlichen Mut habe, der für mich ganz untypisch ist, kann ich wirklich nicht erklären. Aber die Worte kommen so leicht und schnell über meine Lippen, ich kann sie nicht mehr zurücknehmen. Diese Nacht ist doch ohnehin schon verrückt genug – wieso also nicht? Es wird nichts passieren. Ich hintergehe niemanden. Wir sind zu betrunken, um Auto zu fahren, und das Geld für das Taxi spare ich mir.

Tristan nickt, gibt nach und legt sich schließlich neben mich. Wir berühren uns nicht. Wir liegen einfach nur nebeneinander in diesem trockenen Bus, während draußen ein Sommergewitter über uns hinwegfegt. Ich schließe die Augen und lausche dem Prasseln des Regens auf dem Autodach, so wie damals mit meinen Eltern im Campingurlaub. Es fühlt sich gut an. Sicher.

»Tristan?«

»Hm.«

»Das hier, genau dieser Moment, ist mein Lieblingsmoment.«

Unter der Decke spüre ich seine Hand, die meine langsam umschließt.

»Das ist auch mein neuer Lieblingsmoment, Layla Desio.«

Und mit einer endlosen Wiederholung seiner Worte in meinem Kopf schlafe ich schließlich, seine Hand haltend, ein.

Versuchungen

Das Piepen meines Handys wird gekonnt ignoriert, so habe ich schon manchen grauenvollen Morgen um einige Minuten betrogen. Ich fühle mich schlapp, und mein Kopf pocht auf bedrohliche Weise. Mein Handy lasse ich links liegen und entscheide mich für eine weitere Runde Schlaf. Ich drehe mich langsam auf die andere Seite und stoße mit meiner Nase an seine. Es ist schon eine ganze Weile her, dass er so nahe bei mir geschlafen hat. Sanft streichele ich seine Wange, mancher Samstag ist eben doch ein kleines Geschenk. Ich öffne meine Augen und lächle. Doch ich sehe nicht in Olivers Gesicht. Ich streichele nicht Olivers Wange. Ich berühre nicht Olivers Knie. Es ist ein anderes Gesicht. Ein ebenso vertrautes und ungleich schöneres. Ich zucke merklich zusammen. Tristan sieht mich überrascht aus großen, wenn auch müden Augen an.

»Hey, Layla, guten Morgen.«

»Scheiße. Wie spät ist es?«

Ich taste panisch nach meinem Handy. Es ist schon nach zehn Uhr.

»Verdammt! Verdammt! Ich muss nach Hause.«

Ich setze mich auf, halte mir den Kopf und spüre, dass ich einen Kater habe. Die Erinnerungen der letzten Nacht breiten sich wie ein Teppich vor meinem inneren Auge aus. Der Club, das Chaos, die Tankstelle, die Weinberge. Eine Sternschnuppe, das Lied, der Regen. Wir haben zusammen geschlafen. Nein. Wir sind zusammen eingeschlafen. In diesem Bus, auf diesem kleinen und viel zu engen Bett.

»Ich fahre dich heim.«

Er klettert aus dem Bett, sieht mich dabei kurz an, und ich würde am liebsten heulen. Wieso habe ich gestern eigentlich nicht nachgedacht? Wieso habe ich nicht die Weitsicht gehabt zu wissen, wie ich mich heute fühlen werde: beschissen! Oliver sitzt vermutlich schon mit seinen Eltern daheim am Frühstückstisch und wartet auf mich, macht sich Sorgen, weil ich gestern Nacht nicht nach Hause gekommen bin. Was habe ich nur getan?

Ich greife nach der halb vollen Cola-Flasche neben mir, beginne zu trinken und blicke durch die nur leicht beschlagene Fensterscheibe nach draußen. Die Sonne scheint, und ich höre leises Vogelgezwitscher. Es könnte ein wunderschöner Morgen sein, wäre da nicht dieses schlechte Gewissen. Mein Blick wandert zu Tristan, der sich gerade in den Fahrersitz gleiten lässt, und sofort spüre ich wieder das Schlagen der kleinen Flügel in meinem Kopf – und in meinem Bauch. Sosehr mich diese Situation im Moment überfordert, so fühlt sie sich, sobald ich Tristan sehe, auf wirklich merkwürdige Weise auch gut an. Wir haben eine Nacht zusammen verbracht, wie ich sie ganz sicher so noch nie erlebt habe und deswegen auch nicht vergessen werde. Tristan kam mir näher, als ich erwartet hatte, und vielleicht habe ich ja auch ein paar Erinnerungen in seinem Kopf hinterlassen – wenn ich Glück habe sogar noch wo anders. Ich möchte fast lächeln, verbiete es mir aber und verdränge den Wunsch schnell wieder, denn was soll ich in seinem Herz?

Ich atme tief durch und befehle die kleinen Käfer in meinem Kopf zurück auf den Boden der Tatsachen. Wir sind Freunde, es war nur vernünftig, dass wir hier übernachtet haben, und jetzt sollte ich mich beeilen, zurück zu Oliver in die Wohnung zu kommen.

Also klettere ich stumm neben Tristan auf den Beifahrersitz und schaue zu, wie er den Bus wieder aus den Weinbergen fährt. Irgendwo da oben liegt eine aufgeplatzte Milchpackung wie ein Denkmal zwischen den Rebstöcken. Und eine erloschene Sternschnuppe. Und dann lächle ich doch.

Tristan braucht keine Anweisungen. Er weiß, wo ich wohne, und kennt den Weg. Wir reden nicht. Ich wüsste auch gar nicht, wo ich anfangen soll. Entweder es gibt nichts zu sagen, oder aber es gibt zu viel zu sagen. Ich tippe auf Letzteres, fühle mich aber gerade einfach nicht in der Lage, mit dem ersten Wort anzufangen – vielleicht auch, weil sich mein Magen bei jeder Kurve von dem Cuba Libre befreien will.

Je näher wir meiner Wohngegend kommen, desto unwohler fühle ich mich. Es ist, als müsste ich die Schwelle in ein anderes Leben betreten, als wäre ich eine ganz andere Person als da oben in den Weinbergen. Und die Person hier unten hat ein schlechtes Gewissen, das sich wieder lauter zu Wort meldet. Was soll ich Oliver sagen? Die Wahrheit? Eine abgeschwächte Version? Andererseits ist ja nichts passiert. Mein Magen tut weh, mein Kopf hämmert, mir ist schlecht, und ich habe das Gefühl, meine Haut brennt so langsam vor sich hin. Was habe ich nur getan?

Da ist sie, meine Straße. Da ist mein Haus. Meine Wohnung. Dort oben sitzt Oliver. Mit seinen Eltern. Ich spüre, wie langsam Panik in mir aufsteigt.

Ich warte gar nicht erst, bis Tristan den Motor ausgeschaltet hat, reiße die Tür auf, als würde ich ersticken. Schnell schnappe ich Kamera, Handtasche und Milchpackung und stürze aus dem Wagen. Ich muss zu Oliver.

»Danke für alles.«

Für mehr ist keine Zeit. Er will noch etwas sagen, aber ich kann es jetzt nicht hören. Ich will es nicht hören. Ich weiß, ich benehme mich wie eine blöde Kuh, weil ich ihn hier einfach stehen lasse, aber ich kann jetzt nicht mit ihm reden. Ich kann ihn nicht hören, weil jedes Wort aus seinem Mund zu viel wäre.

»Layla!«

Und tatsächlich trifft mich mein Name aus seinem Mund wie ein Geschoss in den Rücken. Irgendwo knapp hinter dem linken Schulterblatt. Aber ich drehe mich nicht mehr um, renne die Treppe nach oben und hoffe, es ist noch nicht zu spät.

Meine Hand zittert, als ich die Tür aufschließe. Es ist doch noch nicht zu spät, oder?

»Oli? Ich bin es! Sind deine Eltern schon ...«

Ich reiße die Tür auf und sehe das ganze Ausmaß. Da sitzen sie: Oliver und seine Eltern, die ich sehr liebe, weil sie in den letzten Jahren zu meiner Familie geworden sind. Sie sehen mich überrascht an. Der Tisch ist gedeckt mit Brötchen und Kaffee, das schöne Geschirr wird benutzt.

Die drei sehen mich überrascht an.

»Layla ...«

Olivers Mama mustert mich von oben bis unten. Ich kann mir zu gut vorstellen, wie ich aussehe und welchen Eindruck ich wohl hinterlassen werde. Meine Haare sehen wahrscheinlich aus wie ein Heuhaufen, in dem man verzweifelt eine Stecknadel gesucht hat, und das T-Shirt ist mir nicht nur zu groß, es ist auch nicht meines. Es gehört einem anderen Mann.

»Die Verspätung tut mir wirklich leid.«

»Kein Problem.«

Oliver mustert mich ebenfalls. Er wird eins und eins zusammenzählen. Er wird es wissen. Ich war die Nacht nicht da, komme zu spät, obwohl wir einen Termin hatten, und trage das T-Shirt eines anderen Mannes. Ich könnte es nicht einmal abstreiten. Ich habe die Nacht ja mit einem anderen Mann verbracht, auch wenn es »nicht so ist, wie es aussieht«. Immer habe ich diesen Satz verurteilt, hielt ihn für eine Lüge und für Schwachsinn – eine Erfindung der Männerwelt. Aber jetzt wäre er sogar wahr. Irgendwie will ich mich bei Oliver entschuldigen, ihm alles erklären.

»Oh, gut, du hast an die Milch gedacht.«

Die Milch. Ich nicke, stelle sie wortlos auf den Tisch, umarme seine Eltern und entschuldige mich dann ins Bad, wo ich mich schnell frisch machen will. Oliver nickt und schenkt Milch in seinen Kaffee.

»Kein Problem. Wir fangen einfach schon mal an.«

»Danke.«

Ich schließe die Badezimmertür ab und betrachte mein Spiegelbild über dem Waschbecken. Ich sehe anders aus. Aber es liegt nicht daran, dass meine Haare ein einziges Desaster sind und meine leicht glasigen Augen verraten, dass ich mich gestern nicht abgeschminkt und einen ordentlichen Kater habe. Es liegt auch nicht daran, dass ich Tristans T-Shirt trage. Das wirklich Schlimme an der ganzen Situation ist etwas ganz anderes: Ich sehe keineswegs unglücklich aus. Müde, ja. Unglücklich, nein. Und ich hasse mich dafür. Ich sollte mich schlechter fühlen. Ich sollte leiden, mich übergeben und dann auf Knien zu Oliver zurückkriechen, um mich zu entschuldigen. Aber ich tue es nicht.

Es ist auch gar nicht nötig. Zumindest schien Oliver gerade eben nicht sauer auf mich zu sein. Eigentlich schien er vor allem erfreut darüber, dass ich an die Milch gedacht habe.

Wenn ich ehrlich bin, spüre ich jetzt sogar eine leichte Wut in mir aufkeimen. Und ich weiß, dass es wegen Olivers Reaktion auf meinen Auftritt ist. Kein Problem? Ist es wirklich kein Problem? Oder nur seine Art, mir zu sagen, dass ich ihm auf eine ungezwungene Art und Weise egal bin? Weil er mich für so selbstverständlich in seinem Leben hält, dass er selbst nach dieser Nacht, diesem Auftritt und allem anderen, nicht einmal auf den Gedanken kommt, ich könnte mit einem anderen Mann zusammen gewesen sein. Ich war die ganze Nacht weg, und er wusste nicht, wo ich war – oder mit wem. Und warum hat er nicht ein Mal versucht, mich auf dem Handy zu erreichen? Nicht ein einziges Mal. Vertraut er mir einfach blind? Ist seine Liebe zu mir so groß, dass er dieses große Vertrauen in mich setzt? Oder merkt er einfach nicht, dass ich … was ich … Ja, was tue ich hier eigentlich? Verdammt noch mal. Ich bin wütend auf jeden. Auf mich, weil ich mich fühle, als hätte ich Oliver betrogen. Auf Oliver, weil es ihm egal zu sein scheint. Und auch auf Tristan, weil er … mir Momente schenkt, die sich auf ewig in meinen Erinnerungen verankert haben. Ich muss plötzlich daran denken, wie er mir die funkelnde Wunderkerze entgegenhält, und ein Kloß bildet sich in meinem Hals. Und dann muss ich daran denken, wie wir nebeneinander im Bus gelegen haben und draußen ein Sommergewitter über uns hinweggezogen ist. Ich will mehr von diesen Momenten. Diese Augenblicke, in denen die Welt kurz innehält – und man hofft, alles würde für immer so bleiben.

Bisher hat das nur meine Großmutter, die ich über alles liebe, geschafft, am Gardasee, als ich sie das letzte Mal besucht und das Foto von ihr geschossen habe. Damals war ich mir sicher: Kein Moment in meinem Leben wird jemals schöner als dieser hier. Niemals werde ich wahrer Liebe näher sein. Seitdem war dieser Moment am Ufer des Lagos mein absoluter Lieblingsmoment. Vielleicht ist das ja auch etwas Einmaliges im Leben. Ich weiß es nicht. Ich weiß nur, dass Tristan mir einen neuen Lieblingsmoment geschenkt hat. Einfach so. In seiner Nähe fühle ich mich wohl. Ich traue mich, Dinge zu sagen, zu tun und zu fühlen, die ich sonst nie zugebe, die ich aber trotzdem fühle. Und auch jetzt wirkt er in mir nach. Aber das sollte er nicht. Mann!

Langsam ziehe ich das T-Shirt aus und halte es in meinen Händen. Ich höre Oliver in der Küche mit seinen Eltern sprechen. Oliver. Wieso hat er so reagiert? Ist es ihm egal, oder wartet er vielleicht nur, bis seine Eltern aus dem Haus sind? Das wäre eine Möglichkeit. Bestimmt. Er wird mir eine Szene machen, sobald wir alleine sind. Er wird mich vielleicht auch anschreien. Und er schreit sonst nie. Wieso ich bei dem Gedanken plötzlich lächle, weiß ich nicht, aber ich gehe davon aus, dass ich im Moment ohnehin nicht besonders zurechnungsfähig bin. Deswegen denke ich nicht mehr darüber nach, lasse alles auf mich zukommen.

Schnell mache ich mich frisch und setze mich dann an den Frühstückstisch, den Olivers Mama gedeckt hat. Das erkenne ich sofort. Oliver hätte nie daran gedacht, die Gabel links und das Messer rechts vom Teller zu positionieren. Auch die Untertassen lassen auf seine Mutter schließen, denn Oliver benutzt nie Untertassen. Aber spätestens die Blumen in der Mitte verraten sie. Ich lächle sie an und hoffe inständig, dass sie nicht denkt, ich hätte ihren Sohn mit einem anderen Mann betrogen, denn das habe ich nicht. Das würde ich nie. Sie binden mich in ein Gespräch ein, als wäre nichts gewesen. Sie fragen, wie es meinen Eltern geht, wann wir mal wieder alle zusammen essen gehen, was meine Arbeit macht und wie es um meine Gesundheit steht. Ich sitze da, lächle und frage mich langsam, ob die letzte Nacht und mein schrecklicher Auftritt eben wirklich passiert sind oder ob ich mir das alles nur eingebildet habe. Vielleicht war das alles nur ein verrückter Traum. Das Stechen in meinem Kopf und das leichte Schwindelgefühl erinnern mich aber sofort wieder daran, wo ich letzte Nacht war – und mit wem.

Oliver erzählt stolz von seinen Erfolgen, von den vielen Schulungen, die er inzwischen gibt, von den Urkunden und von der finanziellen Sicherheit, in der wir uns befinden. Ich höre zu, gebe an den passenden Stellen Antwort, lächle hier und da und warte einfach nur auf das Ende der Ruhe vor dem Sturm.

Gegen sechzehn Uhr erst verabschieden wir seine Eltern, nachdem wir lange auf dem Balkon die Sonne genossen haben. Langsam schließe ich die Tür, nachdem wir uns herzlich verabschiedet haben, und hole tief Luft. Gleich, das weiß ich, wird er mich fragen. Gleich muss ich mich ihm stellen. Gleich …

»Räumst du die Geschirrspülmaschine ein?«

Ich drehe mich zu ihm, Oliver sitzt auf der Couch und streckt die Beine von sich. Das muss Taktik sein. Er wiegt mich in Sicherheit.

»Sicher.«

Er schaltet den Fernseher ein und bleibt bei einer Comedy-Sendung hängen, die ich kenne und weder verstehe noch mag. Er lacht, wirkt unbekümmert.

Ich verschwinde in der Küche und lasse alles geschehen. So muss sich ein Wartender fühlen. Kurz vor dem Schuldspruch. In der Todeszelle oder so. Er weiß, das Verhängnis wird kommen, er weiß nur nicht so genau wann. Jede Minute kann Oliver durch die Tür kommen und mich zur Rede stellen. Dann werde ich auch ehrlich sein, alles beantworten und erklären.

So vergeht der ganze Tag. Ich warte, er lebt. Wir essen

zusammen zu Abend, er redet über seine Woche und den Stress, der auf ihn zukommen wird. Er fragt, wo seine Hemden sind, welche er anziehen soll, ob ich ihm die Glückskrawatte heraussuchen kann und ob ich der Meinung bin, dass alles gut gehen wird. Ich zögere, sage dann aber, dass alles gut gehen wird – wobei ich keine Ahnung habe, von was er eigentlich gerade spricht. Ich bin vielmehr darauf konzentriert, worüber er nicht spricht. Wann wird mir der Prozess gemacht, den ich inzwischen herbeisehne, auch wenn ich ihn verlieren werde. Ich will nur noch, dass es vorbei ist.

Als wir im Bett liegen und der Tag sich nicht mehr wie wild in meinem Kopf dreht, möchte ich am liebsten heulen. Oliver hat mir einen Kuss auf die Lippen gegeben und dann das Licht ausgemacht. Seine Atmung neben mir klingt inzwischen regelmäßig und entspannt. Er schläft, und ich kann das Kullern der ersten Träne nicht verhindern, während ich mich auf die andere Seite drehe. Dann versuche ich, keinen Ton von mir zu geben, obwohl ich in mein Kissen heule, wie ein kleines Kind.

Und dann höre ich Tristans Stimme in meinem Kopf.

»Wahrheit.«

Den Sonntag verbringe ich im Bett und bin froh, dass Oliver am frühen Nachmittag mit Freunden ein Date zum Fußballspielen im Schlosspark hat. Ich kann ihm noch immer nicht in die Augen sehen. Er scheint es nicht zu bemerken, da er fröhlich pfeifend die Wohnung verlässt. Kaum ist er gegangen, steige ich aus dem Bett und schalte den Computer an. Außer Beccie hat sich niemand auf meinem Handy gemeldet. Ich muss wissen, wie es Tristan geht. Will er noch mit mir reden, nachdem ich ihn wie einen Schwerverbrecher stehen gelassen habe, obwohl er mir eine so wunderschöne Nacht geschenkt hat?

Sofort logge ich mich bei Facebook ein und falle förmlich über seine Pinnwand her. Keine Veränderung, nur eine Frage seines Freundes Björn, der sich immer mal wieder meldet und mit dem Tristan wohl am meisten Kontakt hat.
Ich entscheide mich, Tristan eine Nachricht zu schicken.

Betreff: Entschuldigung!
Lieber Tristan,
ich muss mich entschuldigen, und das möchte ich hiermit tun. Es tut mir leid, dass ich dich einfach so stehen gelassen habe. Aber ich weiß auch nicht, was los war.
Ich weiß nicht, ob da etwas zwischen uns passiert ist.
Ich mache mir vielleicht zu viele Gedanken, aber seit den Weinbergen frage ich mich, wie unsere Geschichte wohl ausgeht. Weißt du es? Oder hast du eine Ahnung?
Ich will mich aber auch bedanken. Für alles, weil der Abend und die Nacht so wunderschön waren und ich nicht gelogen habe. Das war wirklich mein Lieblingsmoment.
Fühl dich gedrückt. Sehr.
Layla

Also schicke ich die Mail ab und hoffe, er liest überhaupt noch meine Nachrichten. Ich checke alle zwei Minuten meine E-Mails, mein Handy und auch Facebook. Aber nichts geschieht. Und das dann für fast zwei Stunden. Vielleicht hat er es sich doch anders überlegt. Vielleicht will er nichts mehr mit mir zu tun haben. Ich könnte es verstehen. Da höre ich den Signalton meines E-Mail-Postfachs, der mich über den Eingang einer neuen E-Mail informiert – ein Signal, das meine Atmung sowie meinen Herzschlag beschleunigt. Ich zögere kurz, öffne dann aber doch Tristans E-Mail.

Betreff: Re: Entschuldigung!
Keine Sorge. Ich verstehe dich. Sind wir zu weit gegangen? Das war nicht meine Absicht. Es tut mir leid, falls ich eine Grenze überschritten habe. Gab es Ärger mit Oliver?
Tristan

Betreff: Re: Re: Entschuldigung!
Wir sind nicht zu weit gegangen. Wir waren uns nahe, aber nicht auf eine unangenehme Art und Weise. Mach dir darum bitte keine Sorgen. Oliver ... nein, keinen Ärger. Er hat sich über die Milch gefreut, und das war alles.
L.

Betreff: Re: Re: Re: Entschuldigung!
Ich habe noch deine Bluse. Soll ich sie mal vorbeibringen? In deinem Büro oder auch zu Hause? Wie du magst. Ich kann sie auch einfach in den Briefkasten stopfen. Hat er gar nichts gesagt? GAR nichts?
Tristan

Betreff: Re: Re: Re: Re: Entschuldigung!
Ich habe doch auch noch dein T-Shirt. Und da du noch mit mir redest (DANKE), werden wir bestimmt einen Termin finden, um einen Austausch zu arrangieren. :) Und nein, gar nichts. Ist Helen sauer gewesen?
L.

Betreff: Re: Re: Re: Re: Re: Entschuldigung!
Okay, dann werden wir einen Termin zur Geiselübergabe finden. Helen ist nicht hier. Das mit Oliver ist gut. Oder?
Tristan

Betreff: Re: Re: Re: Re: Re: Re: Entschuldigung!
Ich werde dir dein T-Shirt gewaschen und in gebügeltem Zustand zurückgeben. Keine Sorge. Das mit Oliver ist ... weiß nicht. Wie immer. Helen ist selten in Stuttgart? Fernbeziehungen sind scheiße, oder?
L.

Betreff: Re: Re: Re: Re: Re: Re: Re: Entschuldigung!
Bitte nicht waschen. Danke. Wann hast du denn Zeit? Ich bin heute Abend auf ein Bier am Palast. Lust?
Tristan.

Lust? Wie kann ein einziges Wort so widersprüchliche Gefühle auslösen? Natürlich habe ich Lust, ihn wiederzusehen. Nur sollte ich das nicht. Aber ich weiß, dass ich es trotzdem tun werde. Und das liegt nicht daran, dass ich so an meiner Bluse hänge.

Betreff: Re: Re: Re: Re: Re: Re: Re: Re: Entschuldigung!
Sicher. So gegen acht? Werde da sein.
L.

Not-bremse

»Und? Hast du es dir schön gemütlich gemacht?«

Oliver scheint in den letzten Wochen eine Ausbildung als Anschleicher gemacht zu haben, denn zum wiederholten Male überrascht er mich völlig aus dem Nichts. Ich habe gar nicht gehört, wie er nach Hause gekommen ist. Schnell schließe ich das Browserfenster und drehe mich zu ihm um. Ich zwinge mich dazu, ihm in die Augen zu sehen. Er grinst, sein Team hat wohl gewonnen.

»Ja. Ich hatte einen richtig entspannten Sonntagnachmittag.«

Er setzt sich neben mich und küsst meine Wange, ich schiebe den Laptop von meinem Schoß und hoffe, dass er nichts gesehen hat.

»Schön zu sehen, dass es dir gut geht.«

Er streichelt sanft über meine Wange und lächelt mich an. Ich kenne dieses Lächeln, und ich kenne dieses Leuchten in seinen Augen. Für gewöhnlich genieße ich es sehr. Er küsst wieder meine Wange, dann meinen Hals. Seine Hand streicht zärtlich über meinen Arm. Ich schließe die Augen. Wir hatten schon länger keine Zeit mehr für uns. Nicht für uns alleine. Eigentlich schon viel zu lange, wenn ich jetzt zurückdenke. Als sich unsere Lippen finden, erwidere ich seinen Kuss. Oliver zu küssen fühlt sich gut und vertraut an.

»Vielleicht sollten wir das hier ins Schlafzimmer verlagern?«

Er flüstert es in mein Ohr, und mir wird ein kleines bisschen komisch. Nicht schlecht, aber es will sich auch nicht dieses wohlige Gefühl der Wärme einstellen. Ich kenne Oliver – ich weiß genau, wie er mich berührt, und ich weiß, was ich dann für gewöhnlich fühle. Jetzt fühle ich es nicht. Ich fühle nicht viel. Es fühlt sich einfach nur komisch an.

Er küsst wieder meinen Hals. Seine Hand schiebt sich unter mein T-Shirt und streichelt meine Haut an Stellen, die ihm vorbehalten sind. Ein leises Seufzen stiehlt sich nun doch über meine Lippen, und Oliver zieht mich ein Stück näher zu sich.

»Oli …«

Er sieht mich mit einem strahlenden Lächeln an. Ganz ohne Zweifel hat sein Team gewonnen, jetzt bin ich mir sicher, vielleicht hat er sogar das Siegtor geschossen. Trotzdem: Ich sollte jetzt, in diesem Moment, mit all diesen Gedanken und verwirrten Gefühlen, nicht mit ihm schlafen, auch wenn ich noch nie, solange wir eine Beziehung führen, nein zu ihm gesagt habe. Nicht ein einziges Mal. Ich müsste lügen, wenn ich behaupten würde, jedes Mal wäre es ein voller Erfolg gewesen, aber Nein gesagt habe ich noch nie. Seine blauen Augen strahlen mich fragend an, und ich weiß nicht, was ich sagen soll. Vor allem, da ich merke, dass sich in mir plötzlich der Wunsch regt, ihn einfach weiter zu küssen und alles andere zu vergessen.

»Was ist los, Süße?«

Tristans Gesicht flackert ganz kurz vor meinem geistigen Auge auf, und sofort spüre ich wieder die Regentropfen auf meiner Haut, seine Hand in meiner, während wir uns alle Wut von der Seele schreien und später zusammen einschlafen. Ich habe ihn nicht geküsst, nichts ist zwischen uns passiert, aber auf eine merkwürdige Art und Weise ist er mir näher als Oliver. Oder auf eine andere Art und Weise.

Die beiden lassen sich nicht vergleichen, kein Stück. Sie könnten von verschiedenen Planeten kommen, die allerdings beide eine ziemliche hohe Anziehungskraft auf mich auszuüben scheinen. Kann ich mich wirklich von beiden Männern, die unterschiedlicher nicht sein könnten, angezogen fühlen? Und jetzt, wo Oliver hier neben mir sitzt und mich küsst und zärtlich streichelt, fühle ich mich durchaus zu ihm hingezogen, während die Erinnerungen an Tristan meinen Herzschlag beschleunigen.

Oliver streichelt mein Gesicht. Sanft und liebevoll. Ich weiß, was er will, und ich fürchte ... ich merke, ich will es auch. Also küsse ich ihn, versuche alle Gedanken und Bilder in meinem Inneren wie eine vollgeschriebene Schultafel wegzuwischen und lasse mich von ihm ins Schlafzimmer tragen.

Langsam setzt er mich auf dem Bett ab und zieht mir behutsam das T-Shirt über den Kopf. Wenn er mich so ansieht, spüre ich den Wunsch, seine Hände auf meinem Körper zu fühlen. Niemand kennt mich besser als Oliver. Er weiß ganz genau, wo er mich berühren muss, und das beweist er jetzt einmal mehr. Seine Hände gleiten über meine nackte Haut und befreien mich von meinem BH, während ich ihm aus dem Shirt helfe und seine Schulter küsse. Mit ihm fühlt es sich so vertraut an, als würden wir uns blind verstehen, ganz ohne böse Überraschungen. Während er mir mit einer spielerischen Leichtigkeit aus der Hose hilft, betrachtet er meinen Körper und lächelt mich an. Dann küsst er meinen Hals, mein Schlüsselbein und lässt seine Lippen sanft über meine Brüste gleiten. Meine Hände greifen nach seinem Nacken. Auch durch den Stoff seiner Hose spüre ich, wie sehr er mich will, aber irgendwas ist heute anders. Ich versuche, mich ihm und dem Gefühl in meinem Unterleib hinzugeben, versuche mich wie immer fallen zu lassen ... aber es will mir nicht gelingen. Dabei macht er alles richtig, ich muss nur den Knopf in meinem Kopf finden, die Gedanken ausschalten, mich auf das Kribbeln einlassen ... Das Kribbeln! Das ist es. Es ist nicht da.

Oliver zieht seine Hose aus, streichelt meine Beine und beobachtet mich dabei genau. Ich kann ihm nicht sagen, was los ist, ich kann ihm das nicht antun. Ich weiß doch selber nicht, was los ist. Oliver schiebt sich langsam zwischen meine Beine, und ich spüre seinen heißen Atem auf meiner Haut, höre sein Stöhnen an meinem Ohr und würde mich ihm so gerne hingeben. So gerne. Plötzlich flackert ein anderes Gesicht vor meinem geistigen Auge auf. Kurz schüttele ich den Kopf.

»Alles okay?«

Oliver sieht mich an, und ich nicke, nicht in der Lage zu sprechen, meine Kehle ist trocken, mein Herz beginnt zu rasen. Ich schließe die Augen, und da ist es wieder. Sofort reagiert mein Körper darauf, das Flügelschlagen einer ganzen Käfer- und Schmetterlingsarmee überfällt mich wie aus einem Hinterhalt. Der Gedanke an Tristans markantes Gesicht, seine Nähe, seine Berührungen – all das überrollt mich und nimmt Besitz von meinen Gedanken. Ich liebe Oliver, und mir beim Sex vorzustellen, er wäre ein anderer Mann, ist noch schlimmer, als ihn wirklich zu hintergehen. Aber es passiert in meinem Kopf, und jedes Mal, wenn die Gesichter verschwimmen, ertappe ich mich dabei, es ein bisschen mehr zu genießen. Dann fühlen sich seine Berührungen schöner und intensiver an. Was ich hier tue, ist schrecklich falsch und gemein, aber es fühlt sich so gut an. So gut. Zu gut. Meine Gedanken machen sich selbstständig, und wieder sehe ich Tristans Blick auf mir ruhen, als ich für ihn in den Weinbergen gestrippt habe. Dieses Leuchten in seinen Augen. Wie er meinen Körper betrachtet hat, als ich vom Sommergewitter gänzlich durchnässt in einer fast durchsichtigen Bluse vor ihm gestanden habe. Ich erinnere mich daran, wie sein Körper in dem überfüllten Club an mich gepresst wurde und Stellen berührt hat, die jetzt förmlich zu brennen beginnen. Meine Hände wandern über seinen Rücken, ziehen ihn an mich, tiefer, schneller, und als ich sein Stöhnen an meinem Ohr höre, lasse auch ich los und muss mir dabei fast auf die Zunge beißen, um nicht ... Tristan!

Wir brauchen beide einen kurzen Moment, um wieder zu Atem zu kommen. Langsam öffne ich meine Augen und sehe in Olivers Gesicht, das ganz nah an meinem liegt. Er schenkt mir ein entspanntes Lächeln und küsst meine Lippen. Wie konnte ich ihm das antun? Was habe ich da nur getan?

Er streichelt sanft meine Wange.

»Das war besser als mein Fallrückzieher im Spiel.«

Ich spüre, wie mir Tränen in die Augen steigen, und versuche, den bitteren Geschmack in meinem Mund zu ignorieren.

»Du warst phantastisch!«

Er zieht mich in eine feste Umarmung. Ich habe Angst zu sprechen, weil ich sonst sofort zu weinen anfange. Wie konnte das nur passieren? Er streichelt meinen Rücken und küsst meinen Hals.

»Das wäre jetzt der Moment, um auch ein kleines Lob für mich auszusprechen.«

Ich nicke und reiße mich zusammen.

»Du warst ...

Wieder sehe ich Tristans Gesicht kurz aufflackern.

»... unglaublich.«

»Danke.«

Dann schließt er die Augen, und ich wische mir schnell eine Träne aus dem Augenwinkel. Ganz große Klasse, Layla, da kannst du so richtig stolz auf dich sein! Wenn ich könnte, dann würde ich mich ohrfeigen. Ich spüre Olivers Körper so nah an meinem, spüre seinen Atem an meiner Schulter und sollte eigentlich auf Wolke 7 schweben. Stattdessen würde ich am liebsten heulen. Wie konnte ich das nur zulassen?

Es ist kurz nach 21 Uhr, als ich mich aus dem Schlafzimmer auf den Balkon stehle, meinen Laptop in der Hand. Tristan wartet seit einer Stunde am *Palast* auf mich, und ich hatte keine Möglichkeit, ihm Bescheid zu geben, dass ich leider doch nicht kommen kann. Ich fühle mich unendlich mies. Mit einer Aktion habe ich gleich zwei Männer verletzt, und vermutlich wissen beide nicht einmal, wie weh ich mir selbst dabei getan habe. Während Oliver mir, nachdem wir miteinander geschlafen haben, liebevolle Dinge ins Ohr flüsterte, brauchte ich alle Kraft, um den Kloß in meinem Hals wieder hinunterzuschlucken.

Erst jetzt, hier an der frischen Luft, kann ich wieder richtig atmen. Mein Kopf will platzen, mein Herz zieht sich bedrohlich eng zusammen. Ich muss versuchen, Tristan eine Nachricht zu schicken, damit er nicht denkt, er wäre mir egal. Gerne würde ich mich anziehen und versuchen, ihn noch zu finden, aber das sollte ich jetzt wirklich nicht. Ich sollte bei Oliver bleiben. Ich muss bei Oliver bleiben, sonst ...

Die ersten Tränen rollen über meine Wangen, und ich tippe, mit zitternden Händen, eine kurze E-Mail an Tristan, in der ich um Entschuldigung bitte. Ich sei verhindert, und wir würden das Treffen und die Übergabe der T-Shirts mit absoluter Sicherheit nachholen. Bald. Ich atme tief durch.

Ich habe ihn innerhalb von zwei Tagen zweimal einfach stehen lassen, habe so getan, als sei er mir nicht wichtig und als könne ich einfach so auf ihn verzichten. Er muss denken, dass ich ein ziemlich fieses Spiel mit ihm spiele. Und wahrscheinlich hat er damit sogar recht. Was mache ich hier? Wie lange soll ich mir noch einreden, dass das mit der Freundschaft zwischen uns klappt? An seinen guten Freund denkt man nicht, wenn man gerade mit seinem festen Freund schläft.

So erbärmlich habe ich mich schon lange nicht mehr gefühlt, und ich bin wütend, weil ich wie ein dummes Schulmädchen vor mich hin heule und eigentlich kein Recht habe, mich so zu fühlen. Ich bin die Böse. Ich hintergehe und verletze. Ich sollte zu Oliver gehen und ihm alles sagen. Dann kann er sich entscheiden, ob er mich überhaupt noch will oder nicht. Und so wische ich mir die dummen Tränen von der Wange, stelle den Laptop zurück und … sehe Oliver gänzlich angezogen im Flur nach dem Haustürschlüssel suchen. Was?

»Du gehst noch mal raus?«

»Ja, Holger hat gefragt, ob wir unseren Sieg nicht feiern wollen. Nur ein Bier und eine Currywurst.«

Ohne mich? Holger ist immerhin auch mein Freund, mehr oder weniger, und wir sind schon öfter zusammen ausgegangen. Warum will Oliver mich nicht dabeihaben?

»Das klingt lustig. Wo trefft ihr euch denn?«

Ich gehe zu ihm und gebe ihm eine Chance, mich doch noch zu fragen, ob ich mitkommen will.

»Wir treffen uns in der Stadt und sehen dann weiter.«

Er lächelt, wie nur ein Mann nach dem Sex lächelt. Ich weiß, er lächelt so wegen mir, und will jetzt nicht streiten – und eigentlich auch keine Currywurst.

»Schön. Viel Spaß und grüß Holger von mir.«

»Mach ich.«

Jetzt küsst mich Oliver auf die Lippen, so wie er mich immer nach dem Sex küsst, schnappt seinen Geldbeutel und verlässt die Wohnung mit einer Selbstverständlichkeit, die mich ein wenig erschreckt. Oder verunsichert? Er ist verschwunden, und ich scheine in seiner Planung für den Abend wieder keine Rolle gespielt zu haben. Also zumindest für den Teil, der jetzt noch kommt. Wir haben Zeit miteinander verbracht, intimer als sonst – und jetzt widmet er seine Freizeit wieder den Freunden. Sicher, er will auch mit ihnen Zeit verbringen, aber jetzt bin ich enttäuscht.

Und beunruhigt.

Weil sich sofort dieser bohrende Gedanke in meinem Kopf breitmachen will. Noch kämpfe ich tapfer dagegen an und entscheide mich zuerst für eine Dusche, weil ich da am besten nachdenken kann. Außerdem: Ich habe Tristan für heute bereits abgesagt – und das war das Richtige. Absolut. Bloß warum spüre ich dann plötzlich so etwas wie Hoffnung? Der bohrende Gedanke fühlt sich, wenn ich ehrlich bin, eigentlich auch ganz gut an. Wie können sich Gefühle in meinen Kopf verirren? Sie haben da nichts zu suchen, verdammt noch mal! Nein, da sind Gedanken, und die müssen klar und deutlich sein. Da ist kein Platz für verrückte Gefühle, die so tun, als wären sie Gedanken, und die wahrscheinlich mein Herz und mein Bauch produzieren, wie eine Mendel'sche Kreuzung.

Zu allem Überfluss wird es unter der Dusche auch noch eher schlimmer als besser. Ich spüle die Spuren, die Oliver auf mir hinterlassen hat, weg, und schon drängen sich mehr und mehr Gedanken in Richtung Tristan. Ob er wohl noch am Palast ist? Ob er sich freuen würde, mich zu sehen? Ich würde mich freuen. Aber ich sollte nicht gehen. Das macht alles nur schlimmer. Wieso habe ich ihn so nahe kommen lassen? Bis in mein Bett? Und wieso ziehe ich nicht einfach jetzt und hier sofort konsequent die Notbremse? Ich könnte ihn aus meiner Freundesliste bei Facebook löschen und ab sofort andere Fahrradkuriere beauftragen. Ich müsste ihn nicht grüßen, wenn ich ihn sehe. Ich müsste ihn gar nicht mehr sehen, und wenn doch, dann müsste ich mir nur wieder Olivers Lächeln vor Augen führen – und das hübsche Gesicht von Helen. Nein, noch besser, Tristans Gefühle für sie. Er hat auf die Frage, ob er sie liebt, ohne zu zögern mit Ja geantwortet. Er liebt sie. Das darf ich nicht immer wieder so schnell vergessen – oder verdrängen.

Trotzdem will ich Tristan nicht verlieren.

Wenn ich das wirklich will, muss ich mir aber zunächst einmal eines eingestehen: Das in dem Pool-Traum war und ist Tristan, und ich fühle mich zu ihm hingezogen. Punkt. Auch heute, als ich mit Oliver geschlafen habe, da war es Tristan. Er hat sich einfach in mein Unterbewusstsein eingeschlichen – und in mein Herz. Da brauche ich mir nichts vormachen. Ich habe all das zugelassen. Es wird also schwer, einfach nur mit ihm befreundet zu sein. Er könnte mir weiterhin einen Lieblingsmoment nach dem anderen schenken und mich dadurch immer weiter an sich binden. Denn das macht er, wenn ich es mir genau überlege. Er wickelt mich um den Finger. Ziemlich gekonnt sogar. Er hat sich bei mir so viel … Mühe gegeben, ohne sich etwas von mir zu erwarten. Er hat mir seine volle Aufmerksamkeit geschenkt, sich um mich gekümmert. Er war ehrlich, charmant – und sexy. So verhält man sich nicht, zumindest nicht einer Frau gegenüber, die vergeben ist – noch dazu, wenn man selbst vergeben ist. Dann benimmt man sich nicht so, wie Tristan es getan hat. Er legt es darauf an, dass man sich in ihn verliebt, und er muss damit aufhören, wenn wir befreundet bleiben sollen. Genau das werde ich ihm genau so sagen. Oder so ähnlich.

Meine verwirrten Gefühle und Gedanken scheinen eine Allianz einzugehen und bilden eine kleine Opposition der Wut gegen Tristan. Jawohl, ich riskiere meine ganze Beziehung, meine potenzielle Zukunft und mindestens zwei gebrochene Herzen, weil er sich so benimmt – und ich nicht widerstehen kann. Aber das wird sich ab jetzt ändern. Ich werde mich zusammenreißen und ihm sagen, er soll dasselbe tun, wenn er mit mir befreundet bleiben möchte. Er soll mich wie ein Freund behandeln und mich nicht einfach so ... schamlos verführen.

Ich stelle das Wasser ab, trockne mich ab und ziehe mich an. Jetzt bin ich bereit. Ich verlasse meine Wohnung und marschiere in Richtung *Palast der Republik*.

Der Palast

Schon von Weitem sehe ich die Menge, die sich um das ehemalige Klohäuschen, das jetzt Kulttreff der Stuttgarter Genießer ist, versammelt hat. Bei dem Wetter treffen sich manchmal an die hundert Leute hier draußen, trinken ihr Bierchen auf dem Boden oder an einem der wenigen Tische. Ich begrüße einige alte Bekannte mit einem kurzen Kopfnicken. Wenn man öfter hier ist – und früher war ich oft hier –, lernt man die Leute schnell kennen. Zuerst sitzt man nur durch Zufall an einem Abend nebeneinander, beim nächsten Mal nickt man sich dann schon zu, und irgendwann führt man angetrunkene Gespräche bei einem Bier. Zur Palast-Familie gehört man schnell, wenn man im Sommer die Nächte auf dem Boden um das kleine Klohäuschen verbringt, Kippen und Geschichten teilt. Gibt es wirklich Menschen in Stuttgart, die noch nie hier waren? Kaum vorstellbar. Das wäre eine Lücke in der Allgemeinbildung. Viele Beziehungen haben hier ihren Anfang genommen. Ein schüchternes Lächeln, ein leises Gespräch, und Jahre später kehrt man als verheiratetes Paar hierher zurück, um auf die gelungene Beziehung anzustoßen. Vermutlich sind aber auch viele Beziehungen genau hier mit einem lautstarken Streit beendet worden. Mal sehen, was der Abend für mich heute bereithält. Ich muss schauen, ob ich Tristan finde. Wieso ich glaube, er würde sich noch immer hier tummeln und nicht schon seit Stunden wütend zu Hause

Nadeln in eine Voodoo-Puppe mit meinem Namen stechen, weiß ich nicht genau. Vielleicht schätze ich Tristan einfach so ein.

Und dann sehe ich ihn. Er sitzt etwas abseits, hat eine Bierflasche in der Hand und scheint keine große Lust auf den Trubel hier zu haben. Er sitzt einfach so da und starrt vor sich hin. Meine Wut bekommt einen gehörigen Dämpfer. Fast verliere ich den Mut und will ihn gar nicht mehr stören. Vielleicht ist er noch zu sauer … Nein, ich bin sauer! Warum noch mal? Ach ja, er setzt unsere Freundschaft aufs Spiel, weil er so verführerisch ist. Oder? Ja. Und sein Anblick in genau diesem Augenblick bestätigt das nur. Am liebsten würde ich ihn nämlich umarmen. Aber das wird nicht geschehen.

Mit festen Schritten gehe ich auf ihn zu und stelle mich direkt vor ihn. Er sieht zu mir hoch, aber weder seine Augen noch sein Gesichtsausdruck zeigen Freude, mich zu sehen. Er wirkt irgendwie matt.

»Hallo. Du bist spät dran.«

»Hi, Tristan.«

Zuerst will ich mich entschuldigen, weil es ein bisschen unverschämt ist, wie ich ihn habe warten lassen, bevor ich ihm abgesagt habe, nur um jetzt doch hier aufzutauchen, aber ich darf mein eigentliches Ziel nicht aus den Augen verlieren. Ich muss ihm sagen, er soll sich nur noch wie ein ganz normaler Freund verhalten und sich weder in meine Träume noch in mein Herz schleichen, wann immer es ihm gerade passt. Ich beginne mit der Kurzfassung.

»Das kann so nicht weitergehen.«

Er nickt und nimmt einen Schluck Bier. Neben ihm liegt, sauber zusammengelegt, meine Bluse. Ich habe sein T-Shirt in der Aufregung natürlich vergessen.

»Ich weiß.«

Er stellt das Bier neben sich und reicht mir, wortlos, die Bluse.

»Danke.«

»Gerne.«

»Ich habe dein T-Shirt zu Hause ...«

»Ist egal. Du kannst es behalten.«

Ich bin überrascht, wie cool und sicher er wirkt, während sich in mir bei der bloßen Vorstellung, es könnte sich um einen Abschied handeln, ein Tornado an Gefühlen breitmachen will. Habe ich ihn doch falsch eingeschätzt? War das alles nur eine Masche? Ist er gar nicht an einer Freundschaft interessiert? Wollte er nur ...

»Tristan, ich habe eine Frage.«

Er sieht mich wieder an, sein Blick ist unberührt. Ich sehe keinerlei Reaktion oder gar Emotion, was mich nun doch wieder wütender macht. Es ist ihm egal. Ich bin ihm egal.

»Hast du je daran geglaubt, dass wir beide Freunde sein können?«

»Ja.«

Er sieht mir direkt in die Augen, und ich glaube ihm. In meinem Bauch kämpfen einige mutige Käfer vorsichtig gegen die Wut an.

»Und glaubst du das immer noch?«

Er wendet den Blick kurz von mir ab und ist wieder ganz gefasst, fast kühl.

»Nein.«

Was soll das nun wieder bedeuten?

»Bist du sauer, dass ich dich heute versetzt habe? Und gestern aus dem Bus gestürmt bin, ohne mich zu verabschieden? Olivers Eltern waren zu Besuch und ich ...«

»Nein. Das geht schon in Ordnung.«

Er nimmt einen Schluck aus seiner Bierflasche, sieht

mich aber immer noch nicht an. Ich stehe da und will jetzt endlich Antworten. Wenn wir das Spiel noch länger spielen, werde ich nicht nur mein Herz, sondern auch meinen Verstand verlieren. Also nehme ich meinen ganzen Mut zusammen und wage es.

»Sag mir, wie unsere Geschichte ausgeht.«

Und dann ist da plötzlich ein leichtes Lächeln, während er aufsteht. Aber so schnell, wie es gekommen ist, verschwindet es auch wieder. Was ihn an der Frage so amüsiert, verstehe ich nicht. Mir ist nicht zum Lachen zumute, während ich auf seine Antwort warte. Er sieht zu mir herunter und zieht die Augenbrauen leicht zusammen.

»Das weiß ich nicht.«

Das habe ich befürchtet und auch geahnt. Er hat auch keine Antwort.

»Und jetzt?«

»Ich weiß nur, dass das, was wir tun, nicht gut ist.«

Ich widerspreche nicht und nicke nur, weil es vernünftig klingt und er ohne Zweifel recht hat.

»Du hast Oliver, und das soll auch so sein. Ich bin da nur im Weg.«

»Moment, ich habe Oliver, aber du hast Helen. Tu nicht so, als ob nur ich hier einen Partner habe.«

Beinahe hätte ich »betrüge« gesagt.

»Das tue ich nicht.«

»So klingt es aber.«

»Ja. Was ich eigentlich sagen möchte: Falls ich da irgendwie dazwischengeraten bin, dann tut mir das sehr leid.«

»Nein, das bist du nicht.«

Doch, genau das ist er. Und ich habe es zugelassen, habe es gewollt. Auch wenn er es vielleicht gar nicht wissen kann, hat er doch einen ziemlich großen Platz in meinem Leben eingenommen und dadurch zwangsläufig auch in meiner Beziehung mit Oliver. Ob ich auch in seine Beziehung hineingeschlittert bin, weiß ich nicht, weil er nie darüber spricht. Helen wird nur dann erwähnt, wenn ich explizit nach ihr frage.

Aber ich darf hier und jetzt mein eigentliches Ziel nicht aus den Augen verlieren: Ich will genau diese Grenzen wieder an die richtigen Stellen ziehen.

»Und ich glaube, ich weiß, wie wir wirklich einfach Freunde sein können. Also, wenn du das noch willst.«

Er nickt.

»Wie?«

Dieses Gespräch habe ich mir ganz anders vorgestellt. Ich weiß plötzlich nicht mehr, was ich antworten soll. Auf einmal klingen die Worte, die ich mir während des ganzen Weges hierher zurechtgelegt habe, einfach falsch. Er wickelt mich nicht absichtlich um den Finger. Und von der Wut ist auch nichts mehr übrig. Jetzt will ich ihm eigentlich nur noch sagen, dass ich wohl oder übel drauf und dran bin, mich in ihn zu verlieben, und dass ich wohl auch schon die erste Bergetappe hinter mir habe. Ja, ein kleines bisschen habe ich mich schon in ihn verliebt – und auch in das Gefühl, das er mir gibt, wenn wir zusammen sind. So schrecklich das klingen mag, es kommt der Wahrheit am nächsten. Aber ich weiß selbst, dass das hier gerade der schlechteste Zeitpunkt für diese Beichte wäre. Also lasse ich es und bleibe still.

Er nimmt seine Jacke und lächelt mich traurig an

»Ich will dir weder im Weg stehen, noch will ich irgendwas kaputt machen. Ich würde wirklich gerne bleiben dürfen, aber ich ...«

»Du warst das im Pool.«

Ich sage es einfach, weil er sonst geht. Er sieht mich überrascht an, scheint nicht zu verstehen, was ich ihm nicht einmal übel nehmen kann. Ich würde mich ja selber nicht verstehen, wenn ich nicht genau wüsste, von was ich rede. Was genau ich damit sagen will, weiß ich allerdings auch noch nicht. Ich weiß nur: Ich kann ihn nicht verlieren.

»In meinem Traum. Ich habe von dir geträumt ... im Pool. Der Unbekannte.«

Erst jetzt scheint er zu verstehen, die Erinnerung an das Spiel auf dem Dach seines Busses in den Weinbergen scheint wieder greifbar.

»Oh.«

Ich spüre, wie ich rot werde. Für gewöhnlich stehe ich selten vor den Männern, die sich heimlich in meine sexuellen Phantasien verirren. Er scheint so was auch nicht öfter zu hören, denn ich erlebe Tristan zum ersten Mal ein wenig verlegen. Und plötzlich scheint mir die Beichte keine so gute Idee mehr, denn er macht einen weiteren kleinen Schritt von mir weg.

»Ich weiß nicht, was ...«

Er kann jetzt nicht gehen. Ich muss irgendetwas sagen, das die Situation auflockert.

»Ja ja, ich weiß, du hörst das bestimmt ständig.«

»Nein. Eigentlich nicht.«

Er steht einfach nur da und sieht mich an. Sprachlos.

»Das ist nicht gut, oder?«

Er schüttelt den Kopf. Ich nicke – und weiß nicht, was ich jetzt noch sagen oder tun kann, damit er nicht geht. Vielleicht ...

»Es ist nur der Grund, warum ich ... mich ... etwas eigenartig verhalten habe. Ich musste das auch erst verdauen. Und das habe ich. Wirklich. Und ich habe nichts gesagt, weil es mir ziemlich peinlich ist. So unter Freunden. Aber jetzt ist wieder alles in Ordnung. Der Pool gehört der Vergangenheit an. Schnee von gestern. Ich bin bereit für eine Freundschaft.«

Tristan scheint mir noch nicht so ganz zu glauben, was ich ihm nicht verübeln kann. Aber wenigstens zögert er und geht nicht. Ich will diese Freundschaft mit ihm, weil ich ihn lieber als Freund in meinem Leben habe als gar nicht.

»Und ich bin heute zu spät dran, weil ich noch mit Oliver ... zusammen war. Du bist also nirgendwo dazwischengeraten. Okay?«

So ist es, wenn man jemanden zu sehr mag, viel zu sehr, um ehrlich zu sein.

Tristan sieht mich erleichtert an – was dazu führt, dass sich mein Herz auf die Größe einer Erbse zusammenziehen will. Und plötzlich ist sie wieder da, die Wut, aber ich weiß nicht, gegen wen ich sie richten soll. Ich bin wütend auf mich selbst, das ist in diesem Fall durchaus gerechtfertigt. Ich habe ihn angelogen, damit er bleibt. Aber ich bin auch wütend auf die Welt, weil ich Tristan so gernhabe und ihn nicht aufgeben will, obwohl ich weiß, dass wenn ich ihn nicht aufgebe, Herzen gebrochen werden. Auch wenn ich manchmal mit Oliver und seinen Einstellungen nicht einverstanden bin, will ich ihm nicht wehtun.

Tristan streckt mir seine Hand entgegen, die ich verdattern annehme.

»Nur Freunde.«

»Nur Freunde.«

Er zieht mich plötzlich zu sich und umarmt mich. Freundschaftlich. Ich genieße die überraschende Berührung und halte mich einen Moment zu lang an ihm fest. Ich mag es, wie er sich anfühlt und wie er riecht. Wir halten uns. Inzwischen eindeutig zu lange. Keiner lässt los. Ich drehe mein Gesicht zu ihm, und meine Lippen berühren fast seinen Hals. Meine Atmung beschleunigt sich, und sein

Körper spannt sich an. Sein Mund ist nur wenige Millimeter von meinem Ohr entfernt.

»Ich will das nicht. Ich meine, ich will nichts kaputtmachen bei dir und Oliver ...«

»Du machst nichts kaputt.«

»Doch.«

»Nein.«

Es ärgert mich, dass er sich da so sicher ist. Es klingt so selbstverständlich, so als würde er jede Woche Herzen erobern und sie dann fallen lassen.

Er löst sich aus der Umarmung.

»Wieso lügst du mich dann an?«

Er bringt wieder etwas mehr Abstand zwischen unsere Körper, schiebt die Hände in die Hosentaschen und sieht dabei so entspannt aus, was mich nur noch wütender werden lässt.

»Ich lüge dich nicht an. Oliver und ich haben vor nicht einmal einer Stunde miteinander geschlafen. Und es war sehr schön.«

Wieso ich ihn schon wieder anlüge, weiß ich nicht. Ich verwandele mich in eine bockige Variante meiner selbst. Das erschreckt mich, aber ich weiß nicht, was ich sonst sagen soll. Dass ich dabei an ihn gedacht habe? Wohl kaum.

»Sehr schön?«

»Ja.«

»Ist das so?«

»Ja, so ist das!«

Er steht dicht vor mir, sieht auf mich herab, und ich verstehe nicht, wieso wir uns jetzt in dieser Situation schon wieder viel zu nahe gekommen sind.

»Oliver und ich hatten sehr schönen ... nein, phantastischen Sex.«

Seine Augen werden schmaler.

»Phantastisch gleich?«

»Ja.«

»Heute?«

»Ja, heute. Wie gesagt: vor nicht einmal einer Stunde.«

»Und deshalb bist du zu spät gekommen.«

»Ja, verdammt noch mal!«

Ist Tristan plötzlich schwer von Begriff?

»Und du hast dabei nicht an mich gedacht?«

Was? Ach, daher weht der Wind! Der Typ ist aber mächtig von sich überzeugt.

»Nein!«

»Keinen Augenblick?«

Schlimmer noch: Er kennt mich jetzt schon viel zu gut. Verdammt! Aber die Blöße will ich mir nicht geben.

»Nein! Keinen Augenblick!«

Schon wieder lüge ich ihn an, dabei würde ich ihm die Wahrheit so gerne ins Gesicht schreien, wenn ich nur den Mut dazu hätte.

»Warum glaube ich dir das nicht?«

»Keine Ahnung! Ich habe nichts Falsches getan!«

»Wieso schreist du mich dann an?«

»Ich schreie dich nicht an!«

Spätestens jetzt schreie ich ihn aber an. Er nickt und will schon wieder gehen, aber ich halte seine Hand fest, und er hält inne.

»Ich will dich nicht anschreien, aber ich halte das alles nicht mehr aus. Ja, ja verdammt, ich habe an dich gedacht. Und das ist falsch! Ich tue Oliver weh, und du tust Helen weh, und dazwischen tun wir uns auch noch gegenseitig weh.«

»Es geht hier aber weder um Helen noch um Oliver. Es tut mir leid, wenn das alles beschissen ist, aber ich frage mich auch nur, was du willst.«

Was ich will? Welch gute Frage um diese Uhrzeit nach dem ganzen Drama. Ich habe keine Antwort, weil ich nicht weiß, auf welche Stimme in meinem Inneren ich hören soll. Und meinen Gedanken und Gefühlen kann ich heute Abend sowieso nicht trauen.

»Woher zum Henker soll ich wissen, was ich will? Du tauchst aus dem Nichts auf, du bist so anders als Oliver, du bist so ...«

»So ... was?«

Ich schließe die Lücke zwischen uns und fahre mit meiner Hand über seine Wange, während ich ihm tief in die Augen sehe. Es ist vielleicht meine letzte Chance heute Abend, ehrlich zu ihm zu sein.

»So echt. Alles an dir ist so wunderbar und so verdammt unwiderstehlich. Du bist mitfühlend und lustig, und du beschützt mich. Du schenkst mir besondere Momente und lässt mich mit ihnen nicht alleine. Du bist immer ganz da. Du bist immer ganz bei mir. Das meine ich so.«

Ich halte sein Gesicht in meinen Händen. Ich schreie nicht, ich spreche ganz leise und stehe so nah am Abgrund, das merke ich. Meine Fußspitzen hängen schon über der Tiefe. Er atmet aus und schließt die Augen. Seine Arme legen sich um meine Hüften, und er nimmt mich ganz fest in den Arm. Mein Gesicht liegt an seinem Hals, ich schließe die Augen. So umarmt man nur wirklich besondere Menschen.

»Du musst aufhören, dich in meine Träume zu schleichen. Bitte. Du bist mir so wichtig, und ich möchte, dass wir Freunde sind. Ich möchte dich nicht verlieren. Verstehst du das?«

Er nickt, das spüre ich.

Jetzt kommt der härteste Teil: das einzig Vernünftige.

»Aber wir können nicht zusammen sein. Ich kann das

Oliver nicht antun, und ich kenne Helen nicht, aber ich denke, ich mag sie. Ich möchte niemandem wehtun.«

»Das will ich auch nicht.«

Er küsst meine Wange und lässt mich los. Sofort spüre ich die Kälte zwischen uns. Das fühlt sich alles viel zu sehr nach Abschied an, und ich versuche, das ungute Gefühl zu unterdrücken, zur Seite zu schieben, nur weg damit. Freunde sein – das heißt nicht Abschied nehmen. Aber so recht kann ich mich davon nicht überzeugen.

»Wir sehen uns.«

Ich nicke, will nicht weinen, weil es albern wäre und gar nicht zu mir und dieser Situation passt. Das ist die richtige Entscheidung. Er geht, sein Bier in der Hand, die Straße entlang, und ich stehe hier, halte meine Bluse in der Hand und sehe ihm nach. Ich bewege mich nicht, will gar nicht weinen, tue es aber irgendwie trotzdem. Das ist die richtige und einzige Entscheidung, die ich treffen kann. Wenn es einen guten Platz für so eine Entscheidung gibt, dann ist es der *Palast*.

Aufbruch

Oliver ist noch nicht zurück, aber ich bleibe wach und warte. Ich verbanne sein T-Shirt in das hinterste Eck meines Schrankes, weil es mich zu sehr an ihn erinnert und das auch immer tun wird. Dann checke ich Facebook und entscheide mich, einige der möglichen Features für Tristan zu sperren. Er kann zwar nach wie vor mit mir kommunizieren, aber ich sperre einige Fotoalben, vor allem diejenigen, die mir wichtig sind, und er kann nicht mehr sehen, wann und ob ich online bin. Ich lösche alle seine E-Mails, nicht weil ich sie nicht schön fand, sondern weil ich Gefahr laufe, mich schon beim wiederholten Lesen erneut in ihn zu verlieben. Das lasse ich jetzt nicht mehr zu. Es war eine schöne kurze Episode. Ich habe es genossen, ein bisschen mit dem Feuer zu spielen, eine Art Sommerflirt, aber jetzt und hier ist Schluss damit. Er soll ein Freund werden, und daran wird jetzt gearbeitet.

Ich warte im Wohnzimmer. Es ist weit nach ein Uhr, als Oliver zur Tür hereinkommt. Er scheint überrascht, dass ich noch wach bin, und kommt lächelnd zu mir.

»Holger lässt dich grüßen.«

»Wieso hast du mich nicht mitgenommen?«

In den letzten Stunden habe ich mir Gedanken um Tristan gemacht, und als ich die dann ad acta gelegt habe, ist mir klar geworden, dass er vielleicht gar nicht das Problem ist. Oliver und ich führen eine Beziehung, und etwas scheint nicht mehr zu stimmen, sonst würde ich mich nicht so fühlen. So alleine. Ich muss mit Oliver reden.

»Ich dachte, das würde dich langweilen.«

Das klingt plausibel, macht aber dennoch nur wenig Sinn, wenn man bedenkt, dass Holger nun mal unser Freund ist. Wir haben schon Silvester zusammen gefeiert, er hat gesehen, wie ich mich übergeben habe, ich habe ihn beim Sex mit seiner damaligen Freundin überrascht. Sicher, er ist bei Weitem enger mit Oliver befreundet, aber wir haben nie starke Grenzen in unserem Freundeskreis gezogen. Wieso hat er also damit angefangen? Ich kann es nicht verstehen und will es jetzt wissen.

»Wir unternehmen kaum noch etwas zusammen, ist dir das aufgefallen? Ich habe das Gefühl, du willst mich nicht mehr dabeihaben.«

»Was soll das, Layla?«

»Ist das so?«

»Was soll so sein?«

Ich sehe ihn genau an, beobachte jede Reaktion, sehe, wie er vor mir steht und mir mit jeder ausweichenden Antwort etwas fremder wird.

»Willst du mich nicht mehr dabeihaben? Willst du mich überhaupt noch hierhaben?«

Er schüttelt den Kopf, als wäre das nur Unsinn, als hätte ich keinen Grund und kein Recht, so zu fühlen, wie ich fühle. Aber niemand kann einem anderen Menschen vorschreiben, was er fühlen darf und was nicht. Ich kann das im Moment sehr wohl beurteilen. Ich habe mich vor ein paar Stunden für ihn und gegen Tristan entschieden, und ich brauche nur eine winzige Reaktion, um zu wissen, dass ich das Richtige getan habe. Mehr will ich nicht, mehr verlange ich nicht. Kann das wirklich zu viel sein?

»Layla, kriegst du deine Tage?«

»Nein. Ich will es nur wissen, Oliver.«

»Natürlich will ich dich hierhaben.«

»Aber wir machen nichts mehr zusammen.«

»Himmel Herrgott, Layla, wir haben heute miteinander geschlafen.«

Er kommt auf mich zu, wirft den Haustürschlüssel achtlos auf den Tisch und kniet sich vor mich hin.

»Wie kommst du nur darauf, dass ich dich nicht hierhaben will?«

Weil er mir in den letzten Wochen kein einziges Mal das Gefühl gegeben hat, mich zu brauchen, zu vermissen oder zu lieben. Aber ich sollte mir die Antwort auf diese Frage genau überlegen. Wie viel von meinen ganzen Zweifeln hängen mit Tristan zusammen? Fast alle, würde ich mal spontan behaupten. Es gibt nichts, was mich vorher groß an Oliver gestört hat. Sicher, die kleinen Marotten oder seine nervigen Eigenschaften, ja. Aber es ist Oli, und ich liebe ihn. Bevor ich Tristan kennengelernt habe, war mir Oliver doch auch genug.

»Ich sehe dich kaum noch.«

»Layla, wir zwei sind schon ewig zusammen. Der Stress im Büro und die Reisen, und dann eben dein Job mit seinen eigenartigen Arbeitszeiten. Das lässt wenig gemeinsame Zeit zu.«

Ich schlinge meine Arme um ihn und halte ihn fest. Vermutlich überfordere ich ihn maßlos, aber ich kann nicht anders. Ich halte ihn fest und spüre so langsam wieder das Gefühl von Wärme. Oliver zu umarmen, ihn fest an mich zu drücken, fühlt sich nicht mehr falsch oder merkwürdig an. Es fühlt sich richtig an.

»Ich habe dich einfach vermisst.«

Er nimmt mich fester in den Arm, und ich fühle mich wieder wie zu Hause.

»Ich dich auch. Wollen wir nächste Woche zusammen wegfahren? Nur wir beide. Was hältst du davon?«

Olivers Stimme ist ein Flüstern an meinem Ohr, und ich möchte ihn nie wieder loslassen. Ich nicke wie wild und küsse sein Gesicht. Genau das brauchen wir. Zeit für uns beide. Niemand, der uns dazwischenfunkt, kein Tristan, kein Internet, kein Facebook und keine Weinberge.

»Okay, ich fasse das als ein Ja auf. Ich frage meine Eltern, ob wir das Wohnmobil bekommen, und dann verschwinden wir einfach.«

»Nach Malcesine?«

»Du willst nach Italien? Das ist ... Ich dachte eher an den Bodensee.«

Ich will mit ihm eigentlich ans andere Ende der Welt, aber der Bodensee ist ein Anfang.

»Oli.«

»Hm?«

»Ich liebe dich.«

Er sieht mich an, streicht mir eine Haarsträhne aus dem Gesicht und küsst sanft meine Lippen.

Tristan meldet sich nicht. Ich melde mich auch nicht bei ihm. Ich meide seine Facebook-Seite und vor allem seine Fotoalben wie eine Katze das Wasser. Ich zähle die Tage bis zu unserem kleinen Kurzurlaub an den Bodensee, erzähle Beccie nur, dass wir unsere Beziehung etwas aufpeppen wollen, und verheimliche jedes Detail über Tristan und mich in den Weinbergen. Ich versuche so angestrengt, nicht mehr über ihn oder diesen Abend nachzudenken, dass ich eine ernsthafte Falte zwischen meinen Augenbrauen bekomme. Ich gebe mir sogar Mühe, für Oliver zu kochen, damit wir das Abendessen zusammen genießen können. Es gibt eine Pasta nach der anderen, zu mehr fühle ich mich nicht in der

Lage. Nach drei Abenden bestellen wir allerdings beim Chinesen, weil niemand diese Pasta-Diät durchhält.

Ich checke meine E-Mails, aber ich bekomme nur die üblichen Nachrichten von Kollegen, von Beccie und von Veranstaltern. Tristan scheint um Facebook einen ebenso großen Bogen zu machen wie ich. Nur sehr selten verirre ich mich doch auf seine Pinnwand und bemerke keine Veränderung. Nichts. Sein Freund Björn postet am Donnerstag ein vereinsamtes Fragezeichen, und danach passiert nichts mehr. Auf meiner Seite sammeln sich Kommentare, Videolinks und manche Bilder, die Freunde mir posten. Aber seine Seite vegetiert einsam und verlassen vor sich hin.

Am Freitagabend habe ich alles gepackt und bin bereit für ein kleines Abenteuer am wunderschönen Bodensee. Wir haben Pläne, haben Ideen und beschließen, uns von nichts und niemandem den Spaß verderben zu lassen. Ich lasse mein Handy ausgeschaltet und habe die letzten zwei Tage sogar meine Bauch-Beine-Po-Gymnastik gemacht, um im Bikini keine allzu verzweifelte Figur zu machen.

Zum Abschied hinterlasse ich eine kurze Statusmeldung bei Facebook. Ich will den Rest der virtuellen Welt wissen lassen, dass es in meinem Leben auch noch so was wie Spontaneität gibt. Wir verziehen uns zu einem kleinen Liebesurlaub.

Layla Desio vor wenigen Sekunden
packt ihren Freund und ist dann mal weg. Tschüss, Welt!

Damit verabschieden wir uns und düsen mit dem Wohnmobil auf der A 81 Richtung Singen. Bei Radolfzell kommen wir an den schönen Bodensee. Auch wenn er nicht der Gardasee oder das Meer ist, überrascht mich sein Anblick immer wieder aufs Neue. Wenn ich es nicht besser wüsste, könnte ich meinen, wir seien in einem anderen Land. Wasser so weit das Auge reicht … Ich schlage vor, einen Abstecher in die Schweiz zu machen, aber Oliver weist mich darauf hin, dass die Schweiz nicht zur EU gehört und damit »Ausland« sei. Er hat keine Lust auf Grenzkontrollen und Geldwechsel, dabei würde ich sehr gerne bei Schaffhausen den sehenswerten Rheinfall bewundern oder die schönen Fachwerkhäuser in Stein am Rhein fotografieren. Aber auch dieses malerische Städtchen liegt auf schweizerischem Gebiet. Wir entscheiden uns schließlich dazu, weiter auf der deutschen Seite bis nach Konstanz zu fahren. Unterwegs sehen wir die Insel Reichenau mit dem bekannten Kloster, das als ein Zentrum mittelalterlicher Buchkunst sogar auf der UNESCO-Liste des Welterbes verzeichnet ist. Diesmal zwinge ich Oliver zu einem Zwischenstopp, denn ganz ohne fotografische Dokumentation unseres Trips möchte ich nicht nach Hause zurückkehren. Ich schieße ein Foto nach dem anderen, während Oliver mir dabei zusieht. In Konstanz angekommen sind wir beide dann erst mal geschlaucht und froh, am Campingplatz unsere Ruhe zu haben und baden zu gehen.

Das Wetter spielt mit, die Launen spielen mit, das Wasser fühlt sich wirklich fast schon an wie am Mittelmeer, und alles in allem passiert genau das, was ich mir erhofft habe: Wir verbringen Zeit zusammen. Oliver ist gut gelaunt und versucht sich jetzt sogar als Hobbyfotograf. Mit seiner kleinen Digitalkamera knipst er am Strand des Bodensees so ziemlich alles, was ihm vor die Linse kommt. Immer wieder fragt er mich liebevoll nach Tipps, und endlich habe ich das Gefühl, er nimmt mich, mein Talent und meinen Beruf ernst.

Am nächsten Tag gehen wir Hand in Hand am See spazieren, kaufen uns gegenseitig die Lieblingseissorte, schreiben Postkarten und tun so, als wären wir ganz weit weg, auch wenn wir in knapp zwei Stunden schon wieder in der geliebten Heimat wären. Es ist egal, wie viele Kilometer wir zwischen uns und den Alltag gepackt haben, es fühlt sich an, als wären wir in einer anderen Welt. Ich vermisse meinen Laptop nicht. Ich lebe gänzlich ohne Facebook und damit auch ohne Tristan. Sein Name und sein Gesicht huschen nur wenige Mal durch mein Gehirn, aber mehr auch nicht. Ich schlafe nachts mit und neben Oliver und weiß genau, hier gehöre ich hin. Diesmal funkt uns niemand dazwischen, und ich klammere mich an die Hoffnung, das erreicht zu haben, was ich will. Eine Pause von den Gefühlen, vom Chaos und allem anderen. Oliver genießt diesen Kurztrip mehr, als ich angenommen hatte. Er scheint wieder etwas mehr vom Leben zu sehen als seine Kollegen und die Arbeit – nämlich mich. Uns.

Wir wachen zusammen auf, verbringen die Tage zusammen und küssen uns wie Teenager bei untergehender Sonne. Wir machen alberne Fotos und probieren jede Sonnenbrille am Einkaufsstand auf, die uns bekloppt aussehen lässt. So könnte ich ewig leben. So sollte es sein, für immer. Aber viel zu schnell ist die Woche schon zur Hälfte wieder um.

Während wir Hand in Hand durch die Straßen bummeln, überlegen wir, ob wir vielleicht doch noch woanders hinfahren sollen. Ich bin der Meinung, »nur« auf der deutschen Seite des Bodensees zu bleiben, gibt uns nicht wirklich das Gefühl, im Urlaub gewesen zu sein. Wir sollten zumindest bis ans Südufer des Bodensees fahren – bis nach Österreich. Das ist auch noch EU und somit nur noch fast »Ausland«. Oliver murmelt etwas vor sich hin, stimmt mir dann aber nach etwas Bettelei zu.

»Und wohin soll es gehen?«

Ich bleibe vor einem Plakat am Straßenrand stehen.

»Bregenz.«

Oliver folgt meinem Blick und zuckt mit den Schultern.

»Bregenz? Klingt nicht übel.«

Dann fällt sein Blick auf das Plakat, das meine Aufmerksamkeit auf sich gezogen hat.

»Och nee. Willst du auf dieses Musikfestival? Schatz, um schnöden Pop zu hören, fährt man doch nicht nach Bregenz. Das ist doch so, als würdest du in Paris nicht zum Eiffelturm, sondern nur an die Seine gehen.«

Auf dem Plakat wird tatsächlich ein recht kleines Musikfestival angepriesen, das am Freitag in Österreich stattfindet. Ich lese mir schnell die angekündigten Acts auf dem Plakat durch, einige klingen interessant, andere weniger. Dann erkenne ich einen Namen wieder, und mein Herz macht einen kleinen Hüpfer.

»O doch, lass uns bitte auf dieses Festival gehen. Thomas spielt auch!«

Oliver sieht mich ahnungslos an, aber das darf man bei ihm nicht persönlich nehmen. Er neigt dazu, Namen nicht immer sofort mit Personen, Gesichtern oder Ereignissen in Verbindung zu bringen. Ganz anders als ich. Wenn eine bestimmte Person an einem bestimmten Moment in meinem Leben teilgenommen hat, dann vergesse ich sie so schnell nicht wieder.

»Erinnerst du dich nicht? Thomas Pegram? Er hatte einen Auftritt in Stuttgart, und wir waren zusammen dort. Ich hatte Freikarten, und er hat uns sogar ein Lied gewidmet.«

Oliver scheint nachzudenken. Als ob uns ständig Musiker Lieder bei einem Konzert widmen würden. Wenn ich mich richtig erinnere – und das tue ich –, war es bisher genau einer: besagter Thomas Pegram. Durch Zufall habe ich ihn bei einem Song Slam in Stuttgart kennengelernt und mich für seinen Song »Nicht ohne mich« so begeistert, dass wir uns nach seinem Auftritt noch unterhalten haben. Einige Wochen später habe ich Oliver zu einem Konzert mitgenommen. Erinnert er sich wirklich nicht mehr?

»Wir haben uns danach auch noch mit ihm unterhalten.«

Tatsächlich sind wir nach der Unterhaltung noch mit ihm in einen anderen Club weitergezogen und haben eine nette Zeit mit ihm verbracht. Wir haben ihn beide in unserer Facebook-Freundesliste, aber Oliver steht entweder auf dem Schlauch oder der Tag hatte für ihn nicht die gleiche Bedeutung wie für mich.

»Du mochtest seine Version von *Man in the Mirror* so sehr.«

Und dann erinnert er sich doch. Ein Lächeln legt sich auf sein Gesicht, er nickt begeistert.

»Ja, klar, ich erinnere mich. Okay. Lass uns nach Bregenz fahren. Wir müssen ja daheim nicht erzählen, wieso.«

Oliver küsst mich spontan auf die Lippen und zieht mich an sich. Einen solchen Gefühlsausbruch habe ich mir schon so lange mal wieder gewünscht, und zwar nicht nur daheim in unserer Wohnung, sondern auch hier, in der Öffentlichkeit. Die Leute sollen ruhig sehen, wie sehr er mich liebt, auch wenn er es nicht oft sagt.

Weil ich Thomas Bescheid geben möchte, dass wir in Bregenz sein werden und uns gerne mit ihm treffen wollen, logge ich mich in einem Internetcafé bei Facebook ein und schreibe ihm eine kurze Nachricht. Natürlich werfe ich dabei auch einen kurzen Blick auf meine Pinnwand. Beccie wünscht uns viel Spaß, einige Freunde laden mich zu Events ein, ein alter Schulfreund hat Geburtstag, sonst alles wie immer. Keine Nachricht von Tristan. Obwohl es befreiend wirken sollte, macht es mich vielleicht ein ganz kleines bisschen traurig. Was ich nicht zugeben werde.

Wieso auch? Dann klappt das mit der Freundschaft einfach doch nicht. Vielleicht ist es auch besser so. Den leichten ziehenden Schmerz in der Herzgegend ignoriere ich und sehe, dass Thomas meine Nachricht bekommen und sie auch gleich beantwortet hat. Er ist begeistert, dass wir ihn besuchen wollen, und verspricht, Tickets zu organisieren. Er lässt sie an der Abendkasse hinterlegen und würde sich freuen, wenn wir uns nach dem Gig noch auf ein Bierchen treffen würden. Oliver nimmt meinen Ausflug zu Facebook als Entschuldigung, seine E-Mails zu checken und mit einem sehr netten österreichischen Kollegen zu schreiben, den wir vor dem Konzert noch kurz zum Essen treffen könnten. Thomas spielt erst gegen 21 Uhr. Obwohl ich von dieser Idee wenig begeistert bin, bleibe ich einmal mehr stumm. Wir wollten doch die Arbeit und den Alltag daheim lassen. Aber vielleicht wird ja alles ganz nett und unterhaltsam.

Wir entscheiden uns dafür, Konstanz zu verlassen und die Fahrt bis nach Bregenz in kleine Etappen zu unterteilen. Nichts ist schlimmer als ein gestresster Oliver hinter dem Steuer, so viel kann ich bestätigen. Weil es hier am Bodensee so anders als in Stuttgart ist – es gibt so viel mehr Platz und Natur –, zieht es uns schon nach wenigen Kilometern auf die Insel Mainau, wo ich mich vor Motiven kaum retten kann. Noch lächelt Oliver, während ich Blumen, Häuser, Ufergegenden und Spaziergänger fotografiere, die im perfekten Licht gerade danach schreien, fotografiert zu werden. Doch ich kenne meinen Freund und bemerke schon bald die leichte Veränderung in seinem Blick. Er ist genervt. Und das nach bereits fünfzehn Minuten!

»Willst du die Fotos mal sehen?«

Ein Friedensangebot. Ich will seine Meinung hören, obwohl mir bewusst ist, dass er die meisten der Fotos aus reiner Gewohnheit in der Luft zerreißen könnte, weil sie nie gut genug für ihn sind. Er stellt sehr hohe Ansprüche an sich und den Rest der Welt.

»Sicher.«

Wir setzen uns auf die Sonnenterrasse des Restaurants mit Seeblick. Kurze Zeit später nippt Oliver an seinem Radler und schaut auf den Monitor meiner Kamera, die ich voller Stolz in seine Richtung halte. Er nickt, trinkt weiter.

»Das hier kann ich mir gut in Schwarz-Weiß vorstellen, gerahmt, in einer Galerie.«

Ich scherze nur, um seine für den schönen Tag viel zu düstere Miene etwas aufzuhellen.

»Was sagst du dazu?«

»Nett.«

Nett? Nett ist wie ein Todesstoß in meine Seele. Nett ist weder gut noch schlecht. Nett ist egal.

»Gefallen sie dir nicht?«

Ich wünsche mir jetzt eine ernsthafte Meinung, von mir aus auch einen Verriss. Ich möchte einfach nur, dass er sich ehrlich und ernsthaft damit befasst. Aber das Glück werde ich heute nicht haben, das sehe ich. Er setzt sich die Sonnenbrille wieder auf die Nase.

»Wenn wir am Samstag zu diesem dämlichen Konzert wollen, sollten wir langsam weiter. Oder musst du noch ein paar Gänseblümchen knipsen?«

Ich sehe ihn verletzt an, erkenne aber nur mein Spiegelbild in seiner verspiegelten Pilotenbrille.

»Das ist unfair.«

Er hält kurz inne und streicht dann eine Strähne aus meinem Gesicht.

»Ja. Tut mir leid, Schatz. Mir ist einfach nur heiß, und ich muss raus aus der Sonne. Nicht böse sein.«

Er küsst meine Wange, ich verzeihe ihm. Ich will doch auch keinen Streit. Als er dann auch noch den Arm um mich legt und wir verliebt zurückschlendern, ist ohnehin nichts wichtiger als wir zwei – und dieser Moment. Vielleicht sind Blumenmotive einfach nicht geeignet, um ihn zu beeindrucken.

Es gibt nichts Romantischeres als einen Road Trip mit dem Freund. Die richtige Musik im Radio, die schöne Landschaft, die an einem vorbeizieht, und das Lächeln auf dem Gesicht, wenn Oliver meine Hand in seine nimmt. Einfach so, weil ihm danach ist. Als wir das Ortsschild von Sipplingen am nördlichen Ostufer des Bodensees passieren, dreht er sich zu mir und grinst.

»Weißt du, wenn du daheim die Klospülung drückst, dann geht hier alles drunter und drüber.«

Ich kann ihm kaum folgen, nicke etwas verwirrt. So viel also zur Romantik.

»Sipplingen ist nämlich das Zentrum der Bodensee-Wasserversorgung für den Großraum Stuttgart. Auch das Wasser für deine überlangen Duschen kommt von hier. Krass, oder?«

Beeindruckend. Mein Freund kennt sich also mit Wasserleitungen und deren Ursprung bestens aus. Da erst fällt mir die kleine Spitze auf, die in der kurzen Erklärung versteckt war.

»Findest du wirklich, dass ich zu lange dusche?«

»Manchmal. Vor allem, wenn ich gleichzeitig aufs Klo muss und immer nur das Wasser rauschen höre.«

Wirklich ein Romantiker.

Nachdem wir Überlingen hinter uns gelassen haben, kommen wir nach Nußdorf, wo Oliver eine kleine Pause einlegen will, um etwas zu trinken. Wir laufen Hand in

Hand durch das Städtle und fahren dann weiter bis zur wunderschönen Wallfahrtskirche Birnau. Sobald ich sie erblicke, lässt mich mein erster Reflex nach meiner Kamera greifen.

»Nein, Layla. Nicht schon wieder. Wir sind im Urlaub.«

Genau! Und ich bin von der Schönheit der Kirche im warmen Licht dieses sommerlichen Abends total gefesselt. Mein Herz beginnt, schneller zu schlagen, und ich wünschte, wir könnten ewig hierbleiben. Ich muss den Moment einfach für die Nachwelt festhalten.

»Sieh dir dieses Prachtstück doch nur mal an. Sie ist wunderschön.«

»Es ist eine Kirche, Layla. Die sehen alle irgendwie gleich aus.«

»Quatsch!«

Ich führe die Kamera zu meinem Auge, stelle Belichtungszeit, Blende und Fokus ein. Als ich abdrücken will, legt sich Olivers Hand über das Objektiv.

»Du knipst nicht nur betrunkene Teens, sondern auch jeden anderen Quatsch, oder? Es ist nur eine Kirche, Layla. Komm wieder runter.«

»Es ist eine Wallfahrtskirche.«

Und ich knipse nicht. Vor allem keinen Quatsch.

»Dann eben eine Wallfahrtskirche. Ich will eine Pizza. Komm schon, du kannst andere Kirchen knipsen.«

»Fotografieren.«

»Layla.«

Ich will mich wirklich nicht streiten, aber ich habe so langsam die Schnauze voll. Das Licht und der Bildausschnitt waren perfekt für eine Aufnahme, die wirklich beeindruckend hätte werden können.

»Wir sind hier wegen uns, und nicht wegen Kirchen oder sonstigem Unsinn. Okay?«

Wieder will ich ihm widersprechen, aber stattdessen fahren wir schweigend weiter nach Uhldingen-Mühlhofen und suchen dort einen netten Italiener. Wir essen draußen unsere Pizza und reden über harmlose Dinge: über Geld, Fußball und den Bodensee. Nach dem zweiten Glas Rotwein sprechen wir dann über uns. Wir wärmen alte Geschichten auf – Geschichten und Anekdoten von damals, auch die, wie unsere Freunde uns verkuppeln wollten, weil wir ihrer Meinung nach perfekt füreinander waren. Und es noch immer sind. Ich sehe ihn an und frage mich, ob wir wirklich noch immer perfekt füreinander sind. Der Urlaub ist wunderschön, aber wie geht es weiter, wenn wir zurück in Stuttgart sind? Wird jeder wieder in seinen Alltagstrott verfallen? Wird jeder wieder für sich alleine leben? Das war es nämlich, was wir in den letzten Monaten getan haben. Wir haben zwei parallele Leben geführt. Nicht ein gemeinsames. Die Erkenntnis schmerzt.

»Ich vermisse dich manchmal.«

Oliver schaut überrascht von seiner Pizza auf.

»Aber wir sehen uns doch jeden Tag.«

Ich spüre, wie mir plötzlich die Tränen in die Augen steigen.

»Aber nicht richtig.«

»Was ist los?«

Die halbe Flasche Rotwein zeigt ihre Wirkung.

»Du bist da, aber irgendwie auch nicht. Es ist alles so selbstverständlich.«

»Aber das ist doch schön.«

Er versteht mich nicht.

»Ich habe manchmal das Gefühl ...«

Plötzlich läuft mir eine Träne über die Wange.

»Layla, warum weinst du?«

Er sieht mich besorgt an, beugt sich zu mir, nimmt mein

Gesicht in seine Hand und streicht mir sanft mit dem Daumen die Träne von der Wange.

»Manchmal habe ich einfach das Gefühl ...«

Ich weiß nicht, was ich sagen soll. Es ist nicht nur ein Gefühl. Es sind Tausende.

»Sag mir bitte, was los ist.«

»... dass ich in deinem Leben nur noch eine Statistenrolle spiele. Irgendwo am Rand. Im Schatten.«

Er sieht mir tief in die Augen und streichelt mir weiterhin sanft über die Wange.

»Layla. Du spielst eine sehr große Rolle in meinem Leben, die Hauptrolle.«

Ich atme tief durch und lehne mein Gesicht leicht in seine Handfläche.

»Danke.«

»Immer.«

»Ich liebe dich.«

Er lächelt, beugt sich weit über den Tisch und küsst mich.

»Versprichst du mir etwas?«

»Was?«

»Du musst mir immer sagen, wenn dir etwas auf dem Herzen liegt. Nicht lange nachdenken und grübeln, einfach sagen. Ich bin manchmal ... schwer von Begriff. Ich weiß. Deswegen musst du mir so was immer sagen. Bitte.«

»Gut.«

»Versprochen?«

»Versprochen.«

Wir essen zu Ende und unterhalten uns wieder über unverfänglichere Themen. Oliver gibt vor dem Kellner etwas mit seinem mangelhaften Italienisch an, als er versucht, ein Gespräch mit ihm zu führen. Das tut er oft, um mich zu beeindrucken, da bin ich mir sicher. Als er damals erfahren hat, dass mein Vater aus Italien stammt, hat er wichtige Vokabeln auf Italienisch gelernt, um mein Herz zu erobern. Auch wenn viele seiner Sätze damals wenig Sinn gemacht haben, fand ich es wunderschön. Die Erinnerung an damals weckt auch das Gefühl von damals in mir. Oliver hat recht. Ich muss mehr mit ihm sprechen, ehrlich sein und sagen, was ich fühle, wenn ich es fühle. Ich beobachte das Gespräch interessiert, und er strahlt über das ganze Gesicht, als ich ihm beeindruckt zunicke. Eigentlich ist es mit Oliver wunderschön und herrlich einfach. Ich weiß, was er gerne hört, er weiß, was ich nicht mag. Wenn wir streiten, dann eher in der Fliegengewichtsklasse, ganz selten im Mittelgewicht, aber niemals im Schwergewicht. Und auch das Gespräch eben war wichtig. Und gut. Wir sind wirklich ein schönes Paar. Das fällt mir wieder auf, als der Kellner ein Foto von uns macht (zum Glück bittet Oliver ihn diesmal auf Deutsch!) und uns Komplimente macht. Ja, wir sind ein hübsches Paar, und nachdem ich Oliver dazu überreden kann, beim Trinkgeld nicht wie ein typischer Schwabe zu denken, nennt mich der charmante Kellner auch noch »Bella«. Ja, ich würde sagen, dieser Urlaub tut uns gut.

In der Nacht liegen wir lange wach und reden miteinander, zumindest dann, wenn wir uns gerade nicht wie Teenager küssen. Es ist wundervoll, und ich schlafe irgendwann, als draußen schon die Vögel zu singen beginnen, in seinen Armen ein. So richtig in seinen Armen, wie in den ganzen Serien, die wir Frauen über alles lieben. Wie in einem guten Liebesroman. Nicht wie im echten Leben. Es ist wie ein Traum.

Als ich am nächsten Morgen bei der Abfahrt die Pfahlbauten bei Unteruhldingen erwähne und in meiner Tasche krame, ahnt Oliver sofort, dass ich eigentlich nur wieder den Fotoapparat in die Hand nehmen will. Und so unrecht hat er dabei gar nicht. Gleich werde ich von ihm daran erinnert, dass auch er seine Arbeit daheim gelassen hat. Wir hatten uns in Stuttgart darauf geeinigt, dies als Urlaub zu sehen. Wenn es nach Oliver geht, hätte ich meine Kamera gar nicht erst mitnehmen dürfen. Ich gelobe Besserung und lasse meine Kamera in der Tasche, während er den Triumph auskostet und grinsend behauptet, er würde ohnehin die besseren Schnappschüsse machen. Ich weiß, er will mich nur aufziehen, und lächle deshalb freundlich mit, ziehe aber gleichzeitig meine Kamera aus der Tasche. Wir werden ja sehen, wer hier die besseren Schnappschüsse macht. Ich werde mir diese prähistorische Siedlung nicht durch die Finger gleiten lassen und bei diesem schönem Licht ein paar großartige Fotos machen.

»Du willst mich also zu einem Duell herausfordern?«

»Nein, das will ich nicht.«

»Aber du kannst nicht einfach behaupten, die besseren Schnappschüsse zu machen, und dann kneifen.«

»Das kann ich sehr wohl. Du siehst mir gerade dabei zu.«

Er grinst breit, und ich spüre Enttäuschung und eine Prise Wut in mir aufkeimen. Draußen sehe ich das Schild, das zu den Pfahlbauten führt, an mir vorbeisausen.

»Oli, wir können doch nur kurz…«

»Nein. Ich will jetzt nicht anhalten, ich will heute noch in Friedrichshafen ankommen.«

Er klingt plötzlich genervt, das Grinsen ist aus dem Gesicht verschwunden.

»Aber.«

»Layla, wir kommen sonst zu spät.«

»Fünf Minuten.«

»Können wir nicht einfach mal nur von A nach B fahren? Ohne Umwege und Zwischenstopps?«

»Na gut. Wenn es dir so wichtig ist.«

»Ist es. Danke.«

»Bitte.«

Mit etwas Magenschmerzen schaue ich zu, wie wir Meersburg und die älteste bewohnte Burg Deutschlands aus dem 7. Jahrhundert hinter uns lassen, und fühle mich um ein weiteres wunderbares Motiv betrogen.

»Hast du nicht gewusst, dass hier im 19. Jahrhundert die Dichterin Annette von Droste-Hülshoff einen Teil ihrer letzten Lebensjahre verbracht hat? Sie ist auch hier gestorben.«

»Ach ja? Was willst du denn mit dieser alten Dichterin? Du bist jung und wirst noch genug andere Motive knipsen dürfen.«

»Joa.«

Aber überzeugt bin ich nicht. Ich fühle mich wie in einer Zwangsjacke, während das nächste potenziell perfekte Motiv einfach an mir vorbeizieht. Ich schmolle, was Oliver nicht auffällt.

»Im Ernst, wen willst du denn mit deinen Fotos von alten Burgen und Kirchen beeindrucken?«

Ich weiß nicht sofort, was ich darauf antworten soll. Deshalb gebe ich Oliver die Antwort, die er hören will.

»Kunden.«

»Party-Veranstalter?«

Er scheint wirklich verwirrt.

»Nein. Ich dachte mir, vielleicht könnte ich auch mal wieder etwas andere Fotografie betreiben. Wie früher. Und inzwischen kenne ich auch ein paar Leute, die ...«

»Darüber haben wir doch gesprochen. Du schreibst erst seit zwei Jahren schwarze Zahlen. Alles andere ist ein Hobby, da waren wir uns doch einig.«

Er war sich einig.

»Es geht doch nicht immer nur um das Geld, Oli.«

»Ich weiß, ich weiß, die Kunst.«

Er verdreht die Augen und lacht kurz auf.

»Hör auf damit.«

Ich werde etwas lauter. Oliver nimmt die Sonnenbrille ab.

»Ich meine doch nur ...«

»Ich weiß, was du meinst.«

Ich stopfe alle Objektive in meine Kameratasche und hebe die Hände, als würde ich mich ergeben.

»Siehst du, ich fasse sie nicht mehr an. Du hast gewonnen. Die Knipserei hat ein Ende. Ich gebe mein blödes Hobby für diesen Urlaub auf.«

Ich bin ehrlich wütend und denke, dieser Streit wird nicht mehr in der Fliegengewichtsklasse beendet. Aber Oliver schüttelt den Kopf.

»Süße, so war das doch gar nicht gemeint. Wirklich. Es tut mir leid. Ich liebe deine Bilder. Ich dachte nur, du solltest auch mal abschalten. Und wenn du immer an diese Fotos denkst, dann ist das doch auch Arbeit. Du sollst dich erholen. Du hast frei! Wir fahren hier gemeinsam um den wunderschönen Bodensee. Wie oft kommt das schon vor? Bitte. Genieße den Augenblick. Schau dich um. Ohne Kamera im Anschlag.«

Habe ich ihn etwa die ganze Zeit falsch verstanden? Geht es ihm gar nicht darum, mir die Unsinnigkeit meines Jobs vor Augen zu führen? Macht er sich vielleicht Sorgen um mein Stress-Level?

»Du willst, dass ich entspanne?«

»Ja.«

»Und du liebst meine Bilder?«

»Ja.«

Ich küsse ihn spontan und spüre das Lächeln auf seinen Lippen.
»Ich liebe dich, Oli.«
Sein Lächeln wird größer, als er meinen Kuss erwidert.

*Selbst-
erkenntnis*

Von Meersburg aus geht es dann weiter nach Friedrichshafen, wo wir eine kurze, wunderschöne Nacht in unserem Wohnmobil verbringen. Ganz ohne Kamera. Dafür mit viel nackter Haut. Am nächsten Vormittag kommen wir durch Lindau und an die österreichische Grenze – schon sind wir in einem weiteren Ländle: Vorarlberg.

Österreich fühlt sich direkt anders an. Das Urlaubsgefühl verstärkt sich, als wir uns in der Nähe von Bregenz einen netten Campingplatz suchen. Die Menschen hier wirken entspannt, sprechen einen angenehmen Dialekt mit Anklängen ans Schwäbische. Sie geben einem das Gefühl, willkommen zu sein. Auch Oliver kann sich dem Charme der Gegend nicht entziehen. Er will nur mal kurz seinen Kollegen Sandro anrufen und alles klären, ich könnte mich inzwischen ja entspannen. Das tue ich, während ich den Campingplatz inspiziere und mich wie in einem Heimatfilm fühle. Deswegen liebe ich mein Leben. Von Stuttgart aus ist man doch mit Leichtigkeit am Bodensee, wo so viele wunderbare Schätze auf einen warten und man beinahe das Gefühl bekommt, am Meer zu sein. Und nur einige Stationen später ist man schon im wunderbaren Österreich. Was will man mehr?

Ja, was? Ich schaue mich um und genieße den Ausblick, kann aber auch das Gefühl nach noch mehr Freiheit und Weite nicht unterdrücken. Der Bodensee fühlt sich inzwischen fast wie ein zweites Zuhause an, so oft waren wir schon hier. Alles scheint mir seltsam vertraut. Alles ist wie immer. Wie es wohl wäre, wenn ich plötzlich nicht hier, sondern am anderen Ende der Welt stünde? Ich bleibe stehen, schließe die Augen und stelle mir vor, jetzt irgendwo in Indien zu sein ... Irgendwo im buntesten Treiben der Welt, mit tausend neuen Farben und fremden Gerüchen. Sofort habe ich das Bedürfnis, nach meiner Kamera zu greifen. Ich muss lächeln. Lust hätte ich schon darauf, einmal wo ganz anders zu sein, ganz andere Dinge zu sehen, eine völlig neue Welt kennenzulernen, aber Oliver würde bei dem Gedanken an eine Weltreise wahrscheinlich einen Schreikrampf bekommen. Egal. Heute bin ich in Österreich, in Bregenz, und heute Abend gibt es erst mal richtig gute Musik. Darauf freue ich mich enorm. Vielleicht tanzt Oliver nach ein paar Bierchen sogar mit mir.

Aber Olivers Kollege Sandro scheint gänzlich andere Pläne für den Abend zu haben. Er hat offenbar großen Hunger, denn er hat einen Tisch in einem Restaurant reserviert, bei dem man mindestens vier Gänge bestellen und vertilgen muss. Er will über alte Zeiten plaudern und hält von Musikfestivals so viel wie der durchschnittliche Mann von Kastration. Zumindest klingt das, worauf Oliver am Telefon antwortet, stark danach. Er, der sich mit mir auf das Konzert und ein Treffen mit Thomas gefreut hat, wird ihm sicher gleich klarmachen, dass der Abend nach dem Essen bereits verplant ist.

»Sandro, warte kurz.«

Oliver dreht sich zu mir.

»Wir können doch auch ein anderes Mal auf ein Konzert, oder?«

Weil wir auch so oft zusammen auf Konzerte gehen. Ich scheine nicht nur über italienische, sondern auch über bulgarische Verwandte zu verfügen, nur so kann ich mir mein Nicken und meine innere Verneinung erklären. Oliver sieht mich überrascht an.

»Super. Sandro hat schon einen Tisch für uns reserviert.«

»Und Thomas hat Tickets zurücklegen lassen.«

»Aber ich habe Sandro ewig nicht gesehen, und das Restaurant klingt wirklich ... erstklassig.«

»Weißt du, was erstklassig klingt? Die Musik von Thomas Pegram.«

»Schatz, dann geh du doch auf das Konzert, und ich gehe mit Sandro essen. Wir treffen uns danach einfach am Campingplatz. Was meinst du?«

Was ich meine? Ich meine, dass er unseren Plan ruiniert, hier zusammen Zeit zu verbringen. Ich meine, dass er sich wie ein Idiot benimmt und mich hier einfach so stehen lässt. *Das* meine ich. Es ist fast so, als hätte unser Gespräch beim Italiener nie stattgefunden.

Aber ich nicke wieder nur und beschließe, mir den Abend nicht kaputt machen zu lassen. Wenn er nicht mit mir gute Musik hören will, dann ist das seine Entscheidung.

»Danke.«

Oliver wirft mir einen Luftkuss zu und wendet sich wieder dem Telefon zu.

»Gern geschehen.«

Ich hole die Karten also alleine ab. Dabei ertappe ich mich dabei, wie ich dem freundlichen Herrn an der Abendkasse eine rührselige Geschichte über die plötzliche Erkrankung meines Partners erzähle, die erklären soll, wieso ich nur eine Karte abhole. Dabei müsste ich das gar nicht, aber es ist mir wichtig, dass der Mann mit dem typischen vorarlbergischen Akzent nicht denkt, Oliver hätte mich einfach so für einen Kollegen alleine gelassen. Obwohl er das hat.

Ich hole mir erst mal ein Bier, bin fast schon erleichtert über die spärliche Beleuchtung und suche mir dann einen Platz in der Nähe der Bühne. Die Stimmung ist gut. Zwar kenne ich die drei Musiker auf der Bühne nicht, aber sie spielen beschwingte Gitarrenmusik, die in die Beine geht. Ich wippe mit, schaue mich um und ärgere mich, meine Kamera nicht bei mir zu haben. Nur Olivers kleine Digicam. Ich wollte eigentlich meine Kamera einpacken, aber Oliver war der festen Überzeugung, sie wäre zu unhandlich und vermutlich sogar verboten. Also haben wir einen friedlichen Kompromiss geschlossen und uns für seine kleine Digitalkamera entschieden. Die wird mir keine Kunstwerke schenken, ist aber besser als gar nichts. Schließlich heißt es ja immer: Ein wahrer Meister seiner Kunst kann auch mit zweitklassiger Ausstattung Großes schaffen. Ohne die Möglichkeit, den Fokus oder die Belichtungszeit selber einzustellen, entscheide ich mich deswegen für den künstlerischen Weg: unorthodoxe Einstellungen und Blickwinkel auf die Bühne.

Ich klicke mich lächelnd durch meine Fotos und bin mit ihnen sogar recht zufrieden. Dann kommen einige Bilder, die Oliver gemacht hat: ein Schiff, ein paar kleine Boote, eine Familie, eine junge Frau am Strand, zwei junge Frauen, die Beachball spielen, eine junge Frau im Wasser, ein Pärchen beim Schwimmen, eine Frau auf einer der schwimmenden Holzinseln im Wasser. Ich spüre, wie meine Haut brennt. Zuerst im Gesicht, so als hätte ich einen leichten Sonnenbrand, dann auch an den Händen. Ich klicke mich tapfer weiter durch eine Galerie voller hübscher und junger Frauen in Badebekleidung. Dazwischen finde ich nur ein einziges Foto von mir, während ich schlafe, mit seinem Sonnenhut auf dem Kopf. Ich formuliere es einmal vorsichtig: Besonders vorteilhaft ist es nicht. Weder für meinen offenen

Mund noch für mein Doppelkinn, das mir vor diesem Foto noch nie so drastisch aufgefallen ist.

»Hey! Da bist du ja!«

Ich zucke zusammen und blicke schnell auf. Ein junger Mann tritt neben mich und grinst mich an. Natürlich erkenne ich ihn sofort, selbst wenn unser letztes Treffen einige Jahre zurückliegt. Dank Facebook und seiner zahlreichen YouTube-Musikvideos, die er von Zeit zu Zeit hochlädt, erkenne ich ihn sofort wieder. Er nimmt mich fest in den Arm und sieht sich dann suchend um.

»Ist Oli nicht hier?«

»Nein, er ist ...«

... einer äußerst dramatischen Entführung zum Opfer gefallen und wird augenblicklich von einer Spezialeinheit der GSG 9 befreit ...

» ... lieber mit einem Kollegen essen.«

Die Wahrheit klingt wenig spektakulär, aber wieso soll ich immer wieder Ausreden für ihn erfinden. Das habe ich schon bei Tristan getan, wann immer wir über ihn gesprochen haben. Jetzt ist Schluss damit. Aber Thomas scheint das auch nicht groß zu stören.

»Hauptsache, du bist da. Ich muss auch gleich auf die Bühne, wünsch mir Glück!«

Das werde ich, und noch etwas werde ich: diesen Abend genießen. Es ist nicht schlimm, dass Oliver nicht hier ist. Wer so ein Foto von mir macht, hat einen so schönen Abend nicht verdient. Ich kann das Konzert auch für mich alleine genießen.

Während sich die drei Jungs von der Bühne verabschieden und Thomas angesagt wird, schreien einige Mädchen neben mir begeistert auf. Aha, er hat sich also eine ernst zu nehmende Fanbase aufgebaut. Das freut mich.

Die nächste Dreiviertelstunde, die Thomas auf der Bühne mit seiner Gitarre die Konzertmenge begeistert, schieße ich fleißig Fotos und singe bei den bekannten Liedern lauthals mit. Er ist doch tatsächlich noch besser geworden! Schon nach wenigen Akkorden hat er das Publikum in seinen Bann gezogen – ich schließe mich dabei nicht aus. Seine Stimme ist einfach unglaublich, und seine Lieder berühren mich tief im Herzen. Ich bin einmal mehr begeistert und frage mich, wieso ein solcher Künstler nicht schon längst große Konzerthallen füllt und unzählige Alben verkauft. Wenn ich mir die Zuschauer vor der Bühne anschaue und ihre glücklichen Gesichter fotografiere, bin ich mir allerdings sicher, dass der Durchbruch im Fall von Thomas Pegram nur noch eine Frage der Zeit ist.

Als Nächstes spielt er ein Lied, das ich noch nicht kenne. Ein neues Lied aus seiner Feder, und die Menge lauscht gespannt, saugt jedes Wort auf – so wie ich. Mich trifft der Text in meinem Inneren.

Vollgetankter Wagen,
nach Westen soll es gehen.
Es gibt nichts, was mich hier
am Leben hält.
Hab kein Ziel, weiß nicht, wo
ich heute schlafen werde.
Vor mir schon die Grenze,
die Freiheit ist so nah.
Fernweh.

Volltreffer, Thomas! Ich vergesse zu fotografieren. Fast vergesse ich zu atmen. Fernweh. Ich weiß genau, wovon er singt. Er singt von Australien, von Indien, von Freiheit. Im Refrain stimmen die Menschen um mich herum lautstark ein. Immer wieder bin ich überrascht, wie gut Musik Gefühle ausdrücken kann. Noch überraschender finde ich die

Tatsache, dass Thomas meine Gefühle in Songs verpackt, Gefühle, von denen ich noch gar nicht genau wusste, dass ich sie kenne – dass ich sie habe. Mir hat er mit diesem Auftritt ein Lächeln ins Gesicht gezaubert und ein weiteres Highlight zu meinem Kurzurlaub hinzugefügt.

Als er die Bühne verlässt, will der Applaus einfach nicht mehr abebben. Immerhin scheint er hier eine kleine Berühmtheit zu sein. Ich kann mich also geehrt fühlen, als er nach dem Auftritt in einem frischen T-Shirt wieder neben mir auftaucht und etwas geschlaucht, aber mindestens so glücklich wie die anderen Menschen hier wirkt.

»Das war ... echt spitze!«

Als ob er das nicht schon wüsste. Aber ich habe trotzdem das Gefühl, es ausdrücklich betonen zu müssen. Es scheint ihm auf eine sympathische Art und Weise unangenehm.

»Danke. Ich hatte ja erwartet, dich mit deiner Kamera zu sehen. Also mit der echten.«

Er wirft einen belustigten Blick auf Olivers Digitalkamera.

»Ja, ich auch, aber ...«

durch einen überaus dramatischen Überfall wurde mir meine Spiegelreflexkamera von drei vermummten Männern gestohlen und vermutlich in Rumänien unter Wert verkauft.

» ... Oli meinte, es sei albern und verboten.«

Die Wahrheit kommt mir erstaunlich leicht über die Lippen. Oder liegt das am zweiten Bier, das ich inzwischen leer getrunken habe?

»Albern? Die Kamera ist wie ein Teil von dir, wenn ich mich richtig erinnere. Und die Fotos bei Facebook sprechen ja auch eine sehr deutliche Sprache. Das mit dem Sonnenaufgang habe ich als Hintergrund auf meinem PC. Es ist ... echt spitze.«

Er grinst mich an. Sogar ein alter Bekannter, den ich seit Jahren nicht gesehen habe, sieht meine Leidenschaft mit ganz anderen Augen als mein Freund, der mich meistens mit dem aufzieht, was ich für mein Leben gerne tue. Soll mich diese Tatsache stolz oder traurig machen? Den Gedanken an Olivers Fotos verdränge ich schnell wieder.

»Ich bin doch nur Partyfotografin.«

Genau, Layla, stellen wir das Licht lieber wieder unter den Scheffel, da ist es gut aufgehoben.

Aber während wir uns einen Weg zur Bar erkämpfen, schüttelt Thomas den Kopf.

»Unsinn. Ich erkenne einen Künstler, wenn ich einen sehe.«

Abgesehen von seinem Talent, als Österreicher ein perfekteres Hochdeutsch zu sprechen als ich, überrascht mich die Tatsache, dass er mich *Künstler* genannt hat. Oliver und sein Arbeitskollege erscheinen mir plötzlich unendlich weit weg.

»Danke.«

Wir bestellen noch ein Bier und nutzen die nächste Stunde, um uns wieder auf den aktuellen Stand der Dinge im Leben des anderen zu bringen. Er macht nach wie vor Musik, komponiert ganz fleißig Songs und spielt so viele Gigs, wie er kriegen kann. Ich bewundere seine Ausdauer.

»Ich spiele demnächst übrigens mal wieder in Stuttgart.«

»Ja? Wie schön! Wann?«

»Das ist noch nicht ganz klar. Es ist ein Gefallen für einen alten Freund, also, einen sehr spontanen und etwas chaotischen Freund. Das Wo und das Wann erfahre ich wahrscheinlich genau einen Tag vor dem Auftritt, aber spätestens da hätte ich mich auch wieder bei dir gemeldet.«

»Mach das! Ich könnte deine Lieder immer und immer wieder hören.«

»Danke.«

Er blickt etwas verlegen zur Seite, und sein Blick wandert über das Festivalgelände.

»Es ist so viel passiert, Konzertanfragen, Gigs, Radio ... das ganze Programm. Ich kann es noch gar nicht richtig glauben.«

»Das ist auch höchste Zeit. Das hast du verdient.«

Wieder diese sympathische Art, ein ehrlich gemeintes Kompliment ungerne anzunehmen. Kein Zweifel, er ist auf dem Boden geblieben – und trotzdem würde ich ihn gerne packen und schütteln.

»Im Ernst, Thomas, du hast das Zeug dafür. Du bist so talentiert, und ich habe doch eben gesehen, wie die Leute an deinen Lippen hängen, wenn du singst. Das können nicht viele.«

Während ich spreche und versuche, meine Weisheit zu ihm durchdringen zu lassen, spielt er mit der Digitalkamera, die neben uns auf dem Tisch liegt. Er klickt sich durch einige meiner Fotos von heute Abend und scheint mir gar nicht richtig zuzuhören.

»Weißt du, Layla – das nächste Mal, wenn du so was sagst, solltest du in den Spiegel schauen.«

Er zeigt mir eines der Fotos, das ich heute gemacht habe. Er steht mit seiner Gitarre auf der Bühne, die Augen geschlossen, singt für die Menschen. Im Vordergrund unzählige Handys, die alle das Bild der Bühne im Kleinformat wiedergeben. Dazu summt er den Refrain des Songs, den er heute als letzte Zugabe für die Fans gespielt hat.

»Das ist unfassbar mit einer solchen Kamera. Was ist mit Veröffentlichungen und Ausstellungen? Du musst dir eine goldene Nase verdienen.«

Ich schüttele lächelnd den Kopf und merke, dass meine Wangen heiß werden.

»Ich bin Partyfotografin. Alles andere ist nur ein Hobby.«

»Erzähl das jemandem, der deine Fotos nicht gesehen hat. Aber nicht mir. Und verkaufe dich bloß nicht unter Wert.«

Damit reicht er mir die Kamera zurück und scheint zu wissen, wie sehr er den Kern der Sache getroffen hat. Trotzdem ist er nett genug, den Rest des Abends die Themen Talent, Träume und Erfolge nicht mehr anzusprechen. Wir sprechen viel über Urlaubsziele, Musik, neue Alben, die wir beide gerne mögen. Und sogar über Oliver.

Bevor Thomas mich am Campingplatz absetzt, drückt er mich noch einmal und zwinkert mir zu.

»Denk daran, Künstler erkennen Künstler. Und hier sitzen gerade zwei von der Sorte.«

Damit entlässt er mich in eine schlaflose Nacht. Oliver ist noch nicht zurück. Aber es sind Thomas' Worte, die mir zu denken geben. Kann Oliver deswegen vielleicht nicht sehen, was meine Fotos für mich bedeuten? Wenn dem so ist, dann kann ich Oliver gar keinen Vorwurf machen. Oliver ist so weit davon entfernt, ein Künstler zu sein – so weit, wie Stuttgart von Australien oder Indien entfernt ist.

Als ich Oliver draußen höre, stelle ich mich schlafend und muss mir keine Ausrede für seine verspätete Heimkehr anhören, die er in seinem betrunkenen Zustand von sich geben würde. Gleichzeitig gönne ich mir noch ein paar Stunden mehr Zeit, um mir über den Abend, meine Fotos und die Kunst an sich Gedanken zu machen. Und über seine Fotos. Vor allem über sein Bild von mir. Sieht er mich so? Sehe ich so für ihn aus? Warum zum Teufel ist der dann noch mit mir zusammen?

Ich halte Oliver zugute, dass er mich am nächsten Vormittag mit einem großartigen Frühstück überrascht und damit irgendwie um Verzeihung bittet. Es gibt alles, was mein Herz begehrt. Frischen Kaffee, frisches Brot, Marmelade, gekochte Eier ... Er hat einfach an alles gedacht. Dazu sein unglaublich süßer Blick, als er versucht, seinen Kater zu überspielen. Er ist mit Sandro nach dem Essen noch in eine Bar und dann in einen Club gegangen. Sie haben ein Bier nach dem anderen getrunken und sind dann irgendwann zum Whiskey übergegangen. Als sich die Welt angefangen hat zu drehen, ist Oliver in ein Taxi gestiegen und brav zu mir gefahren. Ich kann es ihm nicht übel nehmen, denn seine Augen leuchten, als er mir von seinem Männerabend in Bregenz erzählt. Immerhin sind wir im Urlaub. Noch. Ich bin geneigt, ihm zu verzeihen.

Auch wenn es schmerzt, dass ich nicht dabei war.

Am Abreisetag würde ich am liebsten heulen, denn ich fürchte: Sobald ich in Stuttgart bin, wird das alles wieder anders.

Gestern haben wir unseren letzten gemeinsamen Tag verbracht. Am See. Oliver hat sich einen ziemlichen Sonnenbrand zugezogen, nachdem er völlig entspannt und etwas übermüdet am Ufer eingeschlafen ist. Ich habe mich heimlich davongestohlen, um ein paar letzte Fotos zu machen, und als ich wieder zurückgekommen bin, lag da ein krebsroter Oliver in der knalligen Sonne. Ich hatte natürlich ein schrecklich schlechtes Gewissen. Ich habe nicht auf ihn aufgepasst.

»Süße, alles okay?«

Er küsst meine Wange und fährt mir durchs Haar. Alltägliche Zärtlichkeiten, die ich zu Hause so sehr vermisst habe. Hier sind sie wieder. Ich muss schmunzeln, denn durch solche Aktionen beantwortet er die Frage selbst.

»Ja, alles okay. Ich würde nur so gerne noch länger bleiben.«

Er setzt sich neben mich und folgt meinem Blick über den ruhigen See, dessen Ende wir von hier aus nicht sehen, nur erahnen können. Irgendwo da hinten ist die Schweiz, aber es könnte auch Indien sein. Oder Brasilien.

»Wir sollten das wirklich öfter machen. Zusammen wegfahren.«

Er nickt und greift nach meiner Hand.

»Das sollten wir wirklich. Aber ich muss nächstes Wochenende erst mal alleine nach Hamburg. Das hast du nicht vergessen, oder?«

Er scheint es in meinem Gesicht zu lesen. Ich habe es vergessen. Das liegt aber nicht nur an mir. Zu Beginn des Monats nennt mir Oliver immer alle kommenden Termine und denkt, ich könnte mir das ohne Probleme oder Zuhilfenahme eines Bleistiftes merken. Damit irrt er nur leider gewaltig. Ich höre mir die Städte und die Daten an, nicke und habe sie schon vergessen. Deswegen erwischt es mich immer so kalt, und ich bin jedes Mal aufs Neue überrascht, wenn Oliver mit völliger Selbstverständlichkeit seinen Koffer packt.

»Du hast es vergessen.«

Er schüttelt amüsiert den Kopf und greift nach meiner Kamera, die neben mir auf dem Klappstuhl liegt. Ich habe noch Abschiedsfotos gemacht, nicht viele, ich wollte nicht, dass es wieder heißt, ich würde im Urlaub nur arbeiten.

»Das nächste Mal schreibe ich es dir auf.«

»Das wäre gut.«

Er lächelt. Das sagt er immer, aber er schreibt es mir nie auf, ich vergesse es, und dann haben wir genau dieses Gespräch in ein paar Wochen wieder. Er sieht durch den Sucher und schwenkt die Kamera in meine Richtung.

»Lächeln!«

Und dann drückt er ab. Ich versuche zu lächeln, bin entspannt und finde, dass ich durch die Sonnenbräune der letzten paar Tage besser aussehe als in der Winterzeit, in der ich mich immer wie eine Packung Frischkäse fühle. Er betrachtet das Ergebnis und dreht mir den Monitor der Kamera zu. Ich sehe mich in die Kamera grinsen, zum Glück ohne Doppelkinn, dafür erreicht das Lächeln auf meinen Lippen meine Augen nicht ganz.

»Na also, du kannst lächeln.«

Ja, das kann ich. Wenn ich will und er mir einen Grund gibt. Ich sehe ihn wieder an, er sieht glücklich aus. Entspannt und unverschämt attraktiv, so braun gebrannt und mit seinem Dreitagebart. Als er meine Hand in seine nimmt, wird es mir warm ums Herz. So soll es immer sein.

»Ich liebe dich, Oli.«

Er beugt sich zu mir, küsst meine Wange, dann meine Lippen und schließlich meine Stirn. Dann steht er auf.

»Das weiß ich doch, Layla.«

Es hallt in meinem Kopf nach. Er weiß es. Natürlich weiß er es, weil er es immer und immer wieder von mir zu hören bekommt. Ich sehe ihm dabei zu, wie er den Klapptisch in das Wohnmobil packt. Heute kommt er mir nicht so leicht davon. Ich will es hören. Jetzt.

»Und liebst du mich?«

Er wirft einen Blick über die Schulter und nickt. Dazu dieses Lächeln, in das sich wohl die meisten meiner Freundinnen augenblicklich und Hals über Kopf verlieben würden. Aber ich bleibe hart.

»Und kannst du es auch mal sagen?«

Er lacht und schließt eine Klappe neben der Tür. Oliver ist sehr gewissenhaft. Wenn er das Mobil packt, dann geht nie etwas schief. Noch nie bin ich auf der Autobahn stehen geblieben oder habe Gepäckstücke verloren.

»Wenn Männer die magischen drei Worte sagen, dann meinen sie es meistens auch. Aber sie sagen es eben dann, wenn sie es fühlen.«

Dabei zwinkert er mir zu.

»Okay.«

Ich lächle, weil es irgendwie süß klingt, und versuche, nicht darüber nachzudenken, warum ich manchmal so lange warten muss, bis er mich damit überrascht. Meine Mutter sagt immer, ich würde zu viel nachdenken, wenn etwas gut läuft. Jetzt läuft es gut. Mit ihm und mir, mit uns. Ich werde jetzt nicht anfangen, nach Kleinigkeiten zu suchen, um mir das wieder kaputt machen zu lassen. Oliver wird es mir also sagen, wenn er es fühlt, und es ist nicht seine Schuld, dass ich es ihm ständig sage.

»Und jetzt hebe deinen süßen Hintern von diesem Stuhl, damit ich ihn verstauen kann und wir nach Hause kommen.«

Ich lehne mich in dem Stuhl zurück.

»Ich will aber noch gar nicht nach Hause.«

Das ist wahr. Ich möchte weiterfahren. Solange der Sommer dauert.

»Das müssen wir aber, weil ich Holger versprochen habe, mit ihm den Grill aufzubauen.«

»Du hast Holger ...«

»Er hat gestern angerufen, da kann ich nicht Nein sagen. Es ist ein Steingrill, der packt das alleine nicht.«

»Steingrill. Klar.«

Ich lasse mir die Enttäuschung nicht anmerken.

»Und wann?«

»Heute Abend.«

Langsam stehe ich auf und schaue zu, wie er den Stuhl zusammenklappt und damit auch unsere Urlaubswoche ganz offiziell für beendet erklärt.

Loslassen

Stuttgart ist Stuttgart. Hier verändern sich Kleinigkeiten, hier überraschen mich neue Dinge, aber es gibt keine großen Veränderungen, die über Nacht aus dem Boden schießen und dann das Stadtbild völlig verändern. Nein, es ist mein Stuttgart, und auch nach dieser Urlaubswoche ist alles wie immer. Leider hat sich nichts verändert. Das beziehe ich aber weniger auf meine Kesselstadt als vielmehr auf alles, was mich überfällt, sobald ich den Fernsehturm und die Weinberge der Kesselstadt sehe. Die Weinberge. Man kann vielleicht Kilometer und viele Erlebnisse zwischen sich und seine Erinnerungen bringen, aber das ist unsinnig, weil Erinnerungen nicht über Nacht verblassen. Vor allem nicht solche, die sich einem nachts auf einem Weinberg ins Gedächtnis geschrieben haben.

Als wir durch die Wohnungstür treten, stellt Oliver die Tasche neben mich auf den Tisch und zieht sein T-Shirt aus. Ich betrachte ihn, sehe den Sonnenbrand auf seinen Schulterblättern. Erinnerungen lassen sich nur durch neue übertünchen. Zwar verschwinden sie dann nicht, aber ich denke jetzt an Oliver, wie er gestern am Strand neben mir aufgewacht ist und ich ihn liebevoll mit Sonnencreme eingecremt habe, obwohl wir beide wussten, dass es zu spät war. Heute sieht es nicht mehr ganz so schlimm aus, aber mich plagt das schlechte Gewissen, weil ich nicht besser auf ihn aufgepasst habe. Er wühlt in der Reisetasche zu seinen

Füßen, als ich meine Arme langsam von hinten um ihn lege und vorsichtig seine Schulter küsse, darauf bedacht, ihm nicht wehzutun.

»Sieht schon besser aus.«

Ich küsse meinen Weg, von einer zur anderen Schulter, und streichele sanft seinen Bauch. Ein sicheres Zeichen, und er sollte es kennen. Wissen, was ich ihm damit sagen möchte. Ich will gerne seine Nähe spüren, mit ihm schlafen und somit unsere gemeinsame Woche irgendwie verlängern, sie durch die Tür in unsere Stuttgarter Wohnung zerren.

»Das creme ich heute Nacht noch mal dick ein, dann wird's schon, oder?«

Er befreit sich aus meiner Umarmung, schlüpft in ein frisches T-Shirt und greift nach dem Haustürschlüssel. Ein deutliches Zeichen für den baldigen Aufbruch. Er hat mein Signal nicht gesehen, gehört, gespürt – oder aber es interessiert ihn nicht.

»Das kann ich machen. Jetzt gleich.«

»Nee danke, ich muss zu Holger.«

»Gehst du jetzt gleich?«

»Ja, wir bauen den Grill auf und machen dann gleich den ersten Testlauf.«

Ich warte. Jetzt könnte er fragen, ob ich mit will. Er hat doch hoffentlich verstanden, wie wichtig es mir ist, dass wir wieder mehr zusammen unternehmen. Aber er steuert zielgerichtet auf die Tür zu. Er hat gesagt, ich soll ihm immer sagen, wenn mir etwas auf dem Herzen liegt. Und ich habe ihm versprochen, das zu tun. Also halte ich jetzt mein Versprechen.

»Ich würde gerne mitkommen.«

Er hat gesagt, ich solle nicht lange nachdenken und grübeln, sondern einfach sagen, was ich will. Es fühlt sich gut an, also stehe ich hier vor ihm und strahle.

»Zum Grillaufbauen?«
»Klaro. Und ich biete mich auch gerne als Testesser an.«
»Aber ... wir waren doch die ganze Woche zusammen. Willst du nicht Beccie anrufen?«

Und da landet der linke Aufwärtshaken direkt im Ziel: *zack, boom*! Ich gehe wie ein nasser Sack zu Boden, also emotional gesehen, schaffe es aber noch, tapfer zu nicken, bevor er mich flüchtig küsst und dann zur Tür hinausgeht. Sicher, wir haben die ganze letzte Woche zusammen verbracht, aber wenn Männer einem über die Wange streichen und eine Träne wegwischen und dabei sagen, sie haben verstanden, was in uns vorgeht, dann ist das eine Lüge. Und auch wenn man es nicht glauben will: Sie hören uns vermutlich nicht einmal zu. Sie sehen durch uns hindurch und finden Gründe, sich um nichts Sorgen zu machen, während wir weiblichen Teilnehmer der Partnerschaft uns stundenlang Gedanken machen und am Ende die Schuld bei uns suchen. Egal welche. Es reicht. Ich mache jetzt auch einfach, was ich will, und denke nicht darüber nach. Auf was habe ich Lust?

Mein Laptop führt mich direkt zurück in die interaktive Welt von Facebook, wo ich die zahlreichen Benachrichtigungen auf meiner Seite gekonnt ignoriere und ohne Umschweife sofort auf Tristans Seite klicke. Ich will wissen, wie es ihm geht, was er macht, was in der Zwischenzeit in seinem Leben passiert ist, und ich will wissen, ob er mich vermisst. Ich sollte das nicht wollen, aber ich will es.

Schon am Freitag vor einer Woche hat er eine neue Statusmeldung hineingestellt, die mir erst jetzt auffällt.

Tristan Wolf vor zehn Tagen
ist mit Brett und Bus weg nach Südfrankreich.

Er ist weg! Er ist einfach so weg! Er hat sein Brett in den Bus gepackt, seine hübsche Helen bestimmt auch, und dann ist er durch halb Europa gefahren, um sich in Südfrankreich in die Wellen zu stürzen.

Sein Freund Björn hat fleißig auf seiner Seite kommentiert, fragt nach dem Wetter, dem Essen und den Wellen. Von Tristan aber ist keine Spur. Er scheint es jenseits der Grenze viel länger auszuhalten als mein Freund in dieser Wohnung. Ich bin enttäuscht, auch wenn ich keinen Grund habe und vor allem kein Recht dazu. Ich bin eine Idiotin. Was hatte ich erwartet? Tausend E-Mails in meinem Postfach, die mir sagen, dass er mich vermisst und alles doof ohne mich ist? Dass ich seine Seelenverwandte bin? Dass er mich nicht verlieren möchte? Wie schön wäre das denn gewesen? Wie sehr Hollywood mit Ryan Gosling? Nein, ich habe die Grenzen klar gesteckt, ich habe gesagt, was nicht mehr sein kann, und jetzt muss ich mich nicht wundern, dass er sich an meine Regeln hält.

Hätte er Helen betrogen? Wenn ich mich anders entschieden hätte?

Ich nehme die Speicherkarten aus meiner Kamera und Olivers Digicam, lade alle Fotos auf meine Festplatte und kümmere mich wieder um mein Leben. Den Ist-Zustand, nicht um das, was hätte sein können. Ich stopfe die Schmutzwäsche in die Maschine, lüfte das Schlafzimmer und schicke Beccie eine SMS, in der ich sie frage, was sie denn heute noch so vorhabe. Dann setzte ich mich mit meinem Laptop auf den Balkon und klicke mich durch unsere Urlaubsfotos, während eine kühle Cola neben mir steht. Wenn Oliver es fertigbringt, sofort wieder in den Alltag einzutauchen, dann schaffe ich das auch. Ich muss mich wieder um mich selber kümmern. Es ist niemand da, der mir Sternschnuppen in den Himmel schießt oder Wünsche von jetzt auf nachher in Erfüllung gehen lässt, von denen ich noch gar nicht wusste, dass ich sie habe.

Die Fotos vom Konzert in Bregenz sind trotz Digicam überraschend gut geworden. Ich schicke eine kleine Auswahl zusammen mit einem schönen Gruß an Thomas, bevor ich mich wieder den Bildern widme, auf denen Oliver zu sehen ist. Er sieht auf den Fotos wirklich gut aus, mit Sonnenbrille, wie ein Dressman. Das gefällt mir. Er sollte sich den Dreitagebart öfter stehen lassen und sich auch nie wieder die Haare kämmen. Der Urlaubslook steht ihm ausgezeichnet. Ich habe sofort einige Favoriten, die ich mit Photoshop noch etwas aufhübsche und dann in einen Ordner mit dem Titel »Bilder für FB« speichere. Einige Fotos, die nur die Gegend und ihre Atmosphäre zeigen, packe ich dazu, und dann noch das Foto, das der Kellner nach dem Besuch beim Italiener von Oliver und mir gemacht hat: Wir grinsen braun gebrannt und glücklich in die Kamera, und ich muss beim Betrachten wieder lächeln. Wir hatten Rotwein getrunken, und an dem Abend hat mir Oliver zum ersten Mal seit langem wieder das Gefühl gegeben, wirklich wichtig für ihn zu sein. Die Hauptrolle zu spielen. Und jetzt will er mich nicht einmal beim Grillen dabeihaben. Ich habe also doch nur eine Statistenrolle.

Ich brauche etwas Stärkeres als diese Cola.

Ärgerlicherweise ist kein Bier in den Untiefen unseres Kühlschranks zu finden. Und das an einem Sonntag. Ich könnte mir allerdings am Bahnhof welches kaufen, und Chips und vielleicht noch ein paar Zeitschriften. Außerdem scheint die Sonne. Das sind einfach zu viele Gründe, die dafür sprechen, die Wohnung zu verlassen. Ich zögere kurz, beschließe dann aber, dass ich meine Kamera auch gleich mitnehmen kann. Ich lasse mir die Fotografie nie wieder verbieten. Das habe ich in der Woche am Bodensee auch gelernt.

Als Erstes gehe ich in den großen Zeitschriftenladen am Bahnhof, und auf der Suche nach der neuen *Gala* fällt mein Blick auf einen Stapel Gastroführer. Der Untertitel lautet »Stuttgart – einzigartig vielseitig«, und das Logo von *kesselfieber.de* ist auch zu sehen. Ich nehme das oberste Exemplar in die Hand und habe schon so eine Vorahnung, die sich auch gleich bewahrheitet: ein Gastroführer für Stuttgart, geschrieben von einem gewissen Tristan Wolf. Ungläubig starre ich das kleine Taschenbuch in meiner Hand an. Das ist Tristans Gastroführer, von dem er mir an dem Abend erzählt hat, als wir zusammen in meinem Büro gegessen haben. Ich öffne das Buch vorsichtig und beginne, es durchzublättern, völlig von der Vorstellung gefangen, jetzt Wörter zu lesen, die er geschrieben hat. Hinten sind einige Informationen über den Autor, inklusive Bild. Es muss ein älteres Bild sein, denn seine Haare sind etwas kürzer, er ist glatt rasiert, trägt ein schwarzes Jackett über einem bedruckten T-Shirt und dazu Jeans. Seine Hände hat er etwas unbeholfen in den Hosentaschen vergraben. Er lächelt nur ein bisschen, scheint sich aber wohlzufühlen. Zufrieden mit sich und seinem Werk. Das Foto ist in Schwarz-Weiß aufgenommen, ganz gute Arbeit. Bei dem Modell aber auch keine große Kunst. In meinem Kopf gehe ich einige Versionen des Bildes durch. Wie hätte ich bei ihm das Licht gesetzt, welche Kadrierung gewählt, welche Posen von ihm verlangt? Bei der Vorstellung, ein lustiges Fotoshooting mit ihm zu machen, bei dem er alles tun muss, was ich von ihm verlange, huscht ein Lächeln über mein Gesicht – und mein Herz fühlt sich für den Bruchteil einer Sekunde schwer an. Ich vermisse ihn.

Dann gehe ich zurück zum Anfang und beginne zu lesen. Schon ab der ersten Zeile bin ich gefesselt. Er schreibt witzig, gibt freche Tipps, sein Schreibstil ist leichtfüßig. Wenn man Tristan kennt, dann erkennt man ihn in jeder Formulierung, in jedem Satz. Ich würde so gerne mehr von ihm lesen. Er hat mir von seinem Manuskript erzählt, aber ich fürchte, dass ich momentan nicht in der Position bin, um danach fragen zu dürfen. Ich erinnere mich noch genau an unsere letzte Begegnung, und dabei zieht sich wieder alles in meinem Inneren zusammen. Er hat mich umarmt und so fest gehalten. Es hat sich so gut angefühlt. Ihn dann loslassen zu müssen hat wehgetan, aber es war richtig und daran hat sich nichts geändert. Ich konzentriere mich wieder auf seinen Gastroführer und folge seinen Sätzen über die Seiten, habe das Gefühl, mit ihm durch Stuttgart zu schlendern. Er empfiehlt nicht einfach nur ein günstiges Lokal an der Ecke, er beschreibt die Umgebung, beschreibt sogar den Weg dorthin so, dass er beinahe interessanter scheint als das eigentliche Ziel. Ihm scheinen Kleinigkeiten wichtig zu sein, so viel Zeit und Liebe nimmt er sich für ihre Beschreibung. So sieht Stuttgart also durch die Augen von Tristan Wolf aus. Es ist wunderschön.

Und da habe ich eine Idee. Sie ist blöd, sie ist kitschig, sie ist nicht einmal besonders originell, aber ich fühle diesen kleinen Sturm in meinem Inneren, und wenn ich jetzt das Flattern der Schmetterlinge höre, dann werde ich es tun. Ich zähle ganz langsam von fünf an rückwärts, und bevor ich weiß, was passiert, ist es da. Laut und deutlich. Ich zücke meine Kamera und verlasse den Zeitschriftenladen – natürlich nicht, ohne vorher Tristans Gastroführer bezahlt zu haben. Ich eile durch den Bahnhof, den es so wohl nicht mehr lange geben wird, und laufe in die Stadt.

Ich folge Tristans Worten. Ich kenne mich hier aus, ich habe alles, oder zumindest vieles, schon einmal gesehen, aber diesmal erlebe ich es neu. Ich schlage die erste Seite des Buches auf und stehe nicht mehr in meinem, sondern in Tristans Stuttgart. Ich lasse mich, wieder einmal, von ihm führen, lasse mich treiben. Meine Kamera ist immer bereit, um das zu fotografieren, wovon er schwärmt und träumt. Manchmal ist es ein besonders charmantes Holzschild an der Hausfront eines Cafés oder Restaurants, manchmal ist es eine lustige Baumgruppierung, die eine Geschichte zu erzählen scheint, die mir bisher verborgen geblieben ist. Ich trinke den besten Kaffee der Stadt, in einem Lokal, das er empfohlen hat, an einem der kleinen Tische mit den wackeligen Stühlen, dann bestelle ich eine Pizza zum Mitnehmen in einem Laden, den ich bisher für ein schäbiges Lokal gehalten habe, und bin völlig begeistert von der scheinbar unendlichen Auswahl an Pizzabelag. Ich habe noch nie mit einer solchen Leidenschaft Milchschaum und gegrillte Auberginen fotografiert oder mich in Details einer Eckkneipe verliebt, die mir niemals aufgefallen wären, wenn Tristan sie mir nicht gezeigt hätte. Mehr und mehr Fotos sammeln sich auf meiner Speicherkarte. Es ist wie eine kleine Sucht, und ich eile mit klopfendem Herzen weiter. Ich fotografiere Dinge, die sich nicht zwingend bewegen, die aber plötzlich zu neuem Leben erwacht scheinen, und natürlich entgehen mir auch die Personen in der Umgebung nicht, und der herrliche Sonnenschein. Tristans Worte locken mich von der Stadtmitte hinaus zum Stuttgarter *Stadtstrand*. Ich überquere auf dem Wilhelma-Steg den Neckar, und schon fühlt es sich hier tatsächlich ein kleines bisschen nach Küste und Strand an, auch wenn des grüne Wasser weder an den Bodensee noch die Karibik erinnert. Ich bestelle mir ein Getränk – Tristan empfiehlt den Cocktail »Stuttgart Sling« –, setze mich in einen der Liegestühle und vergrabe meine Zehen im extra aufgeschütteten Sand. Doch, Tristan hat recht: Mit viel Phantasie könnte man meinen, man wäre an der schwäbischen Riviera. Ich schließe die Augen, bade in der Geräuschkulisse und tauche dann wieder auf. Es fühlt sich gut an, hier zu sein. Ich kann nachdenken, durchatmen und meinem »Hobby« nachgehen. Aber dieses Einfangen von Bildern und Momenten ist so viel mehr als ein einfaches Hobby, nur hat Oliver das nicht verstanden. Vielleicht will er es auch nicht verstehen. Es ist Leidenschaft, es ist Liebe. Es gibt mir mehr, als er es im Moment tut. Ich habe es unterdrückt, weil er mir das Gefühl gegeben hat, es sei klein und unwichtig, nur eine Spielerei. Ich habe mich nicht gewehrt, habe das alles zugelassen. Ich habe zugelassen, dass er mich so weit von meinem Traum entfernt hat, dass ich ihn schon fast vergessen habe. Aber es ist kein blöder Traum, keine schwärmerische Jugendliebe, die mir heute nichts mehr bedeutet. So ein Schwachsinn! Ich liebe es, noch immer und aus tiefstem Herzen. Ich weiß, was ich tue, ich fühle mich sicher, und ich hätte es damals durchziehen können … sollen. Die Party-Knipserei ist nur ein fader Kompromiss, der weder mich noch Oliver glücklich macht.

Erst jetzt merke ich, wie sehr ich es vermisst habe, einfach loszuziehen und die Welt um mich herum auf meine Speicherkarte zu bannen. Und das habe ich im Moment allein Tristan zu verdanken. Seine einfachen, liebevollen Worte über ein windschiefes Holzschild, über schrullige Bäume, eine scheinbar aus der Zeit gefallene Inneneinrichtung, den perfekten Kaffee, über die größte Freiheit, die man bei der Wahl des Pizzabelags jemals haben wird, oder wie jetzt, über diesen Cocktail, und die phantasievolle Vorstellung, ich sei irgendwo am Strand – das weckt in mir den Wunsch zu fotografieren. Tristan liebt Stuttgart und die in seinem Buch beschrieben Orte, und das überträgt sich auf mich, spornt mich an. Seine Worte sind die Inspiration, die mir in letzter Zeit gefehlt hat. Es ist mehr als ein Schubser in die richtige Richtung. Es ist ein verführerisches Flüstern, dem man folgen möchte und muss. Es ist eine Spur aus leicht zu entziffernden Geschichten voll tiefer Zuneigung, die ich verschlinge, als würde ich eine geheime, noch nicht gelesene Ausgabe von *Harry Potter* in den Händen halten. Ich kann mich nicht daran erinnern, wann ich mich das letzte Mal so gefühlt habe – so frei und voll Energie.

Und so alleine. Die Erkenntnis trifft mich tiefer, als ich es mir eingestehen möchte.

Ich schaue auf die Uhr und sehe, dass es erst kurz nach drei Uhr ist. Oliver und Holger sind wahrscheinlich gerade dabei, den Steingrill aufzubauen. Ohne mich. Ich habe ihm geglaubt, alles, was er mir zwischen einem Glas Rotwein und einer Runde Schwimmen im See erzählt hat. Alles. Nur leider hat das alles nichts gebracht. Warum sonst nutzt er die erste Gelegenheit, sofort wieder zu verschwinden, sich lieber mit anderen zu treffen, vor mir zu flüchten? Ich weiß es nicht. Ich habe wirklich keine Ahnung.

In diesem Moment der neu gewonnenen Freiheit gestatte ich es mir. Ich erlaube mir, absolut ehrlich zu mir zu sein – hier, an diesem Stadtstrand am anderen Ende des Kessels. Alle Gefühle, die ich ordentlich verdrängt habe, lasse ich ohne Schranken und Zensur aufkommen, ich gebe ihnen endlich wieder eine Stimme.

Ich bin alleine.

Ich bin enttäuscht.

Ich fühle mich ungeliebt.

Ich fühle mich klein.

Ich will mehr.

Ich will wieder fotografieren.

Ich bin verliebt.

Ich horche tief in mein Herz und weiß genau, dass ich Gefühle für Oliver habe, sehr starke sogar, sonst hätte ich nicht mein Leben mit ihm planen wollen, aber meine große

Liebe halte ich in diesem Moment in meinen Händen: Es ist diese Kamera, es ist das Gefühl, Dinge für immer festhalten zu können, mich vom Licht und der Atmosphäre verführen zu lassen. Das ist so viel größer in mir, als ich es zulassen will. Weil ich Oliver und seinen alles klein machenden Worten viel zu lange geglaubt habe. Weil er mir nicht das Gefühl zugestehen will oder kann, dass ich losziehen und einfach fotografieren kann und soll und muss. Er ist nicht in der Lage, mir ein ehrliches Feedback zu den Fotos zu geben, weil er nicht sieht, was ich ihm zeigen will. Und das liegt nicht an mir. Endlich habe ich es verstanden.

Es liegt nicht an mir.

Er sieht mich einfach nicht.

Anders als Tristan.

Er versteht mich.

Oliver nicht.

Deshalb kann er mir nicht das Gefühl geben, das Tristan mir gegeben hat. Dieses Gefühl, dass mehr in mir steckt, als ich zulasse, dass ich es wagen kann, weil ich nicht scheitern werde, dass ich das tun kann, was mich glücklich macht.

Wieso muss ich lächeln, wenn ich an Tristan denke? Weil Tristan meine Bilder ansieht und sofort weiß, welche Geschichte sie erzählen, weiß, dass sie mehr sind als nur eine Fotografie. Früher habe ich in jedes Bild meine Seele gelegt, habe mich geöffnet und sie zu einem Teil meiner selbst werden lassen. Und jetzt? Jetzt schäme ich mich fast, wenn ich ein Foto besonders mag. Das Foto, das ich damals von Tristan auf der Open-Air-Party in der Menge geschossen habe, es zeigt so viel mehr. Ich habe es von Anfang an gesehen, wollte es mir aber nicht eingestehen. Oliver hat es nicht bemerkt, aber ich weiß, dass es alles verändert hat. Ich habe Glück gehabt mit dem Licht, keine Frage, aber alles andere, die Magie, die habe ich erschaffen. Und er. Wir beide zusammen. Wir sind ein stilles Abkommen eingegangen, ohne es zu merken, ja, ohne uns zu kennen. Bei den richtig guten Bildern entsteht eine Verbindung zwischen Motiv und Fotograf, auch wenn beide in dem Moment nicht wissen, dass es so ist. Als Oliver das Foto gesehen hat, da fand er es nicht einmal einen Kommentar wert, aber ich sah vom ersten Augenblick an mehr als nur Tristan, der sich leicht gegen die Menge bewegt, die ekstatisch zuckt, während er entspannt in der Mitte steht und in einer anderen Welt zu sein scheint. Ich weiß nicht, woran Tristan in dem Moment wirklich gedacht hat, aber ich habe in seinem Blick Sehnsucht gesehen, meine Sehnsucht, nach einem anderen Ort. Er war irgendwo anders, und als ich das Foto gemacht habe, wusste ich, wohin ich will. Auch wenn es unmöglich scheint. Gerne hätte ich Oliver erklärt, was das Bild wirklich aussagt und wie schade ich es finde, dass er es nicht sieht. Ausgerechnet er, dessen Meinung mir so viel bedeutet. Aber ich konnte es mir damals noch nicht eingestehen, und er hätte es vielleicht nicht verstanden. Und wenn doch, hätte es ihm womöglich das Herz gebrochen.

Und was habe ich stattdessen getan? Ich habe ihn geschützt, genickt, gesagt, es sei nur ein Schnappschuss, nichts Besonderes. Eine weitere Party-Knipserei. Oliver weiß nicht einmal, wie weh mir das tut, weil ich es ihm nie gesagt habe. Vielleicht hätte ich das tun sollen, aber ich habe stattdessen meine Träume Stück für Stück aufgegeben, den Schmerz betäubt und mir eingeredet, dass es normal und okay sei. Aber Tristan und sein Verständnis, sein Blick, seine Worte und jetzt dieses kleine Handbuch voller Liebe, all das hat mich aus diesem Tiefschlaf geweckt. Ich muss in meinem Leben so einiges ändern, wenn ich wieder glücklich sein möchte. Und das möchte ich.

Ich trinke den letzten Schluck meines Cocktails und lese

weiter – will weiter. Es gibt noch so viele Plätze, die ich durch Tristans Augen sehen will.

Ich nehme die U-Bahn und steige an der Haltestelle Mineralbäder aus. Von dort aus laufe ich durch den Park bei der Villa Berg. Wann immer ich etwas Interessantes sehe, fotografiere ich es. Graffiti an den Wänden, Jungs auf Skateboards, Wartende bei der S-Bahn-Station, Spaziergänger im Park, Kinder auf dem Spielplatz ... Ich folge Tristans Worten durch den Unteren Schlossgarten, das habe ich schon viel zu lange nicht mehr getan. Ich sehe knutschende Pärchen auf der Bank, auf der Decke, an der Ampel. Überall. Sie küssen sich, wann immer ihnen danach ist. Es schert sie nicht, wer sie sieht, was diese Leute denken, es geht nicht um andere. Sie sehen sich gegenseitig tief in die Augen und vergessen die Welt. Ich wünsche mir nur, ihnen mehr zu gleichen. Nicht auf andere zu achten, sondern nur auf mich selber. Und hier bin ich und mache den ersten Schritt in die richtige Richtung. Von Entdeckerlust gepackt steige ich wieder in die U-Bahn und fahre ins Herz Stuttgarts. Ich knipse das, worauf ich Lust habe, suche und finde all die Motive, die ich lange nicht mehr wahrgenommen habe, weil sie mich zu sehr an den schmerzlich schlummernden Traum in meinem Inneren erinnert haben. Jetzt sehe ich sie wieder, und sie inspirieren mich zu Höchstleistungen. Ich finde spontan den richtigen Winkel, ich finde das passende Licht. Alles geht mir so leicht von der Hand. Ich kann das Lächeln auf meinen Lippen spüren und höre das Schlagen der Flügel in meinem Kopf, in meinem Herz, ja überall. Ich weigere mich, es zu unterdrücken, es zu leugnen. Ich will es, genau so.

Tristan ist bei meinem Feldzug durch die Stadt immer bei mir. Zumindest fühlt es sich so an. Er schaut mir über die Schulter, er führt meine Hand, seine Worte klingen wie ein Ansporn in meinem Inneren und hallen dort wider. Der prüfende und sichere Blick, so wie damals, als er die Bilder an der Wand in meinem Büro betrachtet hat, stelle ich es mir vor. Bei manchen Fotos spüre ich seine Präsenz so deutlich, dass ich mich dabei ertappe, wie ich mich umschaue und hoffe, ihn irgendwo zu sehen. Aber er ist nicht da. Er ist in Südfrankreich. Mit Helen. Anders als Tristan, der Autor, der mit mir durch Stuttgart streift, hat der echte Tristan genau das getan, was auch Oliver heute getan hat: Abstand zwischen sich und mich gebracht. Und doch sind mir seine Gesten, Berührungen und vor allem seine Worte näher als jemals zuvor und inspirieren mich. Mit dieser Motivation fotografiere ich einfach weiter. Ich könnte aber auch nicht aufhören, selbst wenn ich wollte.

Ich bemerke nicht, wie die Zeit vergeht oder wie weit ich schon zu Fuß durch die Stadt gewandert bin. Ich höre nicht die Anrufe in Abwesenheit oder den Signalton für eine erhaltene SMS. Ich bin in einer anderen Welt, und ich fühle mich dort wohl. Fast so, als würde ich nach einer langen Zeit wieder nach Hause kommen. Nach einer richtig langen Zeit. So als würde man die Eltern besuchen, daheim in der Gegend, wo man aufgewachsen ist.

Ich muss immer häufiger die Blende neu einstellen, und nur dadurch bemerke ich, dass die Dämmerung bereits eingesetzt hat. Es wird dunkel, und ich bin auf der Königstraße, in der Nähe vom Hauptbahnhof. Wenn ich jetzt meinen Fußmarsch antrete, bin ich in einer knappen halben Stunde zu Hause. Ich könnte ein Taxi nehmen, aber ich entscheide mich für die S-Bahn, denn ich habe noch nicht genug, und wo sonst findet man so viele unterschiedliche Menschen, die ich jetzt alle wie kleine Gemälde auf meine Speicherkarte banne. Ohne ihr Wissen. Wie ein Spion, ein Voyeur. Es ist spannend. Man muss schnell reagieren, darf keine Bewegung verpassen, immer auf der Hut sein, nicht ertappt zu werden. Ein lang vergessenes Gefühl macht sich in mir breit. So schmeckt Freiheit.

Spät erst schließe ich die Tür zu unserer Wohnung auf. Es brennt Licht. Oliver ist also schon zu Hause. Ich mache mir keine Hoffnung, dass er mich vielleicht vermisst hat. Ich sage nichts, schließe die Tür, gehe zu meinem Laptop und komme dabei an der offenen Küchentür vorbei. Er kommt in dem Moment gerade heraus, einen dampfenden Teller in der Hand, und gibt mir einen kurzen Kuss auf die Wange.

»Ich habe die Wäsche aus der Maschine geholt und aufgehängt.«

Er strahlt und sieht mich dabei erwartungsvoll an. Er denkt, ich müsse ihm dankbar sein, stehende Ovationen geben, weil er einen einfachen Haushaltshandgriff von Anfang bis Ende beherrscht und durchgezogen hat.

»Wolltet ihr nicht grillen?«

»Nee, das mit dem Aufbau ist doch komplizierter.«

Ich nicke nur, schnappe meinen Laptop und verziehe mich nach draußen auf den Balkon. Die laue Sommernacht ist zu schön, um sie im Inneren der Wohnung zu verbringen. Ich sehe Oliver durch das große Fenster auf der Couch sitzen und sich eine Sendung ansehen, die ich von hier aus nicht identifizieren kann und will. Er isst sein Essen, und später wird er dann irgendwann schlafen gehen. Aber in genau diesem Moment ist es mir egal. Ich lade die Bilder in aller Ruhe auf mein MacBook und betrachte so lange den Himmel. Die Sterne malen ein ganz eigenes Bild ans Firmament, und auch wenn ich es schon so oft gesehen habe, verzaubert es mich jedes Mal aufs Neue. Ich glaube, wenn ich jetzt eine Sternschnuppe sehen würde, wüsste ich gar nicht so genau, was ich mir wünschen soll.

Aufgeregt wie ein kleines Kind betrachte ich meine Schätze auf dem Bildschirm. Fast will ich Oliver rufen und ihm zeigen, wie wunderbar sie doch sind. Aber ich entscheide mich, diesen kleinen Triumph mit mir alleine zu feiern. Ohne Schampus, Musik und fremde Anerkennung. Diese Bilder sind nur für mich, sie sind ein Beweis für mich ganz alleine. Dieses Gefühl kann man von keinem anderen Menschen geschenkt bekommen. Es wächst und platzt in unserem Inneren, und wie ein Konfettiregen breitet es sich dann überall aus. Es bleibt im Inneren liegen, und ein Kichern reicht, um die kleinen Schnipsel wieder aufwirbeln zu lassen. Vor langer Zeit war ich diesem Gefühl sehr oft sehr nahe. Ich habe es fast täglich erlebt. Der Höhepunkt war wohl der gewonnene erste Preis des Fotowettbewerbs und das Jobangebot – für das Foto meiner Großmutter, die immer an mich geglaubt hat und mich schwören hat lassen, immer meinem Herzen zu folgen. Ich weiß nicht genau, wann ich dieses Versprechen gebrochen habe. Danach ist es jedenfalls bergab gegangen. Das Konfetti-Gefühl kam immer seltener, und irgendwann habe ich es nur noch vermisst. Mit dem Alltag wurde dann sogar das Vermissen weniger, und schließlich war es einfach nicht mehr da.

Bis heute. Bis jetzt. Bis hier.

Oliver tritt zu mir auf den Balkon.

»Sind das die Fotos vom Urlaub?«

Ich sehe ihn nicht an, zucke nur mit den Schultern und schüttele dann verneinend den Kopf. Wenn er fragt, was das für Fotos sind, werde ich sie ihm zeigen. *Frag mich, du Idiot!*

»Kannst du mir die Fotos vielleicht in einen Ordner legen? Ich würde sie mir gerne später in Ruhe ansehen.«

Er fragt nicht. Ich nicke. Es fühlt sich kalt an, und ich

will, dass er geht. Schlimmer noch – wenn ich ehrlich bin, will ich, dass Tristan hier ist. Ich will ihm die Fotos zeigen und hören, was er dazu sagt. Er fehlt mir so sehr. Sein Gesicht ist zwar immer wieder kurz da und irgendwie haben wir heute ja sogar den Nachmittag zusammen verbracht, aber ich vermisse seine Stimme, ich vermisse sein Lachen. Ich vermisse ihn. Es gibt diese Menschen, mit denen man sich verbunden fühlt, die trifft man nicht oft im Leben. Und dann will man sie nicht mehr loslassen. Ich wollte Tristan am *Palast der Republik* nicht loslassen und habe es getan, weil ich dachte, das wäre das Richtige. Jetzt bin ich mir da gar nicht mehr so sicher.

»Danke, Süße. Ich gehe schlafen, ich muss morgen früh raus.«

»Gute Nacht.«

Ein Kuss auf meine Stirn, und dann ist er weg. Stunden später schlafe ich etwas umständlich auf der Couch im Wohnzimmer ein.

Ausgegrabene Träume

Ich habe die Bilder vor mir auf dem Tisch in meinem Büro ausgebreitet. Es sind fünfzehn Stück, nur die besten Fotos. Die Auswahl hat mich die halbe Nacht gekostet, was erklärt, wieso ich bereits meine zweite Tasse Kaffee trinke. Und unsere Couch eignet sich zwar hervorragend für das Rumlümmeln an einem entspannten Wochenende, aber für einen wohligen Schlaf von Sonntag auf Montag ist sie nicht wirklich geeignet. Vielleicht hat mir auch nur mein Kissen gefehlt. Bevor Olivers Wecker auch nur einen Laut von sich geben konnte, war ich schon zur Tür hinaus. Ich musste die Fotos aus meinem digitalen Ordner befreien und in die Welt holen. Mein Drucker hat mir die Fotos nun in einer guten Qualität ausgespuckt – natürlich geht es noch besser, aber das muss es noch nicht. Noch befinde ich mich im Vorstadium und freue mich umso mehr auf die nächsten Schritte. Jetzt wird es erst richtig spannend, jetzt kribbelt es im Bauch und steigt dann hoch, immer höher, immer schneller. Und wenn alles gut wird, dann explodiert die Kreativität zum perfekten Zeitpunkt mit einem lauten und bunten Knall.

Ich habe Beccie angerufen und ihr gesagt, es gäbe keine Ausreden. Wir würden heute zusammen zu Mittag essen. Ich fürchte, dass ich sie geweckt habe, denn sie wirkte noch nicht wirklich ansprechbar – an einem Montagmorgen in den Semesterferien, um kurz vor acht Uhr. Wieso ich so voller Elan bin, kann ich mir selbst nur schwer erklären. Für gewöhnlich liebe ich die ruhigen Momente in meinem Bett, nachdem Oliver zur Arbeit aufgebrochen ist und ich die Wohnung, das Bett und den Morgen ganz für mich alleine habe. Heute konnte ich kaum warten, bis der Tag anbrach, um ins Büro zu eilen, Fotos auszudrucken und sie jetzt in aller Ruhe zu betrachten.

Einige sind überraschend gut, andere strahlen eine Energie aus, die ich lange nicht mehr in diesen vier Wänden gespürt habe. Ich sehe zu dem Bild an der Wand, im Rahmen, meine Großmutter, die vor sich hin sinniert. Ich muss lächeln.

Dann setze ich mich an meinen Computer, schreibe einige alte Kontakte an, die ich viel zu sehr vernachlässigt habe, die meisten ebenfalls Fotografen. Manche von ihnen werden mit ziemlicher Sicherheit überrascht sein, eine E-Mail von mir zu bekommen.

Natürlich muss ich bei Facebook checken, was die Welt so treibt, und einige meiner Freunde haben wie ich den Mund voller Gold – sprich: Sie sind schon wach, teilen sich der Welt fröhlich mit, und ich schmunzele einmal mehr bei so manch einer schwachsinnigen Statusmeldung. Nur einer bleibt stumm. Keine Nachricht von Tristan. Seine Seite wird noch immer nur von Björn belagert. Ich beschließe, mir diesen Björn mal etwas genauer anzusehen. Bisher hat er mich nicht interessiert, aber wie es aussieht, muss es sich um Tristans besten Freund handeln. Den letzten Freund, der sich noch auf seine Pinnwand verläuft.

Björn legt, anders als Tristan, nicht so viel Wert auf Privatsphäre, wie mir scheint. Ich kann seine Fotos einsehen, seine Pinnwand lesen und sogar drei seiner Videos in aller Ruhe ansehen. Er scheint gerne auf Konzerte zu gehen, immer sieht man ihn jubelnd oder tanzend in der Menge, während Lichteffekte über sein Gesicht flackern.

Außerdem ist er ganz offensichtlich ein sportbegeisterter Mensch, denn 80 Prozent seiner Einträge drehen sich um Fußball, Klettern, Biken und Boarden. Er hat knapp über 400 Freunde und scheint mit allen einen guten Kontakt zu pflegen. Auch Tristan hat ihm das ein oder andere Mal auf die Pinnwand geschrieben. Sie scheinen sich schon lange zu kennen, denn bei Björns Fotos finde ich tatsächlich ein Klassenfoto aus dem Jahre 1990. Tristan ist als braver Schüler in der zweiten Reihe zu erkennen. Gut, »zu erkennen« ist vielleicht etwas zu viel gesagt. Die Verlinkung auf dem Foto zu seinem Facebook-Profil hilft mir beim Erkennen enorm, und ich muss grinsen. Er war ein süßer Junge, schmächtig, unauffällig und mit einem schüchternen Grinsen. Björn hingegen scheint damals schon zu wissen, dass ihm die Mädchenherzen einmal zufliegen werden. Er wirkt lässig und entspannt, ein bisschen überheblich, aber die freche Igelfrisur macht es schwer, ihn nicht auf Anhieb zu mögen. Viele Fotos zeigen die beiden zusammen, wie sie verschiedene Altersklassen durchleben. Auf manchen erkenne ich … Helen, und sofort verkrampft sich mein Magen. Als Teenager. Sie wirkt so nett. Ihr Lachen steckt an, und dabei habe ich es noch nie gehört. Es muss sich um eine eingeschworene Clique handeln, die sich schon seit der Schulzeit kennt. Es gibt Urlaubsfotos von den dreien zusammen, an verschiedenen Orten. Helen und Tristan sind ein unglaublich süßes Paar. Wenn sie berühmt wären, dann würde niemand mehr über David und Victoria Beckham sprechen, die könnten dann getrost einpacken. Da lande ich mit einem Mal hart auf dem Boden der Tatsachen. Wie konnte ich auch nur eine Sekunde glauben, dass Tristan Helen betrogen oder vielleicht sogar verlassen hätte, wenn ich mich am *Palast* anders entschieden hätte? Wenn ich die beiden sehe, sehe ich Liebe. Für Layla ist da kein Platz.

Ich schließe die Seite wieder und versuche, meine Konzentration erneut auf das Wesentliche zu richten: die Fotografie. Zwischen mir und Tristan wird niemals die Grenze von der Freundschaft zur Liaison überschritten werden. Trotzdem ist es mit Tristan mehr als eine normale Freundschaft. Auch wenn wir uns gerade nicht sehen, habe ich ihm die Bilder vor mir zu verdanken. Deswegen werde ich ihm einfach eine neue Rolle zuteilen. Eine sehr egoistische Rolle: Er ist von nun an meine Muse. Ich kann ihn anhimmeln und mich von ihm zu neuen Höchstleistungen anspornen lassen, ohne ihm und Helen gefährlich zu werden. Wieso sollte nur Lagerfeld das Recht haben, sich mit schönen Menschen zu umgeben, um von ihnen die Inspiration für neue Werke zu erhalten? Mir steht dieses Recht als Künstlerin ebenso zu. Und deswegen wird Tristan jetzt meine Muse. Seine Worte, seine Anregungen werden mich führen, sie werden mich wieder in die Nähe meines Traumes bringen. Mit seiner Hilfe habe ich wieder die Kraft, meiner Leidenschaft nachzugehen.

Solange sich meine Muse allerdings in Frankreich vor mir versteckt, brauche ich jemanden anderen, der mir ordentliches Feedback zu meiner Arbeit gibt: Marco.

Ich schnappe mir das Telefon und rufe meinen alten Freund an. Ebenfalls ein Fotograf. Ich kenne ihn schon seit einer halben Ewigkeit und auch gut genug, um zu wissen, dass er sein morgendliches Yoga bereits hinter sich gebracht hat. Bestimmt ist er um diese Uhrzeit auch ansprechbar.

Seine Nummer ist noch immer in meinem Gedächtnis gespeichert. Ich tippe sie, ohne nachdenken zu müssen, und warte dann. Früher sind wir fast jedes Wochenende gemeinsam um die Häuser gezogen und haben nicht nur ein spontanes Shooting veranstaltet, dann habe ich Oliver kennengelernt, und mein lieber Freund Marco ist der anfänglichen Verliebtheit zum Opfer gefallen.

»Marco Zorelli, hallo?«

»Hallo, Marco! Ich bin es, Layla.«

Inständig hoffe ich, dass er noch weiß, wer ich bin. Die Erinnerungen an unsere gemeinsamen Fotosessions sind noch lebhaft in meinem Bewusstsein vorhanden. Vor allem das, bei dem wir um fünf Uhr morgens nach einer durchtanzten Nacht auf dem Dach eines Parkhauses die ersten Sonnenstrahlen einfangen wollten. Was, wenn er mich aber vergessen hat?

»Layla Desio?«

»Genau die.«

»Layla Desio, die mir vor über vier Jahren versprochen hat, mir ihre neuen Fotos zu schicken, sobald sie endlich wieder die Muse geküsst hat?«

Tatsächlich habe ich das. Aber dass es schon so lange zurückliegt, war mir nicht mehr bewusst.

»Ja, gut Ding will Weile haben, oder etwa nicht? Die Muse hat sich ein bisschen Zeit gelassen, aber das Warten hat sich gelohnt.«

»Dann müssen die Bilder aber verdammt gut geworden sein.«

Und sofort fühlt es sich mit ihm wieder so an, als hätten wir uns gestern erst gesehen und bei einem Kaffee über Gott und die Welt unterhalten.

Ich höre, wie er sich eine Zigarette anzündet.

»Marco, wolltest du nicht schon vor Jahren mit dem Rauchen aufhören?«

»Sicher, aber dann hat mich die verzweifelte Warterei auf deine Bilder erneut in die Nikotinsucht getrieben.«

Und wie damals bringt er mich auch heute innerhalb von weniger als einer Minute zum Lachen.

»Schuldig im Sinne der Anklage. Aber du kannst jetzt wieder aufhören, weil ich wieder ein paar Fotos habe, die ich dir gerne zeigen würde. Das Warten hat ein Ende.«

»Du glaubst doch nicht wirklich, dass ich mir nicht immer mal wieder deine Fotos angesehen habe, die du in der Zwischenzeit so gemacht hast, oder? Interessanter Genrewechsel übrigens.«

Es klingt nicht wie ein Vorwurf. Es ist nur eine Feststellung. Marco kannte mich und meine Arbeiten nun mal einfach, bevor ich mich auf das Fotografieren von Events beschränkt habe. Er war eine Person, die immer große Pläne hatte und noch immer hat. Er war es, der mich damals für den Fotopreis angemeldet hat. Seine Bilder wurden damals schon in ganz Deutschland ausgestellt, und er hat mich oft spüren lassen, dass auch ich diesen Weg gehen könnte. Ich weiß nicht, wieso ich ihm nicht glauben wollte oder konnte.

»Ja, du weißt ja, das liebe Geld.«

Ich lache nervös, aber wenn ich jemanden mit diesen Floskeln nicht beeindrucken kann, dann ist es Marco. Er scheint zu merken, wie unangenehm mir das alles ist, und wechselt freundlicherweise das Thema.

»Nun, was hältst du davon, wenn du mir deine Fotos dann mal zeigst?«

»Es wäre mir eine Ehre. Wann hast du Zeit?«

Er blättert in einem Kalender, wie ich zu hören meine. Ich warte. Marco ist gefragt, beliebt, kaum anzunehmen, dass er einfach so für eine erfolglose Kollegin Zeit haben könnte, um sich deren Bilder anzusehen.

»Ich bin im Moment tatsächlich gut ausgebucht, aber vielleicht könntest du mir einen kleinen Gefallen tun?«

»Sicher. Welchen?«

»Das ist jetzt etwas spontan, aber ... Ich bin heute Abend zu einem Konzert von Volkan, einem Freund von mir, eingeladen. Und siehe da – ich habe keine Begleitung. Wie klingt das?«

»Das klingt gut. Wenn du willst, hast du hiermit eine Begleitung.«

»Perfekt. Du bringst deine Fotos mit, wir gehen um acht im I love Sushi was essen und dann auf das Konzert.«

Und somit ist das ausgemacht. Ich vergesse zu fragen, was für ein Konzert das sein wird und ob ich mich in eine schicke Robe werfen soll. Bei Marco kann »ein Konzert« so ziemlich alles von New Age in einem ehemaligen Fabrikgebäude, Rock in einer Arena, bis hin zur Klassik in der Staatsoper bedeuten. Er ist Künstler durch und durch, offen für alles. Bloß was ziehe ich an? Turnschuhe oder Abendkleid? Ich werde im Notfall Beccie um modischen Beistand bitten. Das kann nur gut gehen. Oder unendlich schief.

Layla

Beccie sieht sich die Bilder an. Wir sitzen auf den warmen Treppen am Kleinen Schlossplatz und haben ein Sandwich und ein kühles Getränk neben uns stehen. Wir genießen die Sonne und fallen unter all den anderen Leuten, die hier plaudern oder in der Mittagspause ein bisschen Tageslicht tanken, gar nicht auf. Während sich Beccie ein Foto nach dem anderen ansieht, beobachte ich ihren Gesichtsausdruck und muss wieder einmal feststellen, dass sie blendend aussieht. So frisch und erholt, als wäre nicht ich, sondern sie die letzte Woche zum Entspannen an den Bodensee verschwunden.

»Die sind ja richtig gut.«

Sie klingt so überrascht, dass ich fast schon ein bisschen gekränkt bin.

»Ich verliebe mich gerade in meine eigene Heimatstadt. Wahnsinn.«

»Danke.«

»Also das hier ... ist wunderschön. Ich bin echt stolz auf dich. Wann hast du die gemacht?«

»Gestern. Ich bin einfach losgezogen und habe sie geschossen. Mir war danach.«

Das ist keine Lüge. Mir war wirklich danach. Trotzdem bin ich noch nicht bereit zuzugeben, dass bei dieser Entscheidung ein gewisser Herr Wolf nicht gänzlich unbeteiligt war.

Beccie nimmt die Sonnenbrille ab und betrachtet mich einen Moment eingehend.

»Habe ich was verpasst?«

»Wieso?«

»Du bist eine Woche lang weg, einfach so, mit Oliver. Du kommst zurück, strahlst und bist voller Elan … Das klingt für mich nach jeder Menge Sex. Phänomenalem Sex.«

Wenn sie wüsste, wo ich die gestrige Nacht verbracht habe, sie wäre überrascht. Ich grinse also nur und werde nicht zugeben, dass die meisten dieser Fotos Trotzreaktionen sind.

»Süße, die Dinger hier sind Welten besser als diese Partyfotos. Und ich finde die ja schon nicht übel.«

»Danke.«

»Was machst du jetzt mit ihnen?«

Sie reicht mir den Stapel zurück. Auf die Frage habe ich noch keine Antwort. Beccie war mein Testpublikum, aber Marco wird mir schon sagen, ob und wozu sie taugen. Er kann am besten einschätzen, wie gut sie wirklich sind – im Vergleich zu allen guten Fotos dieser Welt. Bevor ich damit die Welt erobern und meinem Traum wieder einen festen Platz in meinem Leben zugestehen kann, muss ich wissen, wie weit ich mit meiner eigenen Einschätzung von der Realität entfernt bin. Vielleicht bin ich ja nicht von meinen Bildern, sondern bloß von der wiederentdeckten Leidenschaft begeistert.

»Was meinst du? Was soll ich damit machen?«

Ich muss Zeit schinden.

»Na, die werden doch wohl einen Platz finden, an dem die Leute sie bestaunen können, oder willst du sie in deiner Schublade einsperren?«

Oder auf meinem Computer, im dem Ordner direkt neben dem Papierkorb.

»Ich weiß nicht. Ich dachte, ich mache das, um wieder warm zu werden. Stuttgart ist dafür ein guter Anfang. Und wenn das gut klappt, dann packe ich meine Kamera, meine Stative und dann ...«

»Gehst du weg?«

»Vielleicht.«

»Das kannst du nicht. Wer geht dann mit mir Mittagessen und hört sich den ganzen Quatsch an, den ich den ganzen Tag von mir gebe?«

Sie schaut mich etwas entsetzt an, und ich muss grinsen. Schön zu wissen, dass es jemanden gibt, der mich vermissen würde.

»Nicht für immer, nur auf ... Reisen. Ich würde gerne ein paar schöne Fotos machen. Von der Welt.«

»Wann?«

»Bald.«

Beccies Augen werden größer und größer. Dabei sollte es sie am wenigsten überraschen. Sie kennt mich so lange und gut, sie kennt auch diesen großen Traum, den ich viel zu lange vor mich hin geträumt habe, ohne ihn zu verwirklichen. Eine Weltreise, auf der ich Neues und Fremdes entdecke. Ich liebe Stuttgart, aber manchmal brauche ich mehr.

»Seit wann bist du so spontan? Was ist los? Bist du schwanger?«

Ich lache laut auf. Ich war noch nie so weit davon entfernt, schwanger zu werden.

»Nein. Ich möchte nur ...«

Ich sehe auf die Bilder in meiner Hand, dann wieder zu ihr.

»Ich möchte wieder fotografieren. Richtig fotografieren. Verstehst du?«

Schwingt da Stolz in ihrem Blick mit?

»Ich denke nicht, aber ich freue mich für dich. Wann wollt ihr los?«

»Wir?«

Jetzt bin ich es, die sie überrascht ansieht. Moment.

»Na, du und Oli. Kann er sich so lange freinehmen?«

Ich weiß nicht, was ich drauf antworten soll. Warum habe ich mir darüber bisher keine Gedanken gemacht?

»Das wird bestimmt stark. Stell dir nur mal vor, ihr werdet ganz viele fremde Orte sehen. Dubai, Hawaii, Bali. Du wirst mir dann eure Fotos zeigen, und ich werde vor Neid platzen!«

Ich nicke. In meinem Kopf sieht das alles etwas anders aus. Es sollen keine Urlaubsfotos werden. Es geht nicht darum, Oliver an verschiedenen Touristenorten zu knipsen, um danach wieder am Pool einer *All-inclusive*-Anlage zu entspannen. Ich will die Welt sehen, ich will Abenteuer erleben, die ich hier und vor allem mit Oliver nicht erleben kann. Fernweh macht sich breit. Ich will neue, fremde Leben kennenlernen und Momente festhalten, die so kein zweites Mal passieren können.

Marco kommt grinsend auf mich zu, begrüßt mich mit einem Kuss auf die Wange und sieht mich dann an. Es ist wirklich eine kleine Ewigkeit her, dass wir uns gesehen haben. Marco hat sich trotzdem kaum verändert. Er sieht immer noch aus wie ein südländisches Männermodell. Die Schläfen sind etwas ergraut, aber auch das steht ihm. Macht ihn sogar noch attraktiver, als er ohnehin schon ist.

»Du siehst toll aus, Layla.«

Wieder ein Kompliment aus dem Mund eines Mannes, der nicht meiner ist. Als ich mich vor nicht mehr als einer halben Stunde im Bad geschminkt habe, kam Oliver herein und fragte nach seinen Hemden. Immerhin müsse er am

Freitag nach Hamburg, und vielleicht müssten ja vorher noch Hemden in die Reinigung. Ich habe gesagt, alle Hemden seien gewaschen, gebügelt und in bester Verfassung in seinem Schrank. Das entsprach der Wahrheit. Er ist dann einfach zurück ins Wohnzimmer gegangen. Kein Kommentar über meinen kurzen Rock, meine hohen schwarzen Pumps oder mein wirklich gelungenes Augen-Make-up. Inzwischen tut es nicht mehr so sehr weh. Ich lasse das alles nicht mehr an mich ran. Die Fotos für Marco hatte ich zu diesem Zeitpunkt in einer schönen grauen Mappe in meiner Handtasche. Ich lächelte mir selbst aufmunternd im Spiegel zu und hörte Oliver im Wohnzimmer den Fernseher anschalten.

»Schatz?«

»Hm?«

Ich war schon an der Tür.

»Hast du mir deine Bilder in meinen Urlaubsfoto-Ordner gelegt?«

Auf die Frage hat er keine Antwort von mir bekommen. Ich bin aus der Wohnung raus, ohne weiter auf diese unglaublich unpassende Frage einzugehen.

Jetzt sitze ich hier mit Marco an einem der wenigen freien Plätze im *I love Sushi* und bin nervös wie selten. Er hat meine Mappe auf- und die Speisekarte zugeschlagen. Olivers Kommentar erscheint so weit weg, als wäre er aus einer anderen Welt.

»Wann sind die entstanden?«

Er blättert durch meine Mappe und spricht mit mir, ohne mich anzusehen. Ich klammere mich an mein Wasserglas.

»Gestern – und das sind nur die Abzüge aus meinem Drucker in der Arbeit. Ich hatte heute keine Zeit mehr, die Bilder professionell entwickeln zu lassen.«

Langsam sieht er hoch, ein Lächeln liegt auf seinen Lippen.

»Spontane Aktion?«

»Sehr, ja.«

»Emotionaler Ballast?«

»Auch.«

»Wunderbar.«

»Was?«

»Da liegt viel Gefühl drin. Sehr viel von dir.«

Mein Herz fängt an zu hüpfen – nein, eigentlich sind es ausgewachsene Sprünge. Im Weitsprung der Herzen habe ich gerade einen neuen olympischen Rekord aufgestellt.

»Wie heißt er?«

»Wer?«

»Liebes, ich bin doch nicht blöd. Schau dir das hier an.«

Er zeigt mir eines meiner Bilder. Ein junges Pärchen liegt im Schlosspark, sie greift nach der dünnen Goldkette, die um seinen Hals hängt, sein Blick lässt ihren nicht los, ein Lächeln umspielt seine Lippen. All seine Gefühle scheinen in diesem Blick zu liegen. Und man weiß sofort: Er liebt sie.

»Du kannst so was nicht fotografieren, ja, nicht mal sehen, wenn du nicht weißt, *was* es ist.«

Ich entscheide mich, weiterhin die »Ich-verstehe-nicht-was-du-meinst-Tour« zu fahren. Ich hasse es nämlich, wenn man mich einfach so durchschaut.

»Was – *was* ist?«

»Nicht mit mir, Layla. Wer ist es? Oli?«

»Es ist nicht ... Es ist nur das, was ich fühle.«

»Sicher. Und für wen fühlst du ... *das*?«

Ich kenne die Antwort, aber sie gefällt mir nicht. Deshalb beschließe ich, zurück zur eigentlichen Frage zu kommen.

»Marco, sind die Fotos gut?«

»Sie sind mehr als gut. Sie sind wunderbar. Sie sind echt. Sie sind voller Gefühle. Sie sind … Das bist du!«

Es spielt keine Rolle, ob es jemand hören kann – aber der Stein, der mir vom Herzen fällt, muss das ganze Lokal erschüttern. Ich hole so tief und erleichtert Luft, dass dem jungen Mann am Nebentisch fast seine Bestfriend-Roll aus den Essstäbchen rutscht.

»Gott sei Dank.«

»Komm schon. Layla, du brauchst mich nicht, um zu wissen, wie gut sie sind. Das sieht ein Blinder. Dein Talent war schon immer da. Aber diese Bilder … Sie sprechen eine ganz neue Sprache. Das kenne ich von dir nicht. Das ist ein neues Level.«

Er klappt die Mappe zu und sieht mich nach wie vor wartend an, aber ich bin zu erleichtert und glücklich, um das zu bemerken. Seit unserem Telefonat bestreiten mein Magen und mein Herz eine Tour de Force ohnegleichen. Mal wollte ich zu viel essen, mal zu wenig. Einmal wollte ich tanzen, dann weinen. Es war eine Achterbahnfahrt de Luxe, und auch wenn es irgendwie unerträglich war, fühlte es sich so gut an. Und jetzt die Auflösung.

»Du warst über drei Jahre von der Bildfläche verschwunden. Was hat dich zurückgebracht?«

»Es tut mir leid. Ich war beschäftigt und habe viel … Nun ja. Ich habe weiter fotografiert. Und meine eigene kleine Firma aufgebaut.«

»Das habe ich gesehen. Gute Bilder. Viele sind sogar sehr gut.«

»Danke.«

Er klopft auf die Mappen neben sich.

»Aber kein Vergleich hierzu.«

Das weiß ich selber. Es ist so surreal, hier bei rohem Fisch mit einem Fotografen zu sitzen, von dem ich viel halte und der mehr kann, als blondierte Teenagermädchen zu knipsen. Der Mann hat schon diverse ernst zu nehmende Preise mit seinen Bildern gewonnen und Ausstellungen in ganz Deutschland. Man muss das so hart sagen: Marco ist keine Fotohure geworden, so wie ich. Er hat immer nur das fotografiert, wonach ihm war, und offensichtlich war auch anderen Menschen danach. Sie haben seine Bilder ausgestellt und gekauft. Er hat auf sein Herz gehört und auf nichts anderes. Und es hat ihm gutgetan.

»Gut, lass mich raten. Du hast eine ... Muse.«

Ich verschlucke mich fast und greife schnell nach der Karte. Wie kommt es, dass Marco mich einfach so durchschauen kann? Bei meiner aktuellen Lebenslage kann das ja was werden. Ich brauche Alkohol, und zwar sehr viel davon.

»Oder eine Affäre. Beides wäre dir zuzutrauen.«

Andererseits fühle ich mich jetzt schon leicht beschwipst und sollte es nicht übertreiben.

»Na klar. Und wenn ich dir sage, dass ich außerdem noch mit Drogen experimentiert habe?«

»Dann hätte ich gerne welche davon.«

Wir lachen, essen, reden, trinken und lachen noch mehr. Dazwischen schauen wir immer wieder Fotos an. Er möchte einige davon gerne einem Freund zeigen, der ein kleines, feines Café mit Ausstellungsfläche hat und immer wieder gerne etwas Neues auf die Beine stellt. Wieso nicht? Im Moment habe ich rein gar nichts zu verlieren.

Zwischen den Maki und Inside-out-Rolls, von denen wir schon zu viele verdrückt haben, erzähle ich von meinem Leben, was ich so gemacht habe und wieso ich aufgehört habe, an meinen Traum zu glauben. Ich benutze dabei nicht Olivers Namen, weil das ungerecht ist. Ich lüge aber auch nicht und sage, dass mein aktuelles Leben es nicht zugelassen hat. Das schließt Oliver mit ein. Ich denke, Marco kann sich auch ohne die direkte Aussprache des Problems ganz gut ein Bild machen. Er lässt es unkommentiert im Raum stehen. Gegen elf Uhr ziehen wir schließlich weiter in eine andere Location, in der heute Abend das Konzert stattfindet.

Dank der öffentlichen Verkehrsmittel haben wir um kurz nach elf Uhr unsere neue Destination erreicht: die *Kiste*. Als wir den kleinen Jazzclub betreten, stelle ich zu meiner Erleichterung fest, dass ich mit meinem schicken Casual Look genau die richtige Wahl getroffen habe. Nur bei Beccies Leihgabe der hohen schwarzen Pumps bin ich mir inzwischen nicht mehr ganz so sicher. Ich will nicht jammern, aber meine Füße tun mir weh.

Marco organisiert uns dankenswerterweise zwei Hocker an der Bar und bestellt direkt zwei Biere dazu. Ich war schon einige Male hier, habe so manches Jazz-Konzert genossen, manchmal sogar fotografiert. Gegen Bezahlung. Heute habe ich meine Kamera zwar auch in der Tasche, allerdings nicht aus beruflichen Gründen, sondern weil ich beschlossen habe, wieder auf jede Eventualität vorbereitet zu sein. Manchmal erwischt man das perfekte Motiv und ist unbewaffnet. Das wird mir nicht mehr passieren. Ich werde meine Kamera bei mir haben, komme was wolle.

Marco scheint hier jeden zu kennen. Ich bin beeindruckt und freue mich, mal wieder einen Abend außer Haus in netter Gesellschaft zu genießen. Er begrüßt eine junge Frau mit einer herzlichen Umarmung und stellt sie mir vor: Es ist Nesli, Volkans Frau. Mit einem sympathischen Lächeln bedankt sie sich für unser Kommen und lädt uns auf einen Drink nach dem Konzert ein. Dann verschwindet sie wieder in der Menge und begrüßt weitere Gäste.

»Sie ist nett.«

»Ja, sie ist auch so ein kreatives Köpfchen wie du.«

Ich muss grinsen, und meine Wangen werden heiß. Ich schiebe es auf den Alkohol und die Hitze hier im Raum.

»Und woher kennst du Volkan?«

»Ach, Volkan ist ein Universalkünstler. Jede Woche versucht er etwas Neues. Momentan hat er diese Band, die spielen eigene Lieder und Cover-Songs, die sie neu interpretieren. Es gibt keine feste Besetzung. Jeden Monat werden neue Musiker gesucht, und dann treten sie gemeinsam auf.«

Ich nicke, das Konzept klingt ganz unterhaltsam.

»Und wie heißen sie?«

»Uns gibt's nicht.«

»Sind sie gut?«

»Das letzte Mal waren sie … ganz okay.«

Er lacht und stößt mit mir an.

»Es kann nur besser werden.«

Dann wird das Licht gedimmt, und die Musiker betreten die Bühne. Ein kleiner, dicklicher Mann verschwindet sofort hinter das Schlagzeug und gibt fortan nur noch den Blick auf seine schwarze Lockenpracht frei. Dann tritt Marcos Freund Volkan auf die Bühne, ein Mann um die dreißig in lässigen grauen Jeans und einem blau-weiß-rot kariertem Flanellhemd. Er trägt einen dünnen Schal um den Hals und einen grauen Hut, der ihm den Look eines Straßenmusikers verleiht. In seiner Hand hält er, wie Marco mir erklärt, eine Pro-Arte-Klassik-Akustikgitarre, die schon etwas mitgenommen aussieht. Sofort fällt mir der große Silberring an seiner rechten Hand auf. Er begrüßt die anwesenden Gäste mit einer tiefen, rauchigen Stimme. Ohne Zweifel verbringt er viel Zeit am Mikrofon – wahrscheinlich auch mit Zigaretten und Alkohol, wenn er nicht gerade singt.

»Schön, dass ihr alle gekommen seid, obwohl wir beim

letzten Mal ja unser Bestes gegeben haben, um euch zu vergraulen.«

Kurzes Gelächter im Publikum.

»Ich würde euch jetzt gerne die geniale Mischung an Musikern vorstellen, die wir für heute Abend gewinnen konnten. Außer Lucy, meiner treuen Begleitung, haben wir ein paar echte Schmuckstücke für euch auftreiben können.«

Lucy, so erfahre ich von Marco, ist seine Gitarre, die er seit sechzehn Jahren bei keinem seiner Konzerte daheim lässt. Dann stellt er den Schlagzeuger als Stuttgarter Urgestein vor, dessen Namen ich nicht verstehe, der aber ein bisschen wie »Ragna« klingt und von dem ich außer den wilden Locken auch jetzt nichts sehe. Dann kommt ein Mann mit schulterlangen Haaren und Vollbart, Ben, in Led-Zeppelin-T-Shirt, Bootcut-Jeans und braunen Doc Martens auf die Bühne. Ich hätte ihn mir gut in einer Band wie den *Foo Fighters* vorstellen können. Die Lefthand Gibson Les Paul vervollständigen dieses Bild. Während er auf einem Barhocker Platz nimmt, grüßt er kurz in die Menge. Optisch will er so gar nicht zu dem wuschelhaarigen Ragna und Volkan passen, der mit Lucy im Arm eher wie eine lässige Version von Eric Clapton wirkt.

»Da wir heute ein sehr gitarrenlastiges Set spielen werden und auf einen Bassisten einfach verzichten, bringe ich noch einen weiteren großartigen Gitarristen auf die Bühne.«

Meine Augen weiten sich.

»Den kenne ich!«

Marco sieht mich überrascht an, als ein gut aussehender junger Mann mit geränderter Brille und kurzen dunklen Haaren auf die Bühne springt. Er trägt ein weißes T-Shirt, schwarze All Stars und eine braune Leinenhose, an der Hosenträger baumeln. In der Hand hat er eine Martin-Gitarre, die sich in der Musikwelt als das Babyface-Signature-Modell einen Namen gemacht hat, wie mir der Musiker einmal selbst erklärt hat.

»Musikexpertin Layla Desio?«

Marco grinst, aber es handelt sich wirklich um Thomas Pegram, der hinter einem Mikrofonständer in Position geht und neben Ragna, Ben und Volkan das Quartett der verschiedenen Typen perfekt ergänzt. Niemals hätte ich mir diese vier Männer zusammen in einer Band vorstellen können, aber genau das scheint den Reiz dieser ganzen Aktion auszumachen.

Thomas stellt sich in Position, schirmt seine Augen mit der Hand vor dem grellen Scheinwerferlicht ab und lässt seinen Blick über das Publikum schweifen. Als er mich entdeckt, winkt er mir kurz zu – ganz so, als hätte er mich hier erwartet. Ich winke leicht irritiert zurück und deute mit einer drehenden Fingerbewegung an, dass wir uns nachher sehen. Er nickt und konzentriert sich wieder auf das Mikrofon vor ihm. Stimmt, er hat in Bregenz erwähnt, dass er demnächst in Stuttgart spielt – für einen Freund, spontan. Volkan sieht noch immer zum Bühneneingang, ganz so, als ob er ein weiteres Bandmitglied erwarten würde.

»Wir warten noch auf unseren nächsten Gitarristen, und dann legen wir für euch los. Wie immer spielen wir so ziemlich jeden Musikwunsch, wenn er weniger als drei Akkorde hat.«

Erneutes Gelächter. Volkan ist gut. Er hat uns sofort in seinen Bann gezogen, und die Musiker werden schon vor ihrer Arbeit mit Applaus bedacht.

»Und hier ist er auch endlich. Begrüßen Sie den Mann für die harten Gitarrenriffs! Tristan!«

Mein Herz bleibt stehen. Das kann nicht sein, und doch ist es so: Tristan, in dunkler Jeans und einem schwarzen

Hemd, spurtet auf die Bühne, die E-Gitarre schon um den Hals. Er sieht mich nicht – wie sollte er auch? Die Scheinwerfer blenden ihn, und anders als Thomas hält er nach niemandem im Publikum Ausschau, aber ich sehe ihn. Er hat sich nicht verändert, und auch seine Wirkung auf mich hat sich kein bisschen verändert. Mein Herz schlägt sofort schneller, mein Blut rauscht in den Ohren, und die Schmetterlinge und kleinen Käfer drehen einfach durch. Ich glaube, ich habe aufgehört zu atmen. Marco sieht mich von der Seite an, sagt aber nichts, und ich muss mich konzentrieren, um mich irgendwie wieder in den Griff zu bekommen.

Die Band legt los, und vom ersten Takt an bin ich gefesselt. Was optisch wie eine bunte Fruchtbowle wirkt, harmoniert musikalisch so wunderbar, dass man das Gefühl hat, diese Jungs stehen seit Jahren jeden Abend zusammen auf der Bühne. Das zeugt von großer Musikalität, wie ich annehme. Aber so gut alle zusammen auch sein mögen, ich habe nur Augen oder Ohren für einen – für Tristan, der lässig dasteht und die Finger über die Gitarrensaiten sausen lässt. Es sieht so einfach aus, und plötzlich fallen mir die Gitarre in seinem VW-Bus und seine Performance für mich in den Weinbergen wieder ein. Sein herzzerreißendes Lied über Lieblingsmomente, bei dem ich fast angefangen hätte zu weinen. Wieso bin ich eigentlich so überrascht? Immerhin scheint Tristan eine Art Lebenskünstler zu sein. Fahrradkurier, Kellner und Aushilfstürsteher. Warum also nicht auch noch professioneller Musiker? Und das hier ist ein Konzert. Wohl oder übel muss ich mich darauf einstellen, dass ich ihn in Stuttgart immer mal wieder spontan treffen werde. Und der Gedanke beruhigt mich.

»Kennst du ihn etwa auch?«

Marco beugt sich zu mir und stellt die Frage direkt in

mein Ohr, um die Musik zu übertönen. Lügen ist zwecklos, so wie ich mich gerade verhalten habe.

»Ja.«

Marco nickt nur. Es folgt kein Kommentar, und dafür bin ich ihm sehr dankbar.

Ich bin in einer überaus guten Situation, das gestehe ich mir ein. Er kann mich nicht sehen, er weiß vermutlich nicht einmal, dass ich mich in diesem Raum befinde, und ich kann ihn in aller Ruhe betrachten. Ich kann die Erinnerungen auffrischen, die schon zu verblassen drohten. Ich sehe, wie er sich bewegt, wie er langsam hin und her geht, wie er lächelt, wie er die Hände um das Mikrofon legt, die Augen während des Gesangs schließt. Ich bekomme eine Gänsehaut, dabei ist es nicht einmal eine Ballade.

»Solche Momente sollte man festhalten.«

Marco beugt sich wieder zu mir und erinnert mich an die Tatsache, dass ich nicht alleine hier bin.

»Was?«

»Fotos. Von der Band. Volkan kann sie auf seine Homepage stellen.«

Er nickt auf meine Tasche, in der sich meine Kamera befindet, und dann zur Bühne, auf der sich die Band langsam warm gespielt hat und das Publikum sie mit begeistertem Applaus versorgt.

Ich versuche, Vollprofi zu sein, knipse Ragnas schwarze Lockenmähne und Ben, wie er fast schon achtlos lässig auf seinem Barhocker sitzt und seiner Gitarre vor allem bei den ruhigeren Stücken immer wieder Töne entlockt, die den ganzen Raum verstummen lassen. Er spielt, als wäre er alleine, nur für sich, als wäre der Laden nicht ausverkauft. Ich stelle den Fokus meiner Kamera auf Thomas, der mit seiner gefühlvollen Stimme jedem Song seinen Stempel aufdrückt und mit seiner Gitarre so natürlich dasteht, als wäre sie ein Körperteil von ihm, ohne den er nicht leben könnte. Immer wieder halte ich das Lächeln fest, das er Volkan zuwirft, wenn der Thomas' warme Stimme mit perfekt gesetzten Akkorden ergänzt, die das Lied ausschmücken und dem Zuhörer das Gefühl geben, es zum ersten Mal zu hören.

Aber auch wenn ich mir wirklich Mühe gebe, für mich gibt es eigentlich nur ein Motiv, von dem ich mich unwiderstehlich angezogen fühle: Tristan und seine Gitarre. Nachdem ich alle anderen Musiker fotografiert habe, wende ich mich endlich ihm zu. Wie in Trance stelle ich die Blende und die Belichtungszeit passend für das Licht ein und werfe dann einen Blick durch den Sucher. Es fühlt sich vertraut an, Tristan so zu sehen. Immerhin habe ich ihn so kennengelernt, habe ihn zum Mittelpunkt dieses einen Fotos gemacht, das alles sagt, was ich zu dem Zeitpunkt empfunden habe – und auch heute noch empfinde. Sehnsucht. Ich wusste nicht, wie er heißt, und jetzt steht er vor mir auf der Bühne, im Scheinwerferlicht, und ich ertappe mich bei dem Gedanken, wie es sich wohl anfühlen würde, wenn ich ihn noch ein Mal umarmen könnte und ihn nicht wieder loslassen müsste.

Schnell schiebe ich den Gedanke beiseite und schieße auch wieder Aufnahmen von den anderen Musikern – aber sie spielen keine Rolle, sie haben nur den Zweck, meine Mission zu verdecken. So muss sich ein Alkoholiker fühlen, der schwach wird und wieder zur Flasche greift. Ich spüre diese Hitze in meinem Körper, ich spüre, wie sie ganz langsam in mir aufsteigt, wie meine Hände fast ein wenig zittern und wie sich ein Lächeln auf meinem Gesicht zeigt.

Innerhalb von weniger als drei Minuten hat sich eine ganze Urlaubswoche in nichts aufgelöst. Alle guten Vorsätze schmelzen dahin. Ich sehe nur noch ihn und warte auf das perfekte Foto. Mir entgeht keine noch so winzige

Bewegung. Ich habe die offizielle Erlaubnis, ihn zu beobachten, und ich muss mich nicht entschuldigen. Losgelöst von all dieser Angst mache ich Fotos von ihm, auf die ich mich schon freue. Dieses Selbstbewusstsein, mein Handwerk zu beherrschen, ist wieder zurückgekehrt und fühlt sich unglaublich gut an.

Ich beobachte ihn weiter durch mein Objektiv. Er wippt leicht mit dem treibenden Schlagzeugbeat mit, wartet auf seinen Einsatz und blickt auf einen Punkt irgendwo über dem Publikum. Seine Körperhaltung verrät Anspannung und Konzentration, während sein Blick beinahe leer in die Ferne schweift. In wenigen Takten ist es so weit. Als ich plötzlich für den Bruchteil einer Sekunde etwas in seinem Blick aufflackern sehe, tut es tief in meinem Inneren, also gut, in meinem Herzen, kurz weh, und ich drücke ab. Sofort werfe ich einen prüfenden Blick auf die digitale Anzeige meiner Kamera, und eine Art Miniaturvorschau des Bildes erscheint. Mein Puls beschleunigt sich, denn ich weiß, dass ich gerade ein weiteres dieser besonderen Bilder eingefangen habe. Doch beim Anblick des Ergebnisses zieht sich mir mein Herz gefährlich fest zusammen, als wolle es sich zu einer winzigen Origami-Figur zusammenfalten – und mir wird kalt. Ich kann nicht glauben, was ich da sehe. Ich habe es geschafft, diese tiefe Traurigkeit einzufangen, die mir schon öfter an Tristan aufgefallen ist. Und alles, an was ich beim Anblick des Fotos denken kann, ist: Es geht ihm nicht gut.

Marcos Gesicht schiebt sich neben mich, ein fachmännischer Blick.

»Verdammt, Süße.«

Ich sehe zu ihm, fragend, wieder bröckelt alles, und meine Selbstsicherheit ist dahin. Habe ich mich überschätzt? Ist es der Alkohol?

»Das ist spitze!«

Er zwinkert mir vielsagend zu und nickt dann wieder zu Tristan. Ich sehe langsam nach oben.

Er ist an den Bühnenrand gekommen und hat mich entdeckt. Überraschung steht ihm ins Gesicht geschrieben. Ob er sich freut, mich zu sehen, oder ob es ihm eher unrecht ist, dass ich hier bin, kann ich nicht sagen. Ich hebe eine Hand zum Gruß und versuche, dabei sehr locker zu wirken. Allerdings bewege ich mich dabei, als hätte ich einen Besen verschluckt, und in mir beginnt sich eine eisige Angst breitzumachen. Was, wenn er mich nicht hierhaben will? Wenn er mich nicht wiedersehen will?

Aber dann sehe ich ein Lächeln und mein Herz schwillt an, wird größer und weist die anderen inneren Organe in ihre Schranken. Er winkt mir kurz zu, so gut es beim Spielen geht. Okay, es ist in Ordnung, dass ich hier bin.

Aber dann beschleicht mich ein anderer Gedanke: Helen! Ich sehe mich erschrocken um. Irgendwo hier muss sie sein, ich kann es fast schon spüren. Sie ist hier. Ich sehe zu den anderen Tischen, dann zu den Leuten, die keinen Sitzplatz bekommen haben. Der Raum ist gut gefüllt. Einige Frauen in unserem Alter. Ich suche nach ihrem Gesicht, ihrem Lächeln. Ich komme mir wie »die andere Frau« vor, und das fühlt sich mies und schäbig an. Ich kann sie nicht finden, aber ich bin kein Idiot, sie ist hier irgendwo. Vermutlich sind sie mehr oder weniger direkt aus Frankreich hier angekommen. Mein Blick geht wieder zur Bühne, und ich versuche, in jeder seiner Bewegungen zu erkennen, wo sie sein könnte. Ein Lächeln in eine bestimmte Ecke des Raumes, ein Zwinkern oder Winken. Aber er spielt einfach nur die Lieder, und das auch noch sehr gut.

Nach fast einer Dreiviertelstunde entscheidet sich die Band, eine kleine Pause zu machen, und somit habe ich die Chance, mich wieder etwas zu fangen. Wir bestellen jeweils ein neues Bier, und Marco entschuldigt sich plötzlich, aber er müsse sich jetzt sofort eine Zigarette genehmigen. Ich blicke ihm verdattert hinterher.

»Hey!«

Ich zucke merklich zusammen. Tristan taucht neben mir an der Bar auf, eine Flasche Bier in der Hand und dieses typische Tristan-Lächeln im Gesicht.

»Hey.«

Meine Stimme klingt merkwürdig belegt. Stille. Ich weiß nicht, was ich sagen soll, und ihm scheint es nicht anders zu gehen.

»Was machst du hier?«

Eine durchaus stimmige Frage, und ich bin sehr froh, eine Antwort zu haben. Vielleicht denkt er ja, dass ich nur wegen ihm da bin. Aber das ist nicht der Fall, und das finde ich gut.

»Marco, ein Freund, hat eine Begleitung gebraucht. Und du?«

Ganz offensichtlich bin ich noch nicht wieder Herr meiner Gedanken, denn sonst würde ich wohl kaum eine so selten dumme Frage stellen. Er grinst und zieht sich Marcos Stuhl zurecht. Na toll, jetzt hat er sich zu mir gesetzt und ist mir näher, als ich es verkrafte.

»Ich spiele mit Volkan und den Jungs in der Band.«

Ich will ihn umarmen und wissen, was mit ihm los ist, und ihm sagen, dass ich ihn vermisse, aber ich traue mich nicht, weil es unpassend ist und keinen Sinn ergibt. Vor allem nicht, wenn Helen da ist, und nach alldem, was ich bei unserem letzten Treffen zu ihm gesagt habe.

»Wie war der Bodensee?«

Er hat es also gelesen, ich muss lächeln.
»Toll. Wie war Frankreich?«
»Toll.«
Ich entscheide mich, ihm zu glauben, so wie er mir glaubt. Vielleicht waren beide Trips schön, und vielleicht hatten beide den gleichen Zweck, nämlich uns zu vergessen. Aber jetzt sitzen wir doch wieder zusammen an diesem Tresen und sehen uns an. Ich weiß nicht, was er fühlt, was ich für ihn bin, wo wir stehen oder wo Helen ist, aber ich freue mich so sehr, ihn zu sehen.
»Ich hoffe, wir sind nicht zu mies.«
Er nickt zur Bühne, und ich schüttele den Kopf, müsste aber lügen, wenn ich behaupten würde, dass ich mich an die Songs erinnern könnte. Er nimmt einen Schluck Bier, und mein Blick fällt auf das Tattoo an seiner Handkante. *Hope*. Es berührt mich nach wie vor in meinem Inneren.
»Nein, ihr seid gut. Mit viel Alkohol sogar sehr gut.«
Er lacht, und ich entspanne mich etwas.
»Hast du einen Musikwunsch?«
Ich überlege kurz, kann aber nur in seine fragenden grünen Augen blicken und somit keinen klaren Gedanken mehr fassen.
»Keinen spontanen, nein, tut mir leid.«
»Wenn dir was einfällt, lass es mich wissen. Wir spielen so ziemlich alles.«
Ich nicke, sehe dann kurz an ihm vorbei und versuche zu erkennen, wo Marco steckt. Er müsste eigentlich gleich wieder hier sein, und ich weiß nicht so recht, wie viel ich von meinen Gefühlen für Tristan noch verbergen kann.
Da beugt Tristan sich zu mir herunter, so wie vorhin Marco, aber diesmal wird mir ganz warm. Es ist so, als würde von seinem Körper eine Wärme auf mich über-

springen. Sofort kribbelt mein ganzer Körper, und mir wird bewusst, wie sehr ich seine Nähe vermisst habe.

»Du siehst atemberaubend aus.«

Damit steht er auf und ist wieder verschwunden. Ich halte mich an meinem Getränk fest und weiß: Mein Kopf läuft gerade knallrot an. Es scheint so, als würde mein Körper nicht wissen, wohin mit dem ganzen Blut, und als würde er es deshalb in mein Gesicht schießen, damit auch wirklich jeder im Raum sieht, wie sehr mich Tristans Worte bewegen.

Ich kann Marco riechen, noch bevor ich ihn sehe, und er lässt sich wieder auf den Stuhl neben mich fallen. Das verschafft mir den Bruchteil einer Sekunde, um mich wieder zu fassen.

»Kennt ihr euch gut?«

Er kommt direkt auf den Punkt, und ich spiele mit.

»Ja.«

»Woher kennt ihr euch?«

»Er ist mein Fahrradkurier.«

Das ist nicht einmal gelogen, und ich lächle ihn ehrlich an.

Bisher habe ich nicht gelogen. Ja, ich kenne ihn gut – und ja, er ist mein Fahrradkurier. Aber Marco scheint ebenso wenig überzeugt davon wie ich, nickt und deutet auf mein Gesicht.

»Nun, dein Fahrradkurier hat dir eine gesunde Farbe ins Gesicht gezaubert, meine Liebe.«

Er lacht und nimmt sein Glas in die Hand. Bevor ich etwas zu meiner Verteidigung erwidern kann, stößt er mit mir an.

»Er ist es, habe ich recht?«

»Er ist was?«

»Deine Muse. Die Fotos. Das neue Gefühl. All das, was du mir vorhin im Restaurant erzählt hast. Er ist es, oder?«

»Was? Nein, Quatsch. Er ist nur ein Freund.«

Und er weckt in mir längst verschüttete Träume und Hoffnungen und füllt mein Leben im Sekundentakt mit Lieblingsmomenten an, was eben schon wieder passiert ist. Als würde Gott nicht glauben, dass ich es bereits verstanden hätte. Zur Sicherheit lieber noch eine weitere Lektion in Sachen: »Was Tristan dir wirklich bedeutet«. Ich könnte genauso gut alles zugeben und nicken. Aber ich kann nicht.

»Er ist nur ein Freund. Wirklich.«

Das Licht wird wieder etwas stärker gedimmt, die Leute haben ihre Position eingenommen, und ich sehe wieder zur Bühne. Tristan ist nur ein Freund, der jetzt auf der Bühne steht, seine Gitarre neu stimmt – leicht gebeugt, das Plektrum zwischen den Zähnen, mit ernstem Gesichtsausdruck, und damit perfekt für ein Foto. Ich weiß nicht mehr, wie lange es gedauert hat, vermutlich nur Sekunden, aber ich weiß, noch während ich auf den Auslöser drücke, dass die Fotos, die ich von diesem Moment mache, unwiderstehlich gut werden. Sie sind voller Intimität. Tristan und seine Gitarre. Er hält sie wie einen Frauenkörper, zärtlich, fast schüchtern, voller Liebe. Sein Blick zeigt völlige Konzentration, seine nur einen schmalen Spalt geöffneten Lippen, seine leicht geröteten Wangen, ich habe alles aufgezeichnet.

Mich stört Marcos Blick nicht, weil ich ihm scheinbar ohnehin nichts vormachen kann und er mich bereits durchschaut hat. Aber mit der Kamera in der Hand habe ich zumindest eine Ausrede, um Tristan wieder betrachten zu können. Als er während des Stimmens einmal kurz aufblickt, seine grünen Augen direkt auf mich gerichtet sind und für einen Moment aufleuchten, schreckt er damit einen Schwarm Schmetterlinge in meinem Bauch auf, und ich falle fast vom Hocker. Als er sich sofort wieder lächelnd seiner Gitarre zuwendet, ist alles wieder so, als wäre nichts gewesen, nur das Flattern in mir beweist, dass das gerade wirklich passiert ist.

Volkan wendet sich wieder ans Publikum.

»Okay, als Nächstes spielen wir einen Klassiker der Wunschlieder. Und der Wunsch kommt diesmal direkt aus der Band. Tristan?«

Mein Körper spannt sich an, meine Hände klammern sich fest an meine Kamera, meine Atmung verändert sich. Und setzt schließlich aus. Tristan tritt ans Mikrofon und grüßt kurz die Menge.

»Sorry, wenn ich diesmal egoistisch meinen Wunsch vorschiebe. Aber heute ist jemand im Publikum, und ich möchte ihr gerne dieses Lied widmen. Viel Spaß.«

Mein Puls rast durch meinen Körper, als hätte Sebastian Vettel die Kontrolle über die roten Blutkörperchen übernommen, um das letzte Rennen der Formel-1-Saison zu gewinnen. Alles in meinem Kopf dreht sich. Ich versuche, mich zu beruhigen. Helen. Er spricht von Helen. Er wird ein kitschiges Liebeslied für seine Freundin singen. Er singt nicht für mich, also hör auf, dir so was einzubilden, du dumme Nuss! Es kann nicht um dich gehen. Es geht nicht um dich. Meine Atmung beruhigt sich wieder, und ich nehme einen Schluck Bier.

Tristan entfernt sich einen Schritt vom Mikrofon und scheint schon wieder seine Gitarre zu stimmen. Zumindest hört es sich zunächst so an. Er zupft verschiedene Saiten an, und dann entsteht plötzlich eine vage Melodie, aber es weckt keine musikalische Erinnerung. Ich lehne mich zurück. Er nickt mit dem Kopf, als habe er die richtige Stelle gefunden, und dann passiert es: Ich höre die Musik, nur ein paar Akkorde, und sofort weiß ich, um welches Lied es sich handelt. Es ist weltbekannt, es ist ein Klassiker, es ist ein Lied zum Tanzen und Mitsingen. Es ist, mehr denn je, *mein* Lied.

Seine Finger sausen jetzt nur so über die Saiten. Er spielt *Layla* von Eric Clapton.

Tristan nähert sich dem Mikro und singt die ersten Zeilen mit geschlossenen Augen. Und für die nächsten drei Minuten muss mein Körper ohne mich überleben.

Würden nicht gerade tausend Gedanken gleichzeitig über mich hereinbrechen, wäre ich schon längst wie ein Groupie auf diese Bühne gestürmt, um ihn zu umarmen, zu küssen und von der Bühne zu schleifen. Tristan öffnet die Augen, sein Blick sucht im Publikum nach einem ganz bestimmten Gesicht, und es ist nicht das von Helen. Seine Augen finden meine. Die anderen Gäste scheinen zu verschwinden. Ich sehe nur noch ihn, sogar Marco existiert für diesen kurzen Moment nicht mehr. Ich habe Tristan bereits singen gehört, aber dieses Lied scheint für seine Stimme gemacht. Noch nie ist mir der Text so bewusst geworden wie heute Nacht. Ich weiß, dass Eric Clapton das Lied für die Frau von George Harrison geschrieben hat, in die er damals ganz schrecklich verliebt war. Sie war vergeben, und das auch noch an einen seiner Freunde. Tristan kennt Oliver nur von Fotos und aus Erzählungen, aber auch ich bin vergeben. Ich interpretiere zu viel in dieses Lied, nicht wahr? Es ist nur ein Lied, das so heißt wie ich.

Aber als im Refrain ein ganzer Saal meinen Namen singt, fällt mir die Behauptung schwer, ich würde mich nicht angesprochen fühlen. Durch seinen Gesang bittet Tristan mich – *Layla* – um eine Chance: Er sei doch schon auf seinen Knien! Und tatsächlich geht er in die Knie. Aber noch weigere ich mich, dem Liedtext Glauben zu schenken. Ich bin viel zu sehr damit beschäftigt, Tristan einfach nur anzustarren. Er steht wieder auf, kommt an den Rand der Bühne, ein freches Lächeln auf seinem Gesicht, während er mich dabei genau ansieht. Ich muss lächeln und denke, spätestens jetzt haben auch die anderen im Raum verstanden, für wen er dieses Lied spielt. Es folgt ein Gitarrensolo, und Tristans Hände tanzen über die Saiten, als hätten sie nie etwas anderes gemacht. Er wirkt so selbstsicher und gelöst auf der Bühne. Er geht in diesem Lied scheinbar auf. Ich habe wirklich versucht, cool zu wirken, aber alle anderen im Raum klatschen auch. Und so gebe ich auf. Das Lächeln auf meinem Gesicht wird noch größer, und Tristan zwinkert mir zu, geht dann zum anderen Bühnenrand, und ich weiß, dass ich das Lied von nun an für immer mit Tristan in Verbindung bringen werde und dass ... ich mich ohne Zweifel und endgültig in Tristan verliebt habe. Es ist sinnlos, mich weiterhin selbst zu belügen. Ich bin verliebt, in Tristan Wolf.

Marco lehnt sich zu mir.

»Nur dein Fahrradkurier, hm?«

Lieblingsplätze

Nach dem Konzert weiß ich nicht, was ich machen soll. Thomas begrüßen? Tristan suchen? Oder einfach so schnell wie möglich verschwinden? Aber Marco sagt, ich solle noch kurz warten, er müsse sich noch von Volkan verabschieden. Ich bleibe also sitzen und versuche, so unauffällig wie möglich zu sein. Ich weiß nämlich nicht, was ich tun oder sagen soll, wenn Tristan plötzlich neben mir auftaucht. Ich weiß nicht, wie lange ich es noch vermeiden kann, ihn zu küssen.

»Entschuldigung?«

Eine Hand berührt meine Schulter, und ich will schon flüchten, aber es kann nicht Tristan sein, das würde ich spüren, und es fühlt sich nicht an wie Tristan. Ich gebe der Stimme Zeit, neben mich zu treten und ein Gesicht zu bekommen.

»Hi. Du musst Layla sein.«

Ich kenne das Gesicht, aber irgendwie auch wieder nicht. Ich habe es schon mal gesehen, aber wo? Kenne ich diesen jungen Mann?

»Sorry, wie unhöflich.«

Er streckt mir seine Hand entgegen.

»Ich bin Björn, ein Freund von Tristan.«

Natürlich, Björn! Der Facebook-Freund, dessen Fotos ich mir neulich noch so genau angeschaut habe. Zum ersten Mal, seitdem ich Tristan kennengelernt habe, treffe ich jemanden aus seiner Welt. Ich nehme Björns Hand an und lächle schüchtern.

»Hi. Ja, ich bin Layla.«

»Das war nicht zu übersehen.«

Er nickt zur Bühne, und ich würde gerne die Gabe haben, mich in Luft aufzulösen. Und zwar jetzt sofort. Ein Bild von ihm, Tristan und Helen drängt sich vor mein inneres Auge. Er kennt Helen. Er mag Helen. Und ich bin jetzt so was wie eine musikalische Affäre. Er wird mir den Kopf waschen und sagen, ich solle mich von seinem Freund fernhalten, oder er wird mir einen Pferdekopf ins Bett legen.

»Willst du schon gehen?«

Okay, damit habe ich nicht gerechnet. Ich schaue auf die Uhr. Es ist schon weit nach Mitternacht und unter der Woche. Ich bin müde, diese Schuhe bringen mich um, und ganz ehrlich: Ich weiß nicht, was ich will.

»Ich bin ziemlich müde.«

»Vielleicht noch ein Bier? Natürlich nur, wenn dein Freund nichts dagegen hat.«

Mein Freund?

»Wer?«

»Na, dein Freund.«

»Marco? Das ist nicht mein Freund. Das ist ein Freund.«

Wieso ich mich in Erklärungsnot sehe, weiß ich nicht – aber so, wie Björn das sagt, geht er davon aus, dass ich einen Freund habe. Vielleicht hat Tristan ihm das erzählt? Aber wieso sollte Tristan über mich reden? Vor allem mit jemandem, der Helen kennt?

»Ach so, ich dachte, das wäre dein Freund. Also, wie sieht es aus? Ein Bier?«

Ich gebe mich geschlagen. Marco ist schließlich auch noch da. Das ist nicht falsch, es ist nur ein Bier. Ich entdecke Marco, der noch in ein Gespräch mit Volkan und dessen

Frau Nesli vertieft ist, in einiger Entfernung, winke ihm kurz zu, und er nickt. Ein Bier klingt jetzt viel besser. Björn bestellt drei Bier, und ich kann nur erahnen, für wen das dritte wohl ist.

»Wie hat es dir gefallen?«

»Es war gut.«

Ich könnte auch die Wahrheit sagen, dass wegen Tristan es einer der schönsten Abende in meinem ganzen Leben war.

»Ja, ich finde es auch gut, dass er wieder spielt. Hat ja auch lange genug gedauert.«

Ich verstehe nicht, aber ich nicke und stoße dann mit ihm an. Er ist nicht ganz so groß, wie ich angenommen habe, aber er ist durchtrainiert. Er hat kurze blonde Haare, grüne Augen, ein schönes Lächeln, und ich weiß mehr über ihn, als er vermutlich annimmt.

»Wie war es denn so am Bodensee?«

Ich sehe ihn überrascht an. Woher will er das wissen? Woher kann er das wissen? Immerhin habe ich, im Gegensatz zu ihm, meine Pinnwand auf Privat gestellt. Er scheint zu wissen, was ich denke, und grinst jetzt ebenfalls.

»Tristan meinte, du bist mit deinem Freund weg.«

Tristan spricht also wirklich über mich. Mit ihm. Ist das gut oder schlecht? Wird er mir gleich sagen, ich soll aufhören, mich in sein Leben zu drängen, und mich verziehen, bevor etwas Schlimmes passiert? Verdient hätte ich es auf jeden Fall, das weiß ich.

»Ja, wir waren eine Woche am Bodensee. Es war sehr schön.«

Dieser Satz klingt wie auswendig gelernt, und es fühlt sich auch so an. Ich muss das sagen, weil es so geplant war. Es war schön, nur leider hat sich die wunderbare Wirkung schon beim Betreten unserer Wohnung in Luft ausgelöst, und ich verschwende nicht mal einen Gedanken an Oliver und an das, was er wohl gerade daheim macht.

»Tristan war ja in Frankreich und hat sich dort in die Wellen gestürzt. Den Luxus hätte ich auch gerne.«

Er lacht, es ist ein lustiges Lachen. Dann nimmt er einen Schluck Bier. Okay, er sagt nichts. Noch nicht. Aber sein Blick wird etwas ernster, als er das Bier absetzt und etwas näher rückt.

»Ich weiß, das geht mich alles nichts an …«

Jetzt kommt es. Er wird mir sagen, ich soll mich verziehen, mich fernhalten, Tristan und Helen in Ruhe lassen. Er wird mich fragen, was ich für ein Mensch bin, der den Partner betrügt und sich in eine andere Beziehung drängen will.

»… aber tu ihm bitte nicht weh. Okay?«

Ich soll ihm wehtun? Niemals wäre ich in der Lage, Tristan Wolf zu verletzen. Das ist gar nicht möglich. Ich habe ihn viel zu gerne, als dass ich etwas tun könnte, was ihm wehtut. Das könnte ich nicht ertragen. Ich denke an das Foto, das ich vorhin geschossen habe, und sehe wieder diesen unendlich traurigen Blick, und dann zerreißt es mir fast das Herz. Die Vorstellung, ich könnte eines Tages der Grund dafür sein, lässt mein Herz auf die Größe einer Erdnuss schrumpfen.

Bevor ich etwas erwidern kann, steht Tristan neben uns. Er trägt ein frisches T-Shirt und hat seinen Gitarrenkoffer dabei. Sein Blick fliegt über mein Gesicht, und er überrascht mich mit einem etwas unsicheren Lächeln.

»Ihr habt euch schon bekannt gemacht?«

Björn nickt und reicht ihm eine Flasche Bier.

»Japp, haben wir. Süßes Mädchen.«

Tristan stößt mit mir an, sieht mir dabei in die Augen und lächelt. Was ist das hier? Ich kann mit dieser Situation nichts anfangen. Ist das ein Versuch, Freunde zu sein? Wir trinken zusammen Bier, und ich lerne seine anderen Freunde kennen? Wieso dann vorhin auf der Bühne diese … ja … nun … Liebeserklärung? Es war eine Liebeserklärung, oder? Also bei mir hat sie gewirkt. Er ist auf die Knie gegangen, hat dann allerdings gegrinst. O Gott. Ich mache mich hier lächerlich, nicht wahr? Das war nichts anderes als ein Lied, das zufällig meinen Namen trägt. Ich bin nicht Claptons Layla, und Tristan ist nicht Clapton, und Oliver ist ganz sicher nicht George Harrison. Wir sind wir, und das war nur ein Lied. Gut, dass das geklärt wäre. Etwas verunsichert nehme ich wieder einen Schluck Bier und frage mich, wie Björn das eben gemeint hat, ich solle ihm nicht wehtun?

»Kann ich die Fotos sehen?«

Tristan zeigt auf meine Kamera, aber es ist mir unangenehm. Ich möchte nicht, dass er sieht, wie viele Fotos ich von ihm gemacht habe. Er könnte es falsch verstehen oder, noch schlimmer, genau richtig.

»Ich muss sie erst bearbeiten und eine Auswahl treffen. Aber wenn du magst, schicke ich sie dir.«

»Sie sind brillant.«

Marco schiebt sich zwischen uns. Er hat Volkan, Nesli, Thomas und sogar Ben im Schlepptau. Dann reicht er sowohl Tristan als auch Björn die Hand.

»Marco. Hallo. Und die Fotos sind wirklich brillant. Wie die meisten, die Layla macht.«

Er lächelt mich an, und ich weiß, er meint es so – aber ich habe noch immer Schwierigkeiten, Komplimente für meine Arbeit anzunehmen. Vor allem von Marco, der wirklich Ahnung hat. Und vor allem, nachdem ich doch die letzten Jahre damit verbracht habe, meine Träume und mein Talent zu verleugnen. Er dürfte ruhig etwas gemeiner sein und es mir nicht so leicht machen.

»Du solltest ihm die Mappe zeigen.«

Auch du, mein Sohn Brutus. Wie kann mir Marco das nur antun? Wenn Tristan die Bilder sieht, wird er verstehen, und das darf er nicht. Ich weiß momentan doch gar nicht, was wir sind, und ich kann ihn nicht wissen lassen, wie wichtig er für meine Arbeit geworden ist.

»Die würde ich sehr gerne mal sehen. Ich kenne nicht viele Fotos von ihr.«

Ich will mich gerade mit einer blöden Ausrede aus der Affäre ziehen, als Thomas sich einschaltet und stolz den Arm um mich legt.

»Sie hat ein paar wirklich tolle Fotos bei meinem Konzert gemacht. Ich habe einige davon auf meine Homepage gestellt, und ein Journalist, der vielleicht eine kleine Geschichte über mich macht, würde sie gerne im Heft abdrucken.«

»Wirklich?«

Das hat er mir noch gar nicht erzählt, und ich bin momentan über jede Ablenkung dankbar.

»Hast meine Nachricht von heute Nachmittag nicht gesehen?«

»Nein. Ich hatte keine … Zeit. Die wollen meine Bilder? Wirklich?«

»Ja, das ist aber alles noch nicht in trockenen Tüchern. Jetzt zeig erst mal, Layla.«

Thomas sieht mich aufmunternd an. Auch alle anderen Augenpaare sind auf mich gerichtet, als wäre ich in den letzten zwanzig Sekunden zur Hauptfigur dieser Runde erklärt worden. Auch Tristan lässt mich keinen Moment aus den Augen. Es scheint fast, als könne er meine Gedanken lesen, was mich noch unsicherer werden lässt.

»Kein Problem. Dann übernehme ich von hier ab.«

Marco zieht meine Mappe aus der Tasche und will sie

Tristan reichen, aber ich bin schneller und bekomme sie zu fassen.

»Nein. Das ist … keine gute Idee.«

»Wieso denn? Ich habe dir doch gesagt, wie wunderbar sie sind. Wirklich. Die Bilder müssen unter die Menschen.«

Er lächelt Tristan und Björn an und hat keine Ahnung, was er mir hier gerade antut. Aber ich gebe nach, gebe Tristan die Mappe und weiß genau, er wird mich durchschauen. Er wird seine Worte in meinen Bildern wiedererkennen. Die kleine Gruppe stellt sich näher an Tristan. Alle wollen einen Blick auf meine Bilder werfen. Schließlich klappt er die Mappe auf und betrachtet das erste Bild, ein Lächeln liegt auf seinem Gesicht. Ich kenne die Reihenfolge der Bilder auswendig, und auch wenn ich sie nicht sehen kann, weiß ich, was er gerade sieht. Volkan sieht ihm über die Schulter, sichtlich beeindruckt.

»Wow. Wenn ich nicht schon hier wohnen würde, würde ich sofort nach Stuttgart ziehen. Die Bilder sind echt klasse.«

Marco nickt zustimmend und sieht mich aufmunternd an. Aber mein Blick bleibt an Tristans Gesicht hängen. Alle anderen scheinen begeistert, aber das interessiert mich nicht. Nicht mehr lange, und er wird es verstehen. Er betrachtet das nächste Bild, noch immer lächelt er. Dann das nächste Bild. Das Lächeln wird kleiner, und seine Augenbrauen ziehen sich leicht zusammen. Er betrachtet das Bild genauer, blättert weiter und weiter. Er lächelt nicht mehr. Auch Björn scheint auf einmal etwas verwirrt. Er sieht zu Tristan, der die Mappe in Marcos Hände gleiten lässt, als wäre sie mit einem Mal unendlich schwer geworden. Er sagt nichts. Björn sieht mich entgeistert an.

Ich habe mit jeder Reaktion gerechnet, aber ganz sicher nicht hiermit. Eine Mischung aus Angst und Panik schnürt mir die Kehle zu. Ich starre Tristan an, der langsam zu mir aufblickt. Seine Augen schimmern – ist das Wut?

»Die Fotos sind sehr gut. Entschuldigt mich, ich sollte nach Hause.«

Tristan nimmt seinen Gitarrenkoffer und geht einfach davon. Björn sieht mich überrascht an, als wäre ich ein Geist.

»Woher hast du das gewusst?«

»Was gewusst?«

»Das sind Helens Lieblingsplätze.«

Mein Herz will fast stehen bleiben, als ich verstehe, was Björn da gerade gesagt hat.

»O nein.«

Schnell stelle ich mein Bier ab und gehe ihm nach, wissend, wie unhöflich es ist, meine Freunde so wortlos stehen zu lassen. Aber ich muss mich entschuldigen, das habe ich nicht gewusst oder gewollt. An der Tür erreiche ich ihn.

»Tristan, bitte warte!«

Aber erst draußen bleibt er stehen und nimmt einen tiefen Atemzug, bevor er sich zu mir umdreht.

»Was soll das, Layla?«

»Ich verstehe nicht.«

»Diese Fotos.«

»Ich habe nur … Ich wusste nicht … Es tut mir leid.«

»Warum machst du so was?«

Seine Stimme wird etwas lauter. Er schreit nicht, nicht so richtig, aber er ist wütend, so habe ich ihn noch nie erlebt, und ich will, dass es sofort wieder aufhört.

»Es tut mir leid. Ich hätte … dich fragen sollen.«

»Und die Antwort hätte dir nicht gefallen, glaub mir. Aber noch mal: Was soll das? Ist das deine Vorstellung von einer netten Geste? Oder willst du mir einfach nur wehtun?«

»Ich will dir nicht wehtun.«

»Musst du mich dann unbedingt daran erinnern? Glaubst du, ich brauche auch noch Fotos davon? Ich weiß, dass es sie gibt, und ich trage das jeden Tag mit mir herum.«

»Der Gastroführer ... ist für Helen?«

»Was?«

»Na, der Gastroführer ...«

»Welcher Gastroführer?«

»Ich habe deinen Gastroführer gekauft und bin ... deinen Worten gefolgt. Ich habe fotografiert, was du beschrieben und gesehen hast.«

Er will etwas sagen, hält dann aber inne. Ich glaube, ich habe noch nie so viel Schmerz in seinem Blick gesehen wie in diesem Moment. Und ich bin der Grund dafür.

»Das hast du für Helen geschrieben, habe ich recht? Und ich habe mich mit meinen dämlichen Bildern einfach ...«

Er sieht mich an und schüttelt nur leicht den Kopf.

»Du verstehst das nicht.«

»Dann erkläre es mir bitte.«

Er sieht mich einen Moment lang zögernd an.

»Vergiss es.«

Damit dreht er sich um und lässt mich einfach so stehen. Als hätte ich mich plötzlich in Luft aufgelöst, als wäre ich gar nicht da. Wenn er wüsste, wie sehr mir das gerade wehtut – ich bin mir sicher, er würde es nicht tun.

Björn taucht neben mir auf und sieht ihm nach. Ich stehe einfach nur da.

»Ich ...«

... weiß nicht, was ich sagen soll. Ich habe nämlich wirklich keine Ahnung, was hier gerade los ist. Ich weiß nur, dass Tristan gerade vor mir geflüchtet ist und dass ich ihn mit meinen Fotos sehr verletzt habe. Eben noch warnt mich Björn, und jetzt habe ich es getan. Nachdem er auf der Bühne etwas so unglaublich Süßes für mich gemacht hat.

»Lass ihn gehen. Im Moment ist es besser, wenn er alleine ist. Er kommt schon wieder runter. Mach dir keine Sorgen.«

»Mir tut das so leid, wirklich, ich wollte das gar nicht. Und jetzt hasst er mich.«

»Er mag dich, Layla. Er mag dich … sehr.«

Wieso Björn so nett zu mir ist und mir keine Ohrfeige gibt oder mir sagt, dass ich das Letzte bin, weiß ich nicht. Aber ich bin ihm dankbar.

»Das denke ich nicht.«

»Doch. Aber das mit Helen hat ihn irgendwie wieder in die Realität gebracht.«

Er lächelt mich an und drückt mich dann überraschend an sich.

»Er mag dich, glaub mir. Und ich mag dich auch, aber ich muss jetzt erst mal meinen besten Freund einfangen. Wir sehen uns.«

Dann lässt er mich los und spurtet Tristan in die Nacht hinterher. Ich weiß nicht, was passiert ist, ich weiß nicht, ob und was ich kaputt gemacht habe, aber ich spüre dieses Verlangen, mich immer und immer wieder zu entschuldigen.

Zurück in der *Kiste* verabschiede ich mich von Marco mit dem Versprechen, ihm bald professionelle Abzüge der Fotos zu schicken, und von Thomas mit dem versprechen, ihm die hochauflösenden Dateien der Konzert-Fotos zu schicken.

Danach fahre ich schweigend nach Hause.

Oliver schläft schon, als ich die Wohnungstür hinter mir schließe. Ich setze mich, wie inzwischen schon so oft, mit meiner Kamera auf den Balkon, fahre meinen Laptop hoch und greife nach Tristans Gastroführer. Ich lese noch einmal die Einführung. Vielleicht habe ich es überlesen, aber da steht es ganz deutlich, am Ende des Vorworts:

Vielleicht kann dieses Stuttgart mit seinen verborgenen Schätzen ja auch Ihr Stuttgart werden. Mir hat jemand die Augen für die Kleinigkeiten im Leben geöffnet. Hoffentlich kann ich dieses Geschenk mit diesem Gastronomieführer weitergeben.

Wie konnte ich das nur überlesen? Oder bei diesem »jemand« nicht sofort an Helen denken? Es ist gar nicht sein Stuttgart, das ich gesehen habe. Es ist ihr Stuttgart. Ich sehe die beiden in einem Café sitzen, Händchen haltend durch den Schlosspark gehen, sie zeigt ihm, wo man gute Pizza bekommt und wo man sich mitten in Stuttgart wie an der Riviera fühlen kann. Tristan hat das alles nur in Worte gepackt, der Inhalt kommt von ihr, und alles zusammen befindet sich in diesem Buch vereint. Ihre Liebe zu dieser Stadt, seine Liebe zu ihr, und ich habe mich, ohne es zu wollen, mit den Fotos dazugesellt. Ich hatte kein Recht dazu.

Ich schaue auf seiner Facebook-Seite vorbei, aber da findet sich nichts Neues. Allerdings habe ich eine Freundschaftsanfrage von Björn, die ich annehme, auch wenn ich mir nicht sicher bin, ob das so eine gute Idee ist.

Ein Geräusch erinnert mich daran, dass die Bilder von meiner Speicherkarte jetzt auf den Laptop geladen sind. Ich lehne mich zurück und klicke auf das erste kleine Bild, das sofort die gesamte Fläche meines Bildschirms einnimmt. Tristans Gesicht. Ich muss lächeln. Es hat so gutgetan, ihn wiederzusehen. Es war schön, mit ihm zu reden. Und ich kann noch immer nicht glauben, wie der Abend geendet hat. Ich habe ihn verletzt, und das vollkommen unabsichtlich. Noch immer habe ich keine Ahnung, wie ich mich bei ihm entschuldigen könnte. Eine Nachricht über Facebook ist bestimmt nicht das, was er jetzt lesen möchte. Vielleicht will er mich im Moment nicht einmal sehen.

Also schreibe ich Björn eine kurze Nachricht und frage, ob es Tristan einigermaßen gut geht und ob er mich jetzt hasst. Ich schreibe, dass ich es gerne wiedergutmachen würde und dass er sich, wenn er eine Idee hat, bitte bei mir melden soll. Dann wünsche ich ihm eine gute Nacht. Bevor ich den Laptop runterfahre, packe ich die Fotos von Thomas' Bregenz-Konzert in einen Ordner und schicke sie ihm in hoher Auflösung. Vielleicht klappt das mit dem Artikel ja, und ich habe heute zumindest eine Sache richtig gemacht.

Dann putze ich mir die Zähne und krieche nach über einer Woche das erste Mal wieder in unser Bett. Ich schließe die Augen und lasse die Highlights des Abends noch einmal Revue passieren: Marcos Kommentar über meine Arbeit, meine Fotos und meine Entwicklung, das gesteigerte Selbstbewusstsein, das Konzert, Tristan, Tristans Stimme, seine Aussage, dass ich atemberaubend aussehe, sein Lied – nein, *mein Lied*. Und der traurige Abschied. Der Schmerz in seinen Augen. Irgendwann, während der One-Repeat-Vorstellung des heutigen Abends, schlafe ich ein.

Tristan

Oliver hat seinen Koffer gepackt, stopft gerade noch ein paar Akten in seine Tasche und wirkt genervt. Meistens freut er sich, wenn er mal ein Wochenende mit seinen Kollegen weit weg von zu Hause verbringen kann, heute offenbar nicht. Ich habe diese Schulungen nie besonders ernst genommen. Männer in Anzügen, die sich ein Zimmer teilen, abends viel Wein trinken und dann vielleicht noch in eine Disco gehen, um zu schauen, was die Frauen hier können. Aber ich vertraue Oliver.

Jetzt wirkt er gehetzt, genervt und gereizt. Die Woche schien bei ihm nicht besonders gut gelaufen zu sein. Er hat einige Male versucht, mir zu erzählen, was bei der Arbeit so passiert ist, aber das hat mich nicht wirklich interessiert. Ich habe diese Woche weniger auf das geachtet, was er sagt, als vielmehr darauf, was er macht. Der flüchtige Begrüßungskuss blieb aus, an drei von fünf Tagen. Umarmungen? Fehlanzeige. Nachfragen bezüglich meines Tages? Nada. Ich habe also im Gegenzug ebenfalls kein Interesse mehr an seinem Alltag gezeigt. Es scheint ihm nicht einmal aufgefallen zu sein. Auch diesen Dienstag hat er mich nicht gefragt, ob ich mit möchte. Also haben Beccie und ich den Tag zusammen verbracht, und ich konnte endlich mein Versprechen einlösen, für sie zu kochen.

»Verdammt. Ich komme zu spät. Hoffentlich erwischen wir noch den Flieger.«

Er zieht sein Jackett an und zupft nervös an seiner Krawatte. Dann ein kurzer, prüfender Blick zu mir.
»Sehe ich gut aus?«
Ich nicke. Das tut er. Das tut er immer im Anzug. Und ich werde nicht lügen. Er lächelt etwas erleichtert.
»Okay. Wir sehen uns dann am Montag. Ich wünsche dir ein schönes Wochenende.«
Er küsst meine Wange. Nicht meine Lippen, nicht einmal meine Stirn. Nur meine Wange.
»Bis Montag.«
Es klingelt, er schnappt seine Tasche und winkt mir an der Tür noch umständlich über die Schulter zu, dann ist er weg. Ich gehe zum Fenster und warte, bis er unten aus der Tür raus ist. Fast so, als wolle ich sichergehen, dass er auch ja nicht wieder nach oben kommt.

Unten neben einem roten Kleinwagen lehnt eine Frau mit langen blonden Haaren. Ich kenne sie nicht und habe sie noch nie gesehen. Sie trägt ein schickes Kostüm und winkt ganz aufgeregt, als Oliver auf den Wagen zukommt. Sie steigen ein, keine Begrüßung, kein Küsschen, keine Umarmung. Trotzdem gibt es mir zu denken. Er erzählt immer von seinen Kollegen, erwähnt aber nur männliche Namen. Wieso war er eben so genervt? War er nervös? Ich spinne schon wieder. Durchatmen.

Oliver ist nicht mehr da, und so verrückt das klingt, genau so habe ich es mir gewünscht. Ein Wochenende für mich. Ich werde Beccie einladen, wir werden etwas kochen oder es zumindest vorhaben, dann etwas bei unserem Lieblingsitaliener bestellen und auf der Couch einen Frauenfilm ansehen. So etwas haben wir schon lange nicht mehr gemacht. Sie fehlt mir. Und wenn ich den Mut finde, dann werde ich ihr vielleicht sogar von dem Konzert und alles über Tristan erzählen. Das Schlimmste an der ganzen Sache ist nämlich die Tatsache, dass es niemand weiß. Ich trage es alleine mit mir herum und kann nicht darüber sprechen. Dabei möchte ich das so gerne. Welche Frau kann schon den Mund halten, wenn ein Mann wie Tristan für sie ein Lied singt? Genau genommen zwei Lieder. Ich muss lächeln, auch wenn ich es gar nicht will. Tristan hat eine komische Wirkung auf mich. Andererseits habe ich seit Montagabend nichts mehr von ihm gehört. Meine Bilder haben offenbar eine ähnlich starke Wirkung auf ihn – nur dass sie ihn verjagen.

Bevor ich mich zu irgendeiner Dummheit hinreißen lasse, packe ich meine Handtasche und entscheide mich für einen entspannten Spaziergang zum Büro. Lange ist es her, dass ich meine Kamera bei jeder Gelegenheit bei mir hatte. Manche Motive kommen ganz unerwartet, und unterwegs knipse ich einfach darauflos, zum Spaß, als Übung, und ich überrasche mich dabei, wie ich mit dem Ergebnis sehr zufrieden bin.

In meinem Büro ist es noch angenehm kühl, und ich genieße einen Moment lang die Stille. Das ist der beste Teil des Tages: wenn noch niemand wirklich etwas von mir will, wenn ich noch nicht in den Arbeitsalltag eingespannt bin, wenn alles noch etwas ruhiger ist.

Zunächst einmal hole ich mir eine Cola aus dem Kühlschrank, fahre den Rechner hoch und schaue mich in meinem Reich um. Auch wenn ich die Fotos, die an den Wänden hängen, liebe, muss ich doch gestehen, dass sie alt sind. Ich sollte mal wieder ein wenig updaten. Inzwischen hat sich eine ganz ansehnliche Anzahl an neuen Fotos ergeben, durch die ich meine alten Meisterwerke ersetzen könnte. Kaum zu glauben, wie viele schöne Fotos ich allein in den letzten paar Tagen gemacht habe. Irgendein Knoten hat sich bei mir gelöst, und ich arbeite zwar noch immer gerne auf

Events, aber wirklich Spaß macht es mir, mit dem Licht, der Blende und den Motiven zu spielen. Den nicht betrunkenen Motiven. Aber das eine schließt das andere nicht unbedingt aus. Auch nachts gibt es viel zu entdecken. Wieso ich mir diese Freiheit nicht schon viel früher gegönnt habe, verstehe ich nicht mehr.

Ich setze mich an den Schreibtisch, checke meine E-Mails, sortiere die Einladungen und Jobangebote und schaue dann bei meinem Lieblingsnetzwerk vorbei. Ich habe zwei private Nachrichten. Eine ist von Thomas.

Thomas Pegram vor 5 Stunden
Hi Layla,
ich habe doch diese Anfrage von einem Musikmagazin erhalten. Die wollen die Story über mich und meine Songs wirklich bringen. Und sie wollen deine Bilder! Können sie sie abdrucken? Das wäre doch auch eine super Werbung für dich!
LG,
Thomas

Ich antworte schnell, suche den richtigen Ordner und schaue mir die Bilder sicherheitshalber noch mal an. Aber sie sind gut. Immer wieder bin ich überrascht, wie viele Gefühle sie übermitteln und Erinnerungen sie wecken können. Sobald ich die Fotos ansehe, höre ich wieder seine Lieder und fühle mich an den Ort des Konzerts zurückversetzt. Verrückt! Wenn meine Bilder es wirklich in ein Printmagazin schaffen, wäre das ein grandioser Erfolg. Vielleicht könnte ich neben Eventfotos ja auch Konzertfotos verkaufen? Sofort denke ich an das andere Konzert zurück, auf dem ich Fotos gemacht habe, und an Tristan. Und schon verschwindet das Lächeln aus meinem Gesicht. Ich habe seit dem Konzert nichts mehr von ihm gehört. Björn hat mir netterweise auf meine Nachricht geantwortet und beteuert, dass mit Tristan alles in Ordnung sei. Seither habe ich nichts mehr von ihm gehört. Aber warum meldet Tristan sich dann nicht, wenn alles in Ordnung ist?

Schnell öffne ich die nächste Nachricht: Sie ist von Björn. Oh. Mein Herz klopft kurz und heftig an meine Brust, als würde es politisches Asyl an der Tür einer Botschaft erbitten und von einem wütenden Mob verfolgt werden.

Björn Gehtdichnixan vor 2 Stunden
Hey Layla, ich habe eine ganz große Bitte an dich.
Kannst du mich anrufen? Wäre echt dringend. Es geht um
Tristan ...

Es geht um Tristan! Sofort tippe ich die Handynummer, die Björn mir als PS geschickt hat, und bin versucht, den Atem anzuhalten. Aber dann würde das mit dem Sprechen schwierig.

»Hallo?«
»Björn? Hier ist Layla. Ich habe gerade deine Nachricht gelesen.«
»Oh, hey, super. Ich brauche deine Hilfe. Tristan geht es echt mies, und ich würde ihn jetzt nur ungern alleine lassen. Könntest du dich um ihn kümmern?«

Horrorszenarien rauschen durch meinen Kopf. Tristan hat eine Dummheit gemacht, nachdem ich ihm so wehgetan habe. Ich sehe Blut, ich sehe kaputte Scheiben, ich sehe Alkohol, vielleicht sehe ich auch eine andere Frau.

»Was ist denn passiert?«
»Migräne.«

Ich würde gerne lachen, weil es kein Horrorszenario ist, aber ich erinnere mich an die heftigen Migräneanfälle meines Vaters, die ihn ganze Tage aus dem Verkehr gezogen haben. Alles wurde abgedunkelt, als Kind durfte ich nicht mehr laut sprechen oder durch die Wohnung hüpfen, alles löste nur noch heftigeren Schmerz aus.

»Und was kann ich tun?«

Meine Schultern entspannen sich ganz langsam wieder.

»Dich um ihn kümmern. Sonst ist niemand da. Ich bin auch auf dem Sprung und bringe dir seinen Schlüssel vorbei.«

»Björn, ich denke nicht, dass das eine so gute Idee ist.«

»Ich denke schon. Bitte, Layla.«

»Er will mich doch nicht mal sehen.«

»Es war seine Idee.«

Ich verstumme, und meine Argumente verlieren augenblicklich ihre Wirkung. In meinem Inneren zieht ein Sturm auf, der ganz offensichtlich alles wieder durcheinanderbringen will. Ich schließe für einen kurzen Moment die Augen.

»Wirklich?«

»Es geht ihm echt mies ...«

Ich nicke, bevor ich antworte und Björn sich tausendmal bedankt. Ich sage, dass ich sofort kommen kann, und wir beschließen, uns einfach bei Tristan zu treffen. Bevor Björn auflegt, sagt er noch, er stünde hiermit tief in meiner Schuld, aber er könne das geplante Wochenende mit Freunden nicht mehr absagen. Er sei der Fahrer. Ich verabschiede mich und frage nicht, wo Helen ist, auch weil ich Angst vor der Antwort habe.

Ich lasse mich also doch und mit überraschend wenig Gegenwehr in ein Leben hineinziehen, von dem ich gerne ein Teil wäre, in dem es für mich aber keinen Platz gibt. Man muss kein Genie sein, um vorauszusehen, dass diese

Geschichte mit einem gebrochenen Herzen endet, und wenn ich einen Tipp abgeben muss: Es wird wohl meines sein.

Schließlich packe ich den Laptop in meine Tasche und gehe los. Zu Tristan.

Keine zwanzig Minuten später stehe ich vor der Haustüre und sehe den Namen *Wolf* neben dem Klingelknopf angebracht. Ich klopfe leise und hoffe, dass Björn es hört. Tatsächlich öffnet er die Tür und steht mit einem dankbaren Lächeln vor mir.

»Du bist echt ein Schatz.«

Er flüstert, zieht mich in eine warme Umarmung, und ich muss ebenfalls lächeln. Björn scheint nicht nur ein guter Freund, sondern auch ein richtig netter Kerl zu sein, und das macht die Sache für mich nicht leichter.

»Komm rein, er schläft gerade.«

Er führt mich über einen kleinen Flur ins Wohnzimmer. Die Decken sind hoch, klassischer Altbau, Parkett am Boden, weiße Wände. Das Wohnzimmer ist unbeschreiblich gemütlich, mit einer großen Couch, auf der meine gesamte Familie und die Nachbarn obendrein Platz finden würden. Über der Couch hängt eine Schwarz-Weiß-Fotografie in einem schlichten Rahmen. Es zeigt zwei Hände, die einander halten. Eine Männerhand, die ich sofort erkenne, hält eine Frauenhand. Die Finger sind ineinander verschlungen. Beide Handkanten zieren Tätowierungen. *Hope*, auf Tristans Hand. *Faith*, auf der weiblichen Hand. Ich muss nicht lange nachdenken, um zu erraten, wem sie gehört. Auch wenn ich einen leichten Anflug von Eifersucht spüre, berührt es mich doch tief in meinem Herzen. Das Bild strahlt so viel Liebe, Vertrautheit und Zärtlichkeit aus. Dann werde ich doch noch kurz neidisch, nicht nur auf Helens Hand, die für immer

Tristans halten darf, sondern auf den Fotografen, weil er oder sie ein kleines Meisterwerk geschaffen hat. Aber es ist nicht meines.

Björn klärt mich darüber auf, was ich wo finde, wie ich ihn am besten erreichen kann, was im Notfall zu tun ist, wenn er sich übergeben muss oder die Tabletten nicht mehr helfen. Ein bisschen komme ich mir vor wie eine Frontschwester und nicke nur in unregelmäßigen Intervallen. Dann führt er mich durch den Flur bis an die letzte Tür und schiebt sie langsam auf. Tristan liegt zusammengerollt auf einer Seite eines unendlich großen Doppelbetts. Er scheint zu schlafen, die Rollläden sind ganz geschlossen. Und sosehr sich mein Herz bei dem Anblick zusammenzieht, weiß ich doch ganz genau: Ich sollte nicht hier sein.

»Er weiß, dass du kommst. Solange er schläft, ist alles gut.«

Wir betrachten beide einen kleinen Moment den schlafenden Menschen dort drüben und haben vermutlich unterschiedliche Gefühle, aber in mir schreit alles so laut und ich versuche, stark zu sein. Man kann sehen, wie schlecht es ihm geht, fast kann man seinen Schmerz greifen, so ruhig und bedrückend ist die Situation.

Björn schließt die Tür, und ich komme langsam zurück in das Hier und Jetzt. Er reicht mir einen einzelnen Schlüssel.

»Fühl dich wie zu Hause. Im Bad habe ich dir ein frisches Handtuch und eine nagelneue Zahnbürste hingelegt.«

Moment.

»Was?«

»Für den Fall, dass du über Nacht bleibst.«

Ich werde ganz sicher nicht über Nacht bleiben. Ich kann gar nicht über Nacht bleiben. Das ist absolut unmöglich, und das wissen wir beide nur zu gut.

»Aha.«

Wieso wehre ich mich nicht? Zumindest ein bisschen konsequenter? Wieso stelle ich nicht sofort klar, dass ich zwar gerne als gute Freundin aushelfe, aber bestimmt nicht in Tristans Wohnung übernachten werde. Das will ich gar nicht. Und vor allem, wie soll ich das Oliver erklären? Wenn er überhaupt fragt. Oder Beccie?

»Okay. Viel Glück.«

Er küsst meine Wange und lächelt mich an. Kein Zweifel, er ist in Eile. Während er seine Tasche aus dem Flur schnappt und mir noch einen letzten dankbaren Blick zuwirft, finde ich langsam meine Sprache wieder.

»Und Helen?«

Er hat die Tür bereits geöffnet, bleibt stehen, als hätte ich ihm mit einem Pfeil in den Rücken geschossen. Aber Björn dreht sich nicht mehr zu mir um.

»Helen ist meine Schwester.«

Auch eine Viertelstunde später habe ich noch nicht verstanden, was Björn mir damit sagen wollte, bevor er zur Tür hinausgegangen ist, und ich verstehe auch nicht, warum ich ihn einfach habe gehen lassen. Wahrscheinlich weil ich ein paar Sekunden lang zu einer Salzsäule erstarrt bin. Helen ist seine Schwester! Warum holt Björn dann ausgerechnet mich in Tristans Wohnung? Er weiß doch, dass ... ich nur störe.

Nachdem ich mich wieder etwas gesammelt habe, gehe ich durch die stille Wohnung. Helen ist nicht nur Björns Schwester, sie ist auch Tristans Freundin, daran lässt diese Wohnung keinen Zweifel. Alles hier scheint ihren Namen zu tragen. Im Badezimmer hängen zwei Handtücher, zahllose Urlaubsbilder hängen an den Wänden, lustige Polaroids an den Türen. In der Küche stehen ein roter und ein blauer

Stuhl, alle anderen sind schwarz. Es leben zwei Menschen in einer sehr liebevollen Beziehung in dieser Wohnung, daran gibt es nichts zu rütteln, auch wenn ich genau das nur zu gerne machen würde.

Jetzt sitze ich also hier auf diesem Sofa, auf dem ich mich fast verliere, und starre auf das Foto der Hände, die sich so entschlossen ineinander verschränken, dass man meinen sollte, nichts auf der Welt könne sie jemals trennen. Ich habe Beccie eine Nachricht geschickt, dass ich das Wochenende wahrscheinlich weg sei, ganz spontan, ein bisschen durchatmen, und dass ich mich am Montag wieder bei ihr melden würde. Zu groß ist das Risiko, dass sie mich anrufen oder vor unserer Tür auftauchen würde – und dann würde sie sich wundern, wo ich wohl wäre.

Erst jetzt merke ich, dass das Radio im Wohnzimmer eingeschaltet ist. Nur ganz leise. Die Stimme im Radio besingt das Ende einer Beziehung so ganz ohne das erwartete Happy End.

Unsere Verbindung, sie war so stark,
gestohlen aus einem Drehbuch,
das man in Hollywood fand,
doch unser Liebesfilm hier wird zum Drama,
mit den traurigsten Klischees.
Deine Heldin kommt zu spät, zu spät.

Ich schüttele den Kopf und weigere mich, weiter auf den Text zu hören, der mich direkt im Herzen zu treffen scheint. Kein Happy End. Worte, und mögen sie noch so schön gesungen sein, tun manchmal mehr weh als ein Faustschlag ins Gesicht.

Ich brauche jetzt Ablenkung. Während ich hier sitze und mir fehl am Platz vorkomme, fahre ich meinen Laptop hoch und beschließe, ein bisschen zu arbeiten. Als Babysitterin habe ich nicht besonders viel Erfahrung, aber solange Tristan schläft, gibt es für mich nichts zu tun, außer mich umzusehen und mehr Details von Helen zu finden. Darauf kann ich gut verzichten. Sie spielt einfach in einer komplett anderen Liga, und die Vorstellung, es mit ihr aufnehmen zu können, ist lachhaft.

Und wieso will oder kann mir niemand sagen, wo sie ist? Vermutlich ist sie gerade an einem sehr spannenden, abenteuerlichen Ort und berichtet aus einem Krisengebiet, immer kurz davor, für ihren Beruf ihr Leben zu lassen. Als gefeierte Heldin steht sie dann später in einem schönen Abendkleid auf der Bühne und erhält einen Fernsehpreis. Sie dankt ihrem Freund Tristan für die unendliche Unterstützung, Liebe und Treue, während sie weit weg war.

Da fällt mein Blick auf ein Bild gegenüber an der Wand, auf dem viele lachende Gesichter versammelt sind. Sie alle haben die deutschen Farben im Gesicht, halten Fahnen oder tragen Blumengirlanden. Alles in Schwarz-Rot-Gold gehalten. Tristan trägt ein schwarzes Deutschlandtrikot und lacht über das ganze Gesicht. Ich erkenne auch Björn, der neben Helen steht und einen Plastikbecher mit Bier in der Hand hält. »WM 2006 in Stuttgart« steht in großen Lettern drauf. Ich war auch dabei und habe unendlich viele Fotos gemacht, die Stimmung genossen, aufgesogen und geliebt. Aber auf keinem meiner Fotos sieht man das alles so deutlich wie auf diesem hier. Ich blicke schnell wieder auf meinen Laptop.

»Hey.«

Erschrocken zucke ich zusammen. Es war so ruhig die letzte Stunde, und ich war so konzentriert, dass ich vollkommen vergessen habe, wo ich bin. Tristan steht in der Tür, er trägt graue Schlafshorts und ein weißes T-Shirt. Sein Gesicht sieht zerknittert aus.

»Hey. Wie geht es dir?«

Er zuckt mit den Schultern und fährt sich mit beiden Händen über das Gesicht. Eine dumme Frage, aber ich weiß nicht, was ich sonst sagen soll.

»Es geht.«

»Kann ich dir irgendwas Gutes tun?«

Ich bin immerhin genau deswegen hier. Ich will für ihn da sein, aber er scheint mich nicht einmal wirklich wahrzunehmen. Sein Blick wandert durch das Wohnzimmer. Er scheint alles genau unter die Lupe zu nehmen. Ich habe meine Tasche und meinen Laptop auf der Couch, daneben ein Glas mit Orangensaft aus der Küche. Björn hatte gesagt, ich könne alles benutzen und mich wie zu Hause fühlen.

Tristan sieht wieder zu mir. Nichts in seinem Auftreten lässt auch nur erahnen, ob er mich sehen will, mich hier haben will. Er kommt etwas weiter ins Zimmer. Ich versuche ihm ein Lächeln zu schenken und mich etwas zu entspannen, aber das will mir alles nicht gelingen. Mein Lächeln sitzt, so unnatürlich, wie es sich anfühlt, wahrscheinlich ziemlich schief in meinem Gesicht, und eine innere Verkrampfung ergreift plötzlich Besitz von meinem Körper. Tristan scheint das alles nicht zu bemerken. Er sieht mich nicht einmal an, nimmt nur mein Glas vom Tisch und geht damit wieder aus dem Wohnzimmer. Etwas verwirrt folge ich ihm über den Flur, wo sein Fahrrad etwas sperrig in der Mitte steht, ein Surfbrett an der Wand lehnt und ein Skateboard neben dem Schuhschrank die Bretter vervollständigt. Dann betreten wir die Küche. Er kippt meinen Orangensaft in die Spüle und wäscht das Glas sorgfältig aus. Das ist deutlich, und ich habe den Wink mit dem Zaunpfahl verstanden. Ich bin unerwünscht. Und das tut weh.

»Du hättest auch einfach was sagen können.«

Natürlich habe ich nicht vergessen, was ich, ohne es zu wissen und vor allem ohne es zu wollen, getan habe und wie sehr es ihn verletzt hat. Ja, ich habe mich aus Versehen zwischen ihn und Helen gedrängt und ihn daran erinnert, dass es sie gibt und dass er sie hintergeht, wenn er mir in einem ausverkauften Jazzclub ein Liebeslied widmet. Aber das gibt ihm noch lange nicht das Recht, sich so zu verhalten oder mich so zu behandeln. Ich bin hier, weil sonst niemand kommen wollte oder konnte. Es war seine Idee, nicht meine. Ich bin vermutlich ohnehin die letzte Wahl.

»Hallo? Tristan?«

Er trocknet das Glas ab und stellt es zurück in den Schrank über dem Herd, wo ich es herhatte. Dabei gibt er sich große Mühe. Seine Bewegungen sind langsam und bedacht. Er dreht das Glas in eine scheinbar perfekte Position und schließt die Schranktür dann wieder.

»Du kannst ein anderes nehmen.«

Seine Stimme ist vom Schlaf noch tief und rau. Und fremd.

»Nein, danke. Ich werde jetzt gehen.«

Und genau das werde ich auch. Mir ist das zu blöd. Aber ich komme nicht so weit, wie ich mir vorgenommen habe.

»Nein. Du sollst nicht gehen. Nur ein anderes Glas nehmen. Bitte.«

Er setzt sich müde an den Küchentisch und stützt den Kopf in seine Hände. Gerade wollte ich ihn noch ohrfeigen, jetzt will ich ihn in den Arm nehmen.

»Ich wusste nicht, dass es eine Gläserregel gibt.«

So leicht will ich es ihm dann doch nicht machen und verschränke die Arme vor der Brust. Migräne hin oder her, ein kleines Dankeschön hätte ich mindestens verdient. Und das nicht nur von Björn.

»Gibt es nicht. Aber das ist Helens Glas.«

Natürlich. So langsam, aber sicher habe ich Helens übergroße Präsenz satt. Helen hier, Helen da, Helen überall.

»Ach ja? Nun, das ist ja schön und gut, aber weißt du was? Wieso bin ich dann hier und nicht sie? Wieso kümmert sie sich nicht um dich? Helen? Nein! Die berichtet gerade aus irgendeinem gefährlichen Krisengebiet und holt sich dafür demnächst einen verdammten Fernsehpreis! Rufen wir doch lieber die dämliche Layla, die hat am Wochenende bestimmt nichts Besseres zu tun, als hier Däumchen zu drehen!«

Ich will gar nicht schreien, aber bei uns Frauen passiert das manchmal, da wird man lauter und lauter, und so wie ich jetzt klinge, kann Leona Lewis sich ihr Organ demnächst sonst wohin schieben. Tristan verzieht das Gesicht. Verdammt, ich habe seine Kopfschmerzen für einen kurzen Moment vergessen. Und wieso bin ich noch mal so wütend? Ach ja.

»Wenn Helen so toll und ihr Glas so verdammt besonders ist, dann will ich es gar nicht haben. Aber dann soll sie auch ihren tollen Hintern hierherbewegen und sich um ihren Freund kümmern.«

Ich habe meine Stimme wieder halbwegs im Griff, und doch kann ich das aggressive Zischen nicht abstellen. Tristan lässt mich nicht aus den Augen, aber ich sehe, dass er mit jedem meiner Sätze wütender wird. Irgendwann schlägt er mit der flachen Hand auf den Tisch.

»Halt den Mund!«

Ha! Das fehlt gerade noch!

»Oliver würde mich nicht einfach so zurücklassen, wenn es mir dreckig geht!«

»Halt. Den. Mund!«

Er steht auf, und seine Größe wirkt auf einmal ziemlich einschüchternd auf mich, vielleicht ist es besser, jetzt wirklich auf Stumm zu schalten.

»Du hast kein Recht, so über sie zu sprechen! Du kennst sie nicht mal!«

Ich will schnell etwas erwidern, will ihm zeigen, dass ich sehr wohl in der Lage bin, mich verbal mit ihm zu messen, aber so spontan will mir einfach nichts einfallen. Immerhin hat er recht, mit dem was er sagt. Ich sehe, dass seine Hände zittern, und er tut mir sofort wieder leid.

»Niemand hat das Recht, so über sie zu sprechen. Sie ist perfekt, einfach perfekt!«

»O ja, sicher, danke, dass du mich daran erinnerst! Glaubst du, ich bin so blöde und merke das nicht? Ich weiß ganz genau, dass sie perfekt ist, sie ist ja auch überlebensgroß! Ich sehe es überall in eurer Wohnung! Du betest sie an! Ich bin kein Idiot, Tristan!«

Zumindest scheinen wir endlich mal ehrlich zu sein. Das ist also der Grund, weshalb ich keine Chance gegen sie habe, weil sie schon perfekt ist. Was soll danach schon noch kommen? Richtig, nichts. Ich bin jedenfalls weit davon entfernt, perfekt zu sein.

Er sieht mich an, ich starre zurück, nicht gewillt zu zeigen, wie sehr mich seine Worte verletzt haben.

Björns Plan, mich als helfende Hand herzubestellen, ist gehörig nach hinten losgegangen, und ich bin wütend auf mich selbst, weil ich gedacht habe, wenigstens als letzter Nothalt einen Platz in seinem Leben einnehmen zu können. Da Tristan meinem Blick noch immer standhält, drehe ich mich schließlich einfach weg. Ich halte das nicht länger aus.

»Ich gehe. Ganz. Du brauchst mich nicht. Du hast ja deine perfekte Helen.«

Ich hoffe, das zugegebenermaßen bissige Ende spielt darüber hinweg, wie schwer mir der erste Teil des Gesagten gefallen ist.

Ohne ihn noch einmal anzusehen, lasse ich ihn in der Küche zurück und eile über den Flur ins Wohnzimmer, wo ich hastig meine Sachen packe. Das Bild über mir an der Wand scheint mich zu erdrücken, auch wenn ich es nicht ansehe. Ich bekomme kaum noch Luft. Es steht für alles, was ich nicht bin, und ich bin, Hand aufs Herz, keine wirklich gute Fotografin, und es ist auch nicht meine Hand, die Tristans Hand halten darf. Ich muss hier raus. Sofort.

Tristan folgt mir nicht, ein sicheres Zeichen, dass Björn sich geirrt hat. Er will mich nicht hierhaben, er will mich nicht in seinem Leben haben, und ganz sicher bin ich nicht halb so perfekt wie Helen.

Als ich aus dem Wohnzimmer auf den Flur trete, sitzt er neben der Küchentür auf dem Boden und stützt seine Stirn auf die verschränkten Arme. Ich will nicht hinsehen, will nicht nachgeben, will nur weg.

Aber ich kann nicht.

Ich bleibe stehen.

»Tristan.«

Er reagiert nicht. Ich weiß, wie schlecht es ihm geht, dass die Szene in der Küche sinnlos war und weder zu seiner Genesung noch zur Verbesserung meines Wohlbefindens beigetragen hat.

Ich komme auf ihn zu, er bewegt sich noch immer nicht.

»Soll ich gehen?«

Ich kann nur flüstern, weil ich Angst habe, die Frage etwas lauter zu stellen. Denn dann würde er sie hören und vielleicht antworten, und ich denke, seine Antwort wird mir nicht gefallen.

Er hebt den Kopf gerade so weit, dass er sein Kinn auf

seinen Armen abstellen kann, dann sieht er langsam zu mir hoch. Seine Augen sind leer, unendlich traurig und glasig. Es will mir das Herz zerreißen, aber ich warte.

»Nein.«

Ein leichtes Kopfschütteln, das nach unendlicher Kraftanstrengung aussieht, und ich gehe vor ihm in die Hocke. Langsam streiche ich über seine Wange, während er die Augen schließt.

»Komm, leg dich wieder hin.«

Ich merke, wie warm seine Haut ist, vermutlich hat er Fieber, was bei einer so starken Migräne kein Wunder wäre. Er hat mich gehört, aber er bewegt sich nicht, sitzt einfach nur mit geschlossenen Augen da. Sonst nichts.

»Tristan, du musst wieder ins Bett.«

Er nickt ganz langsam und sieht mich erst dann wieder an. Ich sehe die Tränen in seinen Augen, und so langsam dämmert es mir. Es gibt einen Grund, warum Helen nicht hier ist. Es gibt einen Grund, warum ihm alles, was ich gesagt und getan habe, so wehgetan hat. Es gibt auch für das hier zwischen uns einen Grund. Aber so recht traue ich mich noch nicht, es auszusprechen.

Ich helfe ihm wieder auf die Beine und laufe neben ihm her über den Flur in sein Schlafzimmer. Noch immer ist es abgedunkelt und ich erahne nur die Gegenstände im Inneren. Es ist vielleicht besser so, denn ich würde zu viel von ihr sehen. Ohne ein Wort rollt er sich zusammen, zieht die Decke bis fast unter das Kinn und schließt die Augen. Was soll ich noch hier? Ich fahre ihm kurz durch die Haare.

»Ich bin im Wohnzimmer, wenn du mich brauchst.«

»Bleib hier.«

Wunschdenken, Layla. Das ist reines Wunschdenken. Das hat er nicht gesagt und wenn, dann hat er es nicht so gemeint.

»Bitte.«

Oder eben doch.

Ich habe so viele Fragen, ich will so vieles wissen, und ich kann nicht fragen. Ich nicke nur und klettere neben ihn auf das Bett. Es fühlt sich fremd und ungewohnt an, dabei ist es nur ein Bett. Es ist ein sehr großes Bett, aber ich komme mir auch ohne die beeindruckende Größe sehr klein vor. Und so sitze ich neben ihm und warte darauf, dass er einschläft. Was er irgendwann tut.

Aber es ist kein sehr ruhiger Schlaf. Ich gebe mir größte Mühe, keine Geräusche zu machen. Ich atme leise, ich bewege mich nicht, ich bin nur da. Ohne wirklich da zu sein. Helen verscheucht mich. Ich bin körperlich anwesend, aber ich weiß genau, zu viel ist passiert, als dass ich wirklich jemals hier, auf dieser Seite des Bettes liegen werde.

Immer mal wieder bewegt sich Tristan, begleitet von einem schmerzerfüllten Seufzen. Er dreht sich von einer Seite auf die andere, er schiebt die Decke weg, dann wieder zu sich. Seine Hände bilden Fäuste und verkrampfen sich, seine Augenbrauen ziehen sich zusammen, dann entspannt er sich für einen kurzen Moment, nur um dann wieder zusammenzuzucken und eine bessere Position zu finden. Manchmal öffnet er die Augen, fast so, als wolle er wissen, ob ich noch da bin. Sein Blick sucht mich, und ich lächle stumm. Er ist nicht alleine.

Nähe

Während ich so neben ihm auf dem Bett sitze und ihn beobachte, schlafen mir irgendwann die Beine ein, und ich lege mich schließlich neben ihn und schaue ihm weiterhin beim Träumen zu.

Bald meldet sich allerdings mein Magen, immerhin habe ich seit heute Morgen nichts mehr gegessen. Vielleicht schaffe ich es, möglichst langsam und geräuschlos aufzustehen, um mir ein Brot zu machen, ohne dass er aufwacht. Allerdings scheitert der Versuch, als Tristan sich umdreht und einen Arm um mich legt. Wie ein Wrestler, der seinen Gegner für das finale Auszählen am Boden halten will, hält Tristan mich in einer festen schlaftrunkenen Umarmung. Ich gebe meinen Plan auf, mir etwas zu essen zu besorgen, und schlummere stattdessen ein.

Als ich aufwache, ist es im Zimmer schon fast dunkel, und ich spüre seinen Atem in meinem Nacken, seine Hand auf meinem Bauch, seine sich langsam hebende und senkende Brust an meinem Rücken, und er hält mich fest an sich gedrückt. Ich schließe die Augen wieder und versuche, mein Herz durch tiefe Atemzüge in meinem Bauch zu beruhigen. Seine Lippen liegen an meinem Nacken und fühlen sich für meinen Geschmack etwas zu gut an. Ich versuche, so ruhig wie möglich zu bleiben. Er muss mich verwechseln, und ich muss nicht lange nachdenken, um zu erraten, mit wem. Die

Frau, die er hier in den Armen hält, die ist nicht die, die er sich wünscht. Die Erkenntnis sollte mich eigentlich tief treffen. Ich sollte mich empört aus der Umarmung befreien und ihm sagen, dass ich kein Trostpreis bin. Aber ich tue es nicht. Ich bleibe genau so liegen, genieße seine Nähe und fühle mich wohl, geborgen und gut aufgehoben.

Seine Lippen formen sich zu einem sanften Kussmund und berühren meine Haut. Langsam wandern sie meinen Nacken entlang nach unten, seine Hand schiebt sich sanft unter mein T-Shirt, auf der Suche nach etwas mehr Haut, die er auch findet. Ich spüre, wie mir warm wird, während seine Hand sich weiter nach oben und in meinen BH schiebt. Ich will ihn aufhalten, will ihn daran erinnern, dass ich nicht seine Freundin bin, aber die Befehle aus meinem Gehirn scheinen nicht an die richtigen Rezeptoren gesendet zu werden, denn ich liege stumm da und genieße seine Berührungen, die so unendlich falsch sind. Meine Atmung wird schneller und passt sich seiner an. Sanft rollt er mich auf den Rücken, küsst meinen Hals. Seine Hand wandert von meiner Brust über meinen Bauch bis zum Bund meiner Jeans. Ich habe die Augen geschlossen, taumele zwischen Lust und Scham und finde irgendwie doch wieder zu mir. Bevor es zu gefährlich wird und ich ihn nicht mehr aufhalten will, schiebe ich sanft seine Hand weg und rücke etwas von ihm ab. Er öffnet die Augen und sieht mich irritiert an.

»Oh.«

Das ist genau die Reaktion, die ich befürchtet habe. Er hat mich in seinem Wunschtraum verwechselt. Ich setze mich langsam auf und streife meine Haare wieder hinter meine Ohren, auch wenn ich sie viel lieber über mein Gesicht zerren will, damit er nicht sieht, wie peinlich die Situation für mich ist. Oder wie erregend ich das Szenario fand. Ich muss hier raus.

»Ich hole mir etwas zu trinken.«

Er nickt, wirkt nach wie vor benommen und nicht ganz klar. Wie sonst würde er mich mit Helen verwechseln? Mit einer Frau, die einfach perfekt ist und die mir so das Gefühl gibt, unglaublich klein zu sein. Zum Glück folgt er mir nicht, und ich kann in aller Ruhe wieder zur Vernunft kommen.

Hastig trinke ich etwas Orangensaft aus einer Tasse mit dem VfB-Stuttgart-Logo, die hoffentlich für den allgemeinen Gebrauch bestimmt ist. Wie um alles in der Welt soll ich ihm jetzt noch in die Augen sehen? Einen kurzen Moment denke ich an Oliver und was er wohl sagen würde, wenn er wüsste, was gerade passiert ist. Würde er Tristan anschreien? Ihm sagen, er solle seine Hände von mir lassen?

Ich mache mich auf die Suche nach meinem Handy und entdecke weder eine Nachricht noch einen Anruf in Abwesenheit. Mir fällt seine schöne Begleitung wieder ein. Wie würde ich mich fühlen, wenn ihm das Gleiche passieren würde? Jetzt. Genau jetzt. Er und sie in einem Hotel in Hamburg, seine Lippen an ihrem Nacken, seine Hand unter ihrem T-Shirt. Der Gedanke sollte mich quälen, aber in Wirklichkeit tut sich nicht sonderlich viel in meinem Inneren. Außerdem würde Oliver mich nicht betrügen. Oder? Was, wenn genau das der Grund für sein gesteigertes Desinteresse an mir wäre? Vielleicht läuft schon längst etwas zwischen ihm und dieser Frau. Er ist oft weg, hat keine Zeit für mich oder uns. Er will mich lieber nicht dabeihaben. Das wäre doch die logische Schlussfolgerung. Aber wenn ich ehrlich bin, rede ich mir das alles gerade doch nur schön, um das schlechte Gewissen in meinem Inneren zu betäuben. Ohne Erfolg.

Ich tapse zurück in die Küche und lasse mich, erdrückt von meinen Gedanken, am Tisch nieder. Wann ist das alles so kompliziert geworden? Wann habe ich bemerkt, dass ich mehr will? Und wann genau war ich mit meinem fast perfekten Leben nicht mehr zufrieden? Ich frage mich, wann ich die Kontrolle über mein Herz in Tristans Hände gegeben habe. Er könnte alles mit mir machen, und ich würde nicht meckern, was mich sehr erschreckt. Ich bin kein Teenager mehr, und eigentlich sollte ich selber Herrin meiner Gefühle sein. Aus dem Alter der wilden Schwärmerei bin ich doch schon längst herausgewachsen. Wieso lasse ich ihn diese Gefühle in mir auslösen?

Viel wichtiger, jetzt und hier am Küchentisch, ist aber: Soll ich bleiben? Soll ich mich wieder neben ihn legen? Oder lieber im Wohnzimmer oder hier in der Küche warten? Sollte ich vielleicht doch lieber gehen? Wieso kommt mir diese Situation wie ein Multiple-Choice-Test vor, auf den ich nicht vorbereitet bin und bei dem es vielleicht auch gar keine richtige Antwortmöglichkeit gibt? Vielleicht sollte ich einfach an mich denken. Aber kann ich wirklich all den Gefühlen in meinem Inneren nachgeben, mich an die erste Stelle setzen und mir holen, wonach es mich gelüstet? Nein.

Langsam stütze ich mein Kinn in meine Hände und schließe die Augen. Wieso bin ich nicht so? Selbst jetzt, in seiner Wohnung mit einer Art Freifahrtschein, traue ich mich nicht. Das Leben ist unfair – es packt dich, schüttelt dich und schenkt dir deine heimlichsten Träume. Allerdings erwartet es im Gegenzug auch genug Mut, das anzunehmen.

Ich Feigling.

»Hey ...«

Ich fahre erschrocken hoch und zerre mir dabei vermutlich alle Muskeln, die im Nacken eines Menschen verlaufen. Die eher ungemütliche Haltung, die ich beim Einnicken auf dem Tisch eingenommen habe, ist nicht empfehlenswert, so viel steht fest. Inzwischen ist es draußen ganz dunkel geworden, und ich brauche einige Momente, um wieder zu mir zu kommen und zu verstehen, wo ich bin. Und warum.

Tristan steht neben dem Tisch und schaut zu mir herunter. Inzwischen sieht er besser aus, als ich mich fühle.

»Ich habe eine Couch, die kann man ausziehen. Du musst nicht am Küchentisch schlafen, weißt du?«

Ein leichtes Lächeln umspielt seine Lippen. Es geht ihm schon wieder deutlich besser, das kann ich sehen.

»Ich bin einfach eingeschlafen.«

Ich strecke mich vorsichtig und versuche, meinen Körper langsam wieder an eine aufrechte Position zu gewöhnen.

»Komm, ich richte dir die Couch, damit du schlafen kannst.«

Kein Vergleich zu dem Tristan von vor einigen Stunden. Er wirkt so viel erholter, und die Schmerzen scheinen erträglicher zu sein. Ich muss lächeln, einfach nur, weil es ihm besser geht. Das freut mich. Seine Hand greift nach meiner, und er zieht mich langsam vom Stuhl. Zum Glück halten meine Beine das aus, und ich klappe nicht direkt wieder um. Ich bin nicht sicher, wie spät es ist, aber vermutlich tanzt Beccie gerade durch einen Club in der Stadt.

Tristan will mich über den Flur ins Wohnzimmer führen, aber ich bleibe stehen und zwinge ihn, es mir gleichzutun. Langsam dreht er sich zu mir.

»Tristan.«

Er weicht meinem Blick aus, aber ich muss es wissen, und er weiß, dass ich es wissen will. Es gibt keinen guten Zeitpunkt, es gibt nur schlechte. Dieser hier ist genauso mies wie alle anderen.

»Helen ...«

Aber er schüttelt nur langsam den Kopf, und ich verstumme, sobald ich ihn ansehe. Ich muss nicht fragen, ich kann die Antwort an seinen Augen ablesen. Ich kenne diese Traurigkeit in seinem Blick, die noch keine Trauer ist. Das ist es also. Wann immer er so unendlich alleine wirkte, selbst unter Menschen. So sieht nur jemand aus, der den Verlust eines geliebten Menschen nicht überwunden hat. Ich schließe meine Hand fester um seine und halte sie. Erleichtert stelle ich fest, er weist mich nicht zurück.

Er holt so tief Luft, als wolle er den Ärmelkanal in einem Stück durchtauchen, und ich habe Angst vor dem, was er mir sagen will.

»So was Dummes.«

Ich verstehe nicht, halte nur seine Hand und sehe ihn an. Ich will weinen und weiß noch nicht so genau weswegen.

»Sie war immer so viel unterwegs, viele Termine.«

Seine Stimme klingt belegt, und ich weiß, einer von uns beiden wird gleich weinen, wenn nicht sogar beide. Seine Hand in meiner fühlt sich leblos an, kalt und müde.

»Autobahn, nachts um drei Uhr, noch schnell zu einem anderen Termin. Sie hat immer gesagt, es sei wie ein Leben auf der Überholspur. Ich habe mir immer Sorgen gemacht. Sie sollte mich anrufen, egal um welche Uhrzeit, egal wo. Mein Handy hatte ich immer dabei.«

Ich fürchte, ich weiß schon, wie die Geschichte ausgeht.

»Sie war eine sehr gute Autofahrerin. Selbst wenn sie schnell gefahren ist, und sie ist schnell gefahren. Schneller als ich. Aber ohne Stress. Ich habe immer gesagt: Fahr langsam, schnall dich an. Pass auf uns auf!«

»Uns?«

Er nickt, und ich sehe, wie glasig seine Augen sind.

»Sie war ein Teil von mir. Sie hat mich irgendwie immer dabeigehabt. Und dann fährt sie eines Tages mit dem Fahrrad zum Supermarkt.«

Er sieht an mir vorbei, und ich weiß, er wünscht, dass sie hinter mir auftauchen würde, dass sie ihn umarmt und zurückholt, was sie mitgenommen hat. Den Teil von ihm, der offenbar mit ihr gegangen ist.

»Ich habe mir keine Sorgen gemacht. Was sollte schon passieren? Sie war ja nicht mit dem Auto weg.«

Seine Hand zuckt kurz in meiner.

»Aber sie ist nicht zurückgekommen.«

Er muss es nicht aussprechen. Ich verstehe es auch so. Sie ist nicht zurückgekommen und wird es auch nie wieder. Sie wird ihn nicht anrufen, ihm keinen Brief schreiben, keinen lustigen Kommentar bei Facebook hinterlassen oder Auf Wiedersehen sagen, wie es sich gehört, wenn man eine so lange Reise antritt. Sie kommt einfach nicht mehr zurück, und wenn ich mich in dieser Wohnung umschaue, dann wartet Tristan noch immer darauf, dass sie eines Tages durch die Tür kommt, als wäre nichts gewesen.

Obwohl ich Helen nicht gekannt habe, berührt es mich in meinem Inneren und ich spüre die Tränen, die ich hastig und peinlich berührt wegwischen will. Tristan sieht zu mir und legt seine andere Hand an meine Wange.

»Seitdem bin ich so.«

Ich will fragen, wann es passiert ist. Ich will fragen, was er mit »so« meint. Ich will so viel wissen, aber ich kriege meinen Mund nicht auf. Also muss er reden. Was ihm viel schwerer fällt als alles andere.

»Ein Teil von mir ist weg. Ich habe nicht mehr Gitarre gespielt, ich habe nichts mehr geschrieben, keine Frau war mir nahe. Ich war nicht mehr ...«

Er bricht ab und weicht meinem Blick aus. Ich kann mir nur vorstellen, wie schmerzhaft es sein muss, und erst jetzt verstehe ich, wie weh ihm meine Fotos getan haben müssen. Ich halte seine Hand so fest in meiner, als könnte ich ihm den Halt geben, den er braucht. Wir wissen beide, dass ich das nicht kann. Zu deutlich klingen seine Worte in meinem Kopf nach. Sie ist perfekt. Was genau mache ich hier? Ich habe keinen Platz, und ich kann es weder meinem Herzen noch meinem Ego zumuten, mich weiterhin mit der unerreichbaren, perfekten toten Freundin zu messen. Mir bleibt eigentlich nur noch eines: Ich nehme Tristans Gesicht in meine Hände und zwinge ihn, mich wieder anzusehen.

»Hör zu, Tristan. Du bist ein so wunderbarer Mensch. Seit ich dich getroffen habe, mache ich eine Menge durch, weißt du? Ich fahre emotionales Kettenkarussell, und manchmal ist mir kotzübel. Aber es ist immer wunderschön, in deiner Nähe zu sein. Wenn ich dich früher oder vielleicht später kennengelernt hätte ... Aber jetzt ist einfach nicht der richtige Moment für uns.«

Er nickt müde, und es bricht mir das Herz. Wenn ich jetzt gehe, ist die Wahrscheinlichkeit, dass wir je wieder so nah zusammenstehen, gleich null. Er wird gehen, um Helen loszulassen und sich selbst zu finden, und dabei die Wege vieler toller Frauen kreuzen und mich vergessen. Ich könnte mir stolz auf die Fahnen schreiben, hier und jetzt das Richtige zu tun, aber alles in allem tut es einfach nur weh, ihn gehen lassen zu müssen. Ich möchte ihn küssen, und vielleicht will ein winzig kleiner Teil von ihm auch mich küssen, aber ein viel größerer Teil möchte Helen küssen. Und das würde ich nicht ertragen. Also ziehe ich ihn in eine Umarmung und drücke ihn an mich, so fest ich kann. Ich spüre sein Herz, wie es gegen meine Brust schlägt, spüre die

Wärme seines Körpers so nah und hoffe, dieses Gefühl nie mehr zu vergessen.
»Ich wünsche dir viel Glück, Tristan Wolf.«
Dann tue ich das einzig Richtige und gehe.

Danach

Gerne würde ich an dieser Stelle sehr tiefgründig und dramatisch etwas sagen, wie zum Beispiel: »Ich habe Tristan nie wiedergesehen.« Oder: »Es vergingen Jahre, bis sich unsere Wege wieder kreuzten.« Aber das wäre Blödsinn.

Es hat nicht mal drei Tage gedauert, es war sicherlich nicht geplant, und es war ganz sicher nicht so, wie ich es mir vorstellt habe. Aber wenn man sich im Leben die Situationen und Begebenheiten einfach aussuchen könnte, dann wäre alles einfach und geradlinig. Wenn ich aber etwas gelernt habe, dann das: Das Leben ist alles andere als geradlinig.

Abstand

Wir sind chic essen. Oliver schiebt meinen Stuhl zurecht und sieht mich freudestrahlend an. Seit er aus Hamburg zurückgekommen ist, spricht er nur noch von seinen neuen Erfolgen und davon, wie positiv sich das auf unser Konto auswirken wird, wie viel wir uns plötzlich leisten können, wie viel wir plötzlich erleben können. Er müsse dafür zwar auch öfter weg, aber das sei ja wohl ein kleines Opfer für die große Menge an Geld, die er in Zukunft verdiene.

Ich habe immer nur genickt, gelächelt und alles wie in einer Blase wahrgenommen. Ich habe meine Gefühle abgestellt. Seit Freitagnacht. Oder Samstagmorgen. Seit sich die Welt anders anfühlt. Ich habe nicht mehr nachgedacht, habe sofort einen Auftrag für eine unsägliche Abi-Party am kommenden Wochenende angenommen und meine Fotografien erst mal in den Schrank gesperrt. Träume stehen jetzt nicht mehr so weit oben auf der Tagesordnung.

Es geht mir nicht gut.

Tristan fehlt mir, und obwohl ich das schon einige Male festgestellt habe, werde ich mich an dieses Gefühl nie gewöhnen können. Aber ich tröste mich mit meinem neuen Mantra: Es ist das Richtige, und er wird seinen Weg finden. Ohne ihn bin ich nicht mehr ganz so motiviert, nicht mehr so darauf versessen, meine uralten Träume zu erfüllen. Ich könnte jetzt alle meine widerstrebenden Gefühle analysieren, sie beschreiben und einordnen, aber nicht einmal dazu habe ich noch Kraft. Ich versuche einfach, eine lebende Kühlbox zu werden. Nicht für immer, nur für eine kleine Weile, bis es nicht mehr so wehtut und ich nicht mehr das beklemmende Gefühl habe, sofort losheulen zu müssen, wenn ich an unser letztes Treffen denke.

»Ist das nicht ein tolles Restaurant? Hier war ich ein paar Mal mit meinem Chef. Die haben tollen Wein. Außerdem mag doch jeder italienisches Essen, nicht wahr?«

Er schiebt mir die Speisekarte über den Tisch und strahlt mich erwartungsvoll an. Er wollte, dass wir uns chic machen. Ich hatte gar keine Lust, aber irgendwie ist Olivers gute Laune ansteckend, auch wenn ich mich noch so sehr dagegen wehren möchte.

»Dann bestellen wir uns einen tollen Wein.«

Ich spiele das Spiel mit, und Wein hilft bestimmt, alle meine Fragen, Sorgen und Gedanken in ein kleines Koma zu trinken. Der Name des Restaurants *Primafila* weckt schmerzende Erinnerungen, also werde ich viel Wein brauchen. Ich kann nur hoffen, dass Tristan heute nicht kellnert, und ich scheine Glück zu haben. Bisher wurden wir nur von einer dunkelhaarigen Schönheit bedient, die uns höflich begrüßt und uns an einen Tisch geführt hat, bevor sie uns mit den Speisekarten alleine gelassen hat.

»Weißt du, wenn alles gut läuft, dann können wir hier bald jede Woche essen gehen.«

Oliver sieht sich in dem Lokal um, als wäre es eine Immobilie, die er kaufen möchte. Ich lese die Karte durch und erkenne die Gerichte, die mir nicht nur vertraut vorkommen, sondern mich auf eine Zeitreise zu einem wunderbaren Moment führen wollen. Ich höre auf zu lesen, starre nur auf die Buchstaben und hoffe, dass wir den Wein bald bestellen können. Andererseits fühlt sich mein Kopf an, als wäre ich bereits betrunken. Es fällt ihm schwer, klare Gedanken zu fassen, vor allem weil ich ihn mit allen Mitteln daran zu hindern versuche.

Aber bevor mir wirklich schwindlig wird, tritt unser Kellner an den Tisch. Er trägt eine schwarze Hose und das klassische weiße Hemd. Zumindest erahne ich das aus dem Augenwinkel – zu sehr bin ich angeblich in die verheißungsvoll klingenden Gerichte auf der Karte vertieft, und zu sehr hoffe ich, mich zu irren.

»Einen schönen guten Abend. Mein Name ist Tristan. Ich bin heute Abend Ihr Kellner.«

Die nächsten Sekunden vergehen langsamer als Stunden. Ich halte die Karte so fest, als würde ich sie nie wieder loslassen wollen, und starre sie so konzentriert an, als stünde darin die Lösung aller Rätsel. Und eine Antwort darauf, wie um Himmels willen ich diesen Abend überleben soll. Oliver scheint die Situation sehr viel entspannter zu nehmen, schließlich kennt er diesen Kellner nicht und weiß auch nicht, wie viele schlaflose Nächte seine Freundin wegen ihm hatte. Nämlich alle, seit Samstag.

»Guten Abend. Wir nehmen zunächst einmal den toskanischen Brotsalat mit Tomaten, Basilikum und Olivenöl.«

Ich sehe Oliver an und versuche Tristan auszublenden.

»Wir?«

Oliver nickt entschlossen und lächelt mich entwaffnend an.

»Der ist wunderbar. Er wird dir schmecken.«

Die Tatsache an sich bezweifele ich nicht einmal, aber wieso überlässt er mir nicht die Entscheidung, was ich als Vorspeise wähle? Mache ich den Eindruck, ich bräuchte Hilfe bei meinen Entscheidungen? Bin ich schon so ein hoffnungsloser Fall?

»Ich möchte aber doch lieber …«

Oliver winkt ab, als wäre ich ein Kind, das am Tisch für Unruhe sorgt.

»Ich weiß – aber wirklich, der Salat wird dich umhauen.«

Er nickt Tristan überzeugt zu. Ich habe es bisher vermieden, ihn anzusehen. Diese Situation ist mir unendlich unangenehm. Tristan und Oliver in einem Raum ist an für sich schon nicht unbedingt mein Lieblingsszenario, aber wenn Oliver sich so benimmt wie jetzt und mich bevormundet, dann ist das sehr peinlich.

»Vielleicht möchte die Dame noch einen Blick auf das Angebot unserer Vorspeisen werfen? Ich kann in ein paar Minuten noch mal kommen.«

Tristan wendet sich direkt an mich, und es wäre unhöflich, ihn nicht anzusehen. Also nehme ich meinen ganzen Mut und die nötige Kraft zusammen … und hebe meinen Blick. Ich komme bis zu dem dritten Knopf seines Hemdes, bevor Oliver sich wieder einmischt.

»Der Brotsalat ist das Richtige. Und wir hätten gerne Wasser und eine Flasche Chianti Riserva.«

Oliver lächelt, zeigt all seine perfekten und schneeweißen Zähne. Es ist keine Bitte, keine Aufforderung. Es gleicht einem Befehl, aber das Lächeln soll ihn abschwächen. Tristan nickt und notiert sich Olivers Bestellung. Noch immer schaffe ich es nicht, ihm ins Gesicht zu sehen.

»Nimmst du dann wie immer deine Pizza mit Rucola und Parmesan? Die wird dir schmecken. Ich nehme die Pasta mit Lamm- und Kalbsfleisch von der Tageskarte.«

Damit schlägt Oliver die Speisekarte zu und reicht sie Tristan. Was auch immer hier passiert, die Stimmung ist eindeutig angespannt. Oliver will zeigen, dass er ein sehr weltmännischer Typ ist, der genau weiß, was man wo und warum bestellt. Wie ich mich dabei fühle, spielt offenbar keine Rolle. Vielleicht sollte ich ruhig bleiben, immerhin feiern wir Olivers Erfolge und nicht meine. Welche denn auch? Aber ich will mich vor Tristan nicht so behandeln lassen. Ich setzte zu einem kleinen Protest an.

»Oli, ich glaube, mir ist heute eher nach Pasta mit Meeresfrüchten.«

Eigentlich ist mir nach einem guten Burger und einem kühlen Bier, aber wenn ich schon die Chance habe, in diesem tollen Restaurant zu essen, dann will ich doch gerne etwas bestellen, was ich selber ausgesucht habe. Die Pasta mit Meeresfrüchten, das weiß ich, wird mir schmecken. Tristan hat sie mir damals ins Büro gebracht. Vielleicht weckt der Geschmack Erinnerungen in mir, die mich zurück ins Leben schubsen. Raus aus dieser Kühlbox, in der ich gerade zu leben versuche und in der es mir langsam, aber sicher zu eng wird. Und zu kalt.

»Schatz, das ist nicht so wie bei Nordsee in der Stadt.«

Oliver lacht leise, als hätte er einen Witz gemacht und wir wären zu dämlich, um ihn zu verstehen. Tristan lacht nicht. Tristan schaut Oliver nicht einmal an. Er sieht zu mir, das spüre ich.

»Weißt du was, Oli, eigentlich ist mir nach Seeteufel.«

Tristan hat ihn damals gegessen, und ich könnte schwören, jetzt gerade ein Lächeln in seinem Blick zu spüren.

»Der Seeteufel ist wirklich empfehlenswert.«

Ich nicke.

»Sie wird den Fisch nicht ganz aufessen. Schatz, der ist zu teuer, um die Hälfte liegen zu lassen.«

»Das kann ich mir schon noch leisten.«

Ich zische es Oliver zu, weil ich sonst schreien würde, und das will ich nur sehr ungern.

»Ach ja?«

Wieder lacht er, und diesmal tut es weh. Es tut weh, weil ich merke, wie wenig er dabei an mich denkt, an meine

Gefühle und daran, wie sehr er mich mit dieser Art verletzt. Wann ist Oliver zu so einem Idioten geworden?

Ich klappe die Speisekarte entschlossen zu und drehe mich zu Tristan. Zum ersten Mal sehe ich ihn an. Seine Augen lassen mich nicht los. Er lächelt ein kleines bisschen. Aber ganz sicher nicht wegen Oliver. Er lächelt, weil er mich versteht und weil er mir den Halt geben will, den ich brauche.

»Ich nehme den Seeteufel.«

Dabei lächele ich ihn an und will Danke sagen. Tristan nickt mir stolz zu und notiert meine Bestellung, ohne den Blick von mir zu nehmen. Ich will ihn umarmen, will ihn festhalten, und für die Dauer eines kurzen Momentes frage ich mich, wieso ich noch immer an diesem Tisch und in dieser Beziehung sitze. Festsitze. Aber es geht nicht um Oliver oder um mich, es geht darum, dass der Mann, für den ich jetzt auf der Stelle alles hier beenden würde, mich nicht lieben kann. Zu sehr hängt sein Herz an einer Frau, die ihn ewig lieben lässt und vielleicht sogar glücklich macht. Nur ist sie nicht mehr da, und Tristan ist noch nicht bereit, sie loszulassen.

»Wunderbar. Ich bringe den Wein.«

Damit lässt er uns am Tisch alleine, und ich sehe wieder zu Oliver, der ganz offensichtlich nicht mit einer solchen Reaktion gerechnet hat.

»Was war das denn?«

»Was war was?«

»Wieso willst du den Fisch? Du magst Fisch doch gar nicht.«

»Doch, Oli. Ich mag Fisch. Ich esse sehr gerne Fisch. Vor allem entscheide ich aber sehr gerne selber, was ich esse. Wenn du damit kein Problem hast. Oh, und ich werde mein Essen selber bezahlen. Ich bin zwar nicht reich und habe auch keine Aktien, die durch die Decke schießen, aber ich kann mein Essen selber bezahlen.«

»Ich wollte dich einladen.«

»Ich verzichte.«

Die Stimmung ist dahin. Fast will mir Oliver leidtun, weil er nicht zu verstehen scheint, was hier passiert. Wie soll er auch? Bisher hat seine Freundin sich nie beschwert, hat jeden Gag auf ihre Kosten mit einem Lachen weggesteckt und den Mund gehalten. Vielleicht ist das auch der einfachere Weg. Ich kenne viele Freunde, die mir immer wieder bestätigen, ich würde eine wunderbare Beziehung führen. Ich habe ihnen geglaubt und mich selber belogen. Unsere Beziehung ist längst nicht mehr wunderbar. Unsere Beziehung ist ... einfach nur da.

»Oli... Hast du eine Affäre?«

Die Frage kommt einfach so über meine Lippen. Er verbringt viel Zeit weit weg von daheim, kommt mit guter Laune nach Hause und hält es nicht mehr für nötig, mir zu sagen, ob und dass er mich liebt. Aber Oliver sieht mich aus großen Augen an, als könne er nicht glauben, was ich da gerade gefragt habe.

»Wie bitte? Nein! Das ist doch Unsinn.«

»Ist es das?«

Er lacht kurz auf und sieht mich ungläubig an.

»Natürlich. Wieso sollte ich eine Affäre haben? Ich habe gar keine Zeit für eine Affäre!«

Das ist wohl wahr, aber ich hätte lieber gehört, dass er keine Affäre braucht, weil er ja mich hat, mich liebt und mir niemals wehtun würde. Aber so weit scheint er gar nicht zu denken.

»Du bist nicht mehr sehr oft bei mir.«

»Layla. Blödsinn. Ich bin jeden Tag bei dir. Wir wohnen zusammen.«

»Ja, wir wohnen zusammen, aber ich meine, wir unternehmen nichts mehr ...«

»Geht das schon wieder los? Ich kann nicht jeden Abend so lange aufbleiben und mit dir um die Häuser ziehen. Ich habe einen ordentlichen Job, nicht so wie du!«

Kaum hat er es gesagt, will er es schon wieder zurücknehmen. Ich sehe es an seinem Gesicht. Aber wozu zurücknehmen? Er lässt doch sonst auch keine Gelegenheit aus, es mir »durch die Blumen« zu sagen.

»Endlich hast du es ausgesprochen.«

»So war das gar nicht gemeint, Layla.«

»Wie war es denn gemeint, Oliver?«

Er sucht nach Worten. Das Dumme ist nur, dass er es genau so sagen wollte, weil es genau das ist, was er denkt und empfindet.

»Ich meine, ich arbeite wirklich hart für all das. Damit wir uns ein schönes Leben leisten können ... Damit du Partyfotos machen kannst.«

Dabei hebt er die Hände, als wäre das alleine schon die Erklärung für sein Verhalten. Als wäre es die Antwort auf all meine Fragen, auf mein vermindertes Selbstbewusstsein, einfach auf alles. Ich starre ihn an, hoffe für seine Gesundheit, dass da noch mehr kommt. Aber er bleibt stumm und zuckt nur entschuldigend mit den Schultern.

»Du nimmst mich also wirklich nicht ernst.«

»Layla ...«

»Du denkst wirklich, das ist keine richtige Arbeit.«

»Das stimmt nicht. Aber es ist jetzt sicherlich auch nicht der Job, mit dem man viel Geld verdient. Da stimmst du mir doch zu.«

»Ich hatte früher auch nicht viel Geld. Aber da hast du mich noch ernst genommen.«

»Ich ... also ... Da waren wir beide noch jünger.«

»Damals war es dir egal, weil du mich noch geliebt hast.«

»Früher war das alles noch nicht so wichtig.«

Er widerspricht mir nicht. Er sieht mich nur an und versucht zu lächeln.

»Ich mag dich ... so gerne, Layla.«

Er mag mich.

Das glaube ich ihm sogar.

So fühlt es sich nämlich auch an.

So ist es.

Wenn etwas zu Ende geht, dann oft nicht so, wie wir es uns vorstellen. Es gibt keinen großen Knall, kein Feuerwerk, kein lautes Boom. Es geht einfach zu Ende. Ich schaue Oliver an, erkenne noch immer den Mann, in den ich mich damals verliebt habe. Ich weiß noch genau, wie er mich immer zum Lächeln gebracht hat und wie wir uns vor der Tür das erste Mal geküsst haben, bevor er mir versprach, mich am nächsten Tag anzurufen. Was er auch getan hat. Aber ich spüre das Kribbeln nicht mehr. Ich spüre es schon eine ganze Weile nicht mehr. Ich erinnere mich nur noch daran. Vage. Aber es gab keinen Grund, ihn zu verlassen. Es war warm, gemütlich, an manchen Tagen sogar liebevoll. Mit der Gewohnheit zieht in jede Beziehung irgendwann der Alltag ein, das weiß jeder, und das akzeptieren auch die meisten. Es ist normal, wenn sich die Schmetterlinge im Bauch irgendwann in wärmere Gefilde aufmachen, um das nächste frisch verliebte Paar zu attackieren.

Erst jetzt merke ich, dass Oliver und ich uns schweigend gegenübersitzen.

»Was machen wir hier eigentlich, Oli?«

Oliver antwortet nicht, und auch ich zögere kurz.

»Ich mag dich, und du magst mich. Das ist schön, aber ... es ist nicht genug.«

Auch jetzt widerspricht er mir nicht. Er sieht mich nicht mal mehr an.

Tristan tritt mit dem Wein an unseren Tisch. Er merkt, dass etwas nicht stimmt, lässt sich aber nichts anmerken.

»So, der Wein für die Herrschaften.«

Er schenkt Oliver ein bisschen Wein ein und lässt ihn vorkosten. Nachdem Oliver kurz gedankenverloren genickt hat, füllt Tristan uns jeweils ein Glas ein und sieht mich dabei fragend an. Ich versuche zu lächeln, aber es gelingt mir nicht. Er stellt die Weinflasche ab, sieht kurz zu Oliver, der aber noch immer nicht in die Realität zurückgefunden hat, dann wieder zu mir.

»Die Vorspeise kommt gleich. Kann ich sonst noch etwas für Sie tun?«

Ich sehe zu Oliver. Er sitzt schweigend da, wirkt plötzlich wie ein kleines Häuflein Elend.

»Ich hätte gerne einen zweiten Teller, für den Brotsalat.«

Tristan nickt und sieht dabei fast ein bisschen enttäuscht aus. Er hatte wohl erwartet, ich würde endlich Farbe bekennen und mich durchsetzen. Doch genau das habe ich getan, auch wenn es gerade nicht danach aussieht. Jetzt, wo es vorbei ist, will ich Oliver aber einfach nur einen Gefallen tun.

Wir essen den Salat gemeinsam, und er schmeckt wirklich sehr gut, was ich Oliver auch sage, und er lächelt daraufhin sogar ein kleines bisschen. Kurz darauf bringt Tristan meinen Seeteufel und Olivers Pasta, und bevor er unseren Tisch wieder verlässt, wirft er Oliver einen finsteren Blick zu.

Wir sprechen zuerst nicht viel, dann aber doch. Immerhin muss jetzt einiges geregelt werden. So ein gemeinsames Leben kann man nicht über Nacht aufgeben. Ich muss zum Beispiel irgendwo schlafen. Eigentlich will er mir die Wohnung überlassen, aber ich kann ihm das nicht auch noch antun. Außerdem behaupte ich, dass ich bei einer Freundin unterkommen könne, die hätte gerade ein WG-Zimmer frei. Er verspricht, mir beim Umzug zu helfen, und ich könne aus der Wohnung mitnehmen, was immer ich wolle. Ich verspreche im Gegenzug, ihm zu erklären wie die Geschirrspülmaschine funktioniert, bevor ich ausziehe.

Es ist alles etwas surreal. Es fühlt sich noch nicht echt an. Wir sitzen in diesem wunderschönen Restaurant und trennen uns, während wir mit einem schönen Glas Wein anstoßen und die Kerze auf dem Tisch immer weiter herunterbrennt. Über fünf Jahre war er an meiner Seite, und ich war mir sicher, daran würde sich nie etwas ändern. Deshalb habe ich wohl auch so lange ignoriert, dass sich die Entfernung zwischen uns immer weiter vergrößert – und dass keiner von uns beiden wirklich etwas dagegen unternommen hat. Weder er noch ich.

So klar wie heute Abend habe ich Oliver schon lange nicht mehr gesehen. Zum ersten Mal meine ich, wieder den Oli zu sehen, in den ich mich damals verliebt habe. Er lächelt ein bisschen, nachdem wir eine zweite Flasche Wein bestellen und Tristan sie bringt, ohne ein Wort zu sagen. Er stellt die Flasche etwas zu geräuschvoll vor mir ab, und ich sehe ihn an. Er wirkt angefressen, weicht meinem Blick aus. Gerne würde ich ihn fragen, was los ist, aber hier vor Oliver ist das unmöglich.

»Der Typ hat wohl plötzlich schlechte Laune.«

Oliver füllt mein Glas wieder auf und nickt in die Richtung, in die Tristan wortlos verschwunden ist.

»Vermutlich.«

»Ich werde es meinen Eltern nächstes Wochenende sagen, wenn das okay ist.«

Ich nicke. Darüber habe ich mir noch gar keine Gedanken gemacht. All unsere Freunde, seine Arbeitskollegen, Familie. Wir werden es über hundert Mal erklären müssen, und ich hoffe, dass wir uns am Ende nicht hassen werden. Manchmal braucht man einfach lange, um einzusehen, dass etwas nicht funktioniert, vollkommen egal, wie sehr man es sich wünscht. Das passiert immer wieder. Ich wollte als Kind beispielsweise mal Tierpflegerin werden. Ganze vier Jahre lang habe ich von nichts anderem gesprochen. Aber die Wahrheit ist: Ich bin allergisch auf die meisten Kleintiere – und Katzen können mich aus einem Grund, der sich mir nicht erschließt, auf den Tod nicht ausstehen. Bei Oliver hat es sogar noch länger gedauert, bis ich mir eingestehen konnte, dass es nichts mehr wird, mit uns, als Paar. Vielleicht können wir aber doch irgendwie Freunde bleiben.

»Ich habe dich wirklich sehr gerne, Layla.«

Er hebt sein Glas wie zu einem Trinkspruch, und ich tue es ihm nach. Ein guter Beginn für eine Freundschaft.

»Ich dich auch, Oli.«

Vielleicht sind wir beide etwas betrunken, aber irgendwie auch erleichtert. Zu lange haben wir das Gefühl, uns einfach sehr zu mögen, in Liebe umdeuten wollen.

»Auf uns.«

Und dann stoßen wir ein letztes Mal an diesem Abend an, vielleicht für immer.

Oliver muss nach dem Essen für gewöhnlich gleich austreten, so auch heute, und während ich am Ausgang warte, verstehe ich noch immer nicht, was heute hier passiert ist. Ich kann nicht glauben, dass wir wirklich endlich den Mut hatten, diesen Schritt zu tun. Es hat auch gar nicht so wehgetan, wie ich gedacht hätte. Eher wie bei einer Impfung. Ein Piks. Die Nachwirkungen kommen wahrscheinlich ebenfalls erst morgen, wenn man noch denkt: »Lachhaft, das mache ich wieder.« Dann will man den Arm heben, aber die Schmerzen hindern einen daran.

»Hey.«

Tristan.

»Hi.«

Er sieht sich kurz um, aber Oliver ist noch nicht zu sehen. Ich tippe, wir haben noch gut drei Minuten, bis er wieder da ist.

»Er ist ein Idiot.«

Ich kann es ihm nicht verübeln, dass er so von Oliver denkt. Tristan kennt ihn nur aus meinen Erzählungen, und heute war er bei der Bestellung wirklich ein Idiot. Aber Oliver ist kein schlechter Mensch, er ist nur nicht der Richtige für mich.

»Er ist in Ordnung.«

Tristan scheint wütend, denn seine Kiefermuskeln wirken angespannt. Es erschreckt mich, wie gut ich ihn kenne, obwohl ich ihn doch noch gar nicht so lange kenne.

»Er ist ein Idiot, und du solltest dich nicht so von ihm behandeln lassen. Niemand sollte dich so behandeln!«

Er zischt mir seine Meinung zu, was ich nach dem dann doch noch schönen Abend ein bisschen unfair finde.

»Du bist schon viel zu lange mit diesem Idioten zusammen!«

»Soll das heißen, ich soll mich von ihm trennen, weil du *denkst*, dass er ein Idiot ist?«

Wenn er wüsste, dass wir uns vor knapp vierzig Minuten bereits getrennt haben und es morgen bestimmt fürchterlich wehtun wird, würde er jetzt vielleicht nicht so finster dreinblicken.

»Ja, genau das soll es heißen! Und ich denke es nicht nur, ich weiß es. Wie kannst du nur dabei zusehen, wie er dich so von oben herab behandelt und dich ...«

»Und mich?«

»Ich an deiner Stelle würde ihn auf den Mond schießen!«

»Und dann?«

»Damit abschließen.«

Das sagt der Richtige. Als wüsste er nicht, wie schwer es ist, mit einer langjährigen Beziehung einfach so abzuschließen.

»So einfach geht das nicht. Wir haben eine gemeinsame Wohnung, ein gemeinsames Leben.«

»Du hältst an ihm fest, weil ihr eine gemeinsame Wohnung habt?«

Er macht einen Schritt auf mich zu und sieht mich ernst an.

»Das ist lächerlich, Layla. Er hält dich auf. Er bremst dich. Dein Leben könnte ganz anders aussehen.«

Jetzt reicht es.

»Sagt der Mann, der seine tote Freundin nicht loslassen kann.«

Stille. Ich höre nur noch das leise Klirren des Geschirrs an den Tischen hinter uns. Tristan scheint nicht mehr zu atmen, und ob sein Herz noch schlägt, weiß ich auch nicht. Vermutlich habe ich es ihm mit meinem Spruch gerade ohnehin durchbohrt, gebrochen war es schon. Am liebsten würde ich das Gesagte zurücknehmen.

»Ich ...«

»Okay, wir können gehen.«

Oliver tritt neben Tristan, und ich sehe, wie unterschiedlich die beiden sind. In allem. Sie würden niemals Freunde werden. Das hat nicht mal etwas mit mir zu tun. Sie könnten es einfach nicht, und ich sehe es so überdeutlich. Sie sind wie Tag und Nacht.

»Gehen wir?«

Oliver schiebt sich zwischen Tristan und mich. Als wäre Tristan nicht da, und irgendwie ist er es auch nicht mehr. Ich will und muss mich entschuldigen für die Gemeinheit, die ich gar nicht so gemeint habe, aber der Moment dafür ist vorbei. Ich sehe ihn an, hoffe, dass er weiß, dass es mir leidtut, und er sieht zurück.

»Einen schönen Abend noch.«

Damit lässt er mich stehen.

Kurz-schluss

»Wieso ist Oli nicht mitgekommen?«

Beccie schreit mir die Frage ins Ohr, damit ich sie überhaupt verstehen kann. Noch immer ist mein Talent zum Lippenlesen rudimentär.

Wir stehen am Rand der Tanzfläche und versuchen, uns zu unterhalten, indem wir die Lautstärke der Musik übertönen. Um uns herum tanzen und springen Jugendliche, die mich durch ihren ewig jungen Teint daran erinnern, heute Abend mal wieder meine Anti-Cellulite-Creme aufzutragen.

Ich trage mein Werbe-T-Shirt und die Kamera um den Hals. Jeder Job ist gerade willkommen, da ich nicht genug Ablenkung von meinem Privatleben bekommen kann. Aber davon habe ich Beccie nichts erzählt. Noch nicht. Sie würde mir erklären, wie dumm ich bin und wie toll Oliver sei, wie perfekt wir zusammenpassen. Ich bin nicht in der Stimmung, das zu hören. Seit fast vier Tagen wohne ich in meinem Büro und schlafe auf einer Couch, auf der ich mich vielleicht im Alter von vierzehn hätte ausstrecken können. Das ist der Preis der Freiheit, wie ich annehme. Aber ich kann und will mich nicht beklagen, denn es fühlt sich irgendwie gut an. Richtig. Auch wenn die erste Nacht nicht so einfach war. Mein Kopf hat ständig verschiedene Versionen meiner Zukunft durchgespielt: Ich alleine in einer kleinen Wohnung und acht Katzen, die alle irgendwie gleich aussahen und mich nachts umbringen wollten. Wie gesagt

Katzen mögen mich nicht. Ich habe mich auf einer Farm in Afrika gesehen, verheiratet mit einem Massai-Krieger. Oder auf einer Demonstration gegen den Ausbau des Bahnhofs, mit einem strengen Kurzhaarschnitt und Buttons gegen Atomkraft auf meiner Jacke. Und nur ganz selten mit Tristan am Strand in Südfrankreich, wie er mir das Surfen erklären will. Das war aber einfach zu schön, um wahr zu werden. Ich habe seit dem Abendessen im *Primafila* nichts mehr von ihm gehört oder gelesen.

Das alles hat mir anfangs Angst gemacht, weil ich mir plötzlich so alleine vorkam. Einsam. Ich war kurz davor gewesen, Oliver anzurufen, aber nachdem er mir geholfen hatte, das Wichtigste aus unserer Wohnung in mein Büro »zwischenzulagern«, bis ich bei meiner angeblichen Freundin in die WG ziehen konnte, hatte er sich auch nicht gemeldet. Das habe ich auch nicht erwartet, aber ich habe auch nicht erwartet, dass er so vollkommen kampflos aufgeben würde. Ohne einen Anruf, eine Nachfrage. Ohne ein Lebenszeichen. Er gab mir recht.

»Wo ist Oli?«

Beccie schreit mir erneut ins Ohr. Sie mag Oliver, und ich bringe es einfach nicht übers Herz, ihr zu sagen, dass ich ausgezogen bin, mit nur ein paar Kartons, einer Reisetasche und meinem Kuschelkissen.

Sie steht tanzend vor mir und zappelt wie wild mit den Armen, als wäre alles egal, als würde sie die merkwürdigen Blicke der anderen gar nicht wahrnehmen. Gerne würde ich sie einfach umarmen, aber ich will nicht melancholisch werden, also schieße ich schnell ein paar Fotos von ihr. Sofort wirft sie ihre Haare durch die Luft, schenkt mir ein verführerisches Lächeln und posiert wie ein Profi.

Ein harter Stoß in meinem Rücken bringt mich aus dem Gleichgewicht und Beccie aus dem Fokus. Ich falle fast in ihre Arme und will mich schon wütend zum Täter umdrehen, als ich Beccies Gesicht sehe. Ein breites Lächeln überzieht ihre Lippen. Langsam drehe ich mich um – und da steht er. Tristan Wolf. Er hat ein halb volles Glas in der Hand und sieht mich überrascht an. Ich spüre den nassen Fleck auf meinem Rücken, der sich gerade langsam, aber dramatisch ausbreitet. So hatte ich mir unser Wiedersehen als Single nicht vorgestellt. Und bei einem Wet-T-Shirt-Contest habe ich ohnehin keine Chance. Auch nicht, wenn nur der Rücken nass wird.

»Sorry.«

Zumindest glaube ich, dass Tristan das sagt, denn verstehen kann ich ihn nicht besonders gut – dafür aber plötzlich spüren, denn die Menge hat uns inzwischen verschluckt, aneinandergepresst, und sie hat wohl auch nicht vor, uns so schnell wieder auszuspucken. Tristans Hand liegt an meiner Schulter, während wir hin und her geschaukelt werden wie auf einer Fähre bei starkem Wellengang. Er beugt sich zu mir herab, seine Lippen streifen meine Wange und landen in der Nähe meines Ohrs. Die Welt um mich herum verschwindet, und alles, was ich noch wahrnehme, ist sein Mund an meinem Ohr – und seine Nähe. Außerdem weiß ich, dass eine Armada Insekten in meinem Bauch nur darauf wartet, jeden Moment aus dem Winterschlaf zu erwachen.

»Das war keine Absicht!«

Ich nicke nur.

»Schon klar.«

Sein Kinn streift meine Wange. Er riecht unglaublich gut, und sein Körper hat noch immer diese Wirkung auf mich. Seine Hand an meiner Schulter fühlt sich alles andere als falsch an. Das Lied neigt sich seinem Ende zu und wird leiser. Jetzt ist der Moment für eine Erklärung gekommen.

»Oliver und ich ...«

Da greift plötzlich eine junge Frau nach seinem Arm.

»Tristan! Da bist du ja! Ich dachte schon, ich hätte dich verloren!«

Sie hat kurze blondierte Haare, wunderschöne Augen und volle Lippen. Sie lächelt mich kurz an.

»Hi, ich bin Nina.«

Ich nicke. Sie hakt sich bei Tristan unter und greift nach dem halb vollen Glas. Ihr Ausschnitt zeigt mehr, als ich sehen will. Okay, viel mehr, als ich sehen will. Sie hat eine gute Figur und lange Beine in einem kurzen Rock. Sie sieht aus wie alle jungen Frauen hier, die die Aufmerksamkeit der Männer auf sich ziehen wollen. Bei Tristan scheint es funktioniert zu haben, was mich traurig macht. Sie passt nicht zu ihm. Optisch. Er trägt wie immer nur seinen schlichten Stil. Dunkle Jeans, ein schwarzes T-Shirt und Turnschuhe. Es sieht umwerfend aus. Er braucht nicht, wie die anderen Jungs hier, die perfekte Frisur, den glänzenden Ohrring und das grelle T-Shirt mit Strass-Bestickung. Er fällt auch so auf. Nina hingegen scheint im Moment alles zu tun, um sich und ihre Figur in den Mittelpunkt zu rücken. Ich werde langsam, aber sicher wütend. Sie legt ihre Hand auf Tristans Brust, während sie ihm etwas ins Ohr schreit. Leider kann ich es nicht hören, was mich sofort noch wütender macht.

Er nickt und sieht wieder zu mir. Kein warmes Lächeln, nichts.

Er kommt mir plötzlich so fremd vor.

»Man sieht sich. Und sorry wegen dem T-Shirt.«

Das ist wie ein beschissener Albtraum, aus dem ich bitte sofort aufwachen möchte. Sofort. Aber vor meinen Augen zieht Tristan mit Nina an seinem Arm durch die Menge davon. Ich kann es nicht fassen.

»Was war das denn?«

Beccie schiebt sich wieder neben mich und folgt dem ungleichen Paar mit ihren Blicken.

»Ich habe keine Ahnung!«

Zum Glück hört man bei diesem Lärmpegel nicht, wie schrill meine Stimme klingt, als ich schreie. Denn genau das möchte ich: schreien!

»Die Tussi passt gar nicht zu ihm. Ich dachte, er ist wählerisch.«

Beccie spricht aus, was ich denke. Und sie hat noch nicht einmal das Hintergrundwissen, das ich habe.

»Idiot.«

Damit drehe ich mich weg und schieße Frustfotos. Unzählige Frustfotos. Ich kümmere mich nicht um einen schönen Bildausschnitt, gutes Licht oder fotogene Motive. Ich knipse einfach drauflos. So wie ein wütender Sportler einfach losspurtet und nicht mehr aufhören will zu rennen. Egal wohin. Ich knipse so lange, bis meine zweite Speicherkarte voll ist. Beccie folgt mir wie ein treuer Hund, der spürt, dass ich leide, und schließlich gönnen wir uns an der Bar einen Drink.

»Sag mal, ist alles okay mit dir?«

Ich nicke. Vielleicht etwas zu ruckartig. Wieso benehme ich mich so? Wem mache ich etwas vor? Was ärgert mich so sehr? Ist es wirklich wegen Tristan und Nina? Natürlich ist es das. Tristan und Layla müsste es eigentlich heißen, verdammt! Ich sehe zu Beccie, die mich besorgt ansieht. Sie kennt mich zu gut, und ich befürchte, meine Reaktion erinnert zu sehr an das eifersüchtige Schulmädchen von früher, dem gerade der Schwarm ausgespannt wurde. Also entscheide ich mich für ein Lächeln.

»Ich war sauer wegen dem T-Shirt.«

Lüge. Beccie sieht mich noch immer an. Bitte, bitte, glaub es mir. Ihre Lippen verziehen sich zu einem Lächeln.

»Das war ja auch doof.«

Sie greift in ihre winzig kleine Handtasche und zieht ein noch kleineres weißes Bündel hervor.

»Zieh das an.«

»Was ist das?«

»Ein Notfall-Shirt.«

Beccie ist einfach unglaublich. Ich drücke sie fest an mich und will sie einfach nur festhalten. Eines Tages, und das schon bald, muss ich es ihr sagen. Sie hat meine absolute Aufrichtigkeit verdient, nicht meine feigen Lügen. Ich muss sie ansehen und sagen: »Oli und ich, das ist nicht mehr«, und ich muss ihr sagen, was mit Tristan ist – und war, obwohl ich damals genau wusste, dass sie ihn gut findet. Ich hoffe nur, sie will dann noch etwas mit mir zu tun haben. Sie ist immerhin alles, was mir im Moment noch bleibt.

»Danke!«

»Ach, Süße, das ist nur ein T-Shirt. Schon okay.«

Beccie weiß manchmal einfach, was sie sagen oder tun muss, damit es mir besser geht.

»Pass nur auf, dass dich das nächste Mal keiner von vorne erwischt. Das Shirt ist weiß ...«

Und dann gibt es die glorreichen Momente, in denen sie genau das nicht kann. Aber auch dafür liebe ich sie. Zu gerne würde ich ihr alles erzählen. Aber das kann ich nicht, nicht jetzt. Also schnappe ich mir das Shirt, lasse meine Kamera in ihren sicheren Händen und wühle mich durch die Menge in Richtung Damentoilette.

Dort hat sich wie so oft eine beträchtliche Schlange gebildet. Daran bin ich gewöhnt. Manchmal darf ich die Toilette der Belegschaft benutzen, das spart Zeit – so wie heute. Ich schiebe mich also an den jungen Damen vorbei in den Backstage-Bereich. Natürlich ernte ich merkwürdige Blicke – nicht nur wegen des scheinbar unbefugten Zutritts, sondern auch wegen meines für diesen Bereich überraschend unspektakulären Outfits. Aber auch das bin ich gewöhnt. Der Trick bei meinem Job ist, das habe ich schnell gelernt, dass man nie besser aussehen darf als die Partymeute. Sie will fotografiert werden und sich nicht eingeschüchtert fühlen, weil der Fotograf besser aussieht. Aber machen wir uns nichts vor: Bei mir ist die Gefahr da nicht allzu groß. Selbst wenn ich einen guten Tag erwische, gibt es auf jeder Party genug Frauen, die aussehen, als wären sie gerade von Heidi Klums Topmodelbühne in diesen Club gestolpert. Ich sehe aus, als würde ich arbeiten.

Zu meiner Überraschung hat sich aber auch vor dem Backstage-Klo eine kleine Schlange gebildet. Ich lehne mich also an der Wand an, übe mich in Geduld und überlege mir, wie ich meine neue, noch nicht vorhandene Wohnung einrichten könnte.

»Hey.«

Ich bin so sehr in Gedanken, dass ich es nicht bemerkt habe, wie sich Tristan neben mich gestellt hat. Ich kann nur erahnen, auf wen er hier wartet, und das gefällt mir nicht.

»Hi.«

Mehr habe ich ihm im Moment nicht zu sagen. Besser gesagt: Ich weiß nicht, was ich sagen soll. Irgendwie bekomme ich den Typen neben mir, der auf seine neue Freundin wartet, nicht mit dem Tristan zusammen, der mir auf dem Weinberg ein Ständchen gebracht hat, und »Layla« für mich gespielt hat. Mit meinem Tristan.

»Sorry noch mal wegen dem Shirt.«

»Kein Problem.«

Ich winke mit Beccies T-Shirt und hoffe, darin gleich nicht wie eine komplette Idiotin auszusehen. Immerhin haben wir beide nicht zwingend die gleiche Figur.

»Nina scheint ... nett.«

Das wollte ich nicht sagen, aber nun ist es zu spät, also kann ich ihn jetzt auch genauso gut ansehen. Er nickt, will mir aber nicht so recht zustimmen, habe ich den Eindruck.

»Wie alt ist sie? Zwölf?«

Auch das wollte ich nicht sagen. Moment. Nein, das wollte ich sagen.

»Sie ist neunzehn.«

»Oh, wow! Dann hat sie also schon ihren Führerschein.«

»Hast du ein Problem damit?«

Ja, verdammt, das habe ich.

»Nö. Ist deine Sache.«

»Richtig! Ist es auch!«

Oha, er wird richtig fuchsig. Die Mädchen vor mir in der Schlange drehen sich zu uns um und verdrehen genervt die Augen. Genau das brauche ich jetzt. Genervte Teenager im Backstage-Bereich.

»Habt ihr ein Problem?«

Ein bisschen könnte man meinen, ich bin auf Streit aus, aber ich bekomme keine Reaktion. Nur Tristan sieht mich überrascht an. Ja, so kennt er mich nicht.

»Was?!«

»Wieso bist du sauer?«

»Ich bin nicht sauer.«

Das würde ich nämlich niemals zugeben.

»Doch. Bist du. Ist es wegen Nina?«

»Nina ist mir egal.«

»Du hast doch gesagt, ich sei der, der seine tote Freundin nicht loslassen kann. Waren das nicht deine Worte? Ich hänge an der Vergangenheit und bewege mich kein Stück weiter.«

»*Das* habe ich nicht gesagt.«

»Aber gemeint, und jetzt bist du sauer, wenn ich loslasse.«

Ich bin nicht sauer, weil er loslässt. Ich bin sauer, weil er mich loslässt und sofort Ersatz findet. Er hat verdammt noch mal »Layla« für mich gesungen!

»Du hast gar keinen Grund, sauer auf mich zu sein, Layla. Sei lieber sauer auf dich selbst. Du lässt dich wie ein Kind behandeln und dir von diesem Kerl lieber einreden, dass du nichts kannst, als dass du mit dem Idioten Schluss machst. Ganz toll!«

Er wird persönlich. Ich baue mich vor ihm auf – und reiche immerhin bis knapp über seine Schultern.

»Du hast keine Ahnung, wovon du sprichst!«

Dabei funkele ich ihn böse an und hoffe, er sieht den verräterischen Glanz in meinen Augen nicht, der meine Tränen ankündigt, die ich langsam aufsteigen fühle.

»Ach nein? Lässt du dir von Oliver morgens auch deine Klamotten raussuchen? So von wegen: ›Nein, kleine Layla, das lassen wir schön im Schrank, das machst du nur schmutzig. Zieh lieber das hier an, darin siehst du immer so hübsch aus.‹«

So gemein habe ich Tristan noch nie erlebt, und ich hätte auch nicht gedacht, dass er so sein könnte. Zumindest nicht zu mir. Alles, was ich ihm wortgewaltig entgegenschleudern könnte, will mir nicht mehr über die Lippen kommen, weil ich Angst habe, er würde an meiner Stimme hören, wie nahe ich den Tränen bin. Meine Unterlippe will schon bedrohlich zittern.

»Du bist ein Arschloch, Tristan.«

Damit will ich gehen, raus aus diesem Club und weg von ihm. Vollkommen egal, was dann kommt.

»Na und? Du stehst doch auf Arschlöcher.«

Ich bleibe stehen, würde ihm am liebsten ins Gesicht springen. Stattdessen drehe ich mich langsam wieder zu ihm um.

»Du hast recht, Tristan. Ich stehe auf Arschlöcher. Mein Pech. Und du solltest Nina vögeln gehen und mich endlich in Ruhe lassen.«

Er lacht kurz auf, scheint wenig beeindruckt von meinen Worten, aber ich kenne ihn besser. Sein Kiefer ist angespannt, seine Hände sind in seinen Hosentaschen zu Fäusten geballt.

»Vielleicht werde ich das sogar machen.«

Er dreht sich um und will gehen, mich hier einfach so stehen lassen.

Es heißt: Nur Menschen, die sich gut kennen und sehr lieben, können einander wirklich wehtun. Er hat es gerade getan. Und ich bin noch nicht fertig mit ihm. Zwar kullert die erste Träne über meine Wange, aber ... ich bin noch nicht fertig.

»Viel Spaß! Helen wäre unheimlich stolz auf dich.«

Es durchschlägt seinen Rücken, zerfetzt seine Haut, seine Muskeln, vermutlich sogar seine Knochen und zersplittert seinen ganzen Hass und die Wut. Ebenso sein Herz. Er bleibt stehen, bewegt sich keinen Zentimeter mehr, und ich weiß genau: Das war ein Volltreffer, der keine Schlachten, sondern Kriege beendet. Und Freundschaften.

Bevor er sich umdrehen kann und sieht, dass ich weine, flüchte ich. Ich renne über den Flur, durch die Menge, ich eile die Treppe nach oben und will nur noch eines: raus.

Da packt mich jemand am Handgelenk und hält mich zurück, dreht mich zu sich. Tristan. Ich versuche, ihn von mir wegzustoßen, während er mich mit seinem Körper gegen die Wand und das Treppengeländer drückt. Obwohl alles sehr schnell passiert und er jetzt auch mein anderes Handgelenk festhält, spüre ich keine Wut in ihm. Nichts von seiner Handlung wirkt aggressiv. Ganz im Gegenteil, er scheint sich an mir festhalten zu wollen. Er scheint verzweifelt.

»Verdammt, Layla. Ich weiß, dass das alles nicht sein soll ...«

Seine grünen Augen funkeln verwundet, so nah an meinem Gesicht. Ich kann seinen Atem auf meinen Lippen spüren.

»... aber es geht nicht anders. Es geht nicht mehr.«

»Was ...«

Und dann küsst er mich. Einfach so. Als wäre es das Normalste der Welt, als wäre dieser Kuss die Antwort auf alle Fragen. Als müsste es so sein. Und als sich unsere Lippen berühren, scheint die Welt für einen Moment den Atem anzuhalten. Er schmeckt so gut, nach mehr, und endlich küsse ich Tristan zurück – als gäbe es kein Morgen und auch kein Heute mehr, als wäre dieser Moment alles, was mir bleibt, und sofort stürmen Tausende Schmetterlinge mein Herz. Er zieht mich näher zu sich, und ich gebe mich diesem Kuss hin, lasse los, lasse ihn endlich zu. Ich nehme sein Gesicht in meine Hände und will ihn nie wieder loslassen. Ich kann ihn nie wieder loslassen. Mein Herz durchschlägt gleich meinen Brustkorb, und ich weiß, so sollte es sich immer anfühlen. So müssen sich Küsse anfühlen. So und nicht anders.

»Layla! Hör auf! Was zum Henker soll der Scheiß?!«

Sofort löse ich mich von Tristan, denn es fühlt sich an, als hätte mich meine Mutter mit fünfzehn beim Knutschen erwischt. Ich blicke erschrocken die Treppe nach unten. Beccie steht wie erstarrt vor uns. Meine Kamera und ihre Handtasche in der Hand. Ihr Blick tut weh, weil er pure Enttäuschung widerspiegelt. Tristan bringt Abstand zwischen uns und sieht beschämt auf den Boden.

»Beccie ... ich kann ...«

Sie stürmt auf mich zu, packt mich am Arm und zerrt mich davon, bevor ich die Chance habe, ihr zu erklären, was gerade passiert ist, was vor vier Tagen passiert ist und wieso Oliver nicht hier ist. Sie zerrt mich einfach weg. Ich werfe noch einen Blick zu Tristan zurück, der sich mit jedem Schritt weiter entfernt. Er lächelt ein kleines bisschen, auch wenn mir die Traurigkeit in seinem Blick wehtut.

»Tut mir leid.«

Das will ich nicht hören.

»Das muss es nicht! Nicht mehr!«

Das Letzte, was ich sehe, ist sein überraschter Gesichtsausdruck.

Abschluss

Nach zwei Minuten Gezerre reicht es mir. Ich bin völlig außer Atem und weiß nicht, ob es an dem kurzen Sprint liegt oder an Tristans Kuss. Alles dreht sich, ich bin etwas aus der Bahn geraten. Etwas sehr. Alles ist jetzt anders.

»Beccie! Bleib stehen. Ich kann nicht mehr.«

Sie bleibt tatsächlich stehen, dreht sich zu mir um und sieht mich wütend an. Ich halte besser etwas Abstand.

»Was war das gerade?«

»Ich ...«

»Ach was, Layla! Ich will das eigentlich nicht hören. Ich weiß, was das gerade ... Sag mal, spinnst du?!«

»Aber es ist ...«

»Was?! Es ist nicht so, wie es aussieht? Es ist alles ganz anders? Mensch, Layla!!!«

Sie schreit mich an, und unter anderen Umständen hätte sie damit auch wirklich recht. Dann hätte ich es verdient. Aber jetzt muss ich es klären, bevor es zu spät ist. Nur leider lässt sich Beccie nicht so schnell unterbrechen, schon gar nicht, wenn sie meint, dass sie etwas zu sagen hat.

»Weißt du, du warst immer die Gute! Ich habe immer zu dir aufgesehen und gewusst, du bist da. Du bist anständig. Du machst keinen Blödsinn, und immer wenn ich kurz davor bin, welchen zu machen, dann stelle ich mir nur kurz dein Gesicht vor, wie du mich ansiehst und mir sagst, dass ich gleich einen Fehler machen werde. Und schon weiß ich, was zu tun ist. Deswegen habe ich nicht so viel Blödsinn gemacht.«

Ich kann nur zuhören und versuchen, nicht wieder zu weinen.

»Und jetzt das. Oliver ist ein echt feiner Kerl, und du kannst dich glücklich schätzen, ihn zu haben. Er behandelt dich gut, er ist dir treu und er liebt dich! Tristan ist doch nur ... keine Ahnung, irgendein dahergelaufener Kerl, der in engen T-Shirts gut aussieht!«

Das ist nicht wahr, aber woher soll sie das wissen? Ich habe mit ihr nie wirklich über Tristan gesprochen. Nicht darüber, was ich empfinde, wenn ich in seiner Nähe bin, was zwischen uns passiert ist und wie nahe wir uns gekommen sind.

»Beccie, es ist viel passiert.«

»Du hast ihn geküsst, verdammt noch mal! Was meinst du, was Oli dazu sagen wird?«

Sie wedelt mit ihrem Handy vor meiner Nase, als wäre es ein Revolver und mein ganzes Leben würde von einer SMS abhängen. Ich lasse die Schultern hängen.

»Gar nichts.«

»Was?«

Spätestens jetzt bemerke ich, wie müde ich bin. Nicht von heute Nacht. Nicht vom heutigen Tag. Von meinem Leben und der plötzlichen Wendung, die es genommen hat. Und zwar damals, als ich gesehen habe, wie Tristan ein fremder Ellenbogen ins Gesicht geflogen kam. Von diesem Moment an ist alles anders geworden. Mein ganzes Leben, mein ganzes Ich.

»Oli wird gar nichts sagen. Das tut er schon eine ganze Weile nicht mehr.«

»Das glaubst du doch selbst nicht.«

Sie ist noch immer wütend, aber sie schreit mich nicht

mehr an. In ihre Stimme mischt sich eine kleine Portion Verwirrung und ein bisschen Sorge.

»Weißt du, wie es ist, nach Hause zu kommen und alleine zu sein?«

Die Frage ist vielleicht ungeschickt gewählt, aber ich hoffe, Beccie wird trotzdem verstehen, was ich meine.

»Du hast Oli, du bist nicht alleine.«

»Nein, Beccie, du verstehst nicht. Ich bin nach Hause gekommen und war alleine – obwohl Oli da war. Wir reden schon länger nicht mehr. Er sieht mich nicht mehr. Und er liebt mich auch nicht mehr.«

Ich habe es ausgesprochen. Zum ersten Mal seit der Trennung habe ich es ausgesprochen. Jetzt ist es offiziell und real. Es ist nicht nur in meinem Kopf und in meinem Leben. Es ist da draußen. Ich kann meinen Beziehungsstatus bei Facebook ändern, und die ganze Welt wird wissen, es gibt uns nicht mehr. Es gibt uns nicht mehr, es gibt nur noch ihn oder mich.

»Das ist Quatsch, Süße. Er liebt dich ganz sicher.«

Ich schüttele den Kopf und zucke hilflos mit den Schultern.

»Wir haben uns getrennt.«

Ich breche ihr so ungern das Herz und raube ihr damit die Illusion der perfekten Beziehung, aber es laut zu sagen, hilft mir. Also tue ich es sofort noch einmal.

»Wir sind nicht mehr zusammen.«

Beccies Gesicht zeigt sofort, wie sie sich fühlt, und es tut mir leid.

»Wegen Tristan?«

Ich will fast lachen. Sage ich Ja, versteht sie es falsch. Sage ich Nein, lüge ich. Es ist wegen Tristan. Aber eben nicht unbedingt wegen dem »Mann« Tristan. Auch wenn der einen gehörigen Teil dazu beigetragen hat. Es ist vor allem wegen dem »Gefühl« Tristan – zu ahnen und zu spüren, dass da mehr ist, dass mein Leben anders sein kann, dass meine alten großen Träume und Hoffnungen noch immer da sind, größer und drängender als je zuvor, und vor allem, dass ich sie mir erfüllen kann, erfüllen muss. Dass ich ein Leben leben kann, wie ich es mir wünsche. Dass ich ein Leben führen kann, das zu mir passt und wirklich mein Leben ist, voller Lieblingsmomente. Mit Oliver war das nicht mehr möglich. Das alles spüre ich erst, seit ich Tristan begegnet bin. Insofern: Ja, es ist wegen Tristan, aber es ist nicht wegen Tristan. Ich habe mir allerdings noch keine Kurzversion für diese Erklärung bereitgelegt.

»Es tut mir wirklich leid, Beccie. Ich weiß, wie sehr du Oli magst, aber es ging wirklich nicht mehr.«

»Warum?«

»Es hat nicht gereicht.«

»Das weißt du doch gar nicht.«

»Doch.«

Wir sehen uns an, sagen aber nichts. Ich merke, dass Beccie das Gesagte erst einmal verarbeiten muss. Und ich fühle mich schrecklich, weil ich ihr nicht schon viel früher gesagt habe, was mit mir los ist. Immerhin ist sie meine beste Freundin.

»Und bist du jetzt mit Tristan zusammen?«

»Nein.«

Ich nehme ihr meine Kamera aus der Hand und drücke dabei kurz ihren Arm.

»Ich muss zurück und mit ihm reden.«

Sie hat noch nicht ganz verstanden, das kann ich sehen, aber ich kann es nicht besser erklären. Nicht in diesem Moment.

»Ja. Mach das. Ich ... gehe, glaube ich, nach Hause. Außer du brauchst mich.«

»Nein, danke. Das mache ich alleine.«
Ich verabschiede mich von Beccie und gehe ohne Beccie zurück in den Club.

Am Eingang beschleicht mich das Gefühl, dass es schwer wird, ihn zu finden. Schon auf dem Weg zur Bar muss ich meine Ellenbogen einsetzen, um überhaupt vorwärtszukommen. Es ist eng, es ist stickig, es ist eine typische Sommernacht in der Stuttgarter Clubszene. Ich habe so viele Abende erlebt, und sie waren genau wie dieser hier. Tanzende, schwitzende Körper, die diese Nacht zum Tag machen werden.

Aber ich suche nur einen Menschen in diesem Chaos: Tristan. Wir müssen reden. Über so vieles. Aber ich finde ihn nicht. Dafür schieben mich andere Menschen auf der Tanzfläche in eine Richtung, in die ich gar nicht will. Der Bass der Musik vibriert in meinem Magen, fremde Hände schieben mich ruppig zur Seite, und ich habe das Gefühl, kaum noch Luft zu bekommen. Ich gehöre nicht hierher. Nicht mehr. Das ist nicht meine Richtung. Ich muss hier raus! Aber zuerst muss ich Tristan finden. Oder habe ich ihn verloren? Ich kann ihn nirgends sehen. In meinem Kopf hämmert es wie verrückt. Die bunten Lichter, die hektisch über unsere Köpfe und Gesichter zucken, die sich irgendwie wiederholende Musik. So war es die letzten Jahre. Jedes Wochenende. Soll es so weitergehen? Die nächsten Jahre? Wem will ich hier etwas vormachen? Wo ist Tristan? Mein Herz hämmert gegen meinen Brustkorb, meine Hände zittern und fast meine ich zu ersticken. Ich muss weg. Sofort. Einige böse Blicke treffen mich, während ich mir mit vollem Körpereinsatz einen Weg zurück zum Ausgang bahne.

Draußen hole ich so tief Luft, dass ich befürchte, meine Lungen zu sprengen – aber das gerade da drinnen, das kam einer Panikattacke sehr nah. Nicht wegen den vielen Menschen, damit kann ich umgehen. Nein, wegen allem. Wegen diesem Club, in dem ich so viele Abende verbracht habe und in dem ich Tristan einfach nicht finden kann. Wegen diesem Job, der mich meinen Traum nicht ausleben lässt, und auch wegen dieser Stadt, die ich über alles liebe, die mir aber im Moment die Luft zum Atmen – ja zum Leben nimmt. Ich halte das nicht mehr aus. Ich muss weg. Weit weg! Ich will nicht rennen, aber irgendwie tue ich es doch. Ich renne los, nur ein paar Meter, nur um mich zu bewegen. Weg! Ich muss weg!

Erst als ich auf dem Heimweg alleine durch die Straßen meiner Stadt gehe, meine Kamera um den Hals trage und obwohl jeder Atemzug ein kleines bisschen wehtut, fallen mir die Schritte von Mal zu Mal leichter. Ich gehe nicht schnell, aber es fühlt sich schnell an und leicht. So als würde ich gleich abheben.

Ich spüre, wie ein leichtes Lächeln auf mein Gesicht zurückkehrt, und weiß, es sieht nur jetzt so chaotisch aus. Es kann nur aufwärtsgehen. Der erste, härteste Schritt ist getan. Jetzt fängt der Rest meines Lebens an. Und ich freue mich schon darauf.

An einer Bushaltestelle setze ich mich auf eine Bank und betrachte die Fotos, die ich heute Nacht geschossen habe. Bunte, grelle Fotos, grinsende Gesichter, zu viel Make-up, zu viel Alkohol, zu viel von allem. Ich entscheide mich, alle Fotos auf dieser Speicherkarte zu löschen. Ich werde viel Geld verlieren, aber so kann es nicht weitergehen. Ich will keine Partys mehr knipsen.

Wollen Sie die Fotos alle löschen?

Meine Kamera fragt mich das immer, und diesmal drücke ich aus voller Überzeugung auf *Ja*.

Ich bin das nicht mehr. Ich kann nicht mehr durch die Clubs dieser Stadt ziehen und so tun, als wäre ich dabei glücklich. Ich schließe für einen kurzen Moment die Augen. Und da ist es. Ich kann es so klar in meinem Inneren sehen. Ich stehe an der Chinesischen Mauer, ich grinse breit und halte die Daumen in die Luft. Ich stehe vor einem Tempel in Indien und halte die Hände wie zum Gebet gefaltet. Ich trage einen Neoprenanzug und halte ein großes Surfbrett unter dem Arm, hinter mir liegt Bondi Beach und die Wellen machen mir ein bisschen Angst. Ich esse ein Eis und trage eine coole Piloten-Sonnenbrille, während die Sonne die Brooklyn Bridge hinter mir in wunderschönes Licht taucht.

Jedes Mal sehe ich nur mich, ganz alleine.

Und immer lächle ich.

Tristan
&
Layla

Es ist schon spät, als ich die Tür zu meinem Büro – Schrägstrich – Schlafzimmer aufschließe. Es ist nicht mehr ganz so trostlos, hierherzukommen. Es ist jetzt mein Reich, mehr denn je. Meine Basisstation. Sicher, es ist bestimmt schöner zu wissen, dass man eine Tür zwischen Schlafplatz und Arbeitszimmer hat, aber es ist das, was ich im Moment habe. Der erste Schritt in Richtung Freiheit ist immer der schwerste, heißt es. Ich habe ihn getan.

Licht mache ich erst gar nicht an, ich lege meine Kamera auf den Schreibtisch, ziehe endlich das nach Alkohol stinkende Oberteil aus und greife nach einem T-Shirt aus der Reisetasche. Egal welches, nur frisch und bequem muss es sein.

Erst als ich es anhabe und mir auffällt, dass ich darin fast verschwinde, erkenne ich es wieder. Zu lange habe ich es in den unteren Bereich des Schranks verbannt. Ausgerechnet jetzt mogelt es sich wieder an die Oberfläche: Tristans T-Shirt. Ich muss lächeln. Ich erinnere mich daran, wie er zum ersten Mal als Fahrradkurier hier in diesem Büro stand. Damals waren wir fast noch Fremde. Ich wusste nichts über ihn, und er hat doch sofort erkannt, dass alles in mir noch wie wild pochte. Mein Blick wandert zu der Wand, an der meine richtig guten Bilder hängen. Es sind immer noch meine alten Meisterwerke, die darauf warten, durch neue ersetzt zu werden. In einem Regal an der Wand stehen einige Reiseführer, nach Kontinenten sortiert. Damals habe ich sie voller Begeisterung gekauft, war fest davon überzeugt, in weniger als einem Jahr in allen noch so abgelegenen Teilen der Welt gewesen zu sein und dann mit vielen Erinnerungen im Gepäck und Bildern auf der Festplatte wieder genau hier zu stehen. Ich hatte diesen Traum schon immer, und er hat nichts mit Tristan zu tun.

Andererseits hat alles mit Tristan zu tun. Vor allem der Wunsch, hierzubleiben. Ich kann seinen Kuss noch immer auf meinen Lippen spüren, weiß noch, wie es sich angefühlt hat, als er mich an sich gezogen hat. Ich kann jetzt nicht weg. Oder?

Mein Blick fällt auf mein Lieblingsbild. Meine Großmutter hat einmal gesagt, dass wir alle unsere Träume ewig mit uns tragen, und nur wir können entscheiden, ob wir sie in Erfüllung gehen lassen oder ob wir sie unerfüllt mit ins Grab nehmen. Mit Oliver habe ich andere Träume in Erfüllung gehen lassen, habe Dinge erlebt, die ich genossen habe und nicht vergessen werde. Ich habe gerne mit ihm zusammengelebt. Nur leider war er nicht der Richtige, um auch die anderen großen Träume in Erfüllung gehen zu lassen.

Alles hat seinen Preis. Ich höre jetzt schon meine Eltern und Freunde sagen, dass es Wahnsinn ist, diese Beziehung zu beenden. Wer weiß, vielleicht haben sie sogar recht. Aber ich will nicht eines Tages in der fernen Zukunft mit meinen unerfüllten Träumen zu Grabe getragen werden. Ich will sie erfüllen.

Ich könnte auch jetzt gleich damit anfangen. Später ist es vielleicht zu spät. Ich entscheide mich hier und jetzt für mich. Vielleicht zum ersten Mal in meinem Leben. Die Reisetasche ist doch ohnehin gepackt. Mein Reisepass ist gültig, meine Impfungen auf dem neuesten Stand. Und den Urlaub genehmige ich mir einfach selbst.

Ich schalte den Rechner an, nehme auf meinem Bürostuhl Platz und logge mich auf der Homepage des Reisebüros meines Vertrauens ein. Schnell checke ich die Ziele, die mir als Erstes in den Sinn kommen. Ich brauche nur eine Tasche, meinen Laptop, meine Kamera und viel Geld.

Ich atme langsam ein, dann wieder aus. Geld.

Geld bekommt man für Aufträge. Aufträge bekommt man durch Können und Beziehungen. Marco hat mir schon vor zwei Tagen eine E-Mail mit dem Betreff »Deine Fotos« geschickt.

Ich habe die E-Mail noch nicht angesehen, weil mir ihr Inhalt viel zu viel Angst gemacht hat. Aber jetzt klicke ich ihn an, und Marcos Nachricht füllt meinen Bildschirm gänzlich aus.

Betreff: Deine Fotos
Hallo Layla,
ich habe gleich zwei gute Nachrichten für dich.
Erstens will der Freund, von dem ich dir erzählt habe,
deine Stuttgart-Fotos tatsächlich ausstellen. Er war
von der Serie ganz begeistert und würde dir im Dezember
gerne eine eigene Ausstellung im Café Galao geben. Was
sagst du? Großartig, oder? Deine Fotos habe ich ja
inzwischen alle. Fehlt nur noch dein Ja. Was sagst du?
Außerdem habe ich – nimm es mir bitte nicht übel –
einem anderen sehr guten Freund und großem Förderer der
Künste deine Stuttgart-Fotos und die Fotos von den beiden Konzertabenden gezeigt. Er ist ebenfalls schwer
beeindruckt. Er will eine Ausstellung mit deinen Fotos
machen plus eigenem Fotokatalog. Hast du schon was
Neues in der Schublade? Das dürfte dann nämlich gleich
im neuen Jahr an die Wände seiner wirklich sehr renommierten Galerie. (Ich habe dort meine ersten großen

Schritte gemacht und kann dir nur empfehlen, es mir
nachzumachen.) Und: Das Honorar solltest du dir wirk-
lich auf der Zunge zergehen lassen. Es steht in dem
PS-Teil, damit du jetzt nicht hyperventilierst.
Melde dich bei mir.
Liebste Grüße,
Marco

Ich starre auf die Zahl am Ende der E-Mail. Sie würde mir diese Reise ohne Probleme finanzieren, da ich ohnehin nicht vorhabe, in teuren Hotels zu nächtigen. Bevor mein Gehirn reagieren kann, tippen meine Finger schnell eine Antwort und der Cursor drückt auf SENDEN. Ich kann es nicht mehr ändern. Mein Herz pocht wie wild. Ich habe das Angebot angenommen und schon vor Reiseantritt die Fotos, die ich schießen werde, an eine Galerie verkauft. Wenn das mal kein Zeichen ist! Ich kann nur noch hoffen, dass dieser ominöse Förderer der Künste auch Lust auf Fotos aus der ganzen Welt hat und nicht erwartet, dass ich ihm weitere Stuttgart- oder Konzert-Fotos schicke. Aber irgendetwas wird mir dann schon einfallen.

Zurück auf dem Portal des Reisebüros lasse ich mir eine individuelle Reiseroute planen, schaue mir Unterkünfte und Preise an. In weniger als zwei Stunden habe ich mich entschieden und muss nur noch auf BUCHEN drücken. Ein knappes halbes Jahr wäre ich weg aus Stuttgart, weg aus diesem Büro, von meinen Freunden und diesem Leben. Weg von Tristan. Dieser Gedanke schmerzt am meisten. Aber ich kann jetzt nicht zurück. Ich kann nicht schon wieder kneifen und meine Träume hintenanstellen. Ich will sie nicht warten lassen, bis sie mir ins Grab folgen. Und ich weiß nicht, ob ich es je wieder so weit schaffe, nur noch auf ein BUCHEN drücken zu müssen, um meine Träume zu erfüllen.

Jetzt oder nie.
Jetzt oder nie.
Jetzt oder nie.
Jetzt.
Ich sende die Buchung ab.

Das ist verrückt, das ist spontan, das ist alles, was ich nicht mehr war – für mehr als fünf Jahre. Schade, dass jetzt niemand da ist, mit dem ich diesen großen Moment zusammen verbringen und mit dem ich gleich ein Glas Sekt trinken kann. Aber manchmal sind die ganz großen Momente eben auch die stillen, die man nur mit sich alleine ausmacht. Außerdem kann ich mich an das Alleine-Freuen jetzt schon mal gewöhnen.

Ich sitze da und sehe zum Fenster. Der Himmel ist klar und dunkel. Eine ruhige, schöne Sommernacht. Perfekt für diesen Moment. Und dann, ja fast wie geplant, schießt eine Sternschnuppe vorbei. So was kommt nicht im echten Leben vor, nur in Büchern und Filmen, aber ich bin mir sicher: Es war eine Sternschnuppe. Und da! Noch eine! Und noch eine! Und ... Will mich der Himmel heute veräppeln? Langsam stehe ich auf und blicke durchs Fenster ins Freie, wo es Sternschnuppen zu regnen scheint.

Aber natürlich sind es keine Sternschnuppen, das wäre auch zu verrückt gewesen. Sie fallen nicht vom Himmel, sie werden in den Himmel geworfen und fallen dann zurück auf den Boden.

Und da sehe ich ihn.

Unten auf der Straße vor meinem Fenster steht er, zündet Wunderkerze um Wunderkerze an und wirft sie an meinem Fenster vorbei.

Tristan.

Ich mache das Fenster auf, und er hält eine Wunderkerze in die Luft.

»Ich dachte, das wäre eine gute Art, um Verzeihung zu bitten?«

Ich muss kurz auflachen.

»Das ist auf jeden Fall ein guter Anfang. Auch wenn es nichts mehr gibt, wofür du dich entschuldigen müsstest.«

»Darf ich hochkommen?«

Ich nicke. Er darf. Er soll. Er muss.

Als er die Treppe nach oben kommt, schlägt mein Herz viel zu schnell und wild. Ich weiß nicht, was ich sagen soll, ich weiß nicht, wie ich sagen soll, was ich noch nicht sagen kann, und ich weiß nicht, wie wir jetzt zueinander stehen. Ich sehe ihn einfach nur an, als er mir gegenübertritt.

Aber Worte werden überhaupt nicht gebraucht. Er legt einen Arm um meine Hüften und zieht mich zu sich. Wir sind zusammen. Uns trennt kein Zentimeter mehr, und es fühlt sich an, als ob dieser ganze Sommer nur auf diesen einen Moment zugesteuert hätte. Das mag absurd klingen und vielleicht ist es auch so, aber all die Zeit, die wir zusammen verbracht haben, hat uns unweigerlich genau zu diesem Moment geführt. Wir sind endlich zusammen.

Ich sehe in seine klaren grünen Augen, berühre seine Wange und spüre nichts mehr, was uns trennen könnte. Seine Lippen sind so nah, und diesmal küsse ich ihn. Nicht auf die Wange. Und auch nicht schüchtern. Ich küsse ihn, weil die Nähe, die ich schon immer in seiner Anwesenheit gespürt habe, jetzt endlich greifbar und real ist. Er küsst mich ebenfalls, und bevor wir wissen, was geschieht, schließt er die Tür hinter sich. Nur wir zwei, ohne jemanden, der zwischen uns steht. Und wir können nicht aufhören, uns zu küssen. Wir stolpern gegen meinen Tisch, und für einen kurzen Moment halten wir inne. Er sieht mich an sieht das T-Shirt und erkennt es sofort wieder. Ein Lächeln liegt auf seinem Gesicht.

»Diebin.«

»Das war leichte Beute.«

»Ich will es zurück.«

»Na, dann hol es dir.«

Zaghaft fasst Tristan den Saum des T-Shirts, und als seine Finger dabei meine nackte Haut berühren, muss ich scharf einatmen. Er hält kurz inne und streicht mir sanft über die Hüfte, wo seine Berührung eine leichte Gänsehaut auf mir hinterlässt. Dann streift er mir das T-Shirt nach oben über den Kopf, ich halte den Atem an, wie bei einem Sprung vom 10-Meter-Brett. Er lächelt, lässt das Shirt zu Boden gleiten und küsst mich erneut, während er gegen meine Lippen flüstert.

»T-Shirts sind ohnehin überbewertet.«

Dann küsst er meinen Hals und meine Schulter, und meine Knie wollen weich werden, aber der Schreibtisch hinter mir gibt mir den Halt, den ich brauche. Meine Hände schieben sich unter sein T-Shirt, streicheln seine Haut, die sich warm und weich anfühlt. Je mehr Haut ich spüre, desto höher schiebe ich sein Shirt, bis es ihm zu bunt wird, er sich von mir löst, das Shirt einfach auszieht und fallen lässt. Ich betrachte seinen wunderschönen Oberkörper, das Tattoo auf seinen Rippen fällt mir sofort auf. Als ich es mit einem Finger zärtlich nachfahre, zittert er fast unter der Berührung. Es sind römische Ziffern: V.VII. Sie stehen für 5.7. – ein Datum. Ich sehe wieder zu Tristan, der meinem Blick ausweichen will, aber ich halte sein Kinn sanft in meinen Händen und zwinge ihn so, mich anzusehen. Er atmet tief durch.

»Der fünfte Juli. An dem Tag habe ich sie verloren.«

Er sieht mich traurig an und versucht zu lächeln. Helen.

Er trägt sie immer bei sich. Sie wird immer ein Teil von ihm sein, und das soll auch so sein. Ich will ihn so, wie er ist, mit all seinen Licht- und Schattenseiten. Ich lehne mich nach vorne und küsse sein Tattoo. Er schließt die Augen und atmet tief durch. Seine Hände streicheln meine Schultern, während ich mir meinen Weg weiter nach oben küsse. Als ich seine Lippen erreiche, lächelt er und die Traurigkeit ist aus seinen Augen verschwunden. Ich küsse ihn, und er flüstert ein Danke gegen meine Lippen. Dann zieht er mich wieder näher zu sich, und unser Kuss vertieft sich, während wir zusammen auf den Boden gleiten.

Tristan ist Neuland für mich, das macht mich nervös. Als ich sehe, wie seine Hände zittern, als er die Knöpfe meiner Jeans öffnet, entspanne ich mich etwas. Weiß dieser Mann denn nicht, wie er auf mich wirkt? Aber wenn ich alles richtig verstanden habe (und gerade fällt mir das Denken etwas schwer), gab es für ihn nach Helen keine andere Frau. Aber Vergleiche sind hier fehl am Platz, also genieße ich seine Hände auf meinem Körper, die mich neu und anders berühren, die mich daran erinnern, dass Träume schön und erlaubt sind.

Seine Küsse bringen mich zum Wesentlichen zurück. Wir brauchen nur uns. Während ich ihn küsse und seine Haut auf meiner spüre, helfe ich ihm aus seiner Jeans, und er befreit mich aus meinem BH. Seine warmen Hände erkunden meinen nackten Körper, und ich höre, wie ich leise aufstöhne. Neugierig tasten sich seine Lippen und seine Hände voran, und ich bete, dass er nie wieder damit aufhört. So wie Tristan mich berührt, bin ich fast gewillt zu glauben, ich sei begehrenswert. Keine Ahnung, wann ich mich das letzte Mal so gefühlt habe. Seine Lippen streifen langsam über die empfindliche Haut an meinem Hals, über meine heißen Wangen, zu meinem Mund und jagen mir dabei heiße Schauer über den Rücken. Tristans Küsse werden intensiver, seine Berührungen hingegen zärtlicher. Tief in mir entfacht er damit ein Feuer, und ich habe große Mühe, mich ans Atmen zu erinnern. Woher er weiß, was ich will, kann ich nicht sagen, aber es scheint ganz so, als könnte er meine stummen Signale lesen. Gut, so stumm sind sie nicht. Ich seufze leise gegen seine Lippen und verlasse mich auf das immer wärmer werdende Gefühl in meinem Inneren. Wir bewegen uns gleichmäßig, keine ungelenken Bewegungen oder Berührungen. Unsere Körper scheinen wie füreinander geschaffen. Der Traum von ihm und mir in einem Pool bei Nacht wird immer realer. Ich wage Dinge, die neu für mich sind, und bemerke an Tristans Reaktion, dass ich alles richtig mache. Sein heißer Atem auf meiner Haut, seine Küsse auf meinem Körper, all das fühlt sich unglaublich gut an. Als er mit seinen Lippen eine meiner Brustwarzen umschließt, gibt es in mir eine kleine Explosion, und meine Lippen suchen wieder seinen Mund. Ich will mehr. Jetzt. Hier. Mit ihm. Als Tristans Hand unter meinen Slip gleitet, zögert er kurz, sieht mich fragend an, aber ich habe keine Bedenken mehr. Ich weiß, dass ich es will, dass es richtig ist. Irgendwie war es das schon die ganze Zeit, aber jetzt darf ich es endlich genießen. Als Antwort auf seinen fragenden Blick hebe ich meine Hüfte ein wenig an, sodass er mich von meinem letzten Kleidungsstück befreien kann. Er scheint genau zu wissen, was er tut, als seine Hand langsam an meinem Knie entlang, die empfindliche Innenseite meines Oberschenkels hinauf und zwischen meine Beine gleitet – denn ich zucke leicht zusammen, stöhne auf und halte es vor Verlangen plötzlich fast nicht mehr aus. Ich will ihn. Ich will ihn spüren, tief in mir. Sofort reagiert sein Körper auf meinen Wunsch, und als er in einer weichen Bewegung zwischen meine Beine gleitet, kann ich es nicht mehr erwarten, ganz mit ihm zu verschmelzen. Eins mit ihm zu sein. Ich ziehe ihn näher zu mir, höre unsere schnellen Atemzüge, und als er sanft in mich eindringt, stöhne ich leicht auf und vergesse alles um mich herum, spüre nur noch dieses heiße Brennen in mir. Ich gebe mich ihm und diesem Gefühl hin, weil er mir gar keine andere Wahl lässt. Ich spüre ihn überall, kann nicht mehr sagen, wo er aufhört und ich anfange. Es gibt nur noch uns. Wir küssen uns ununterbrochen, während wir immer tiefer ineinander versinken und alles endlich loslassen. Ein bisschen fühle ich mich wie im freien Fall, aber als Tristan meine Hand fest in seine nimmt und mit mir springt, nimmt er mir auch davor die Angst. Als die letzte Welle über uns bricht und uns für einen Moment den Verstand raubt, weiß ich, dass er, egal was morgen oder danach passiert, für immer hier bei mir sein wird.

Er liegt neben mir auf dem Boden, unsere Körper bilden einen verwobenen Knoten, der sich nicht mehr lösen zu lassen scheint, und ich lächle ihn an, während er mit meinem Haar spielt. Alles an Tristan ist perfekt, das habe ich irgendwann vorhin beschlossen. Die Narbe an seiner Schulter, ebenso wie die kleinen Härchen auf seinen Unterarmen. Nichts möchte ich ändern. Oder vergessen. Er sieht zu mir, müde und entspannt.

»Layla, das hier, genau das, ist mein absoluter Lieblingsmoment.«

Mein Herz droht mir bei dem Gedanken aus dem Brustkorb zu springen, dass ich eine Hauptrolle in Tristans Lieblingsmoment spiele. Wenn man solche Momente teilt, muss man »ich liebe dich« nicht mehr sagen. Ich ziehe sein Gesicht zu meinem, küsse seine Lippen, weil ich nicht vergessen will, wie sich das alles anfühlt.

Noch nicht.

Noch nicht.

Noch immer nicht.

Gleich.

Aber irgendwann muss ich es ihm sagen. Warum also nicht jetzt, da er nackt auf mir liegt? Ich sehe ihm in die Augen und sage es.

»Ich fliege morgen früh, Tristan.«

Er lächelt noch immer, aber ich kenne ihn inzwischen zu gut. Etwas in ihm passiert, als würden Dinge wieder an die richtige Stelle gerückt werden. Zumindest hoffe ich das. Dann nickt er langsam, als würde es viel Kraft kosten.

»Die Weltreise.«

Ich nicke, habe Angst, etwas zu sagen. Kann ich beides haben? Meinen Traum und Tristan?

»Warum überrascht mich das nicht?«

Er streicht mir eine Haarsträhne aus dem Gesicht und lächelt tapfer. Ich möchte ihn küssen und umarmen und gleich noch mal von vorne anfangen, aber jetzt müssen wir erst einmal reden.

»Ist das falsch?«

Er schüttelt den Kopf, und jetzt ist das Lächeln ernst gemeint. Das kann ich sehen.

»Nein, es ist richtig. Ich freue mich für dich. Du musst hier raus. Wir müssen beide hier raus. Wir haben noch etwas zu erledigen, bevor wir uns jeden Tag und jede Nacht zusammen auf dem Boden wälzen können.«

Ich muss kurz lachen, verstehe aber nicht so ganz, was er mir damit sagen will. Meint er mit »hier« mein Büro oder unser Leben? Diese Stadt? Und wieso wir? Er scheint einmal mehr meine Gedanken lesen zu können.

»Ich kann auch nicht hierbleiben.«

»In Stuttgart?«

Er nickt.

»Nicht solange sie hier ist. Solange ich das Gefühl habe, sie könne jeden Moment um die nächste Straßenecke biegen oder in einem der Cafés sitzen oder zur Tür hereinspaziert kommen, als wäre nichts gewesen.«

Ich nicke. Er kommt hier nicht von ihr los.

»Aber ich möchte sie loslassen. Weil ich jetzt weiß, dass es dich gibt.«

Ich glaube, so etwas hat in meinem ganzen Leben noch niemand zu mir gesagt. Dafür und für vieles mehr will ich ihn gleich schon wieder küssen. Aber ich bewege mich kein Stück, ich liege nur da und genieße seine Haut an meiner. Ich frage mich, ob wir jemals wieder so nah beisammen sein werden. Und wenn ja, wann das sein wird.

»Und weil ich weiß, dass ich dich irgendwann wiedersehe, und dann ... werfe ich wieder Wunderkerzen und hoffe, dass es nicht zu spät ist.«

Alleine für solche Sachen könnte ich ihn schon wieder küssen, aber ich beherrsche mich noch immer, immerhin bin ich kein Teenager mehr. Ach, was solls, ein Kuss hat noch niemanden umgebracht. Als sich unsere Lippen berühren, spüre ich so viel Liebe, dass es mir beinahe den Brustkorb sprengt. Es wird nie zu spät sein. Nicht wenn es nach mir geht.

»Du wirst mir fehlen.«

Unsere Hände sind ineinander verschlungen, und er betrachtet das Chaos, das unsere Finger bilden, mit einem sanften Lächeln auf den Lippen.

»Wahrheit oder Pflicht?«

Jetzt grinst er mich spitzbübisch an, und auch ich muss schmunzeln. Sofort fühle ich mich zurückversetzt, auf das Dach des VW-Busses auf dem Weinberg. Es war einer der schönsten Abende, nein, Nächte meines Lebens.

»Wahrheit.«

Er drückt kurz meine Hand, führt sie zu seinen Lippen und küsst meine Finger.

»Kommst du zurück?«

Plötzlich zieht sich mein Herz zusammen. Warum fragt er das? Wie kann er glauben, dass ich nicht zurückkomme? Es ist schwer genug, nicht sofort aufzuspringen und meine Buchung zu stornieren.

»Natürlich komme ich zurück. Und jetzt, wo wir hier so daliegen, bin ich mir nicht sicher, ob ich überhaupt noch weg will.«

Er streicht mit meinen Fingern über seine Wange und lächelt mich an. Ich bin an der Reihe.

»Wahrheit oder Pflicht?«

»Wahrheit.«

Ich zögere kurz, da ich ehrlich gesagt etwas Angst vor seiner Antwort habe. Immerhin lasse ich ihn für meine Träume hier stehen, und ob er jemals über Helen hinweg und nach Stuttgart zurückkommt, muss sich auch erst zeigen. Aber ich nehme meinen ganzen Mut zusammen und frage einfach. Ich muss es wissen.

»Wirst du da sein, wenn ich zurückkomme?«

Tristan hält meinen Blick und atmet tief durch. O nein, das sieht nicht gut aus. Das sieht nicht nach einem überzeugenden Ja aus. Aber was erwarte ich? Die Wahrheit.

»Ich weiß es nicht.«

Warum weiß er es nicht? Weil er nicht weiß, ob er da sein wird, wo ich bin? Oder weil er nicht weiß, ob er da sein will, wo ich bin? Das macht einen großen Unterschied!

»Aber du willst, wenn ich mal mit meinem ganzen Ich-verwirkliche-meine-Träume-Ding durch bin, mit mir zusammen sein, oder?«

Jetzt lacht er plötzlich kurz auf.

»Ja. Natürlich! Sonst würde ich heute nicht hier liegen.«

»Gut.«

Tristan dreht sich auf die Seite, und ich spüre seinen Oberkörper an meiner Schulter.

»Wahrheit oder Pflicht?«

Es geht also weiter. Gerade als ich »Wahrheit« sagen möchte, beugte er sich zu mir herunter, und ich spüre seinen Atem an meinem Ohr. Seine Stimme ist nur ein Flüstern.

»Pflicht.«

Ich schlucke einmal, denn mein Mund hat sich gerade in eine Sahelzone verwandelt.

»Pflicht.«

Ich bin mir sicher, er kann mein Herzrasen hören, so schnell und laut, wie es gerade schlägt. Was hat er vor?

»Ich möchte, dass du mir aus jedem Land, das du bereist, einen Lieblingsmoment schickst.«

Und sofort flattern wieder tausend kleine Käfer und Schmetterlinge in mir auf. Jetzt weiß ich, dass alles gut wird. Jetzt weiß ich, dass meine Träume in Erfüllung gehen werden. Jetzt weiß ich, dass ich ihn liebe.

Doch bevor ich ihn umarme und vielleicht nie wieder loslasse, habe auch ich noch eine Aufgabe für ihn.

»Wahrheit oder Pflicht?«

Tristan legt seinen Arm um mich und zieht mich noch näher zu sich. Ich werde ihn schrecklich vermissen, jetzt wo ich weiß, wie es sein könnte.

»Pflicht.«

Ich küsse ihn und streiche ihm über die Wange.

»Du musst zu mir kommen, wenn ich einen Lieblingsmoment brauche. Egal wann und egal wohin.«

Ein Lächeln stiehlt sich auf seine wunderschönen Lippen.

»Ich soll ans andere Ende der Welt fahren, nur weil du einen Lieblingsmoment brauchst?«

»Ja.«
»Ab jetzt?«
»Ab jetzt.«
Er zögert und studiert kurz mein Gesicht. Dann antwortet er überraschend ernst.
»Gut.«
Ich schaue ihm tief in die Augen und laufe Gefahr, mich für immer in ihnen zu verlieren.
»Tristan?«
»Hm.«
»Wie geht unsere Geschichte aus?«
Er hält meinen Blick und scheint über meine Frage nachzudenken. Wir haben uns, glaube ich, zu einem denkbar schlechten Zeitpunkt kennengelernt, und trotzdem fühlen wir uns so sehr zueinander hingezogen, dass es wehtut, den anderen loszulassen. Wir haben bei Weitem noch nicht genug Zeit miteinander verbracht, nicht einmal ansatzweise.
»Ich habe keine Ahnung.«
Er küsst mich und schließt dann die Augen. Ich betrachte sein Gesicht, damit ich es nie wieder vergesse. Ich brauche kein Foto von ihm, denn ich bin gar nicht in der Lage, Tristan mit all seinen Facetten einzufangen. Vielleicht aber mein Herz.

Den Rest der Nacht verbringe ich damit, ihn anzusehen, seinen Geruch einzuatmen, mir das Gefühl seiner Haut auf meiner einzuprägen. Ich bekämpfe die sich langsam in mir breitmachende Müdigkeit mit dem Versuch, ihn weiter zu studieren – aber es ist ein sinnloses Unterfangen, und noch bevor es hell wird, bin ich doch eingeschlafen. Dabei weiß ich ganz genau: Wenn ich am nächsten Morgen aufwache, wird Tristan nicht mehr da sein.

Epilog

Ich stehe mit nichts weiter als einer Reisetasche, einem großen Rucksack und meiner Kamera am Flughafen. Ich stehe einfach da und bestaune das Kunstwerk vor mir: die berühmte Baumstreben-Konstruktion, deren stählerne Deckenstützen tatsächlich wie Bäume aussehen, deren Kronen das Dach der Halle des Terminal 1 tragen.

Gleich werde ich Stuttgart verlassen und die Welt entdecken. Das Flugticket in meiner Hand fühlt sich unendlich schwer an, und ich hoffe, dass es leichter werden wird, sobald ich erst mal im Flieger sitze. Ich lasse viel zurück, aber nur so kann ich mir sicher sein, auch wirklich wiederzukommen.

Mein iPod spielt die Songs in wahlloser Reihenfolge ab, und so überrascht mich auf einmal ein wunderschönes Lied von Thomas. Er hat es damals auf seinem Konzert in Bregenz gespielt, und jetzt ist es ein wunderschöner Abschiedsgruß, perfekt für mich.

Flughafenszene ganz ohne Tränen,
kein Grund zum Weinen, denn du bist nicht hier.
Meine sentimentale Gefühlslage,
doch kein Grund zum Weinen, denn du bist nicht hier.

Ja, Tristan ist nicht hier. Er hat seine Abschiedsworte auf einen Zettel geschrieben, und diesen Zettel halte ich jetzt fest an mich gedrückt, aus Angst, seine Zeilen zu verlieren. Eigentlich könnte ich wütend sein, weil er sich einfach sc aus dem Staub gemacht hat, aber ich bin es nicht. Ich wusste es, und ich kann es ihm nicht einmal verübeln. Trotzdem fühle ich mich so, als würde ein Stück von mir hierbleiben, bei ihm.

Ich trage keinen Groll in mir.
Ich hab dich schon längst freigesprochen.
Danke für all die schönen Tage.
Danke für deine kostbare Zeit.

Schnell nehme ich die Kopfhörer von meinen Ohren, noch ein Wort, und ich fange an zu heulen. Alleine und in aller Öffentlichkeit.

»Layla!«

Ich zucke fast zusammen, als ich die schrille Stimme in der Flughafenhalle höre. Überrascht drehe ich mich um und erkenne Beccie, wie sie Menschen in der besten Manier eines Quarterbacks beim American Football aus dem Weg schubst und dann vor mir zum Stehen kommt.

»Bist du eigentlich total bescheuert? Abhauen, ohne dich zu verabschieden, ist so was von scheiße!«

Dann zieht sie mich in eine feste und ehrliche Umarmung, und ich will am liebsten weinen, meine Pläne in den Wind schießen und mit ihr zum Frühstück in unser Lieblingscafé gehen.

»Nicht weinen, Layla! Alles in Ordnung.«

Sie kennt mich zu gut, und plötzlich kommen mir meine Träume gar nicht mehr so reizvoll vor. Vielleicht übertreibe ich ja. Vielleicht sollte ich wirklich bleiben. Vielleicht ist alles endlich in Ordnung, und ich ruiniere es, weil ich mir einbilde, mir auf dieser Weltreise selbst etwas beweisen zu müssen. Vielleicht war die spontane Idee gestern Nacht einfach nur dämlich. Da fällt mir ein …

»Woher weißt du eigentlich, dass ich hier bin?«

»Tristan hat mir einen Tipp gegeben. Aber jetzt hör mal: Du rufst an, sobald du gelandet bist, verstanden? Und dann will ich alles hören. Alles!«

»Mach ich.«

»Und du musst mir versprechen, auf dich aufzupassen.«

Damit ich nicht sofort anfange zu weinen, nicke ich nur, denn meine Kehle schnürt sich verdächtig zusammen. Ich kenne Beccie schon so lange, und wie es sich anfühlen wird, ein halbes Jahr von ihr getrennt zu sein, will ich mir plötzlich gar nicht mehr vorstellen.

»Und wenn du wieder da bist, dann lassen wir es richtig krachen und schauen uns deine ganzen schönen Fotos an.«

Das war zu viel. Wir wollen nicht weinen, aber wir tun es trotzdem, und zwar wie die Schlosshunde, aber wir lachen auch dabei, weil es irgendwie so albern ist. Ich bin ihr unendlich dankbar, dass sie jetzt hier ist. Abschied tut manchmal doch gut. Und so sehe ich an ihr vorbei und hoffe, vielleicht doch noch ein anderes vertrautes Gesicht zu sehen. Sie drückt meine Hand.

»Er wird nicht kommen. Er hat gesagt, er kann das nicht.«

Ich weiß, und ich weiß auch, dass ich, wenn er jetzt hier wäre, nicht in dieses Flugzeug steigen würde. Aber obwohl ich wirklich Angst habe, weiß ich auch, es muss sein. Jetzt und nicht irgendwann, wenn ich alt und grau bin. Ich will meine Träume in Erfüllung gehen sehen. Und wenn ich richtig viel Glück habe, dann werde ich auch Tristan in knapp sechs Monaten wiedersehen. Und wenn ich noch viel, viel mehr Glück habe, dann ist es dann auch genau zur richtigen Zeit.

Ich drücke Beccie noch einmal fest an mich.

»Pass auf dich auf.«

»Du auf dich auch.«

Sie nickt und wischt sich die Tränen aus dem Gesicht. Dabei zieht sie dicke schwarze Streifen über ihre Wangen, die von der zerfließenden Mascara herrühren. Es erinnert mich an eine klassische Kriegsbemalung, und ich glaube, es ist eine sehr gute Idee, mein privates Foto-Reisetagebuch mit genau diesem wunderschönen vertrauten Gesicht zu beginnen. Sie lächelt tapfer in die Kamera, und ich weiß, egal wohin ich gehe, ich werde niemals ganz alleine sein.

Beccie winkt mir zum Abschied zu, während ich durch die Tür zur Welt trete und dabei meinen ganzen Mut zusammen mit meiner Kamera mitnehme. So langsam begreife ich, dass ich zum ersten Mal in meinem Leben wirklich etwas tue, womit niemand – vor allem nicht ich! – gerechnet hätte. Ich erfülle mir meinen Traum. Einfach so. Ob ich Tristan wiedersehen werde? Ich weiß es nicht. In einem halben Jahr kann so viel passieren. Was, wenn er sich verliebt? Was, wenn ich mich verliebe? Wo stehen wir jetzt? Und wo werden wir stehen, wenn ich wieder nach Hause komme? Ich weiß es nicht, und ich weiß nicht, was mich in den nächsten Monaten erwartet. Ich weiß nicht, was mit mir passieren wird – aber ich spüre diese große Aufregung in meinem Inneren, während ich mit einer netten Frau im Flugzeug die Plätze tausche, damit ich am Fenster sitzen kann.

Wir fahren über das Rollfeld, und ich ziehe einen dicken Briefumschlag im DIN-A4-Format aus meinem Rucksack. Er lag heute Morgen in meinem Briefkasten, ohne Absender. Ich öffne den mysteriösen Umschlag, ziehe ein hochwertiges Kulturmagazin heraus und lasse das Gewicht in meiner Hand wirken. Was soll ich damit? Und wer schickt mir so etwas? Das Cover zeigt ein vertrautes Gesicht, und auch das Foto kommt mir sofort mehr als bekannt vor. Thomas! Auf der Bühne in Bregenz. Ich blättere bis zu dem mit einem Post-it markierten Artikel über ihn, und sofort schlägt mein Herz wie wild gegen meine Brust, denn die Fotos in dem Artikel – sie sind allesamt von mir. Es sind meine Konzertfotos von Thomas Pegram, der in dem Magazin als aufgehender Stern am Indie-Musikhimmel gefeiert wird. Zu Recht. Das Lächeln auf meinem Gesicht wird größer und breiter, je länger ich die Fotos betrachte. Wenn man bedenkt, unter welchen Umständen diese Fotos entstanden sind ... Ich freue mich. Sehr. Nein, ehrlich gesagt ist in mir gerade eine kleine Konfetti-Kanone abgefeuert worden, und ich platze gleich vor Stolz und Glück.

Die nette Frau neben mir wirft einen neugierigen Blick auf das Magazin, und so reiche ich es ihr.

»Thomas Pegram, ein aufgehender Stern am Indie-Musikhimmel.«

»Ah. Ja, kenne ich. Hat er endlich ein eigenes Album draußen?«

»Na, hoffentlich bald.«

Die junge Frau studiert weiterhin meine Fotos von Thomas.

»Hübscher Kerl.«

»Und ein großartiger Sänger.«

»Und wirklich fotogen. Das sind tolle Fotos. Man hat fast das Gefühl, auf dem Konzert dabei gewesen zu sein.«

Jetzt! Los, Layla, sag es endlich!

»Die Fotos sind von mir.«

Da! Es ist raus. Ich stehe dazu. Ich stehe zu dem, was ich tue, was ich liebe und worin ich gut bin.

»Wirklich?«

»Ja.«

»Glückwunsch.«

»Danke.«

Und während sie erneut die Bilder betrachtet und dann den Artikel liest, ziehe ich einen Brief aus meiner Jackentasche. Ich kann ihn schon so gut wie auswendig, aber ich werde einfach nicht müde, ihn immer und immer wieder zu lesen. Tristans Handschrift ist geschwungen, groß und klar. Ich streiche das Papier glatt und lese den Abschiedsbrief ein weiteres Mal.

Liebe Layla,

erinnerst du dich noch an die Frage, die du mir gestellt hast? Ob ich wüsste, wie unsere Geschichte ausgeht? Wie mir scheint, wissen wir es noch immer nicht. Aber ich würde alles jederzeit wieder genau so tun. Es gibt noch so viel zu sagen, aber jetzt läuft mir dafür die Zeit davon. Ich habe dir einmal ganz zu Beginn gesagt: Wenn du nicht mehr kannst oder möchtest, werde ich gehen und dich in Ruhe lassen. Ich werde alles mitnehmen, was du möchtest, und dir lassen, was du brauchst.
Ich will dir in diesem Brief nur sagen, dass du mir viele Lieblingsmomente geschenkt hast. Ich werde dich jetzt also loslassen. Auch wenn du mir schrecklich fehlen wirst, weiß ich, dass ich es tun muss ...
Die Zeit mit dir hat mir vieles klarer gemacht. Ich habe für eine kleine, unendlich schöne Weile die Welt durch dich und deine Augen sehen dürfen. Wenn du wüsstest, wie viel mir das bedeutet, würdest du dich wundern. Aber so wie die Sternschnuppen werde auch ich verschwinden und nur dann wieder wie wild den Himmel stürmen, wenn du es dir wünschst.
Vielleicht wirst auch du dich immer daran erinnern:
»Heute Nacht gehört der Himmel uns.«

Tristan

PS: Ich bin nicht besonders gut im Verabschieden. Hoffentlich verzeihst du mir.

Ich bin glücklich. Aber nur, weil ich weiß, dass ich ihn wiedersehen werde. Das spüre ich ganz tief in meinem Inneren. Wir werden uns wiedersehen. Wenn wir beide so weit sind, wird er mir einen weiteren Lieblingsmoment schenken. Und wenn ich schon vorher einen brauche, weiß ich, dass er um die halbe Welt fliegen wird, um ihn mir zu bringen.

Alles hat sich in den vergangenen Wochen so sehr verändert. Menschen sind aus meinem Leben verschwunden, die ich für einen festen Bestandteil darin gehalten habe, und neue Gesichter sind plötzlich so unverzichtbar geworden – und ich? Ja, auch ich habe mich verändert. Ich habe den Mut gefunden, endlich das zu tun, was ich schon immer tun wollte: auf Weltreise gehen. Und sosehr ich mir im Moment wünsche, Tristan säße an meiner Seite in diesem Flugzeug, so weiß ich doch ganz genau, es wäre nicht richtig. Er hat mir die Flügel geschenkt, um alleine fliegen zu können, und irgendwo da draußen wartet gerade ein kleiner Lieblingsmoment sehnsüchtig darauf, von mir fotografiert zu werden.

Mit einem Lächeln auf dem Gesicht denke ich an unsere gemeinsame Nacht und dann an unsere erste, damals in den Weinbergen. Als Tristan für mich gesungen hat. Ich erinnere mich noch genau daran, und auf einmal will mir der Song nicht mehr aus dem Kopf gehen. Es ist fast so, als wäre dieses Lied zum Soundtrack meines Lebens geworden. Ganz leise nur summe ich die Melodie vor mich hin, während der Flieger vom Boden abhebt und mich in mein neues Leben trägt.

Zieh die Notbremse,
und steig aus.
Tu's für dich, nur für dich.
Es steckt mehr in dir, als du denkst.
Mach jeden Moment
zu einem Lieblingsmoment.

Ende

Essen gehen wie Tristan & Layla:

Schräglage Meals & More
Öffnungszeiten: Mo–Sa 11:00–1:00 Uhr, So 15:00–1:00 Uhr
http://www.schraeglage.tv/
Wilhelmsplatz 3
70182 Stuttgart

Im Meals & More genießen Layla und Beccie die abwechslungsreiche Mittagskarte am schönen Wilhelmsplatz. Das Meals & More ist aber nicht nur mittags gut besucht, sondern auch abends – bevor man sich mit vollem Magen auf eine lange Partynacht durch Stuttgart begeben kann. Die zentrale Lage am Wilhelmsplatz lädt nach einem leckeren Mittag- oder Abendessen noch zu einer Runde Barhopping ein, denn um das Restaurant verteilt liegen zahlreiche Kneipen, Cafés und Clubs, in denen Layla schon die eine oder andere Party fotografisch festgehalten hat. Und wem, wie Tristan, der lässige Surfer- und Skater-Vibe des Restaurants gefällt, der wird sich im Club Schräglage (gleicher Betreiber) ebenfalls pudelwohl fühlen. Welcher Club kann schon von sich behaupten, eine Halfpipe zu besitzen?

Udo Snack (Mitte)
Öffnungszeiten: Mo−Mi 11:00−22:00 Uhr,
Do 11:00−23:00 Uhr, Fr−Sa 11:00−1:00 Uhr, So geschlossen
Calwer Str. 23
70173 Stuttgart

Das Urgestein der Stuttgarter Burgerkultur ist nicht nur Treffpunkt des ersten »Dates«. Parallel zur Königstraße direkt im Zentrum gelegen, bietet sich ein Spaziergang zum Kleinen Schlossplatz oder zum Schlossplatz an, um die fleischbeladenen Brotscheiben zu verzehren − ganz im Stile von Tristan und Layla. Auch Vegetarier kommen hier voll auf ihre Kosten. Neben der Filiale in der Stadt gibt es auch noch eine weitere im Osten der Stadt, in der Schwarenbergstraße 40, 70190 Stuttgart. Egal, ob nun Ost oder Mitte, die Auswahl an Variationen des handelsüblichen Burgers lässt jedes Fast-Food-Fanherz höherschlagen.

Primafila
Öffnungszeiten: Mo−Fr 11:30−14:30 Uhr und
17:30−23:00 Uhr, Sa 17:30−23:00 Uhr, So geschlossen
http://www.primafila.de/
Augustenstraße 70
70178 Stuttgart

Das Primafila ist ein etwas gehobeneres italienisches Restaurant, das seinen kulinarischen Schwerpunkt auf eine Mittagskarte für die Büros in der Umgebung legt. Davon profitieren vor allem Menschen, die mittags ihren Hunger stillen möchten. So leckere Gerichte für einen so fairen Preis sieht man selten. Wem der Sinn eher nach einem gemütlichen Abendessen steht, sollte sich durch die Karte futtern und nicht mit dem Kellner flirten − es könnte Tristan sein! Sehr geschmackvoll eingerichtet kommt das Primafila daher: Kein Wunder also, dass Oliver seine Freundin Layla mit diesem Restaurant beeindrucken wollte. Es gibt klassische Gerichte wie Pizza und Pasta, aber auch andere italienische Spezialitäten wie Miesmuscheln, gefüllte Auberginen oder Putenbrustfilet mit Rosmarinkartoffeln. In den Sommertagen lässt sich die Sonne auf der Außenterrasse genießen, für Raucher gibt es einen eigenen Raucherbereich. Hier empfiehlt es sich übrigens ausdrücklich, vorher zu reservieren, vor allem gegen Abend. Dank diesem Italiener im Westen verzeiht man sogar fast (!) die Niederlage der deutschen Nationalmannschaft gegen Italien bei der WM 2006.

I love Sushi
Öffnungszeiten: Di–Fr 11:00–14:30 Uhr, 17:00–22:00 Uhr, Sa–So 15:00–22:00 Uhr
http://www.i-love-sushi.de/
Rosenbergstraße 69
70176 Stuttgart

Stuttgarts erster Sushi-Lieferservice ist schon jetzt Kult! Wer wie Marco und Layla auf rohen Fisch steht und mit den Essstäbchen so gut umgehen kann wie Lionel Messi mit dem Fußball, der wird in diesem Restaurant sein Glück finden. Und wer keinen persönlichen Helden als Lieferanten hat, wie Tristan, der einfach nachts mit einer Tüte voller Leckereien im Büro auftaucht, der kann als Trostpflaster bei ILS bestellen. Hier sind die Lieferanten mindestens so nett und charmant wie die leckeren Sushis. Im Westen, unweit von Laylas Wohnung, befindet sich diese Location, die nach dem Verzehr von japanischen Spezialitäten einen guten Startpunkt für eine Kneipentour durch den Westen der Stadt bietet. Und die Stuttgarter wissen: Im Westen leben nur die Besten ... das gilt auch für die Kneipen.

Ausgehen wie Tristan & Layla:

Palast der Republik
Öffnungszeiten: Mo–Sa 11:00–1:00/3:00 Uhr,
So 15:00–1:00 Uhr
Friedrichstr. 27
70174 Stuttgart

Wer es bei einem Besuch in Stuttgart nicht bis zum Palast der Republik schafft, hat Stuttgart nicht wirklich erlebt. Im Sommer trifft sich hier jeder mit jedem. Ein ehemaliges Klo-Häuschen wird zur Kult-Location für alternatives Publikum und junge Erwachsene, die ihren Platz in keinem der zahlreichen Clubs auf der Theodor-Heuss-Straße finden. Hier ist man willkommen, hier wird man schnell zum Teil der Familie, und man kann im Sommer das Bier an den wenigen Tischen im großen Outdoor-Bereich genießen. Wie Layla und Tristan haben schon unzählige Stuttgarter genau hier wichtige Gespräche geführt. Liebeserklärungen wurden am Palast genauso ausgesprochen wie betrunkene Flüche. Hier findet man alles und fühlt sich am Ende eines typischen Palast-Abends wie ein echter Stuttgarter, egal ob Urschwabe oder »Neigschmeckter«. Da der Palast zentral gelegen ist, sind die Kinos und der Schlossplatz nur wenige Minuten entfernt.

KISTE
Öffnungszeiten: Mo–Do 18:00–2:00 Uhr,
Fr–Sa 18:00–3:00 Uhr
http://www.kiste-stuttgart.de
Hauptstätter Straße 35
70173 Stuttgart

Jazzclub, Bar oder Konzert-Kiste, alle diese Bezeichnungen treffen auf einen der ältesten Liveclubs der Schwabenmetropole zu. Egal, ob man sich eines der zahlreichen Konzerte anhört oder einen entspannten Drink genießen möchte, dieser Club – und mag er noch so klein sein – ist einer der ganz Großen. Vielleicht entdeckt man hier eine neue Lieblingsband oder kommt genau wegen seiner Lieblingsband hierher. Aber aus welchem Grund auch der Weg in die Kiste führt, man wird den Abend kaum vergessen. Für Layla wird der magische Abend hier auf jeden Fall unvergesslich bleiben. Wer bekommt schon einfach so einen Song gewidmet? In der Nähe des Wilhelmsplatzes kann man nach einem aufregenden Konzert noch einen Burger bei Meals & More genießen – im Sommer sogar draußen.

Weitere Locations:

Fischlabor

Ludwigstraße 36
70173 Stuttgart
http://www.fischlabor-stuttgart.de/

Die urige Kneipe im Westen mit tollen kleinen Gerichten, großer Auswahl an Biersorten und einem Biergarten im Hinterhof zwischen Gebäuden: eine Oase der Ruhe. Oliver beweist einmal mehr Geschmack, als er diese Kneipe als seine Lieblingskneipe auserkoren hat.

Stadtstrand

Neckarufer, gegenüber Wilhelma
70372 Stuttgart
http://www.stadtstrand.com/

Der schöne grüne Neckar ist vielleicht weder die gemütliche Isar noch der wilde Atlantik, aber bei einem Cocktail oder einer Beachball-Partie kann man den Blick über das Wasser gleiten lassen und sich zumindest mediterran fühlen. Nach einem Besuch der Wilhelma bietet sich ein Stopp an Stuttgarts schönstem Strand an. Allerdings lohnt sich ein Blick auf die Homepage, wo ein rotes oder grünes Lämpchen über die Öffnungszeiten des Strandes informiert.

Soundtrack

Lieblingsmoment – Thomas Pegram
Fernweh – Thomas Pegram
Happy End – Thomas Pegram
(so)weit – Thomas Pegram

Ein kleiner Ausblick...

… denn die Geschichte von Layla und Tristan geht weiter …

Textauszug aus: Adriana Popescu, Lieblingsgefühle
(Piper Verlag, München 2014)

Ich trage ein schwarzes enges Kleid und fühle mich ein bisschen wie eine Figur aus *Sex and the City*. Beccie hat es sich nicht nehmen lassen, mir dabei zu helfen, heute Abend so auszusehen, als hätte ich einen Personal Trainer, einen Maskenbildner und eine Hairstylistin, und ich gebe es zu: Ich sehe heute wirklich gut aus, vor allem wenn man bedenkt, dass ich mit der vollen S-Bahn zur Stadtmitte und dann mit der Stadtbahn über den Österreichischen Platz zum Marienplatz gefahren bin. Und wenn man dann noch bedenkt, dass ich in diesen Schuhen durch den Schnee vom Marienplatz bis ins *Café Galao* gestolpert und geschlittert bin, muss man einfach sagen: Beccie ist ein Genie, denn ich sehe noch immer gut aus, verdammt gut sogar!

Aber das muss ich auch. Immerhin sind einige potenzielle Kunden und eventuelle Arbeitgeber hier. Das *Café Galao* ist bekannt für seine Ausstellungen und Musikevents, und ich kann es immer noch nicht ganz glauben, dass das nette Café sich dazu bereit erklärt hat, meine Stuttgart-Bilder auszustellen. Auch wenn ich vor lauter Nervosität nicht genau weiß, wohin mit meinen Händen, bin ich doch extrem stolz darauf, mich auf der Liste der Stuttgarter Künstler wiederzufinden, die hier bereits ihre ersten Erfolge feiern durften. Es fühlt sich gut an.

Aber jetzt schüttele ich erst einmal Hände und bin überrascht, wie viele Menschen der Einladung gefolgt sind. Ich erkenne viele Gesichter, fast alle meine Freunde sind hier, und Thomas ist sogar aus Österreich gekommen, weil er sich das nicht entgehen lassen wollte und einige seiner Songs zum Besten geben wird. Thomas Pegram singt live bei der Vernissage meiner eigenen Ausstellung! Wer immer mir das vor einigen Monaten gesagt hätte, hätte sicherlich nicht mehr als ein müdes Lächeln von mir bekommen. Doch jetzt stehe ich hier, und alles, was ich damals nicht zu wünschen wagte, ist Realität geworden.

Auf der anderen Seite des Cafés sehe ich Marco, der die ganze Organisation übernommen hat und mir jetzt stolz zuzwinkert. Er hat an mich geglaubt, und mich jetzt hier zu sehen, macht ihn ganz offensichtlich glücklich. Ich weiß nicht, womit ich ihn verdient habe, aber ich bin ihm unendlich dankbar. Ich forme stumm das Wort »Danke«, und er nickt nur grinsend.

Da berührt eine Hand meine Schulter, und obwohl mich inzwischen schon einige Leute auf diese Weise begrüßt oder beglückwünscht haben, zieht sich mein Herz noch immer jedes Mal zusammen, wenn jemand neben oder hinter mir auftaucht und mich so berührt. Dafür gibt es aber auch einen guten Grund: Er hat versprochen zu kommen.

»Hi.«

Aber er ist es wieder nicht. Trotzdem stiehlt sich ein Lächeln auf meine Lippen. Ich drehe mich zu dem Mann hinter mir um und weiß, dass ich die Stimme und auch das Gesicht nur zu gut kenne. Immerhin waren wir jahrelang ein Paar.

»Hallo, Oli.«

Er sieht wie immer gut aus, in seinem dunkelgrauen Anzug und dem hellen Hemd. Die Haare sind etwas länger, und er scheint sie nicht mehr mit einer seriösen Banker-Frisur zu zähmen. Seine blonden Locken dürfen sich sogar leicht wellen. Hübsch. Dieser eher lässige Business-Look steht ihm gut.

Ich bemerke, dass wir uns freundlich anlächeln, uns ansonsten aber nur stumm gegenüberstehen. Das ist doch albern. Also mache ich einen kleinen Schritt auf ihn zu und nehme ihn fest in den Arm.

»Schön, dass du da bist.«

Zu meiner Erleichterung hält er mich ebenfalls fest an sich gedrückt. Zwischen uns ist alles okay. Gut, das freut mich. Es hätte nachdem, was vor einem halben Jahr passiert ist, auch anders ausgehen können. Er lässt mich wieder los und strahlt mich an.

»Tolle Ausstellung.«

»Danke.«

Sein Lächeln wird zu einem wissenden Grinsen.

»Aufgeregt?«

»Ja. Ich bekomme gleich einen Herzinfarkt.«

Er kennt mich gut genug, um zu wissen, wie ungerne ich im Mittelpunkt stehe und wie nervös ich wirklich bin.

»Das musst du nicht. Die Leute sind begeistert, und du siehst ... wirklich bezaubernd aus, Layla.«

Seine Stimme klingt vertraut, aber ein solches Kompliment aus seinem Mund erscheint mir doch irgendwie fremd. Als wir noch zusammen waren, fiel es ihm viel schwerer, so etwas zu sagen.

»Danke. Du siehst auch toll aus. Nette Frisur.«

Er fährt sich durch die Haare und lächelt verlegen. Er hat sich im letzten halben Jahr wirklich verändert. Er wirkt irgendwie entspannter.

»Deine Fotos sind wirklich toll. Sie ... berühren einen, tief. So habe ich Stuttgart noch nie gesehen.«

Ich weiß nicht, was ich sagen soll, denn ich kann noch nicht ganz glauben, was ich da eben aus seinem Mund gehört habe. Das war ein ziemlich großes Kompliment für meine Arbeit, und er meint es ernst. Das erkenne ich in seinem Blick.

»Danke, Oli.«

Wir stehen schweigend zusammen, er betrachtet die Bilder hinter mir und schenkt ihnen ehrliche Aufmerksamkeit. Meine Muskeln verkrampfen sich leicht. Ich wette, er wird mir doch gleich wieder sagen, was ich noch verbessern könnte und was dem Foto noch fehlt.

»Sie sind perfekt.«

So fasziniert, wie er meine Bilder anstarrt, starre auch ich ihn an. Wer ist dieser Mann? Und was hat er mit meinem Ex-Freund gemacht? Er bemerkt meinen Blick und lächelt mich entwaffnend an.

»Ich bin stolz auf dich, Layla.«

Bevor ich etwas erwidern kann, nickt Oliver mir zu, tätschelt mir die Schulter und lässt mich wieder alleine mit meinem Erfolg – und auch mit dem Nachhall seiner Worte in meinem Kopf. Er ist stolz auf mich. Auch wenn es albern und vollkommen dämlich ist: Es tut gut, das zu hören. Manchmal muss man offenbar einfach mal ein halbes Jahr warten und um die halbe Welt reisen, um das zu bekommen, was man sich jahrelang so sehr gewünscht hat. Wer hätte das gedacht?

Plötzlich steht Beccie neben mir, drückt aufgeregt meinen Unterarm und holt mich damit zurück in die Realität. Sie strahlt mich an und scheint den Trubel um uns herum ebenso wenig fassen zu können wie ich: Ja, wir stehen hier zusammen in tollen Kleidern auf meiner ersten echten Ausstellung.

»Das ist der Hammer. Der absolute Hammer. Schau dich mal um: Alles, was Rang und Namen hat, ist hier. Wahnsinn!«

Sie greift nach einem Glas Sekt und schaut sich die zahlreichen Besucher mit einem breiten Grinsen an.

»Und ich kann allen sagen, dass ich dich schon vor deinem großen Durchbruch kannte.«

»Großer Durchbruch, klar.«
Sie sieht mich pikiert an.
»Wie würdest du es denn sonst nennen?«
»Zufall? Glücksfall? Missverständnis?«
»Quatsch. Du hast dir das erarbeitet. Und die Ausstellung mit deinen Reisebildern nächstes Jahr hast du dir auch verdient. Niemand hat dir was geschenkt. Das ist kein Glück, Süße. Das ist harte Arbeit und Talent. Und ich bin stolz auf dich.«

Ich lächle sie an, weiß aber auch, dass mich alle hier im Raum durchschauen werden. Spätestens in drei Minuten. Dann werden sie sehen, dass ich nicht das Zeug zur echten Fotografin habe. Dann lassen sie mich fallen, nehmen mir meine Eintrittskarte für den Club der »coolen Stuttgarter« wieder weg und schicken mich auf Abi-Feten, um wieder betrunkene Kinder zu knipsen. Diese Angst breitet sich immer weiter in meinem Inneren aus, aber noch ist es nicht so weit. Noch kann ich den Moment genießen. Noch sollte ich den Moment genießen, bevor er vorbei ist.

Wir mischen uns etwas unter die Menschen, plaudern, nicken ihnen zu, und ich nehme mit immer roter leuchtenden Wangen immer unglaublichere Komplimente an. Vor einem Bild bleiben wir schließlich stehen. Es zeigt einen jungen Mann in einer tanzenden Menschenmenge, die Augen geschlossen. Es ist das Herzstück dieser Ausstellung, die den Titel »*Stuttgart – einzigartig vielseitig*« trägt. Ich sehe ihn und muss lächeln. Ohne ihn gäbe es die Fotos nicht. Ohne ihn gäbe es vieles nicht. Ich betrachte das Foto und stelle erneut fest, wie vertraut mir sein Gesicht geworden ist. Ich atme tief durch. Gleich müsste er da sein. Wir werden uns wiedersehen. Zum ersten Mal seit ... viel zu langer Zeit.

»Er ist gleich hier.«
»Ich weiß.«

Und ich weiß, dass ich nicht weinen darf, wenn ich ihn gleich sehe. Schon alleine, weil ich Beccie das nicht antun könnte. Mein Augen-Make-up hat mehr als eine Stunde gedauert, und es sieht ohne verwischte Tränenspuren einfach besser aus.

Ich muss daran denken, wie er so urplötzlich in meinem Leben war. Durch einen dummen Zufall, und dann hat eines das andere ergeben. Wir saßen im Park und haben Burger gegessen, in den Weinbergen beim Württemberg eine unglaubliche Nacht mit Sternschnuppen und Wahrheit oder Pflicht verbracht. Wir sind uns mit jeder gemeinsamen Minute nähergekommen. Ich habe eine 180-Grad-Drehung in meinem Leben hingelegt, habe alles Vertraute und Gewohnte hingeworfen, um meinem Traum zu folgen. So etwas kann man nicht alleine. Dafür braucht man Flügel, und die wachsen nicht über Nacht, die werden einem geschenkt.

»Ich freue mich so auf ihn. Weißt du, ohne ihn wäre das alles hier nicht möglich gewesen. Das mag kitschig klingen, aber er hat mir den Mut gegeben, dass ich mir all das zutraue.«

»Ja, das klingt wirklich kitschig.«

Jetzt muss ich grinsen, und sie nimmt mich in den Arm.

»Und im Gegenzug hast du ihm gezeigt, dass das Leben auch für ihn noch neue Träume zu bieten hat. Ihr seid also quitt.«

Das hoffe ich.

»Ich habe ihn so vermisst.«

Wenn man Tristan kennenlernt und ihn so sieht, wie ich das durfte, dann will man ihn für immer in seinem Leben haben.

»Ihr werdet euch ja gleich wiedersehen, Layla. In der Zwischenzeit kannst du ein bisschen mit potenziellen Geldgebern schäkern.«

Beccie gibt mir einen Kuss auf die Wange und lässt mich dann alleine. Aber ich kann jetzt mit niemandem reden. Es ist schon nach neun Uhr und somit an der Zeit, dass ich mich einem unschönen Gedanken stellen sollte, den ich bisher ordentlich verschnürt, tief in meinem Hinterkopf gefangen gehalten habe. Er gefällt mir wirklich nicht, aber schön langsam sollte ich ihn zulassen. Und da ist er: Vielleicht ist es einfach noch zu früh. Immerhin hat er Stuttgart wegen all der Erinnerungen an Helen das letzte halbe Jahr gemieden, und dass ich hier die Fotos ausstelle, die ich von den Lieblingsplätzen seiner toten Freundin gemacht habe, macht die Sache nicht leichter. Was, wenn er noch nicht so weit ist? Was, wenn er es sich anders überlegt hat? Was, wenn er … doch nicht kommt?

Während ich noch einmal auf das Bild schaue, mit dem alles angefangen hat, fahren meine Emotionen Karussell, und mit ihnen alles, was sich die letzten sechs Monaten angestaut hat: die Zweifel, die Freude, die Angst, die Aufregung, einfach alles. Am Ende bleiben die Ungewissheit und die Dankbarkeit, für alles. Auch wenn Tristan nicht kommt, ist er hier. Er ist überall, in jeder einzelnen meiner Fotografien.

»Danke.«

Ich flüstere es nur, weil ich nicht will, dass jemand außer mir das hören kann.

Dann mache ich mich auf den Weg an die Bar und bestelle mir einen exklusiven dunkelroten Cocktail, dessen Namen ich vergessen habe, der aber der Dramatik des Moments angemessen scheint. Natürlich suche ich den Raum nach ihm ab, während ich auf den Drink warte, aber er ist noch immer nirgendwo zu sehen.

Um mich herum wird es etwas ruhiger, und ich wundere mich schon, was passiert sein könnte, da höre ich, wie

Thomas einen seiner Songs mit der Gitarre spielt. Ich erkenne das Lied sofort, und er hat nicht zu viel versprochen: Es bietet wirklich genau in diesem Moment die perfekte Kulisse für meine Fotos – und für meine Gefühle.

Die Sterne strahlen nur für dich.
Ich hoffe, du hast klare Sicht.
Will sie nicht sehen ohne dich,
hoffe, du auch nicht ohne mich.

Vielleicht ist es verrückt, aber dieser Moment, so wunderschön er auch ist, könnte nur dann zu einem Lieblingsmoment werden, wenn Tristan hier wäre und wir ihn teilen könnten. Immerhin ist es eigentlich unsere Ausstellung.

Der Countdown läuft, noch 7 Tage,
dann schließ ich dich in meine Arme.
Ich will nicht hier sein ohne dich,
hoffe, du auch nicht ohne mich.

Der Barkeeper stellt mir zwei kleine Gläser vor die Nase. Es sind zwei Schnäpse, und ich hoffe, dass ich nicht den Eindruck erwecke, den Abend nur in Begleitung von Hochprozentigem zu überstehen.
»Entschuldigung, das habe ich nicht bestellt.«
»Ich weiß.«
»Ja und jetzt?«
»Ich soll auch noch etwas ausrichten.«
»Was denn ...«
Meine Nackenhaare stellen sich auf. Mein Herz pocht, und ich spüre, wie mein Mund plötzlich ganz trocken wird. Noch immer starre ich auf die beiden Gläser Schnaps vor mir. Erinnerungen an eine blutende Wunde, an meine blöde

Erste-Hilfe-Idee und an meine erste Begegnung mit Tristan schießen mir durch den Kopf. Es fühlt sich an wie das letzte Puzzlestück, das das Bild komplett macht, und ich spüre ein Kribbeln auf meiner Haut, während zahllose Schmetterlinge in meinem Inneren zeitgleich schlüpfen, als hätten sie sechs Monate auf genau diesen Moment gewartet. Da ist es wieder, das Flügelschlagen. Nichts hat sich verändert, rein gar nichts.

»Einer für den Erfolg und einer gegen den Schmerz.«

Danksagung

Es folgt mein absoluter Lieblingsmoment des Buches. Ich trete zurück und schubse die Leute ins Spotlight, die für gewöhnlich im Hintergrund agieren.

Zuerst geht mein Dank an meine Eltern. Ohne eure Liebe, euer Vertrauen und euren Halt wäre ich auf dem Weg zu dieser letzten Seite schon oft genug gestolpert. Danke für jeden Lieblingsmoment am Ufer des Gardasees.

Dank an meinen Wortschmied Thomas Lang, der damals den »ganzen Batzen« auf einmal bekommen, gelesen und geliebt hat. Eine lange Saison liegt hinter uns. Danke für die Vorlage zum Triple – du bist mein Ribéry. Autmofte!

Dank an meine wunderbare Lektorin Julia Stolz, die mich in das Haus mit dem goldenen Schild eingeladen und mir damit einen unvergesslichen Lieblingsmoment geschenkt hat. Ich hätte mir keine bessere Lektorin backen können. Danke für alles und dafür, dass der Pool wieder ins Buch zurückgekehrt ist.

Dank auch an meinen persönlichen Tristan, der im Neoprenanzug unverschämt sexy aussieht. Marc, mit dir bin ich besser. Auch jetzt noch.

Thomas Pegram, der als Musiker und Mensch eine Bereicherung für dieses Buch ist. Danke für deine Lieder, die meinem Roman den perfekten Soundtrack und Tristan eine Stimme geschenkt haben.

Danke an meinen idealen Leser Marco, der alles gelesen

hat und noch immer begeistert strahlt, wenn es neue Wörter gibt. Deine Worte haben mich immer ermutigt, wenn ich alles hinschmeißen wollte.

Einige dieser Menschen begleiten mich seit zehn Jahren; mit ihnen habe ich gelacht, geweint, gejubelt und gelernt: Annett, Joe, Notker, Sabine, Cathrin, Daniel, Hatice, Nesli, Michaela ... Ihr alle seid ein Mosaikstein in diesem Buch.

Allen Lesern bei Facebook, Twitter und auf meiner Homepage: DANKE! Ohne euch wäre das hier nicht möglich gewesen. Ihr seid die besten Leser, die ich mir wünschen kann!

Abbi Glines
Rush of Love – Verführt

Roman. Übersetzung aus dem Amerikanischen von Heidi Lichtblau. 240 Seiten. Piper Taschenbuch

Sie ist seine Stiefschwester. Sie ist jung und unschuldig. Für Rush Finlay ist sie aber vor allem eines: verboten verführerisch.

Nach dem Tod ihrer Mutter verlässt Blaire ihr Zuhause, um bei ihrem Vater und dessen neuer Familie in einem luxuriösen Strandhaus zu leben. Vor allem ihr attraktiver Stiefbruder Rush lässt sie jedoch immer wieder spüren, dass sie nicht willkommen ist. Er ist so abweisend wie anziehend, so verletzend wie faszinierend, er ist verwirrend und unwiderstehlich – und er kennt ein Geheimnis, das Blaires Herz mit einem Schlag für immer brechen könnte.

Abbi Glines
Rush of Love – Erlöst

Roman. Übersetzung aus dem Amerikanischen von Heidi Lichtblau. 304 Seiten. Piper Taschenbuch

Sie hat ihn verlassen. Ihre Welt liegt in Trümmern. Doch Rush kann sie nicht vergessen, er will sie wieder glücklich sehen: sie erlösen.

Blaires Welt bricht mit einem Schlag zusammen. Alles, was sie für wahr hielt, ist nichts als Lüge. Sie weiß, dass sie niemals aufhören wird, Rush zu lieben – sie weiß aber auch, dass sie ihm niemals verzeihen kann. Sie versucht, ihr Leben wieder in den Griff zu bekommen. Ohne ihn …. bis ihre Welt erneut erschüttert wird. Was tust du, wenn der Mensch, der dich am tiefsten verletzt hat, der einzige ist, dem du vertrauen kannst?

Romantisch, amüsant und hoffnungslos verliebt

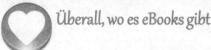 Überall, wo es eBooks gibt

 Triff mich auf Facebook
www.facebook.com/Adriana.Popescu.Autori